本书列入

2017年国家社会科学基金重大委托项目
“十三五”国家重点图书出版规划项目

中华传统文化百部经典

桃花扇

孔尚任 著
谢雍君 解读

国家图书馆出版社

图书在版编目（CIP）数据

桃花扇 /（清）孔尚任著；谢雍君解读 .— 北京：国家图书馆出版社，2022.12（2025.6 重印）
（中华传统文化百部经典）
ISBN 978-7-5013-7623-0

Ⅰ. ①桃… Ⅱ. ①孔… ②谢… Ⅲ. ①传奇剧（戏曲）－剧本－中国－清代 Ⅳ. ① I237.2

中国版本图书馆 CIP 数据核字 (2022) 第 218949 号

国家图书馆出版社官方微信

书　　名	桃花扇
著　　者	（清）孔尚任 著　谢雍君 解读
责任编辑	谢阳阳
特约编辑	石　雷
责任校对	刘鑫伟
封面设计	敬人设计工作室
出版发行	国家图书馆出版社（北京市西城区文津街 7 号　100034） 010－66114536　63802249　nlcpress@nlc.cn（邮购）
网　　址	http://www.nlcpress.com
印　　装	北京科信印刷有限公司
版次印次	2022 年 12 月第 1 版　2025 年 6 月第 2 次印刷
开　　本	710×1000　1/16
印　　张	28
字　　数	360 千字
书　　号	ISBN 978-7-5013-7623-0
定　　价	86.00 元（精装）

本册审订

吴书荫　　翁敏华　　廖可斌

中华传统文化百部经典

编纂办公室

张　洁　　梁葆莉　　徐　慧　　张毕晓　　马　超　　华鑫文

编纂缘起

文化是民族的血脉，是人民的精神家园。党的十八大以来，围绕传承发展中华优秀传统文化，习近平总书记发表了一系列重要讲话，深刻揭示出中华优秀传统文化的地位和作用，梳理概括了中华优秀传统文化的历史源流、思想精神和鲜明特质，集中阐明了我们党对待传统文化的立场态度，这是中华民族继往开来、实现伟大复兴的重要文化方略。2017 年初，中共中央办公厅、国务院办公厅印发《关于实施中华优秀传统文化传承发展工程的意见》，从国家战略层面对中华优秀传统文化传承发展工作作出部署。

我国古代留下浩如烟海的典籍，其中的精华是培育民族精神和时代精神的文化基础。激活经典，熔古铸今，是增强文化自觉和文化自信的重要途径。多年来，学术界潜心研究，钩沉发覆、辨伪存真、提炼精华，做了许多有益工作。编纂《中华传统文化百部经典》（简称《百部经典》），就是在汲取已有成果基础上，力求编出一套兼具思想性、学术性和大众性的读本，使之成为广泛认同、传之久远的范本。《百部经典》所选图书上起先秦，下至辛亥革命，包括哲学、文学、历史、艺术、科技等领域的重要典籍。萃取其精华，加以解读，旨在搭建传统典籍与大众之间的桥梁，激活中华优秀传统文化，用优秀传统文化滋养当代中国人的精神世界，提振当代中国人的文化自信。

这套书采取导读、原典、注释、点评相结合的编纂体例，寻求优秀传统文化与社会主义核心价值观之间的深度契合点；以当代眼光审视和解读古代典籍，启发读者从中汲取古人的智慧和历史的经验，借以育人、资政，更好地为今人所取、为今人所用；力求深入浅出、明白晓畅地介绍古代经典，让优秀传统文化贴近现实生活，融入课堂教育，走进人们心中，最大限度地发挥以文化人的作用。

《百部经典》的编纂是一项重大文化工程。在中宣部等部门的指导和大力支持下，国家图书馆做了大量组织工作，得到学术界的积极响应和参与。由专家组成的编纂委员会，职责是作出总体规划，选定书目，制订体例，掌握进度；并延请德高望重的大家耆宿担当顾问，聘请对各书有深入研究的学者承担注释和解读，邀请相关领域的知名专家负责审订。先后约有500位专家参与工作。在此，向他们表示由衷的谢意。

书中疏漏不当之处，诚请读者批评指正。

2017年9月21日

凡 例

一、《中华传统文化百部经典》的选书范围，上起先秦，下迄辛亥革命。选择在哲学、文学、历史、艺术、科技等各个领域具有重大思想价值、社会价值、历史价值和学术价值的一百部经典著作。

二、对于入选典籍，视具体情况确定节选或全录，并慎重选择底本。

三、对每部典籍，均设“导读”“注释”“点评”三个栏目加以诠释。导读居一书之首，主要介绍作者生平、成书过程、主要内容、历史地位、时代价值等，行文力求准确平实。注释部分解释字词、注明难字读音，串讲句子大意，务求简明扼要。点评包括篇末评和旁批两种形式。篇末评撮述原典要旨，标以“点评”，旁批萃取思想精华，印于书页一侧，力求要言不烦，雅俗共赏。

四、原文中的古今字、假借字一般不做改动，唯对异体字根据现行标准做适当转换。

五、每书附入相关善本书影，以期展现典籍的历史形态。

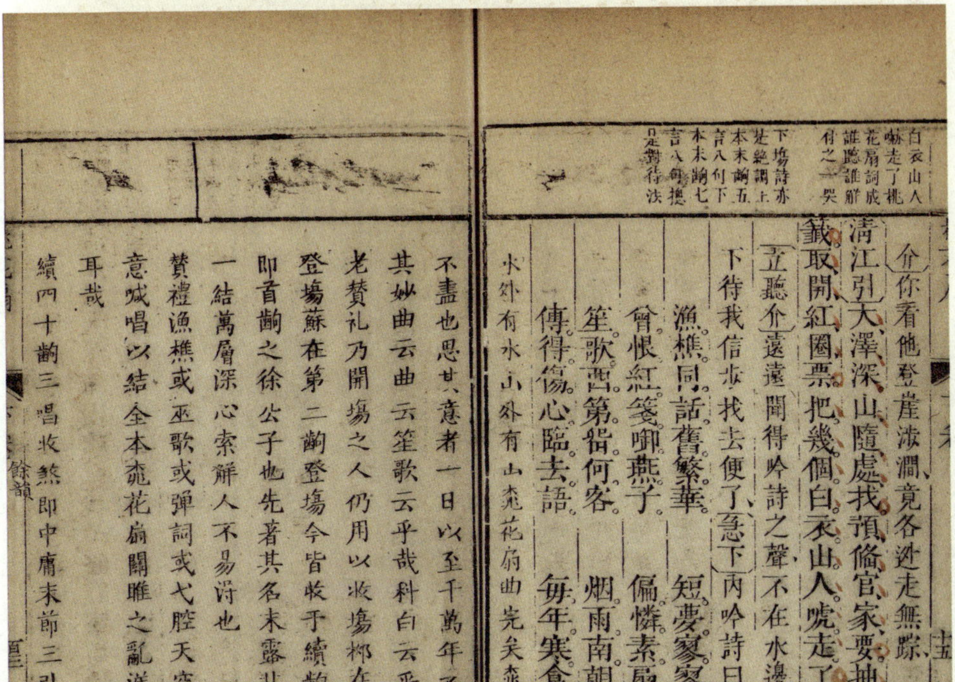

白衣山人嚇走了桃花扇詞成誰聽誰解付之一哭

下場詩亦是絕調上本末齣五言八句下本末齣七言八句摠是對待法

〔介〕你看他登崖涉澗、竟各迸走無踪、

〔清江引〕大澤深山隨處找、預備官家要抽出綠頭籤、取開紅圈票、把幾個白衣山人嚇走了。

〔立聽介〕遠遠聞得吟詩之聲、不在水邊、定在林下、待我信步找去便了、〔急下〕〔內吟詩曰〕

漁樵同話舊繁華　短夢寥寥記不差

曾恨紅箋啣燕子　偏憐素扇染桃花

笙歌西第留何客　烟雨南朝换幾家

傳得傷心臨去語　每年寒食哭天涯

水外有水山外有山桃花扇曲完矣桃花扇意不盡也思廿八意者一日以至千萬年不能彷彿其妙曲云曲云笙歌云乎哉科白云乎哉老贊礼乃開場之人仍用以收場柳在第一齣登場蘇在第二齣登場今皆收于續齣徐皂隸即首齣之徐公子也先著其名未露其面一起一結萬層深心索解人不易得也贊禮漁樵或巫歌或彈詞或弋腔天空地濶拔意喊唱以結全本桃花扇關雎之亂洋洋乎盈耳哉

續四十齣三唱收煞即中庸末節三引詩云以

桃花扇传奇二卷　（清）孔尚任撰

清康熙西园刻本　国家图书馆藏

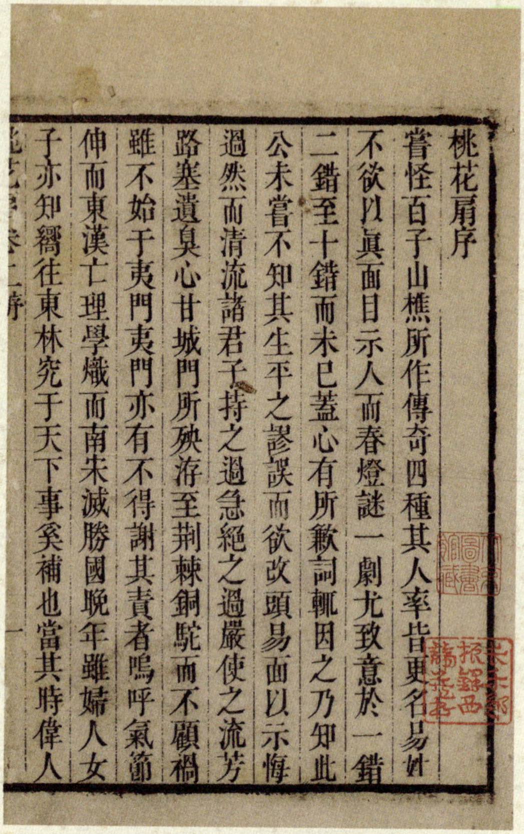
桃花扇序

嘗怪百子山樵所作傳奇四種其人率皆更名易姓不欲以真面目示人而春燈謎一劇尤致意於一錯二錯至十錯而未已蓋心有所歉詞輒因之乃知此公未嘗不知其生平之謬誤而欲改頭易面以示悔過然而清流諸君子持之過急絶之過嚴使之流芳路塞遺臭心甘城門所殃洊至荆棘銅駝而不顧禍雖不始于夷門夷門亦有不得辭其責者嗚呼氣節伸而東漢亡理學熾而南宋滅勝國晚年雖婦人女子亦知嚮往東林究于天下事奚補也當其時偉人

桃花扇卷一序　一

桃花扇传奇二卷　（清）孔尚任撰

清康熙刻本　国家图书馆藏

本书凡例

（一）遵从《百部经典》总凡例的基本要求，分导读、原典、注释、点评四部分。导读介绍作者生平、成书情况、版本情况、舞台流传，评估剧作中的人物形象、艺术创新及其悲剧意义。

（二）本次整理遵循尽量保留原典原貌的原则，以《古本戏曲丛刊》五集所收的清康熙刊本为底本，参校中国艺术研究院艺术与文献馆藏清光绪二十一年（1895）兰雪堂重校刊本（简称“兰雪堂本”）、《暖红室汇刻传奇》所收本（简称“暖红室本”）、梁启超批注本（《梁启超全集》所收本，北京出版社 1999 年版）。底本的上卷卷首有梁溪梦鹤居士《桃花扇序》、数则《题辞》、云亭山人《小引》《凡例》《纲领》，下卷卷末有《砌抹》《考据》《本末》《小识》《跋语》《桃花扇后序》，整理时，择选《桃花扇序》《题辞》《小引》《凡例》《本末》《小识》《跋语》《桃花扇后序》附录于正文后，便于读者了解此剧的成书过程、主旨思想和创作原则等。

（三）底本如有缺、残、误、漏、舛，据文意和参校本订正，并出注说明。原文缺页者，据其他版本补，并出注说明。原文之曲词，按照《九宫大成南北词宫谱》《南北词简谱》断句；不合律谱者，按意读断句。原曲词不分正衬，一仍其旧。古今字、通假字一般不做改动；异体字、俗字、缺笔省笔字等，统一改为通行字，不出校记。全书注意汲取前人的整理研究成果，使本次整理工作臻于完善。

（四）旁批，以底本里的眉批、出评为主，展现原刊刻本的风貌，适当增添个人评点、梁启超批注本和暖红室本的评语。

（五）注释，除了句意串讲，重视历史典故、疑难字词及戏曲专业术语、舞台表演行话之解释。

（六）点评，在吸收梁启超批注本、20世纪以来研究论著成果的基础上，参照当代艺术审美理念，发掘原文的思想深蕴和艺术创意。

目　录

附　录

导　读

逃亡屋破夕阳斜，社燕归来不见家。

旧日踏青芳草路，纷纷白骨衬飞花。

一首《寒食》，真实地描写出明清易代之际百姓流离失所、民不聊生的景象，让人想起《桃花扇》卷末的下场诗："渔樵同话旧繁华，短梦寥寥记不差。曾恨红笺衔燕子，偏怜素扇染桃花。笙歌西第留何客，烟雨南朝换几家。传得伤心临去语，年年寒食哭天涯。"《寒食》和《桃花扇》都出自清代作家孔尚任的手笔，同样的思想主题，同样的艺术意境，彼此互文，表达了易代之痛给百姓带来的影响。尤其是《桃花扇》一剧，借儿女离合之情寄托家国兴亡之感，为古典历史剧创作树立典范，成为古典戏曲的压卷之作，给后人留下珍贵的精神财富。

一、生平事迹

孔尚任，字季重，又字聘之，号东塘，别号岸堂，自署云亭山人。擅工诗文，考订乐律，精通金石字画，著述甚富，有《岸堂文集》《湖海集》《会心录》《石门山集》《宫词百首》《长留集》等，编纂《平阳府志》《莱州府志》等。尝与顾彩合撰《小忽雷》传奇（存）、《大忽雷》杂剧（存），但真正令他名播文坛、永载史册的，是《桃花扇》。

尽管孔尚任在清代剧坛享有盛名，但他的人生之路并不顺坦。清顺治五年（1648）九月十七日，即清军入关的第五年，他出生在山东曲阜，为孔子第六十四代孙。曲阜这块土地，经过千百年岁月浸润，空气中都漂浮着儒家思想的气息，在这气息中还夹杂着明朝文人士官的亡国之痛。年少的孔尚任就是在这种复杂的历史氛围中长大，既接受了传统儒家经典教育，也体悟到易代之悲。他的父亲孔贞璠为明崇祯六年（1633）举人，入清后，绝意仕宦，闲居家乡，与明朝的遗老们多有交游，这影响了成年后的孔尚任戏剧观的形成。孔贞璠有一位挚友对孔尚任后来的戏曲创作影响极大。他就是贾应宠，字凫西，号木皮散客，有才情，擅长用鼓词表达对政治现实的看法，尤其对《论语》有独到见解，创作有《木皮散人鼓词》。孔尚任特别欣赏这位父执，两人成为忘年交，他还根据贾凫西的言行撰成《木皮散客传》。《桃花扇》里《听稗》出里柳敬亭说的五段鼓词，即引自贾凫西的《木皮散人鼓词》，足见父辈们的故国之思对孔尚任戏曲创作的影响。

与父辈们不同的是，孔尚任对仕途始终怀有兴趣，这与清政府采取怀柔政策、笼络汉族士人密切相关。康熙八年（1669）前，二十一岁的孔尚任已是诸生。但康熙十七年（1678）他参加乡试，并没有成功。落第后，在石门山过了四年的隐居生活。康熙二十年（1681），捐纳田产，成为国子监生，可见他身在山林、心在清廷，始终不忘“兼济天下”的儒家理想。

《律吕管见》是他在石门山隐居阶段撰成。作为传奇作家，既要熟谙诗词创作，也要掌握音律。孔尚任精通音律。他的好友王士禛曾记述："国子博士孔尚任东塘精于音律。"（《居易录》卷十八）孔尚任自己也谈过自幼留意，夙承家学，他说："乐律深邃精微，非狂鄙所能窥。但夙承家学，幸有备官遗器，存什一于千百。二十年来，悉心考证，已试之于阙里，行之于雍宫。"（《湖海集》卷十二《答费此度》）他把自己研究律吕的心得，都凝结在《律吕管见》里。在《与颜修来》中，孔氏提到此书，疑有刻本流传[①]。孔尚任探究乐律，为他创作曲牌体剧《桃花扇》打下了基础。

康熙二十一年（1682）秋，还在过着闲云野鹤般生活的孔尚任，接到衍圣公孔毓圻的邀请，为其料理夫人张氏丧事。在办丧事过程中，孔尚任自如应对，给孔毓圻留下了很好的印象。第二年，聘请孔尚任纂修《孔子世家谱》和《阙里志》，并训练礼生、乐舞生，监造礼乐祭器。这为后来康熙帝驾临曲阜、孔氏家族祭孔典礼做好了准备。由此，孔尚任在家族内的声誉日隆。

康熙二十三年（1684）对于孔尚任来说，是人生中最重要的一年。康熙帝南巡回京，途经曲阜祭祀孔子，孔尚任被荐在御前讲经，他的才华获得皇帝的赏识，"天颜悦霁，顾侍臣曰：'经筵讲官不及也。'"并谕示随从大臣，"孔尚任等陈书讲说，克副朕衷，著不拘定例，额外议用"（《出山异数记》）。可见皇帝对孔尚任的讲经非常满意，并有意要褒奖他。很快，孔尚任升擢国子监博士，在国子监开坛讲经，从此进入京城，开始俯仰沉浮的官场生活。

两年后，孔尚任被任命为工部侍郎孙在丰的助手，赴淮安、扬州一带开始疏浚黄河海口的工程。治河期间，孔尚任结识了当时有名的文人画家、明代遗老，如黄云、冒辟疆、宗元鼎、杜濬、邓汉仪、李沂、徐承钦、龚贤等。黄云是明代遗民，孔尚任到淮扬上任不久，路过泰州，即去拜访他，之后交往甚多，“高义”“至仁”是孔尚任对他的评价。龚贤，在南京建有半亩园，明亡后隐居，曾赠书画给孔尚任，孔氏有诗记录两人的交往。宗元鼎、邓汉仪，入清后都被荐举为官，皆不应。孔尚任邀请二人登临扬州梅花岭，“收藏老泪听新曲，指顾秋原说旧基”，充满怀旧、伤感情绪。冒辟疆，与复社吴应箕、陈贞慧等人往来，明亡后归隐如皋，孔尚任在与他的交往中，获得大量南明的时事资料和文人逸事。孔尚任还特意去南京白云庵走访了张瑶星，张氏曾任职明代锦衣卫千户，明亡后在白云庵修行。

孔尚任不仅善交明代遗老，而且还遍游江淮各地，深入了解风土人情。因为他的到来，明故宫、明孝陵、燕子矶、梅花岭这些风景名胜，再次在文人笔下“活”起来，与《桃花扇》中的各种人物一起，演绎了一段段凄美而悲凉的故事。孔尚任开始构思、撰写《桃花扇》。

但官场无常。因治河理念不同，孙在丰和河道总督靳辅不和，治河工作暂停，无法推进。消息传到朝廷后，两人均被革职，与治河事务有关的人员都受到影响。孔尚任的官职虽没被撤，但目睹孙、靳事件后，深切感受到宦海凶险无定，也对自己的选择产生了怀疑。

康熙二十八年（1689），孔尚任回到京城后，仍然做他的国子监博士。六年后，即康熙三十四年（1695），才升任户部主事、宝泉局监铸。在京期间，收购了汉玉羌笛、唐制胡琴小忽雷，与顾彩合作创作传奇剧本《小忽雷》，还多次修改《桃花扇》，于康熙三十八年（1699）改定《桃花扇》。之后，《桃花扇》上演，引起轰动。第二年三月初，晋升为户部广东司员外郎，中旬，因一件“疑案”被罢黜。半月之内，官场浮沉，人生悲喜、炎凉尽现。

罢官后，孔尚任在京城滞留了两年，可能在等待复官的机会。但失去官职后，他也失去了经济来源，生活变得窘迫。在穷困中，孔尚任对仕途不再抱有希望，他下决心离开京城，回乡生活。

康熙四十一年（1702）冬，孔尚任返回曲阜，再次过上散淡的生活。他继续在地方志方面耕耘，修订《平阳府志》《莱州府志》，收集山东画家生平事迹，编成《画林雁塔》。此外，校订《桃花扇》，和刘廷玑合编《长留集》。《长留集》和之前编刊的《湖海集》，成为孔尚任重要的诗文著作。

康熙五十七年（1718），孔尚任病卒，享年七十。

二、成书过程

《桃花扇》是一部历史剧，与一般虚构创作的才子佳人戏不同，剧中涉及很多具体的历史事实。为了构制这部鸿篇巨制，孔尚任花了十多年时间，三易其稿，反复修订，才使这部巨作得以流传于世。

早在出仕前，孔尚任就萌生了将南明弘光王朝的历史敷演为传奇的想法。康熙十七年（1678）九月至康熙二十一年（1682），他隐居在石门山，除了钻研音律，还创作了《桃花扇》初稿。“盖予未仕时，山居多暇，博采遗闻，入之声律，一句一字，抉心呕成。”（《桃花扇·小引》）“予未仕时，每拟作此传奇，恐闻见未广，有乖信史，寤歌之余，仅画其轮廓，实未饰其藻采也。然独好夸于密友曰：‘吾有《桃花扇》传奇，尚秘之枕中。’”（《桃花扇·本末》）从自述中可知，孔尚任将南明王朝的故事依照传奇形式写出了初稿。因第一次创作历史剧，剧中的事件和人物多从父辈那里听闻而来，还未亲自调查，担心不符史实，便搁下没有付梓公开。但从构思角度来说，此即为《桃花扇》创作的伊始。

康熙二十五年（1686）隆冬时节，孔尚任到苏北淮扬一带治河，这让他有机会赴《桃花扇》故事发生地考察、访问，亲身体验南明风云遗留下的历史踪迹，还结识了许多明末遗老。在与遗老的交往中，真切感受历史的脉动，弘光朝的历史发展脉络变得日益清晰，为他重新修订《桃花扇》提供了机遇。康熙二十六年（1687）五月，孔尚任奉命搬进兴化昭阳拱极台北楼。遇到阴雨连绵季节，治河工作会暂停，这让孔尚任有空闲修改稿本。九月，冒辟疆来到兴化，和孔尚任同住了30日，两人在诗赋酬唱之余，谈的最多的是《桃花扇》。作为南明王朝的亲历者，冒辟疆与侯方域、李香君等人关系密切，他为孔尚任讲述南明王朝的前尘往事，这对孔氏修改《桃花扇》的细节起到很大的作用。

但《桃花扇》最终定稿是在十年以后，即孔尚任到宝泉局任监铸时期，因户部侍郎田纶霞当面索稿阅读，这迫使孔氏不得不再次拾起旧稿，重新润色打磨，最终使《桃花扇》成为享誉剧坛的经典之作。“及索米长安，与僚辈饮宴，亦往往及之。又十余年，兴已阑矣。少司农田纶霞先生来京，每见必握手索览。予不得已，乃挑灯填词，以塞其求，凡三易稿而书成，盖己卯之六月也。”（《桃花扇·本末》）田纶霞，名雯，山东德州人，康熙二十六年（1687）任江宁巡抚，在会勘河道工程时结识了孔尚任。他阅读过孔尚任的《湖海集》手稿，赏识孔氏的才华，曾助力其手稿刊刻面世。十年后，田雯任户部侍郎，主管宝泉局，见到孔氏，问起《桃花扇》稿本事，这促使孔尚任加紧修订《桃花扇》，以此回复田雯的问询，报答他的厚爱。第三稿的主要工作是调整稿本中不协律之处。“前有《小忽雷》传奇一种，皆顾子天石代予填词。予虽稍谙宫调，恐不谐于歌者之口。及作《桃花扇》时，天石已出都矣。适吴人王寿熙者，丁继之友也，赴红兰主人招，留滞京邸，朝夕过从，示予以曲本套数、时优熟解者，遂依谱填之。每一曲成，必按节而歌，稍有拗字，即为改制，故通本无聱牙之病。”（《桃花扇·本末》）在京师，孔尚任恰逢吴中昆曲曲师王寿熙，两人朝夕相处，在王的帮助下，修订剧中拗字，使全剧适于演唱。

经过多次润色、修订，《桃花扇》于康熙三十八年（1699）完稿。

一时间，王公贵族相借传抄，名震京城。但仅限于传抄，尚未刊刻面世，因为当时的孔尚任尚无财力支付刻印费用。直到康熙四十七年（戊子，1708），寓居天津的佟鋐经过山东，拜访孔尚任，看了全剧后，击节叫绝，倾囊五十金，《桃花扇》才刊刻成册。康熙戊子刻本卷首有《题辞》《小引》《凡例》《纲领》，卷末附录《砌末》《考据》《本末》《小识》，这些副文本大多在此剧问世至付刻之间所补写，它们引导读者全方位地了解孔尚任的创作缘起、创作心态，剧作的主题思想、创作方法、写作体例、抄本流传、演出盛况等信息，是《桃花扇》的有机组成部分，使此剧成为明清传奇史上独特的存在。

三、版本情况

《桃花扇》叙明崇祯末年，复社文人侯方域科举落第，寓居金陵，倾慕秦淮名妓李香君，赠之宫扇以为定情之物。阉党阮大铖欲结交侯方域，托杨文骢出妆奁之资，为侯、李二人操办婚事。李香君闻后，怒斥阮趋附权奸之行径，侯方域受其激励，拒绝了阮意。阮大铖因此怀恨在心。武昌总兵左良玉因缺乏军粮，欲移师金陵，引起金陵恐慌。侯方域因与左良玉为世交，乃修书劝阻，阮大铖乘机诬其暗通左良玉。侯方域被迫别离香君，投奔在扬州督师的史可法。京师陷落，崇祯皇帝在煤山自尽。阮大铖因主张迎立福王被起用，大肆迫害复社人士，并强迫香君改嫁漕抚田仰为妾。李香君不从，头撞妆楼，血染宫扇。杨文骢见状，将扇上血迹点染成“桃花扇”。香君以扇为书，托苏昆生捎与侯方域，不久，她被选入宫。侯方域见扇后，急入金陵寻访香君，未果，与吴应箕、陈贞慧等人被捕入狱。清兵南下，史可法抗清失败，沉水尽忠。侯方域出狱，与李香君不约而同避难栖霞山，两人在白云庵相遇，欲续前缘，被张瑶星点破。有感于国破家亡，侯、李双双出家入道。

经典剧目之所以成为经典，与其传播久远密切相关。《桃花扇》的版本繁多，从清康熙戊子初刻本到20世纪50年代出版的王季思等校注本，二百五十多年间有十几种版本在读者间流传，案头阅读一直延续着，没有中断过。清康熙四十七年的介安堂刻本为最早刻本，含金量最高。此后的版本有西园本、海陵沈氏刻本、清芬书屋本、嘉庆间本、道光十三年本、兰雪堂本、暖红室本、卢前注释本、梁启超批注本、王季思等校注本等，其中以兰雪堂本、暖红室本为精良。

《桃花扇》传世的版本多，主要分为刊刻本和整理本两类。刊刻本类，有专家根据版本的不同分为不同的种类②。尽管这些版本在刻印、传抄过程中有所改动，主要在编次版式、题评序跋、眉批出评等方面有变化，但变化的幅度不大，大体保留了介安堂原刊本的面貌。整理本类，因采用不同的校点、注释方式，呈现出不同的风貌。为了让读者了解《桃花扇》现存版本的情况，现选择五种有代表性的版本，对它们的版况做一简述。

（一）清康熙四十七年介安堂刻本

二卷六册，封页题："云亭山人编　桃花扇　介安堂藏板。"介安堂为孔尚任书斋名，介安堂刻本应为《桃花扇》原刻本。正文前有序、题辞、小引、凡例、纲领、目录，正文末附砌末、考据、本末、小识、跋语、后序。每出有眉批、出评。全本无圈点。此版本有覆刻本、翻刻本和手抄本。《古本戏曲丛刊》五集据之影印，上海古籍出版社1986年出版。中国国家图书馆、北京大学图书馆、南京图书馆等有藏本。

（二）清光绪二十一年兰雪堂刻本

五卷五册，扉页题"光绪乙未九秋　兰雪堂重校刊"，书口下题"兰雪堂"。兰雪堂主人，名李国松，字健父，安徽合肥人。正文分为四卷。首册载兰雪堂主人题识、序、小引、小识、本末、凡例、考据、纲领、目录、砌末、题辞、后序。题识记录兰雪堂主人重刻该书的缘由："《桃花扇传奇》四卷，前人推许至矣。顾坊间递相翻印，讹谬几不堪寓目。今年夏，有以是书求沽者，虽散佚过半，实为云亭自刻原椠。友人见而悦之，怂恿重刊，以公诸世。爰搜集市肆诸足本，参考互订。追凉之暇，日校数页。其序目、题辞诸篇之编次未当者，又复谬加厘正，别为一卷，冠于首，凡三月而竟事，又阅月而梓成。乌虖！视博弈以犹贤，听新乐则不倦，知我笑我，亦任诸世之君子焉尔。”全本无圈点。中国国家图书馆、南京图书馆、上海图书馆、中国艺术研究院艺术与文献馆等有藏本。此版本有覆刻本。

（三）清末民初《暖红室汇刻传奇》本

二卷。暖红室为藏书家、刻书家刘世珩的书斋名。刘世珩（1874—1926），字聚卿，别号楚园，室名暖红室、梦凤楼，安徽贵池人。清光绪举人，是近代戏曲研究家。《暖红室汇刻传奇》有1914年初刊本和1916年重刊本。1979年江苏广陵古籍刻印社校刻重印时，题签为“《增图校正桃花扇》”，扉页题“曲阜孔尚任云亭山人原著　桃花扇　长洲吴梅瞿安　兴化李详审言校正”，书口下署“暖红室”。暖红室本编次版式与原刻本基本相同，但《考据》与原刻本有差异，在“无名氏《樵史》”之后，较之原刻本多出七种书：董阆石《莼乡赘笔》七条、陆丽京《冥报录》一条、陈宝崖《旷园杂志》一条、余澹心《板桥杂记》十六条、尤展成《明史乐府注》四条、张瑶星《白云述》、王世德《崇祯遗录》。“侯朝宗《壮悔堂集》”条增添“李姬传”“宁南侯传”。正文配有插图16幅[③]。因刊刻精良，考订精细，被吴梅赞为“厘订校勘，至为精审，已驾各本而上之属”[④]。

（四）梁启超批注本

两册。梁启超（1873—1929），字卓如，号任公，饮冰室为其书斋名。广东新会人，是近代思想家、教育家、史学家和文学家。1936年，梁启超批注本由上海中华书局出版，收入《饮冰室合集》。封页题“《桃花扇注》”并“新会梁启超任公著”，自序（《著者略历及其他著作》）前署有“饮冰室专集”，收入《梁启超全集》（北京出版社 1999 年出版）。该整理本借鉴西方话剧形式，改动了《桃花扇》的剧本体例，将传统戏曲剧本的角色体制转换为西方话剧的角色体制，用出场人物的具体名字替代生、旦、净、末、丑行当，以方便读者阅读。同时，遵从孔尚任的“确考实地，全无假借”创作法，对剧中的主要人物、重要历史事件进行详细的考释、订正，体现出该整理本的新意和独创。

（五）王季思、苏寰中、杨德平合注本

一册。王季思（1906—1996），学名王起，字季思。浙江永嘉人，是戏曲史论家、文学史家。1959 年，由人民文学出版社出版。该校注本依照传统戏曲剧本的体例，对康熙介安堂本、西园本、兰雪堂本、暖红室本、梁启超批注本进行互校，择善而从。值得一提的是，注释工作做得全面、翔实且通俗，注明典故出处，解释疑难词句，串解整句、整曲，便于读者的接受和理解，推动了《桃花扇》的普及和传播，是《桃花扇》整理本中发行量最大、影响深远的一个校注本。

四、舞台流传

清嘉庆后，《桃花扇》演出因资料比较匮乏，一直如谜般让戏曲界困惑。研究者大多认为，清嘉庆以后《桃花扇》从舞台上消失了，不再见到艺人们的搬演。陈多曾撰文表达，因《缀白裘》《清末上海昆剧演出剧目志》《昆剧史补论》《上海昆剧志》等书没有收录《桃花扇》折子戏，就断定清代戏曲舞台没有《桃花扇》的演出⑤。蒋星煜认为此话说过头了，与清代戏曲流传发展的真实状况不相符合，提出《桃花扇》自问世以来，从未被表演艺术所漠视或无视⑥。对这桩公案，笔者非常感兴趣，想就此问题，探讨究竟。

经过一番考察后，笔者赞同蒋先生的判断，自清初面世后，《桃花扇》的舞台演出没有中断过，但蒋文发表较早，文中涉及《桃花扇》的清代演出资料依然有限。为了探究《桃花扇》清代演出情况，笔者查阅了一些资料，包括已经发表的论文，重新梳理经眼的资料，力图展现清末《桃花扇》演出的新线索，并进行了解读。

关于《桃花扇》演出的最早记载，见于孔尚任本人在《桃花扇·本末》中的记述："《桃花扇》本成，王公荐绅，莫不借抄，时有纸贵之誉。己卯秋夕，内侍索《桃花扇》本甚急，予之缮本，莫知流传何所，乃于张平州中丞家，觅得一本，午夜进之直邸，遂入内府。""内府"指清代掌管内廷演剧事务的机构，《桃花扇》被索进府，不会是一般意义上的阅读，而是作为供内府太监搬演的文本。因为康熙皇帝喜欢此剧，内廷宴集时，非演此剧不可。每演到《设朝》《选优》等折时，则皱眉顿足，慨叹说："弘光弘光，虽欲不亡，其可得乎？"⑦当时，除了内府演出，同人在私人府邸岸堂集聚时，孔尚任也以演奏《桃花扇》新曲为娱。他在《庚辰人日雪霁，岸堂试笔分韵》序中云："人日招同人集岸堂试笔，凡十度春风矣。今岁增丝竹一部……小伶奏新声侑之。"诗云："几片残梅满院风，寂寥书掩岸堂中。才挥桃扇春无限，更响银筝趣不同。"其二云："文章正宜人日试，春云若为草堂晴。翻成白纻新歌谱，传得黄柑旧宴名。"（《长留集》七律卷）序中提到的"丝竹一部""小伶奏新声"，诗中提到的"才挥桃扇春无限，更响银筝趣不同"，"翻成白纻新歌谱，传得黄柑旧宴名"，指的都是演奏《桃花扇》曲。此外，京城达官贵人聚会时，也以招待观赏《桃花扇》为上，孔尚任在《桃花扇·本末》里曾记录户部侍郎李楠府上多次演出此剧，"庚辰四月，予已解组，木庵先生招观《桃花扇》。一时翰部台垣，群公咸集，让予独居上座，命诸伶更番进觞，邀予品题。座客啧啧指顾，颇有凌云之气"；"长安之演《桃花扇》者，岁无虚日，独寄园一席，最为繁盛。名公巨卿，墨客骚人，骈集者座不容膝。张施则锦天绣地，胪列则珠海珍山。选优两部，秀者以充正色，蠢者以供杂脚。凡砌抹诸物，莫不应手裕如。优人感其厚赐，亦极力描写，声情俱妙”。此外，民间戏班也竞相敷演，尤以著名昆曲班社金斗班为胜，所演唱《题画》一折，为名流所称颂，名噪曲界。

《桃花扇》不仅在京城被文人、贵族所赞誉，请戏班演绎、演唱，而且流播到外地，为地方官绅所青睐。吴江徐釚在《南州草堂续集》卷（三）里记载他在开封观演《桃花扇》事[⑧]，宫鸿历在《恕堂诗》里记载苏州上演《桃花扇》事[⑨]，楚地容美土司首领田舜年也百般喜爱，训练家姬排演，以此剧接待顾彩，“楚地之容美，在万山中，阻绝人境，即古桃源也。其洞主田舜年，颇嗜诗书。予友顾天石有刘子骥之愿，竟入洞访之，盘桓数月，甚被崇礼。每宴必命家姬奏《桃花扇》，亦复旖旎可赏。盖不知何人传入，或有鸡林之贾耶？”还有直隶正定知府刘中柱安排伶人演出《桃花扇》宴请剧作家本人，“岁丙戌，予驱车恒山，遇旧寅长刘雨峰，为郡太守。时群僚高宴，留予居宾座，观演《桃花扇》，凡两日，缠绵尽致。僚友知出予手也，争以杯酒为寿。予意有未惬者，呼其部头，即席指点焉”（《桃花扇·本末》）。

以上资料都说明清初《桃花扇》演出传播之频繁，金埴在《不下带编》曾说“今勾栏部以《桃花扇》与《长生殿》并行，罕有不习洪、孔两家之传奇者，三十余年矣”[⑩]，还曾为《桃花扇》写过两首绝句，第二首为：“两家乐府盛康熙，进御均叨天子知。纵使元人多院本，勾栏争唱孔、洪词。”[⑪]足见康熙朝时，《桃花扇》的舞台演出状况，堪与《长生殿》相比，从清宫廷到文人堂会到民间戏班，都以搬演《桃花扇》为尚。

到了清中叶后，《桃花扇》演出不如清初多，但并不是如一些戏曲专家所判断的，演出中断，绝迹了，诸多文献资料可以佐证。

清乾隆二十三年（1758），青浦王昶（1725—1806）旅居扬州，连续观赏《桃花扇》《长生殿》《西厢记》《红梨记》等剧，作《观剧六绝》，其二为《桃花扇》而作："秦淮旧梦已如尘，扇底桃花倍怆神。仿佛鹦笼初见日，香钿珠衱不胜春。"[12]

徐珂编撰的《清稗类钞》第 11 册《戏剧类》里，记载淮商夏某家演出《桃花扇》，而且"淮商排《桃花扇》一剧，费至十六万金之多，可谓侈矣"[13]。

清嘉庆年间，福建莆田人郭尚先（1785—1832）的《增默庵诗遗集》卷一记载他在秦淮观看此剧，有《观桃花扇杂剧》诗："黄纸传佥菊部头，小朝天子竟无愁。未容旧院藏卢妇，谁解新亭泣楚囚。求剑忍教埋狱底，投鞭已报断江流。可怜一代兴亡局，结向秦淮十四楼。"[14]

江苏金匮人杨夔生（1781—1841），其《真松阁词》卷一作词《满庭芳·秦淮水榭听人度〈桃花扇〉乐府》，记录他在秦淮水榭听人演唱《桃花扇》："荡屋春风，连江梦雨，碧光微逗朝丝。哀筝一拍，几柱玉参差。寂寞寒涛东起，兴亡恨，付与歌儿。人何处，荒凉酒社，鸥啸蒋侯祠。　　相思，红泪尽，幅巾短发，重感栖迟。便沙才董白，唱遍新词。总是风花无赖，春欲去，我正愁时。凭阑望，青旗腰鼓，惆怅六朝诗。"[15]

清道光年间，种芝山馆主人《花天尘梦录》记录春台班王长桂演《草地》《窥浴》《亭会》《寄扇》诸出，"珠喉圆转，高下皆宜，以故声名历久不替"[16]。王长桂，也作王常桂，字蕊仙，扬州人，春台班艺人，道光年间名盛梨园。许宗衡《玉井山馆诗余》记录他观看王蕊仙演《寄扇》事："昔在道光乙未（1835）、丙申（1836）间，余留京师，尝观王郎蕊仙演《桃花扇》传奇《寄扇》一出，艳绝一时。士大夫宾筵酒座，盛称叹之。"[17]

同治年间，邗江小游仙客《菊部群英》记载，昆曲旦角周琴芳（曾搭过三庆班、四喜班）、朱莲芬擅长演《寄扇》中的李香君，老生曹春山（四喜班）擅长演杨龙友。朱莲芬是京城最受推崇的名伶之一，声誉与梅巧玲、时小福、徐小香相当，据许善长《碧声吟馆谈麈》记载，朱莲芬于 1850 年始演《寄扇》，但欣赏者寡鲜。此外，他还善演《思凡》《琴挑》《寻梦》等，在四喜班名重一时。

清同治五年（1866），名伶陈兰仙演出《桃花扇》，许宗衡为之作词一首《霓裳中序第一》赠之。“同治丙寅（1866）春正月，同人夜宴时，陈郎兰仙初演此曲，清尊檀板，素袜明珰，虽不知视王郎、朱郎为何如，然而锦色缠头，如聆旧曲，笛声犯尾，共拍新腔，何必侯生，乃为之数调寻宫，慨然太息乎？”⑱

清同治光绪年间，林纾曾用诗记述扬州演出《桃花扇》情境：“梨园唱彻孔云亭，遗老筵前酒半醒。粉黛湖山新乐府，兵戈藩镇小朝廷。河房士女传残画，旧内楼台锈故钉。输与横波夫婿贵，扬州檀板演灯屏。”⑲

龚显曾作诗《题〈桃花扇〉传奇》记载泉州演出《桃花扇》事：“一曲《春灯》紫禁深，梨园旧事枉伤心。多情只有秦淮水，犹作南朝罗唝吟。”“玉树庭花旧恨侵，南朝狎客总知音。《春灯》《燕子》风流剧，都作南薰殿上琴。”“兴亡覆局阅升沉，听唱新词感不禁。比似樽前说天宝，南朝风景乱人心。”⑳

以上资料可以说明清中叶至清末依然有《桃花扇》的演出，演出形式以折子戏为主，也有清唱，清乾隆刊刻的《纳书楹曲谱》选有《访翠》《寄扇》《题画》折，为《桃花扇》在清末文人群体、伶人间的流传提供了证据。但不如清初兴盛，也不如《琵琶记》《牡丹亭》《长生殿》等剧目演出频繁，这可以肯定。但不兴盛、不频繁，不等于没有演出。在看到更多的文献之前，断定《桃花扇》在清末演出绝迹，不符合戏曲演剧真实而复杂的历史面貌，更不能以此否定《桃花扇》作为经典剧目的思想价值和艺术价值。戏曲剧目创作后，被搬演到舞台上，是一项复杂、系统的工程，受到诸多因素的影响，有外在的社会、政治因素，也有内在的思想、艺术因素，不能以演出多少来判断一个剧目是否伟大。一部伟大的戏曲作品，不一定能在民间上演几百场；在民间上演几百场的戏，并不等于一定会成为经典名剧。戏曲作品是否伟大与演出场次多少不一定成正比关系。

五、历史真实与艺术真实

关于历史剧创作，明清的戏剧理论家多持虚实相参、以虚为主的观点。如明人谢肇淛的虚实观："凡为小说及杂剧戏文，须是虚实相半，方为游戏三昧之笔。""戏与梦同，离合悲欢，非真情也；富贵贫贱，非真境也。人世转眼，亦犹是也。而愚人得吉梦则喜，得凶梦则忧。遇苦楚之戏则愀然变容，遇荣盛之戏则欢然嬉笑。总之，不脱处世见解耳。近来文人，好以史传合之杂剧，而辨其谬讹，此正是痴人前说梦也。"[21] 在谢氏眼里，戏剧创作以虚构为主，剧作家如果对史料较真，"辨其谬讹"，那无异于痴人说梦，牛头不对马嘴。清人李渔在《闲情偶寄》里也表达了与谢氏相同的见解："传奇所用之事，或古或今，有虚有实；随人拈取。……实者，就事敷陈，不假造作，有根有据之谓也；虚者，空中楼阁，随意构成，无影无形之谓也。人谓：'古事多实，近事多虚。'予曰：'不然。传奇无实，大半皆寓言耳。……凡阅传奇而必考其事从何来、人居何地者，皆说梦之痴人，可以不答者也。'"[22] 可见，李渔也强调传奇创作的想象与虚构。

与谢肇淛、李渔强调艺术的想象和虚构不同，孔尚任更重视剧作历史的真实性。他认为："传奇虽小道，凡诗赋、词曲、四六、小说家，无体不备。……其旨趣实本于三百篇，而义则春秋，用笔行文，又《左》、《国》、太史公也。"还在剧中一再强调"当年真是戏，今日戏如真"，"司马迁作史笔，东方朔上场人"（《孤吟》）；"实事实人，有凭有据"（《先声》）。此外，他还在《桃花扇·小识》里明确表达对传奇的见解"传奇者，传其事之奇焉者也，事不奇则不传"，这点他显然继承了李渔的传奇观点。那么，既要求历史的真实，又追求情节的新奇，这不矛盾吗？

同是清人，孔尚任晚李渔约四十年，这四十年里，明亡清兴，历史发生巨变，历史的变故在文人心理上造成的冲击和震撼令人不得不对历史重新进行反思。受此影响，清初的学术界流行重实验、重考据的学风，“清代学术更有其特殊的风气，即是不喜欢逞空论，而喜欢重实验。实事求是，无征不信，殆成为一般人所持守之信条。不仅经学、小学重在考据者如是，即在理学、佛学以及文学等等，凡可以逞玄谈、幻想或虚辞者，在清人说来无不求其着实，求其切实，决不是无根据的游谈，无内容的浮谈”[23]。流风所及，清初文坛也出现了以史入诗、以史作文的创作风气。孔尚任在入国子监前，最擅长经学研究，所以康熙帝驾临孔庙，他被推荐为讲经人员，能够在御前讲经，说明在当时的曲阜，孔尚任算是经学研究方面的权威了。有了征实重据的经学研究基础，当他面对戏曲艺术时，必然将这种重考据的思维方法带入创作中。这是孔尚任戏剧观形成的渊源。

在重考据的思想指导下，创作《桃花扇》前，孔尚任做了多方面的实地调查，收集了许多珍贵、有价值的历史材料。因为这些材料大多是从明末遗民的嘴里抠出来，史书上无法寻找到，所以在剧中孔尚任常常以史学家的口气告诉观众，他所描述的戏剧事件是真实可靠的。因为“实事实人，有凭有据”，所以《桃花扇》里发生的事件和出场的人物可谓是历史的再现。戏剧背景是南明弘光王朝从建立到覆亡的一段真实历史，剧中的主要人物复社名士侯方域和秦淮名妓李香君也是历史人物，其他如杨龙友、柳敬亭、苏昆生、史可法、左良玉，以及反面人物阮大铖、马士英等等，都是真名实姓的历史人物。真实的事件和真实的人物，共同营造出《桃花扇》凝重的历史感。

但传奇毕竟是艺术创作，若完全按历史的脉络写，写一部历史剧不如写一部野史，其价值并不在戏曲之下。孔尚任虽然主张用史笔创作戏曲，但在具体的创作中，在对人物和事件的塑造和渲染中，他不自觉地融入了个人的价值评判。在《桃花扇》第一出《先声》中，孔尚任清楚地阐述自己的创作意图“借离合之情，写兴亡之感”，一个“感”字，凸现出作者在剧中的态度并不完全是历史的、客观的，而是融有他的主观情思。在《桃花扇·小引》里，孔尚任还声称“场上歌舞，局外指点，知三百年之基业，隳于何人，败于何事，消于何年，歇于何地，不独令观者感慨涕零，亦可惩创人心，为末世之一救矣”。

那么，孔尚任借桃花扇作传奇，其“奇”何在？其寓意又何如？请看他自己的解释：

> 桃花扇何奇乎？其不奇而奇者，扇面之桃花也。桃花者，美人之血痕也。血痕者，守贞待字，碎首淋漓，不肯辱于权奸者也。权奸者，魏阉之余孽也。余孽者，进声色，罗货利，结党复仇，隳三百年之帝基者也。帝基不存，权奸安在？惟美人之血痕，扇面之桃花，啧啧在口，历历在目，此则事之不奇而奇，不必传而可传者也。人面耶？桃花耶？虽历千百春，艳红相映，问种桃之道士，且不知归何处矣。(《桃花扇·小识》)

这段话颇有辩证的哲理意味。从作者花精力收集材料来塑造剧中的历史人物形象来看，其目的是要借昆剧这种艺术形式探讨明王朝灭亡的根本原因。他认为魏阉余孽，“进声色，罗货利，结党复仇”，是导致三百年明王朝帝基隳灭的根本原因。但作者不限于此，他继续说，明朝消亡了，这段历史逝去了，那些作威作福、残害忠良的权奸也随历史烽烟的消散而消逝，唯有扇面的桃花血迹历历在目。血迹意味着什么？它寓含多重意义，除了寓含李香君反抗权奸、矢志守节的精神，还有以下的含义：“桃花扇，乃李香君面血所染。香君之面血，香君之心血也。因香君之心血，而传左宁南之胸血，史阁部之眼血，黄靖南之颈血，所谓血性男子，为明朝出血汗之力者。”（《劫宝》出评）由面血引申开去，隐含着左良玉、史可法等血性男子为国捐躯、以血荐志的忠义精神，李香君、左良玉、史可法等人是明朝的正气所在，他们不会随历史的消亡而消亡，即使历经千百年依然永恒，这就是孔尚任《桃花扇·小识》里谈到的“事之不奇而奇，不必传而可传者”的意蕴所在。

六、艺术形象

王国维曾高度评价《桃花扇》的人物形象塑造：“元人杂剧，辞则美矣，然不知描写人格为何事。至国朝之《桃花扇》，则有人格矣。”[24]王国维认为，元杂剧文辞很美，但忽略了对人物形象的塑造。到了清代，在《桃花扇》里才出现独特、个性化的人物形象。尽管王氏的这种评价有点偏颇，不符合元明清戏曲创作的真实情况，因为《西厢记》《牡丹亭》《清忠谱》等名剧中的崔莺莺、杜丽娘、周顺昌等这些人物都有自觉的主体意识和精神追求，形象生动、传神，令人印象深刻。但在千百部的戏曲作品中，王国维唯独推崇《桃花扇》，说明该剧在人物形象塑造方面具有独特的创造力。成功塑造个性鲜明的人物形象，是《桃花扇》成为经典的奥秘所在。

《桃花扇》中的人物众多，既有帝王将相、文人墨客，也有贩夫走卒、青楼歌女，各色人等五十多位，大约可以分为两类，一类是成仁取义、廉节自守的义士烈女，如史可法、柳敬亭、李香君等；一类是求名骛利、卑诈下流的奸佞小人，如马士英、阮大铖等。前一类人奋斗、吃苦、不屈，后一类人偷安、享乐、投降。孔尚任将这两类人物都刻画得深刻细微，活灵活现[25]。

史可法是孔尚任竭力塑造的英雄形象。历史上的史可法有缺点，曾镇压过农民起义军。督师扬州时，无知人之明，不善统筹调度兵力，是非不分，导致扬州沦陷。他不是沉江而死，而是在扬州城破时被清兵杀死。孔尚任在塑造史可法的形象时，回避他军戎生涯中的不光彩之事，而着意表现他的民族气节和爱国情怀。写清兵攻打扬州时，史可法率兵顽强抗击，战败后他曾想为国自尽，后想起国家社稷还需要靠他来支撑，勉强打消自杀念头，心怀一腔热血，奔赴在支援南京的旷野上。当听到南京失陷时，才感到护主无望，乃投江而死，以身殉国。孔尚任在《沉江》出里浓墨重彩地描写了史可法投江殉节时的悲壮场面，淋漓尽致地渲染出史可法无法力挽狂澜的绝望心境。

阮大铖是个反面人物，孔尚任刻画时没有将其简单化，而是写出了其人性的复杂性，既写阮氏富有戏曲创作才华，也写他陷害东林党人，心狠手辣，展现出人物真实的一面。阮大铖善于钻营，为了获得权势，会不择手段。早年投靠魏忠贤，魏忠贤失势后，阮氏受到东林党人的排挤，他欲趁送李香君妆奁酒席之机，拉拢侯方域，被李香君拒绝，因此怀恨在心，威逼李香君嫁给田仰，来陷害侯方域，陷害复社。孔尚任在《哄丁》《侦戏》《闹榭》《辞院》《阻奸》《迎驾》《设朝》《媚座》《骂筵》《选优》《逮社》《拜坛》《逃难》等十多出里，从丁期祭拜、借戏演出、选优入宫、逮捕复社文人等多个场面来展现阮大铖性格的矛盾性与多面性，将反派人物刻画得有血有肉，是《桃花扇》人物塑造成功的具体表现。

最值得一提的是李香君形象的艺术塑造。李香君不是普通的女子，而是秦淮歌女、秦淮八艳之一。在众多的秦淮佳丽中，无论从美貌还是才气角度来说，李香君都不算最为突出的，但经过孔尚任的笔墨点染后，她脱颖而出，成为光彩照人的一位女性形象，这主要归功于孔氏对她多重性格的塑造。她外表柔弱、娇羞，内心却刚烈、坚强。李香君初次上场时，尽管艳妆，但娴静、单纯，不多言，当杨文骢赏赠名字和楼名时，她也只是“多谢老爷”一句。在《传歌》出里，李香君学唱昆曲，表现出良好的艺术修养。在《却奁》出，新婚之时，李香君获知妆奁和酒席为阮大铖出资所办，表现出愤怒并拒绝，与侯方域、杨文驄的坦然接纳形成鲜明对比，凸显出李香君爱憎分明、刚烈高洁的个性。在《骂筵》出，面对阮大铖的威逼，要求斟酒唱曲，李香君回复“不会”来表达拒绝和不妥协，彰显出她不畏权贵、敢于抗争的品质。在《守楼》出，面对田仰送来的聘礼、李贞丽和杨文驄的劝嫁，李香君不为所动，发誓只为侯方域守候，最后以头抢地、血溅桃花扇，表达了她守护爱情的坚贞之心。在《入道》出，南京失守，李香君与侯方域在经坛上相遇，以为可以与侯方域相守余生，被张瑶星道士大喝一声，蓦然觉悟，放下情痴，归入道山，个人思想得到了升华。在《桃花扇》里，涉及李香君的场次并不算多，但只要是李香君出场，那一出必成为经典，说明孔尚任抓住李香君性格独具特色的一面，从不同角度尽情地铺陈，锻造出立体、饱满的秦淮佳人形象。与侯方域形象相比，李香君的形象鲜活、生动，足见孔氏对李香君用笔之细、用情之深。

七、思想出新

对于由明入清的文人来说，明朝和清朝太不相同了。汉民族对异族统治的排斥感以及对亡明的留恋和追念，使他们对朝代更替表现出前所未有的人文关怀和历史思索，这种关怀和思索，体现在创作中即是出现了许多抒发历史兴亡之感的历史剧。孔尚任的《桃花扇》表现出鲜明的历史兴亡感。

抒发历史兴亡感的历史剧，并不是明亡后才出现的。在传奇刚刚兴盛时，剧作家就对历史题材的故事表现出特有的关注和喜爱，出现了几部有代表性的作品，如梁辰鱼的《浣纱记》、张凤翼的《窃符记》、徐元的《八义记》等等。《窃符记》描写的是魏王宠妃如姬窃兵符救赵的事，《八义记》叙说的是周坚、鉏麑、提弥明、灵辄等八人为救赵氏孤儿舍生取义的事，《浣纱记》则讲述了越国勾践卧薪尝胆灭吴的事。三个剧作中，《八义记》宣扬的是“义”，《窃符记》主要突出了如姬的胆识和魄力，与家国兴亡无涉，只有《浣纱记》中的“请看换羽移宫，兴废酒杯中”（第一出《家门》），首次在剧坛上写出家国兴亡之历史厚重感。从梁辰鱼创作的初衷看，越兴吴亡是他设计的全剧背景，他要在这个历史背景下，着重塑造范蠡的英雄形象。为了越国复兴，范蠡忍辱做奴；为了国家兴盛，放弃儿女私情，展现出范蠡男人的宽阔胸襟和政治家的远见，由此抒发作者自己怀才不遇的苦闷。虽然梁辰鱼创作《浣纱记》有明显的托志倾向，但他创造的“借离合之情，写兴亡之感”的结构方式，为后来的传奇作家特别是由明入清的剧作家创作历史剧，提供了很好的范本。

历史剧是剧作家喜爱的题材，那么，在经过明亡的历史巨变后，由明入清的剧作家对历史兴亡有了更深切的感受，心有所郁结必要发泄。明代的覆亡是明代遗民心中的痛，有人入道、有人沉湖、有人隐居山林，文人们以不同的方式表达对朱明王朝的忠心。吴伟业、李玉这些剧作家既没有入道，也没有沉湖，他们暂且偷生，但偷生不代表遗忘，亡国的悲哀时时萦绕着他们，他们将这种刺骨的痛苦化为文字，在他们笔下，戏剧人物和戏剧语言糅杂着浓浓的故国之情。《秣陵春》《牛头山》《千钟禄》《昊天塔》等剧，都抒发了对逝去王朝的怀念之情。

《桃花扇》大概是清代昆曲传奇里历史兴亡感最为浓郁的作品。爱情和兴亡两条复线明显借鉴了《浣纱记》，但内蕴与容量远远超过了《浣纱记》，所有的人物、事件都有历史依据却又超越了历史，具有了艺术真实感：“浅者谓为佳人才子之章句，而赏其文辞清丽，结构奇纵。深者则谓其指在明季兴亡，侯、李乃是点染，颠倒主宾，以眩耳目。用力如一发引千钧，累九丸而不坠者，近之矣。”[26]《桃花扇》的高明之处是似在描写爱情却超越爱情，似在描写兴亡却又超越兴亡，连剧中起着穿针引线作用的道具“桃花扇”，都不是普通词汇的含义而富有多种意味，全剧充满禅意，给观众带来别样的审美感受。

八、悲剧结局

从梁辰鱼到孔尚任，从《浣纱记》到《桃花扇》，涌现出上千部的明清传奇作品，这些剧作故事新奇、风格各异，极大地丰富和繁荣了戏曲艺术舞台。大部分的作品以大团圆结局，唯独《桃花扇》以悲剧结局，这一现象引人瞩目。

梁廷枏说：“《桃花扇》以《余韵》折作结，曲终人杳，江上峰青，留有余不尽之意于烟波缥缈间，脱尽团圆俗套。”[27]关于“脱俗套”，孔尚任自己在《桃花扇·凡例》中也有明确表示“且脱去离合悲欢之熟径”，其意乃为结尾处避免以往昆曲传奇“大团圆”的套路，欲有所创新，体现出他对“事不奇则不传”的执着追求。

复社名士侯方域和秦淮名妓李香君历经磨难后，在白云庵里相聚。因阮大铖设陷迫害，侯方域曾逃往史可法麾下，后又被捕入狱，他想时局如此兵荒马乱，恐此生难与李香君再相见。明亡后，侯方域和李香君在白云庵邂逅，于是侯方域计划下山后两人不再分离，一起享受团圆之乐。他的这种思想被道士张瑶星当头棒喝：“阿呸！两个痴虫，你看国在那里？家在那里？君在那里？父在那里？偏是这点花月情根，割他不断么？”经张道士的点拨，侯方域如梦初醒，和李香君重聚后再次南北分开，双双入道。

团圆后再分离这种结构形式新颖别致。重聚前，李香君受卞玉京引领在保真庵暂住，侯方域受丁继之引领在采真观暂住，各为一地，不得相见，若这样结束全剧也是悲剧。为什么孔尚任非要让他俩见面后再分离而且入道？我们以为一则增加悲剧感，二则赋予结局以哲理意味。

让侯方域、李香君相聚后再分开，大概没有其他的结局比这更富于悲剧色彩了。李香君、侯方域历尽千辛万苦终于团圆了，观众为他们的团聚才欢欣雀跃，突然张瑶星一句棒喝，他的话令李、侯顿悟，也给处于欣喜之中的观众浇了一盆冷水，心中萌生阵阵悲凉，人生的悲剧感油然而生。张瑶星的出现是剧作者特意安排的，因为他的出场最具说服力。张瑶星原任北京锦衣卫仪正之职，明朝灭亡时他断绝功名之念，在无计救侯方域等复社义士后，自觉地隐入深山。他的退隐本身就是一个历史悲剧，而侯、李这对有情人经历人生悲剧后尚未觉悟，只有张瑶星能够启发他们。在张瑶星看来，南明王朝覆亡了，这是历史悲剧，而个人命运与国家命运紧密相连，“皮之不存，毛将焉附”，国家灭亡了，个人就无所归依，爱情也随之消失。“白骨青灰长艾萧，桃花扇底送南朝。不因重做兴亡梦，儿女浓情何处消？”（《入道》出下场诗）侯、李的结局只能是有情无缘的爱情悲剧。到了这里，剧作者敷设的爱情线与兴亡线自然重叠在一起，人生悲剧与历史悲剧融为一体，全剧的悲剧韵味更加浓郁。

需要追问的是，侯、李分手已是悲剧，为何还让他们双双入道？明代灭亡后，逃禅是明末遗民首要选择的生存方式。对遗民来说，“逃禅”，与其说是无法面对改朝换代的悲哀，不如说是在“禅”里寻找精神寄托。孔尚任让张瑶星出面安排侯、李入道，就是让他们在爱情破灭后寻找新的精神家园。这是一层含义。

侯方域、李香君入道又各有含义。李香君“入道”，是从正面肯定她反抗奸臣、血染扇面的不屈精神。侯方域“入道”，则从反面指责他作为文人士大夫，面对权奸、面对迫害，不仅没有表现出应有的气节，反而软弱、犹豫、退缩，连平民百姓蔡益所、蓝瑛、卞玉京、丁继之、柳敬亭、苏昆生等人都不如。这六人加上张瑶星是剧作家极为赞赏的“作者”：

“南朝作者七人：一武弁、一书贾、一画士、一妓女、一串客、一说书人、一唱曲人，全不见一士大夫。表此七人者，愧天下之士大夫也。”（《余韵》出眉批）何谓“作者”？孔尚任曾是经学家，“作者”典故源于《论语·宪问》：“子曰：‘贤者辟世，其次辟地，其次辟色，其次辟言。’子曰：‘作者七人矣。’”可见，“作者”指的是那些逃避恶浊社会而隐居山林的贤者[28]。“作者七人”尚且以国家兴亡为己任，国破家亡后隐居山林，那么，侯方域作为文人士大夫该处何所？无他路，也应该入道。入道，是孔尚任为没有志节的文人士大夫指出的一条忏悔之路。

《桃花扇》结局不仅悲剧意味浓厚，而且富于哲理意蕴，正如《余韵》出出评总结的：“水外有水，山外有山，《桃花扇》曲完矣，《桃花扇》意不尽也。思其意者，一日以至千万年，不能仿佛其妙。曲云曲云，笙歌云乎哉？科白云乎哉？”

① 张玉芹《孔尚任志》，山东人民出版社 2009 年版，第 56 页。据张玉芹查访，曲阜师范大学图书馆藏有孔尚任著《律吕正义》清刻本，详细阐述了乐理、乐器、祭礼、乐舞等，附图多幅，疑为《律吕管见》的同书异名者。

② 宋平生《〈桃花扇传奇〉版刻源流考》(《中国人民大学学报》1992 年第 6 期）将《桃花扇》版本分为介安堂本、西园本、沈氏本、清芬书屋本、嘉庆间本、道光十三年本、兰雪堂本和暖红室本 8 种，戚培根《〈桃花扇〉传奇版本源流考》(《图书馆论坛》1992 年第 1 期）分为西园本、沈氏本、兰雪堂本和暖红室本 4 种。

③ 16 幅插图分别为：《听稗》《传歌》《眠香》《却奁》《投辕》《和战》《媚座》《守楼》《寄扇》《逢舟》《逮社》《归山》《誓师》《栖真》《入道》《余韵》。

④ 吴梅《吴梅校正识》，载（清）孔尚任《增图校正桃花扇》，吴梅、李详校正，江苏广陵古籍刻印社 1979 年版。

⑤ 陈多《戏史何以需辨》，载胡忌主编《戏史辨》，中国戏剧出版社 1999 年版，第 28 页。

⑥ 蒋星煜《〈桃花扇〉从未被表演艺术所漠视——二百多年来〈桃花扇〉演出盛况述略》，《艺术百家》2001 年第 1 期。

⑦ 王卫民编《吴梅戏曲论文集》，中国戏剧出版社 1983 年版，第 112 页。

⑧ 张慧剑《明清江苏文人年表》，上海古籍出版社 2008 年版，第 937 页。

⑨ 张慧剑《明清江苏文人年表》，上海古籍出版社 2008 年版，第 942 页。

⑩（清）金埴撰，王湜华点校《不下带编 巾箱说》，中华书局 1982 年版，第 39 页。

⑪（清）金埴撰，王湜华点校《不下带编 巾箱说》，中华书局 1982 年版，第 135 页。

⑫（清）王昶《春融堂集》卷六，上海文化出版社 2013 年版，第 107 页。

⑬ 徐珂编撰《清稗类钞》第 11 册《戏剧类》，中华书局 1986 年版，第 5034 页。

⑭ 龚斌、范少琳编《秦淮文学志》下册，黄山书社 2013 年版，第 1647 页。

⑮ 龚斌、范少琳编《秦淮文学志》下册，黄山书社 2013 年版，第 1648 页。

⑯（清）种芝山馆主人《花天尘梦录》，清道光年间抄本。

⑰（清）许宗衡《玉井山馆诗余》，清同治九年（1870）刻本，载《清代诗文集汇编》第 640 册，上海古籍出版社 2010 年版，第 384 页。

⑱（清）许宗衡《玉井山馆诗余》，清同治九年（1870）刻本，载《清代诗文集汇编》第 640 册，上海古籍出版社 2010 年版，第 385 页。

⑲ 林纾《〈桃花扇传奇〉题后》，载江中柱等编《林纾集》第 2 册，福建人民出版社 2020 年版，第 111 页。

⑳ 转引自林庆熙等编《福建戏史录》，福建人民出版社 1983 年版，第 165 页。

㉑（明）谢肇淛《五杂组》卷十五《事部三》，山东人民出版社 2018 年版，第 532—533 页。

㉒（清）李渔《闲情偶寄·词曲部·审虚实》，载《李渔全集》第三卷，浙江古籍出版社 1991 年版，第 15—16 页。

㉓ 郭绍虞《清代文学批评概述》，载《中国文学批评史》下卷，百花文艺出版社 1999 年版，第 11—12 页。

㉔ 王国维《文学小言》，周锡山编校《王国维文学美学论著集》，北岳文艺出版社 1987 年版，第 28 页。

㉕ 方霞光《校点〈桃花扇〉新序》，《国文月刊》第 21 期，1943 年 4 月，转引自吴新雷《孔尚任和〈桃花扇〉研究的世纪回顾》，《南京大学学报》1999 年第 2 期。

㉖（清）包世臣《书〈桃花扇〉传奇后》，转引自吴毓华编著《中国古代戏曲序跋集》，中国戏剧出版社 1990 年版，第 452 页。

㉗（清）梁廷枏《曲话》，载《中国古典戏曲论著集成（八）》，中国戏剧出版社 1959 年版，第 271 页。

㉘ 张燕瑾《历史的沉思——〈桃花扇〉解读》，载《中国戏曲史论集》，北京燕山出版社 1995 年版，第 236 页。

桃花扇

试一出[1] 先声[2]（康熙甲子八月[3]）

【蝶恋花】[4]（副末毡巾、道袍、白须上[5]）古董先生谁似我？非玉非铜，满面包浆裹[6]。剩魄残魂无伴伙，时人指笑何须躲。　旧恨填胸一笔抹，遇酒逢歌，随处留皆可。子孝臣忠万事妥，休思更吃人参果。

日丽唐、虞世[7]，花开甲子年[8]。山中无寇盗，地上总神仙。老夫原是南京太常寺一个赞礼[9]，爵位不尊，姓名可隐。最喜无祸无灾，活了九十七岁，阅历多少兴亡，又到上元甲子。尧、舜临轩[10]，禹、

孔尚任《小忽雷》的开场诗“大抵人生聚散中，灞桥官道柳蒙蒙。香消红袖登楼妓，泪湿青衫对酒翁”，可作副文本来理解《先声》出的内涵和意境。

眉批：“冲场一曲，可感可兴，有旨有趣，非风雅领袖，谁其能之。”

眉批：“老赞礼者，云亭山人之伯氏。曾仕南京，目击时事，山人领其绪论，故有此作。”

皋在位[11]，处处四民安乐，年年五谷丰登。今乃康熙二十三年，见了祥瑞一十二种。（内问介[12]）请问那几种祥瑞？（屈指介）河出图[13]，洛出书，景星明，庆云现，甘露降，膏雨零，凤凰集，麒麟游，蓂荚发，芝草生，海无波，黄河清。件件俱全，岂不可贺。老夫欣逢盛世，到处遨游。昨在太平园中，看一本新出传奇，名为《桃花扇》，就是明朝末年南京近事。借离合之情，写兴亡之感，实事实人，有凭有据。老夫不但耳闻，皆曾眼见。更可喜把老夫衰态，也拉上了排场，做了一个副末脚色，惹的俺哭一回，笑一回，怒一回，骂一回。那满座宾客，怎晓得我老夫就是戏中之人。（内）请问这本好戏，是何人著作？（答）列位不知，从来填词名家，不著姓氏。但看他有褒有贬，作《春秋》必赖祖传[14]。可咏可歌，正雅、颂岂无庭训[15]。（内）这等说来，一定是云亭山人了[16]。（答）你道是那个来？（内）今日冠裳雅会[17]，就要演这本传奇。你老既系旧人，又且听过新曲，何不把传奇始末，预先铺叙一番，大家洗耳？（答）有张道士的《满庭芳》词[18]，歌来请教罢。

眉批："说出著作渊源，一部传奇，直作《春秋》《毛诗》读矣。"

眉批："细叙纲领，简而详，质而韵。"

《桃花扇》里的一些人物和事件皆依史事创作，但艺术真实与历史真实不同，剧中的人物和事件源于历史，又与历史有所不同。所以，剧中的侯方域与历史上的侯方域有所不同。

【满庭芳】公子侯生[19]，秣陵侨寓[20]，恰偕南国佳人[21]。谗言暗害，鸾凤一宵分。又值天翻地覆，据江淮藩镇纷纭。立昏主，征歌选舞，党祸起奸臣。　良缘难再续，楼头激烈，狱底沉沦。却赖苏翁柳老[22]，解救殷勤[23]。半夜君逃相走，望烟波谁吊忠魂？桃花扇，斋坛揉碎，我与指迷津。

（内）妙，妙。只是曲调铿锵，一时不能领会，还求总括数句。（答）待我说来。

奸马阮中外伏长剑[24]，巧柳苏往来牵密线。

侯公子断除花月缘，张道士归结兴亡案。

道犹未了，那侯公子早已登场，列位请看。

出评："首一折《先声》，与末一折《余韵》相配，从古传奇，有如此开场否？然可一不可再也。古今妙语，皆被俗口说坏。古今奇文，皆被庸笔学坏。慎勿轻示俗子也。"

[注释]

[1] 试一出：指传奇开场前的序幕。出，指剧中人物出场演戏一段，明清传奇不仅分出数，而且标出每出的出目，可以使读者和观众清楚了解一出戏里的内容。 [2] 先声：指介绍剧情概要，传达作者创作思想，相当于"副末开场"。 [3] 康熙甲子：清康熙二十三年（1684）。 [4]【蝶恋花】：昆曲曲牌名。 [5] 副末：明清传奇角色术语，主要扮演剧中年纪较大的男子。明清传奇体制规定，戏场开演，副末首先上场，介绍剧情大意，扮演剧中人或剧外人均可。本剧由副末扮演老赞礼，属于剧中人。毡巾、道袍、白须：剧中人物服饰和化妆提示。 [6] 包浆：收藏业术语，指金玉等古玩经过人手的摩挲后焕发出的光泽。这里形容面容苍老。 [7] 唐、虞世：唐，指唐尧；虞，指虞舜。唐尧和虞舜在位时，任人唯贤，国泰民安，被后世称颂、景仰。 [8] 甲子年：传统历法，采用十天干、十二地支相配来纪年、纪月、纪日。天干、地支依次相配，六十年为一周期。天干的第一位是甲，地支的第一位是子，二者相配即为"甲子"。本剧的甲子年指清康熙二十三年。 [9] 赞礼：官名，中国古代礼仪职官，明清时期在太常寺设

立此职，在宗庙祭祀时负责引导皇帝行礼之官员。 [10] 临轩：指帝王不在正殿而在殿前的平台上接见臣僚的礼仪。 [11] 禹：指夏禹，尧、舜时洪水泛滥，夏禹奉命治水，疏川导滞，引水入渠，治水成功。皋：指皋陶，尧、舜时的士师，即司法官，他执法严明，铁面无私。 [12] 内：后台，可指不出场的角色在后台帮腔，也可指其他演员在后台帮腔或者制造舞台效果等。介：戏曲表演术语，多见于南戏、传奇文本，指角色表演动作、做表情和舞台效果等的舞台提示。与元杂剧的“科”同义。 [13]“河出图”以下十二句：指十二种吉祥天象、物象，意味着太平盛世的到来。河出图，传说伏羲时，有龙马背负一图出于黄河，伏羲据此画八卦。洛出书，传说夏禹治水时，有神龟出于洛水，背上裂纹很像文字，夏禹据此写《九畴》。景星，与下文“庆云”“甘露”“膏雨”“凤凰”“麒麟”“蓂（míng）荚”“芝草”，都是传说中的吉星、祥云、瑞鸟、瑞兽、甘霖、瑞草等，它们只有圣人执政、天下太平时才会出现。蓂荚，亦名“历荚”。尧为天子，仁义天下，有神草生于庭前夹阶，一天生一荚，至月半生十五荚。至十六日始，一天落一荚，月底落尽。如遇小的月份，剩余一荚。尧帝视其为日历。海无波，黄河清，海不起波，黄河水清，意为明君莅临天下的征兆。 [14] 作《春秋》必赖祖传：《春秋》是东周时期鲁国的史书，采用了编年记事的方式，相传为孔子所作。孔尚任是孔子的第六十四代孙，他采用实录体的方式来褒贬南明历史，神追《春秋》，必有祖上遗风。 [15] 正雅、颂岂无庭训：指填词作曲，也受先辈真传。雅、颂，《诗经》的篇章，此谓戏曲。雅，指正声雅乐。颂，指祭祀乐曲。庭训，古代父亲对儿子的教诲，据《论语·季氏》，孔子曾在庭院里教育儿子孔鲤学《诗》《礼》。 [16] 云亭山人：孔尚任的自号。 [17] 冠裳：原指士绅参加雅集时所穿的全套礼服，借指士大夫、官宦。 [18] 张道士：指剧中人张薇。

张薇，字瑶星，上元（今江苏南京）人。明诸生，承荫锦衣卫镇抚，入清后不仕，隐居南京钟山白云庵。著有《玉光剑气集》。［19］侯生：指侯方域，字朝宗，商丘（今河南商丘）人。能诗，有才华，文法唐宋，明末与方以智、陈贞慧、冒辟疆齐名，称“明末四公子”。［20］秣陵：即金陵，今江苏南京。战国时，楚威王以其地隐有王气，埋金镇之，称金陵，秦代改称秣陵。［21］南国佳人：指李香君。［22］苏翁：指苏昆生。柳老：指柳敬亭。［23］解救：原作“解敕”，据兰雪堂本改。［24］“奸马阮中外伏长剑”以下四句：是下场诗，明清传奇结构的一种形式，人物角色下场时，吟诵七言诗或五言诗一首，由在场人物分念，或同念，概括内容，抒发感情。奸马阮中外伏长剑，指马士英、阮大铖内外勾结，暗设阴谋。马，指马士英，贵阳人，明万历四十七年（1619）进士。明亡，拥立福王于南京，任东阁大学士，进太保，专国政。清兵破南京，出走被杀。阮，阮大铖，安徽怀宁人，明万历四十四年（1616）进士，曾任吏科给事中，因附魏忠贤，在崇祯朝被废。南明王朝时，附马士英同领朝政，官至尚书。清兵破金华，阮氏乞降。又与马士英等密疏唐王出关，事泄触石而亡。中外，指朝中和朝外。伏长剑，指暗中设计阴谋。

［点评］

以“试一出”方式开场，这是《桃花扇》在出目形式上的创新。明清传奇作品中的“副末开场”一般直接标为第一出，本剧标为“试一出　先声”，既有出数，又有出目，且特意加了“试”字，以区别于第一出。后文有“闰二十出　闲话”“加二十一出　孤吟”“续四十出　余韵”与此相对应，这些均为《桃花扇》形式创格的体现。

这出里的“副末”由老赞礼担任。作为“副末开场”中的副末，不是剧中人，无姓无名，上场表演一段后，不再在剧中出现。但《桃花扇》里的老赞礼兼有“副末”和剧中角色两种身份，他既是开场之人，也是结场之主，是一位贯穿全剧始终的人物。实际上，老赞礼的原型是孔尚任之伯氏，在南京太常寺任职，曾目击南明时事。孔尚任借老赞礼的回忆开场，在老赞礼的吟唱中，展开波澜壮阔的历史事件，这种倒叙写法别开生面，表现出他独特的创作思维。不仅如此，他采用老赞礼与内场的一问一答方式，阐发了“借离合之情，写兴亡之感”的戏剧观和“实事实人，有凭有据”的创作手法。

【满庭芳】词总括全剧情节，以侯方域、李香君的相恋、分离、重聚、出道为纬线，以南明王朝盛衰为经线，编织出一曲惊心动魄、可歌可泣的时代悲歌，透露出浓郁的离合之情、兴亡之感。文字精要、简练，内容丰赡、富丽，令人回味。

第一出　听稗[1]（癸未二月[2]）

【恋芳春】（生儒扮上[3]）孙楚楼边[4]，莫愁湖上[5]，又添几树垂杨。偏是江山胜处，酒卖斜阳，勾引游人醉赏，学金粉南朝模样[6]。暗思想，那些莺颠燕狂[7]，关甚兴亡[8]。

眉批："风流蕴藉，全无开场腐套，压倒古今。"

眉批说"莺颠燕狂，管甚兴亡，是南朝病根"，此处点出了南朝灭亡的根本原因。

［鹧鸪天］院静厨寒睡起迟[9]，秣陵人老看花时。城连晓雨枯陵树，江带春潮坏殿基。伤往事，写新词，客愁乡梦乱如丝。不知烟水西村舍，燕子今年宿傍谁？小生姓侯，名方域，表字朝宗，中州归德人也[10]。夷门谱牒[11]，梁苑冠裳[12]。先祖太常[13]，家父司徒，久树东林之帜。选诗云间[14]，征文白下，新登复社之坛。蚤岁清词[15]，吐出班香宋艳。中年浩气，流成苏海韩潮。人邻耀华之宫[16]，偏宜赋酒。家近洛阳之县[17]，不愿栽花。自去年壬午[18]，南

梁启超评点："崇祯十五年壬午五月，李自成陷睢州。六月，诏起侯恂以兵部侍郎督左良玉军援开封，时方域随父在南，代草《流贼形势疏》。又劝恂勿救开封而督左军距河以掎贼。恂曰：'若此，则我先反矣。'不听。遣方域还吴，道出永城为叛将刘超所劫，谕以祸福，俾勤王自赎，超不听。然亦释之。计八月秋闱，正方域被劫时，必无应试之事。"

闱下第[19]，便侨寓这莫愁湖畔。烽烟未靖[20]，家信难通，不觉又是仲春时候。你看碧草粘天[21]，谁是还乡之伴。黄尘匝地[22]，独为避乱之人。（叹介）莫愁，莫愁，教俺怎生不愁也。幸喜社友陈定生、吴次尾[23]，寓在蔡益所书坊[24]，时常往来，颇不寂寞。今日约到冶城道院[25]，同看梅花，须索早去。

【懒画眉】乍暖风烟满江乡，花里行厨携着玉缸[26]，笛声吹乱客中肠。莫过乌衣巷[27]，是别姓人家新画梁。

（下。末、小生儒扮上[28]）

【前腔】王气金陵渐凋伤，鼙鼓旌旗何处忙，怕随梅柳渡春江。（末）小生宜兴陈贞慧是也。（小生）小生贵池吴应箕是也。（末问介）次兄可知流寇消息么[29]？（小生）昨见邸抄[30]，流寇连败官兵，渐逼京师。那宁南侯左良玉[31]，还军襄阳。中原无人，大事已不可问，我辈且看春光。（合）无主春飘荡，风雨梨花摧晓妆。

眉批："莫愁者，愁种也，或是香君前身。"

（生上相见介）请了，两位社兄，果然早到。（小生）岂敢爽约。（末）小弟已着人打扫道院，沽酒相待。（副净扮家僮忙上[32]）节寒嫌酒冷，花好引人多。禀相公，来迟了，请回罢。（末）怎么来迟了？（副净）魏府徐公子要请客看花[33]，一座大大道院，早已占满了。（生）既是这等，且到秦淮水榭，一访佳丽[34]，倒也

眉批："开口便问流贼消息，惊心动魄之言。"

有趣。（小生）依我说，不必远去，兄可知道泰州柳敬亭[35]，说书最妙，曾见赏于吴桥范大司马、桐城何老相国[36]。闻他在此作寓，何不同往一听，消遣春愁？（末）这也好！（生怒介）那柳麻子新做了阉儿阮胡子的门客[37]，这样人说书，不听也罢了。（小生）兄还不知阮胡子漏网余生，不肯退藏[38]，还在这里蓄养声伎，结纳朝绅。小弟做了一篇留都防乱的揭帖[39]，公讨其罪。那班门客才晓的他是崔魏逆党[40]，不待曲终，拂衣散尽。这柳麻子也在其内，岂不可敬。（生惊介）阿呀！竟不知此辈中也有豪杰，该去物色的。（同行介）

眉批："先题徐公子，为末折皂隶伏脉。"

眉批："留都防乱一揭，南朝钩党之根也。"

【前腔】仙院参差弄笙簧，人住深深丹洞旁[41]，闲将双眼阅沧桑。（副净）此间是了，待我叫门。（叫介）柳麻子在家么？（末喝介）哇！他是江湖名士，称他柳相公才是。（副净又叫介）柳相公开门。（丑小帽、海青白髯[42]，扮柳敬亭上）门掩青苔长，话旧樵渔来道房。

（见介）原来是陈、吴二位相公，老汉失迎了！（问生介）此位何人？（末）这是敝友河南侯朝宗，当今名士，久慕清谈，特来领教。（丑）不敢不敢！请坐，献茶。（坐介。丑）相公都是读书君子，甚么《史记》《通鉴》，不曾看熟，倒来听老汉的俗谈。（指介）你看。

【前腔】废苑枯松靠着颓墙，春雨如丝宫草香，六朝兴废怕思量[43]。鼓板轻轻放，沾泪说书儿女肠。

（生）不必过谦，就求赐教。（丑）既蒙光降，老汉也不敢推辞，只怕演义盲词[44]，难入尊耳。没奈何，且把相公们读的《论语》说一章罢。（生）这也奇了，《论语》如何说的？（丑笑介）相公说得，老汉就说不得？今日偏要假斯文，说他一回。（上坐敲鼓板说书介）问余何事栖碧山[45]，笑而不答心自闲。桃花流水杳然去，别有天地非人间。（拍醒木说介[46]）敢告列位，今日所说不是别的，是申鲁三家欺君之罪[47]，表孔圣人正乐之功[48]。当时鲁道衰微，人心僭窃，我夫子自卫反鲁，然后乐正。那些乐官恍然大悟，愧悔交集，一个个东奔西走，把那权臣势家闹烘烘的戏场，顷刻冰冷。你说圣人的手段利害呀不利害呀？神妙呀不神妙？（敲鼓板唱介）

眉批："一部《桃花扇》从此看去，总是别有天地。"

眉批："防乱揭出，柳苏散场，阮衙冰冷，情景可笑。适齐一章，恰合时事。"

眉批："五段鼓词，千古绝调，当浮白歌之。"

【鼓词一】自古圣人手段能，他会呼风唤雨，撒豆成兵。见一伙乱臣无礼教歌舞，使了个些小方法，弄的他精了精。正排着低品走狗奴才队，都做了高节清风大英雄！

（拍醒木说介）那太师名挚，他第一个先适了齐。他为何适齐，听俺道来！（敲鼓板唱介）

【鼓词二】好一个为头为领的太师挚，他说："咳，俺为甚的替撞三家景阳钟[49]？往常时瞎了眼睛在泥窝里混，到如今抖起身子去个清。大撒脚步正往东北走，合伙了个敬仲老先才显俺的名[50]。管喜的孔子三月忘肉味[51]，景公擦泪侧着耳听[52]，那贼臣就吃了豹子心肝熊的胆，也不敢到姜太公家里去拿乐工[53]。”

眉批：“此章鼓词出曲阜贾凫西刑部手，借敬亭口演之，颇合时事。”

（拍醒木说介）管亚饭的名干，适了楚；管三饭的名缭，适了蔡；管四饭的名缺，适了秦。这三人为何也去了？听我道来！（敲鼓板唱介）

【鼓词三】这一班劝膳的乐官不见了领队长，一个个各寻门路奔前程。亚饭说：“乱臣堂上掇着碗，俺倒去吹吹打打伏侍着他听，你看咱长官此去齐邦谁敢去找？我也投那熊绎大王[54]，倚仗他的威风。”三饭说：“河南蔡国虽然小，那堂堂的中原紧靠着京城。”四饭说：“远望西秦有天子气，那强兵营里我去抓响筝。”一齐说：“你每日倚着塞门桩子使唤俺[55]，今以后叫你闻着俺的风声脑子疼。”

（拍醒木说介）击鼓的名方叔，入于河；播鼗的名武[56]，入于汉；少师名阳[57]，击磬的名襄[58]，入于海。这四人另有个去法，听俺道来！（敲鼓板唱介）

【鼓词四】这击磬擂鼓的三四位，他说：“你丢下这乱纷纷的排场俺也干不成。恁嫌这里乱鬼当家别处寻主，只怕到那里低三下四还干旧营生。俺们一叶扁舟桃源路，这才是江湖满地，几个渔翁[59]。”

眉批：“渔翁为谁？敬亭自谓也。”

（拍醒木说介）这四个人，去的好，去的妙，去的有意思。听他说些甚的？（敲鼓板唱介）

【鼓词五】他说：“十丈珊瑚映日红，珍珠捧着水晶宫。龙王留俺宫中宴，那金童玉女不比凡同。凤箫象管龙吟细，可教人家吹打着俺们才听。那贼臣就溜着河边来赶俺，这万里烟波路也不明。莫道山高水远无知己，你看海角天涯都有俺旧弟兄。全要打破纸窗看世界，亏了那位神灵提出俺火坑。凭世上沧海变田田变海，俺那老师父只管蒙瞪着两眼定六经[60]。”

眉批：“说出过化存神之妙，非讲义而何？”

（说完起介）献丑，献丑。（末）妙极，妙极。如今应制讲义[61]，那能如此痛快，真绝技也。（小生）敬亭才出阮家，不肯别投主人，故此现身说法[62]。（生）俺看敬亭人品高绝，胸襟洒脱，是我辈中人，说书乃其余技耳。

【解三酲】[63]（生、末、小生）暗红尘霎时雪亮，热春光一阵冰凉，清白人会算糊涂帐。（同笑介）这笑骂风流跌宕，一声拍板温而厉，三下渔阳慨以慷[64]。（丑）重来访，但是桃花误处[65]，问俺渔郎。

（生问介）昨日同出阮衙，是那几位朋友？（丑）都已散去，只有善讴的苏昆生[66]，还寓比邻。（生）也要奉访，尚望同来赐教。（丑）自然奉拜的。

（丑）歌声歇处已斜阳，（末）剩有残花隔院香。

（小生）无数楼台无数草，（生）清谈霸业两茫茫。

眉批："此《桃花扇》大旨也，细心领略，莫负渔郎指引之意。"

眉批："四十二折下场诗，皆用本折宫调。簇新构出，有旨有趣，可作南朝《本事诗》。"

出评："传奇首一折，谓之'正生家门'。正生，侯朝宗也。陈定生、吴次尾是朝宗陪宾，柳敬亭是朝宗伴友。开章一义，皆露头角，为文章梁柱。""此折如龙升潭底，虎出林中，稍试屈伸，微作跳掷，便令风云变色，陵谷迁形。观者须定神敛气，细看奇文。"

[注释]

[1] 听稗（bài）：指侯方域等人去听柳敬亭说书。稗，原指"禾之卑贱者"，"野草"义。此处指稗史，指记录民间街谈巷语、旧闻琐事之类的史籍。　[2] 癸未二月：指明崇祯十六年（1643）二月。　[3] 生：明清传奇角色术语，主要扮演成年男子。侯方域以才闻名，故为儒扮，昆剧舞台上由巾生应工。　[4] 孙楚楼：位于城西，为金陵名胜之一。孙楚，西晋诗人，太原中都（今山西平遥）人，才藻卓绝，曾邀友登临此楼饮宴赋诗，传为佳谈，后人名其楼为"孙楚楼"。　[5] 莫愁湖：位于秦淮河西，为金陵第一名胜。莫愁，人名，传说为洛阳女，嫁至江东富豪卢家，后移居金陵石城湖畔，端庄贤惠，助人为乐，人咸称颂，后人名其湖为"莫愁湖"。　[6] 学金粉南朝模样：此谓明朝大厦将倾，无人关心，纷纷学着南朝亡国前的靡丽作风，装点太平。金粉南朝，谓南朝时金陵的奢靡繁华之景象。金粉，指妇女化妆用的脂粉。南朝，指建都金陵的宋、齐、梁、陈国。　[7] 莺颠燕狂：比喻那些不顾国家安危、只管寻欢作乐的人。　[8] 关甚：关乎什么。　[9] 厨寒：纱帐寒峭，一派早春景象。厨，即纱帐。　[10] 中

州归德：河南商丘。中州，古代指河南。归德，即今商丘市。 [11] 夷门谱牒：形容侯家在河南的高贵地位。侯方域视侯嬴为家祖，故称夷门谱牒。夷门，战国时谋士侯嬴曾守大梁（今河南开封）夷门，信陵君闻其贤，迎门待为上客。信陵君窃符救赵时，自其所守门而出。侯嬴自刭而死，以信义闻名天下。谱牒，《广雅》："谱，牒也。"谱、牒同义，记载家族主要成员世系及其事迹的档案，此处指侯家谱系。 [12] 梁苑：即梁园，西汉时梁孝王刘武建造的苑囿，方圆数十里，为梁孝王延招豪杰、宴宾、驰猎、作诗吟赋之所。 [13] "先祖太常"以下三句：侯方域祖父侯执蒲，官至太常寺卿。父亲侯恂，官至户部尚书，相当于古代的司徒职位。侯恂是东林党人，故曰"久树东林之帜"。太常，官名，专掌祭祀礼乐之官。司徒，官名，周朝时设置，专掌土地和户口之官，唐朝时改称户部尚书，明清沿而用之。东林，即东林党，明末万历年间，顾宪成等修复东林书院，与高攀龙等人在书院讲学。讲习之余，清议朝政，受到一些官绅士大夫的应和，一时结成团体，主张开放言路、实行改良等思想，与以魏忠贤为首的阉党互为对抗，声名达于天下。 [14] "选诗云间"以下三句：为侯方域自述早年经历。崇祯十二年（1639），侯氏二十岁出头，赴金陵应试，认识陈贞慧、吴应箕等名士，参加复社，成为中坚分子。复社，明末清初著名社团，由张溥等组织发起，以"兴复古学"为名，进行文学和政治活动，受到魏氏旧党马士英、阮大铖之流的打击。清军南下之时，复社志士参加抗清活动。清顺治九年（1652），被清政府取缔。云间，旧时松江府的别称，即今上海松江区。白下，南京旧称。 [15] "蚤岁清词"以下四句：指侯方域原仿两汉大家之文，后改文风，宗唐法宋，以恣意奔放著称于清初文坛。班香宋艳，班指班固，宋指宋玉，两人为辞赋大家，文风富丽香艳。苏海韩潮，苏指苏轼，韩指韩愈，两人为唐宋散文大家，诗文雄奇豪放。　[16]“人邻耀华之宫”二句：耀华宫指西汉梁孝王建造的宫殿，当时文士作赋颂之，邹阳有《酒赋》。商丘古时为梁地所属，侯方域自喻为邹阳。　[17] 洛阳之县：指西晋石崇在洛阳东北建造私家园林“金谷园”，园内花木葱茏，繁花锦簇。侯方域自喻为石崇。　[18] 壬午：指明崇祯十五年（1642）。　[19] 南闱：指乡试，明清时期，南京应天府乡试称南闱，北方顺天府乡试称北闱。　[20] 靖：停止。　[21] 粘天：指与天粘连，一望无际。　[22] 黄尘：指扬起的尘土。匝地：指满地。　[23] 陈定生：名贞慧，江苏宜兴人，明末文坛名人，复社领袖。阮大铖把持朝政后，他曾被捕入狱。明亡后，归隐山林，著有《皇明语林》《山阳录》等。吴次尾：名应箕，号楼山，安徽贵池人，复社领袖。清兵南下时，起兵于池州，兵败被俘，不屈而死。其事迹详见《明史》本传，刘世珩著有《吴次尾先生年谱》。　[24] 蔡益所：明末万历间人，著名书商，在金陵三山街曾开设书坊，刻印过文翔凤《文太青先生全集》五十三卷。　[25] 冶城道院：指明代南京朝天宫，当时建造在冶城故址。冶城，旧址在金陵城西，相传为三国时期吴国冶铸之地。　[26] 行厨：外出途中携带食盒、烹饪设备等。玉缸：指酒瓮。　[27] 乌衣巷：在今江苏南京秦淮河南岸，三国时期吴国在此置乌衣营，故得名。东晋时期，豪门望族王导、谢安等大姓世族聚居于此，唐代，为普通百姓住所。　[28] 末：明清传奇角色术语，主要扮演中年男子。小生：明清传奇角色术语，主要扮演青年男子。儒扮：陈贞慧、吴应箕时为书生，故为儒扮。　[29] 流寇：指李自成部。　[30] 邸抄：也称邸报。邸，汉唐时指各地诸侯在京师设置的办公住所，传抄的朝廷诏令、奏章及京都动态之文件，称为“邸报”或“邸抄”。后指官方报纸。　[31] 左良玉：字昆山，山东临清人，明末大将，常与明末张献忠、李自成等农民军在战场上交锋，有胜有败。南明时，诏封其为宁南侯。因受侯恂提拔晋用，当东林党人与马士英相互倾轧时，左氏极力袒护东林党人。清军南下之际，他率军讨伐马士英，从九江东下时，途中猝然病死。其子左梦庚掌握兵权，为马士英部下黄得功所败，后于九江降清。 [32] 副净：明清传奇角色术语，主要扮演次要人物，此由副净扮家童。 [33] 魏府徐公子：指徐青君，明初开国功臣徐达的后代，世袭魏国公。 [34] 佳丽：指李香君。 [35] 柳敬亭：原名曹逢春，江苏泰县（今泰州姜堰区）人，明末清初著名说书家。在金陵桃叶渡之长吟阁说书时，结识一些权贵、名士，与东林党人、复社社员多有交往。后为左良玉幕客，参与筹划机宜。左氏病亡后，他依旧以卖艺为生。说书技艺精湛，擅长《水浒》《隋唐》等书目，被视为绝技。因满面疤瘤，人称柳麻子。 [36] 范大司马：指范景文，河北吴桥人，官至东阁大学士。崇祯帝自缢后，他也投井死，谥文贞。何老相国：指何如宠，安徽桐城人，官至武英殿大学士，入阁辅政，后辞官归里。明崇祯十四年（1641）卒，福王时补谥文端。 [37] 阉儿阮胡子：阉，原作“奄”，据兰雪堂本改。阮胡子，指阮大铖，有一脸络腮胡子，故人称阮胡子。明天启年间，阮氏任给事中，依附阉党魏忠贤，认魏为干爹，故复社公子们称他为阉儿。阮氏蓄有家乐，演技出众，闻名金陵。 [38] 藏：原作“臧”，据兰雪堂本改。 [39] 留都防乱的揭帖：《留都防乱揭帖》是吴应箕撰写的公讨阮大铖罪行的帖子，揭发阮为阉党余孽，务必根除，以免祸起萧墙，有陈贞慧等一百四十多人签字。揭帖，一种上行公文，宋朝时已出现，但作为正式文书名始于明朝，指内阁封缄进御的密奏，后来演变为公开散发的私人文书和传单。 [40] 崔：指崔呈秀，蓟州（今天津蓟州区）人，明万历四十一年（1613）进士，官至兵部尚书兼左都御史。人品不端，贪赃枉法，依附魏氏，认魏为父，成为阉党魁首，迫害东林党人。

崇祯帝即位后，畏罪自杀。魏：指魏忠贤，河北肃宁县人，明万历时入宫。天启年间逐渐得势，升为司礼秉笔太监，兼提督东厂，气焰日盛，把持朝政，排击清流。崇祯帝即位后，朝臣纷纷奏章弹劾魏氏，魏氏落狱，被发配至凤阳，途中自缢而亡。 [41] 丹洞旁：丹洞，指道教修炼金丹的地方，即道教宫观的别称。旁，原作“傍”，据暖红室本改。 [42] 海青：即道袍，道士穿着的深蓝色长袍，戏曲演出中道士角色之服饰。 [43] 六朝：三国吴，东晋，南朝的宋、齐、梁、陈在南京建都，史称六朝。 [44] 盲词：亦称瞽词，明清说唱艺术的一种形式，因弹唱者多为盲人，故名。 [45] “问余何事栖碧山”以下四句：为李白《山中答俗人》诗句。引用古诗开场，是说书的一种形式。 [46] 醒木：说书时，拍醒木，能起到静场、提醒听众注意的作用。 [47] 鲁三家：指春秋时鲁国最有权势的孟孙、叔孙、季孙三家。下文说书内容，源于《论语 · 微子》篇“太师挚适齐”全章。 [48] 孔圣人正乐：《诗经》三百篇是一部乐歌总集，孔子曾经对其中的一部分歌曲做过整理、校订，称“孔子正乐”。后延伸为匡正礼乐之义。 [49] 景阳钟：南朝齐武帝在景阳楼上置钟报更，这里借指鲁三家的乐器。 [50] 敬仲：春秋时陈厉公之子陈完，字敬仲，善《韶》乐，避难投奔齐国，改为田氏。老先：是对长辈的一种尊称。 [51] 孔子三月忘肉味：出自《论语 · 述而》：“子在齐闻《韶》，三月不知肉味。”形容音乐美妙无比，令人沉醉。 [52] 景公：指春秋时期齐国国君齐景公。 [53] 姜太公：即姜子牙，因辅助周武王灭殷有功，封于齐，成为齐国始祖，也称齐太公。家里：这里指齐国。 [54] 熊绎（yì）：芈姓，鬻熊的后裔。周成王时，受封为楚君，成为楚国的始祖。 [55] 塞门：原作“寨门”，据兰雪堂本改，指间隔内外的屏障式建筑物，与屏、影壁的功用相同。古时，礼制规定“天子外屏，诸侯内屏，大夫以帘，士以帷”,《论语·八佾》中说“邦君树塞门,管氏亦树塞门”,天子树塞门合礼,大夫管仲也树塞门,有悖旧礼。这里讽刺鲁三家的僭窃。 [56] 鼗(táo):古代一种打击乐,为长柄的摇鼓,俗称拨浪鼓。 [57] 少师:乐官名,商殷时期设置,后成为教导太子的官。 [58] 磬:古代乐器名,由玉或石制成,悬于架上,用小槌击打而鸣。 [59] 渔翁:柳敬亭自谓。 [60] 蒙瞪:视力模糊不清,老眼昏花的样子。 [61] 应制讲义:指奉皇帝之命创作,讲解经史内容。 [62] 现身说法:原为佛教用语,指佛陀能变成各种身形,向众生说法解义,指点迷津。现指以亲身经历和体验为例来劝导他人或阐释某种道理。 [63] 醒:原作“醒”,据暖红室本改。 [64] 三下渔阳慨以慷:典出刘义庆《世说新语·言语》“祢衡击鼓”,祢衡被曹操贬为鼓吏,敲奏《渔阳掺挝》,鼓声悲壮,有金石之声,听者闻之动容。后人据之谱成《渔阳三弄》曲。这里形容柳敬亭说书慷慨激昂,令人震撼。 [65] “但是桃花误处”二句:典出陶渊明《桃花源记》,原记叙述东晋太元年间,武陵一位渔夫误入桃花源,目睹了物阜民丰的世外生活。桃花源被喻为乱世中人们期望的社会生活和理想世界。柳敬亭自喻渔郎,邀请侯方域等人再来听他讲书,他是明末乱世中的清流。 [66] 苏昆生:明末清初著名的清曲家,原名周如松,河南固始人。明崇祯年间入阮大铖家班教曲,后离开,曾教李香君拍曲。入清后,辗转在苏浙一带士大夫家班教曲,与汪汝谦、吴伟业、王时敏等文人有交往。

[点评]

《听稗》与之后的《传歌》,延续了传奇的“生旦家门”体制。明清传奇有大致固定的结构形式,第一出为“副末开场”,第二、三出为“生旦家门”。第二出由生扮的男主角登场，第三出由旦扮的女主角登场，通过唱词念白作自我介绍。此出为《桃花扇》第一出，故由生扮侯方域上场。

侯方域是复社成员，他邀约复社同人陈贞慧、吴应箕到冶城道院赏梅，在三人对话中交代了本剧发生的时代背景。时值内忧外患之际，清兵南下，左良玉部驻守襄阳，中原无人，整个明王朝处于风雨飘摇中。吴应箕、陈贞慧等曾起草《留都防乱揭帖》，声讨阮大铖。三人表面上在游春，实质上借游春消愁，揭示了他们忧国又无奈的心态，也点明了侯方域等复社文人与阮大铖之间存在矛盾冲突，为后续剧情的发展做了铺垫。

侯方域等人赏梅未成，转而去听柳敬亭说书，引出柳敬亭说唱鼓词的精彩片段。柳敬亭任侠仗义，人品高绝，与明末名士多有交往，黄宗羲评价他说书的特点："每发一声，使人闻之，或如刀剑铁骑，飒然浮空，或如风号雨泣，鸟悲兽骇，亡国之恨顿生，檀板之声无色。"这次柳氏说的是《论语·微子》里"太师挚适齐"的内容，五段鼓词，唱得声情并茂，将太师挚的故事演绎得活灵活现，令人叫绝。如此高义之角色，却由丑角来装扮，因柳敬亭脸上有疤瘤，又善口才，由丑行来应工，最为合适。但他人丑心不丑，曾为马士英、阮大铖门客，后不齿于马、阮的卑劣行径，愤然离去，表现出高洁的人格。这段鼓词表演将柳敬亭的形象衬托得熠熠生辉。

第二出　传歌（癸未二月）

【秋夜月】（小旦倩妆扮鸨妓李贞丽上[1]）深画眉，不把红楼闭。长板桥头垂杨细[2]，丝丝牵惹游人骑。将筝弦紧系，把笙囊巧制。

梨花似雪草如烟，春在秦淮两岸边。一带妆楼临水盖，家家分影照婵娟。妾身姓李，表字贞丽，烟花妙部[3]，风月名班。生长旧院之中[4]，迎送长桥之上，铅华未谢[5]，丰韵犹存。养成一个假女[6]，温柔纤小，才陪玳瑁之筵[7]，宛转娇羞，未入芙蓉之帐[8]。这里有位罢职县令，叫做杨龙友[9]，乃凤阳督抚马士英的妹夫，原做光禄阮大铖的盟弟，常到院中夸俺孩儿，要替他招客梳栊[10]。今日春光明媚，敢待好来也[11]。（叫介）丫鬟，卷帘扫地，伺候客来。（内应介）晓得。（末扮杨文骢上）三山景色供图画，六代风流

眉批：“二奸名姓，先从鸨妓口中道出，绝妙笔法。”

入品题。下官杨文骢，表字龙友，乙榜县令[12]，罢职闲居。这秦淮名妓李贞丽，是俺旧好，趁此春光，访他闲话。来此已是，不免竟入。（入介）贞娘那里？（见介）好呀，你看梅钱已落，柳线才黄，软软浓浓，一院春色，叫俺如何消遣也。（小旦）正是。请到小楼焚香煮茗，赏鉴诗篇罢。（末）极妙了。（登楼介）帘纹笼架鸟，花影护盆鱼。（看介）这是令爱妆楼，他往那里去了？（小旦）晓妆未竟，尚在卧房。（末）请他出来。（小旦唤介）孩儿出来，杨老爷在此。（末看四壁上诗篇介）都是些名公题赠，却也难得。（背手吟哦介）

【前腔】（旦艳妆上[13]）香梦回，才褪红鸳被。重点檀唇胭脂腻[14]，匆匆挽个抛家髻[15]。这春愁怎替，那新词且记。

（见介）老爷万福！（末）几日不见[16]，益发标致了。这些诗篇赞的不差。（又看惊介[17]）呀呀！张天如、夏彝仲这班大名公[18]，都有题赠，下官也少不的和韵一首。（小旦送笔砚介。末把笔久吟介）做他不过，索性藏拙，聊写墨兰数笔，点缀索壁罢。（小旦）更妙。（末看壁介）这是蓝田叔画的拳石呀[19]，就写兰于石傍，借他的衬贴也好。（画介）

【梧桐树】绫纹素壁辉[20]，写出骚人致。嫩叶香苞，雨困烟痕醉。一拳宣石墨花碎，几点苍苔乱染砌。（远看介）也还将就得去。怎比元人潇洒墨兰意，名姬恰好湘兰佩。

（小旦）真真名笔，替俺妆楼生色多矣。（末）见笑。（向旦介）请教尊号，就此落款。（旦）年幼无号。（小旦）就求老爷赏他二字罢[21]。（末思介）《左传》云："兰有国香，人服媚之"，就叫他香君何如[22]？（小旦）甚妙！香君过来谢了。（旦拜介）多谢老爷。（末笑介）连楼名都有了。（落款介）崇祯癸未仲春，偶写墨兰于媚香楼，博香君一笑。贵筑杨文骢[23]。（小旦）写画俱佳，可称双绝。多谢了！（俱坐介。末）我看香君国色第一，只不知技艺若何？（小旦）一向娇养惯了，不曾学习。前日才请一位清客，传他词曲。（末）是那个？（小旦）就叫什么苏昆生。（末）苏昆生，本姓周，是河南人，寄居无锡。一向相熟的，果然是个名手。（问介）传的那套词曲？（小旦）就是玉茗堂四梦[24]。（末）学会多少了？（小旦）才将《牡丹亭》学了半本。（唤介）孩儿，杨老爷不是外人，取出曲本快快温习。待你师父对过，好上新腔。（旦皱眉介）有客在坐，只是学歌怎的？（小旦）好傻话，我们门户人家[25]，舞袖歌裙，吃饭庄屯[26]。你不肯学歌，闲着做甚。（旦看曲本介）

【前腔】（小旦）生来粉黛围[27]，跳入莺花队[28]，一串歌喉，是俺金钱地。莫将红豆轻抛弃，学就晓风残月坠[29]。缓拍红牙[30]，夺了宜春翠，门前系住王孙辔。

（净扁巾、褶子[31]，扮苏昆生上）闲来翠馆调鹦鹉[32]，懒去朱门看牡丹。在下固始苏昆生是也，自出阮衙，便投妓院，做这美人的教习，不强似做那义子的帮闲么。（竟入见介）杨老爷在此，久违了。（末）昆老恭喜，收了个绝代的门生。（小旦）苏师父来了，孩儿见礼。（旦拜介。净）免劳罢。（问介）昨日学的曲子，可曾记熟了？（旦）记熟了。（净）趁着杨老爷在坐，随我对来，好求指示。（末）正要领教。（净、旦对坐唱介）

【皂罗袍】[33]原来姹紫嫣红开遍，似这般都付与断井颓垣。良辰美景奈何天，（净）错了，错了，“美”字一板，“奈”字一板，不可连下去。另来，另来。良辰美景奈何天，赏心乐事谁家院。朝飞暮卷，云霞翠轩。雨丝风片，（净）又不是了，“丝”字是务头[34]，要在嗓子内唱。雨丝风片，烟波画船，锦屏人忒看得韶光贱。

眉批：“教歌一事，便用三样变法，此与五段鼓词天然对待。”

（净）妙，妙，是的狠了，往下来。

【好姐姐】遍青山啼红了杜鹃，荼蘼外烟丝醉软。牡丹虽好，他春归怎占得先。（净）这句略生些，再来一遍。牡丹虽好，他春归怎占得先。闲凝盼，生生燕语明如剪，呖呖莺声溜的圆。

（净）好，好，又完一折了。（末对小旦介）可喜令爱聪明的紧，不愁又是一个名妓哩。（向净介）昨日会着侯司徒的公子侯朝宗，客囊颇富，又有才名，正在这里物色名姝。昆老知道么？（净）他是敝乡世家，果然大才。（末）这段姻缘，不可错过的。

【琐窗寒】破瓜碧玉佳期[35]，唱娇歌，细马骑。缠头掷锦[36]，携手倾杯。催妆艳句，迎婚油壁[37]。配他公子千金体，年年不放阮郎归[38]，买宅桃叶春水[39]。

眉批："结句绝唱。"

（小旦）这样公子肯来梳栊，好的紧了。只求杨老爷极力帮衬，成此好事。（末）自然在心的。

【尾声】（小旦）掌中女好珠难比，学得新莺恰恰啼，春锁重门人未知。

如此春光，不可虚度，我们楼下小酌罢。（末）有趣。（同行介）

（末）苏小帘前花满畦[40]，（小旦）莺酣燕懒隔春堤。

（旦）红绡裹下樱桃颗，（净）好待潘车过巷西[41]。

出评："传奇第二折，谓之'正旦家门'。正旦，李香君也，杨龙友、李贞丽，是香君陪宾，苏昆生是香君业师，故先令出场。前折柳说贾凫西鼓词，奇文也。此折苏教汤若士南曲，妙文也。皆文章对待法。""曲白温柔艳冶，设色点染，恰与香君相称。"

[注释]

[1] 小旦：明清传奇角色术语，主要扮演次要女性人物。倩妆：打扮艳丽。鸨妓：也称鸨母，开设妓院的女人。李贞丽：字淡如，明末秦淮名妓，李香君的义母。剧中替李香君代嫁田仰。 [2] 长

板桥：又称长桥，金陵四十景之一，坐落在夫子庙东侧石坝街一带，桥西是艺妓集中之旧院所在地，歌楼舞榭，人流如织，晚清以后逐渐冷清。［3］“烟花妙部”二句：为李贞丽自述家门。烟花，原指春天美丽的景色。风月，原指清风明月，后代指妓女、娼妇。妙部，原指以乐舞、戏曲为业的艺人。名班，原指有名的戏班，此处隐含魁首、翘楚之义。［4］旧院：明朝时妓院的代称，也称“曲中”。［5］铅华未谢：指美貌犹存。铅华，原指古代妇女使用的化妆品，因化妆粉里添加了铅，起到增白效用，后借指女性的青春、美貌。［6］假女：谓养女、义女，指李香君。［7］玳瑁（dài mào）之筵：指佳肴美味的华贵筵席。玳瑁，似龟，其甲壳可作装饰品，也可入药。筵，原指坐具，由竹篾、蒲苇等材料编成的座席，后泛指筵席。［8］未入芙蓉之帐：李香君尚未接客。芙蓉之帐，原指卧室软装中用芙蓉花染就的丝织品制成的帐子，典出白居易《长恨歌》：“云鬓花颜金步摇，芙蓉帐暖度春宵。”［9］杨龙友：名文骢，贵州贵阳人，明万历四十六年（1618）举人，后与马士英妹成婚，是复社早期社员。南明弘光时，曾任常、镇二府巡抚。隆武时，任兵部右侍郎兼右佥都御史，于浙江衢州抗清，兵败被杀。［10］梳栊：原谓女性梳理发髻，后指妓女第一次接客。［11］敢待：就要，即将。［12］乙榜：科举考试用语。明清时期，考中举人称乙榜，考中进士为甲榜。［13］旦：明清传奇角色术语，扮演主要女性人物。［14］檀唇：也称檀口，古代贵族妇女、歌姬流行用檀色点唇。［15］抛家髻：古代妇女发髻式样，将头发在头顶梳成锥髻，两鬓抱面。［16］儿：原脱落，据兰雪堂本补。［17］看：原脱落，据兰雪堂本补。［18］张天如：张溥，字天如，太仓人，文学家，著有《七录斋集》。明末复社领袖。夏彝仲：夏允彝，字彝仲，华亭（今属松江）人。明末复社领袖。［19］蓝田叔：蓝瑛，字田叔，号蝶叟，钱塘（今杭州）

人，善画山水，法自宋元，为浙派山水画之代表人物。 [20]“绫纹素壁辉”二句：谓绫纹般质感的白壁，（因为杨文骢画的墨兰）焕发出别样光彩，摹画出诗人风致。骚人，指诗人。 [21] 从“求老爷赏他二字罢”至“闲来翠馆调鹦鹉，懒”：原缺，据暖红室本补。 [22] 香君：即李香君，秦淮名妓。 [23] 贵筑：即贵阳。 [24] 玉茗堂四梦：明末剧作家汤显祖创作的四种传奇作品：《牡丹亭》《邯郸记》《南柯记》《紫钗记》，因四剧均写到梦，故称“四梦”。因汤显祖为江西临川人，也称“临川四梦”。玉茗堂，为汤显祖的书斋名。 [25] 门户人家：妓院。 [26] 吃饭庄屯：营生之所，引申为营生之资本。 [27] 粉黛围：谓妓院。 [28] 莺花队：谓妓院。莺花，对妓女的称呼。 [29] 学就晓风残月坠：学唱歌舞表演。晓风残月，柳永《雨霖铃》有“今宵酒醒何处，杨柳岸晓风残月”之句。 [30] 红牙：奏乐的拍板，用檀木制成，色红，故名。 [31] 褶（xí）子：戏衣的一种，在剧中主要由普通人物穿着，即斜领长衫，分男、女两类。 [32] 翠馆：指妓院。 [33]【皂罗袍】：该曲辞与下文的【好姐姐】曲，同为汤显祖《牡丹亭·惊梦》曲文，是女主角杜丽娘游玩后花园时所唱。此二曲表现李香君随苏昆生学唱昆曲的情景。 [34] 务头：戏曲理论术语，指曲中要点处，需要演唱者充分发挥，俗称“做腔”处。 [35] 破瓜碧玉：指青春少女。破瓜，指十六岁的少女，“瓜”字拆开，是两个八字，故二八为十六。碧玉，人名，南朝宋汝南王之妾，借指年轻女子。 [36] 缠头掷锦：古时艺人歌舞结束后收到的财物。缠头，原指艺人将锦帛缠在头上做装饰，客人常以锦帛为礼物相赠艺人。后引申为赠送艺人财物的通称。掷锦，赠予锦帛。 [37] 油壁：“油壁车”的省称，车身用油彩装饰，多为妇女乘坐。 [38] 阮郎：指阮肇。相传东汉时，剡县人刘晨、阮肇入天台山采药，巧遇仙女，相与结婚，流连半年，后回乡发现，子孙已历数代。后引申为情郎。 [39] 桃叶春水：指桃叶渡，在秦淮河和青溪合流处。桃叶，人名，晋代王献之爱妾，相传曾于此渡河，故称。 [40] 苏小：指苏小小，南齐时钱塘歌妓，历代文人骚客为之作诗吟诵而出名。此处隐喻李香君。 [41] 好待潘车过巷西：等待侯方域的到来。潘车，指潘岳乘坐的车子。相传潘岳貌美，每次乘舆上街，引得妇女们掷果、围观。

[点评]

依照"生旦家门"套数，第二出属于女主角的戏。《桃花扇》的女主角李香君在《传歌》出场。李香君，原名李香，秦淮名妓，娇小玲珑，肤如凝脂，面若桃花，聪慧敏俊，娇媚可怜，人称"香扇坠"。余怀曾赠诗予香君："生小倾城是李香，怀中婀娜袖中藏。缘何十二巫峰女，梦里偏来见楚王。"魏子中书此诗于媚香楼粉壁，杨文骢画崇兰诡石于左边，时人称为"三绝"。由此，香君盛名由秦淮曲传遍。

李香君出场前，媚香楼鸨母李贞丽先上场。李贞丽虽身在青楼，却有侠气，所结交者多为当世豪杰，与复社公子陈贞慧交善。受义母影响，李香君的社交圈也以名士雅客为主，出入媚香楼的大多为名公贵胄。出场的杨文骢在南明弘光时官至常、镇二府巡抚，苏昆生则为著名曲师，两位皆为名人雅士。杨文骢为李香君画兰，李香君随苏昆生学唱昆曲，皆被孔尚任移于此出，做了戏剧性的演绎、点缀。

杨文骢是位重要的角色，在剧中起到画龙点睛的作用。他尽管是官场中人，但工于诗画，《传歌》里描写他在媚香楼粉壁为李香君添画兰花，似为闲笔，实为巧织，为后来以血迹点染桃花扇埋下伏笔。如果没有杨文骢的画笔，侯方域赠送香君的扇子只是一件普通的定情物。经过他的妙手点染后，诗扇变为“桃花扇”，富有了深刻的思想内涵。同时，杨文骢与马士英、阮大铖关系密切，与复社文人也交往甚笃，是一位在两股冲突势力夹缝中求生存的人。在剧中，孔尚任描写他得到马士英起用，又暗中帮助侯方域等人脱逃，表现出既慷慨侠义又八面玲珑的性格，他的多种身份发挥了穿针引线、推进剧情发展的作用。

苏昆生教授李香君唱曲一段，是《桃花扇》中的经典桥段。李香君 13 岁开始跟随苏昆生学唱昆曲，“玉茗堂四梦”皆能唱。孔尚任选择《牡丹亭》中的【皂罗袍】【好姐姐】唱段，一则，此二曲为《牡丹亭·惊梦》里的精华段落，是习曲者必学之曲。二则，李香君正值豆蔻年华，与杜丽娘的年纪相仿，易于体会杜丽娘的生命感悟，也暗示李香君像杜丽娘一样，即将与心上人相遇。在这段里，李香君唱一句，苏昆生评一句。在哪个字上落板，哪个音节要停顿，哪个字是务头，须婉转做腔，等等，苏昆生讲解得非常细致，宛如教曲场面重现。

第三出　哄丁[1]（癸未二月）

（副净、丑扮二坛户上[2]。副净）俎豆传家铺排户[3]，（丑）祖父。（副净）各坛祭器有号簿，（丑）查数。（副净）朔望开门点蜡炬[4]，（丑）扫路。（副净）跪迎祭酒早进署[5]，（丑）休误。（丑）怎么只说这样没体面的话。（副净）你会说，让你说来。（丑）四季关粮进户部[6]，（副净）夸富。（丑）红墙绿瓦阖家住，（副净）娶妇。（丑）干柴只靠一把锯，（副净）偷树。（丑）一年到头不吃素，（副净）腌胙[7]。（丑）啐！你接得不好，到底露出脚色来[8]。（同笑介）咱们南京国子监铺排户，苦熬六个月，今日又是仲春丁期[9]。太常寺早已送到祭品[10]，待俺摆设起来。（排桌介。副净）栗、枣、芡、菱、榛。（丑）牛、羊、猪、兔、鹿。（副净）鱼、芹、菁、笋、韭。（丑）盐、酒、香、帛、烛。（副净）一件也不少，仔细看着，不要叫赞礼们偷吃，寻我们眉批："老赞礼如此出场，其犹龙乎？"

的悔气呀。（副末扮老赞礼暗上）啐！你坛户不偷就彀了，倒赖我们。（副净拱介）得罪，得罪，我说的是那没体面的相公们。老先生是正人君子，岂有偷嘴之理。（副末）闲话少说，天已发亮，是时候了，各处快点香烛。（丑）是。（同诨下[11]）

【粉蝶儿】（外冠带执笏[12]，扮祭酒上）松柏笼烟，两阶蜡红初剪。排笙歌，堂上宫悬。捧爵帛[13]，供牲醴，香芹早荐。（末冠带执笏，扮司业上[14]）列班联，敬陪南雍释奠[15]。

（外）下官南京国子监祭酒是也。（末）下官司业是也。今值文庙丁期，礼当释奠。（分立介）

【四园春】（小生衣巾，扮吴应箕上）楹鼓逢逢将曙天[16]，诸生接武杏坛前[17]。（杂扮监生四人上）济济礼乐绕三千，万仞门墙瞻圣贤。（副净满髯冠带，扮阮大铖上）净洗含羞面，混入几筵边。

眉批："阮胡如此出场，其如鬼乎？"

（小生）小生吴应箕，约同杨维斗、刘伯宗、沈昆铜、沈眉生众社兄[18]，同来与祭。（杂四人）次尾社兄到的久了，大家依次排起班来。（副净掩面介）下官阮大铖，闲住南京，来观盛典。（立前列介。副末上，唱礼介）排班。班齐。鞠躬。俯伏。兴。伏俯。兴，俯伏。兴。伏俯。兴。（众依礼各四拜介）

【泣颜回】（合）百尺翠云巅，仰见宸题金匾[19]。素王端拱[20]，颜曾四座冠冕[21]。迎神乐奏，拜彤墀齐把袍笏展[22]。读诗书不愧胶庠[23]，畏先圣洋洋灵显。

眉批："结句意深。"

（拜完立介。唱礼介）焚帛，礼毕。（众相见揖介）

【前腔】（外、末）北面并臣肩，共事春丁荣典。趋跄环佩，鹓班鹭序旋转[24]。（小生等）司笾执豆[25]，鲁诸生尽是瑚琏选[26]。（副净）喜留都[27]，散职逍遥。叹投闲，名流谪贬。

（外、末下。副净拱介。小生惊看，问介）你是阮胡子，如何也来与祭，唐突先师，玷辱斯文。（喝介）快快出去！（副净气介）我乃堂堂进士，表表名家，有何罪过，不容与祭？（小生）你的罪过，朝野俱知，蒙面丧心，还敢入庙。难道前日防乱揭帖，不曾说着你病根么？（副净）我正为暴白心迹，故来与祭。（小生）你的心迹，待我替你说来。

眉批："阮胡之与祭，只为辩防乱揭帖，不料愈辩愈彰。"

【千秋岁】魏家干[28]，又是客家干，一处处儿字难免。同气崔、田[29]，同气崔、田，热兄弟粪争尝[30]，痈同吮。东林里丢飞箭[31]，西厂里牵长线，怎掩傍人眼？（合）笑冰山消化[32]，铁柱翻掀。

（副净）诸兄不谅苦衷，横加辱骂，那知俺阮圆海原是赵忠毅先生的门人[33]。魏党暴横之时，我丁艰未起[34]，何曾伤害一人？这些话都从何处说起。

眉批："梦白先生，不能为叛教者庇也。"

【前腔】飞霜冤[35]，不比黑盆冤，一件件风影敷衍。初识忠贤，初识忠贤，救周魏[36]，把好身名，甘心贬。前辈康对山[37]，为救李崆峒，曾入刘瑾之门。我前日屈节，也只为着东林诸君子，怎么倒责起我来？《春灯谜》谁不见[38]，“十错认”无人辩，个个将咱谴。（指介）恨轻薄新进，也放屁狂言。

眉批：“‘十错认’乃悔过之书，谁知将错就错，虽有六州铁，不能更铸矣。”

（小生）好骂，好骂。（众）你这等人，敢在文庙之中公然骂人，真是反了。（副末亦喊介）反了，反了。让我老赞礼，打这个奸党。（打介。小生）掌他的嘴，挦他的毛[39]。（众乱采须，指骂介）

眉批：“赞礼挥拳，乌有之事，借此以鸣公愤。”

【越恁好】阉儿珰子[40]，阉儿珰子，那许你拜文宣[41]。辱人贱行，玷庠序[42]，愧班联。急将吾党鸣鼓传，攻之必远。屏荒服[43]，不与同州县。投豺虎，只当闲猪犬。

（副净）好打，好打。（指副末介）连你这老赞礼，都打起我来了。（副末）我这老赞礼，才打你个“知和而和”的。（副净看须介）把胡须都采落了，如何见人？可恼之极。（急跑介）

眉批：“‘打你个知和而和’，邹鲁乡谈也，出之赞礼口，更趣。”

【红绣鞋】难当鸡肋拳揎[44]，拳揎。无端臂折腰攧，腰攧。忙躲去，莫流连。（下。小生、众）分邪正，辩奸贤，党人逆案铁同坚。

【尾声】当年势焰掀天转，今日奔逃亦可怜。儒冠打扁，归家应自焚笔砚。

（小生）今日此举，替东林雪愤，为南监生光，好不爽快。以后大家努力，莫容此辈再出头来。（众）是，是。

眉批："写出秀才张皇满溢之状，为党祸伏案。"

（众）堂堂义举圣门前，（小生）黑白须争一着先。

（众）只恐输赢无定局，（小生）治由人事乱由天。

出评："此一折乃秀才发难之始。秀才五而次尾称雄，公子三而定生号长，皆以攻阮胡之奸也。朝宗之姻缘，遂以逼而成。""秀才之打阮也，于场上做出；公子之骂阮也，于白中说出，看文章变换法。""此折曲白俱自《史记》脱化，慷慨激昂，如见须眉，奇文也。""奇部四人，偶部八人，独阮大铖最先出场，为阳中阴生之渐。"

[注释]

[1] 哄丁：谓丁祭之日复社社员与阮大铖吵闹。哄，哄吵，哄闹。丁，指丁祭，又称祭丁，清代祭孔之礼，每年春秋仲月（阴历二月、八月）的第一个丁日祭祀孔子。 [2] 坛户：指掌管坛场财物、负责祭奠物品的人。坛，古代以坛作为祭天或祭祖之所。 [3] 俎豆：器具，祭祀时用来装盛祭品。传家：指坛户子孙承袭祖辈之职。铺排户：即坛户。铺排，即摆铺、安排祭品。 [4] 朔望开门点蜡炬：谓每月初一、十五，民间习俗要烧香拜佛。朔，指农历每月初一。望，指农历每月十五。 [5] 祭酒：官名，原指飨宴时酹酒祭神或祭祖的长者，后指主管太学的首席官。隋唐始，国子监的主管官才称为祭酒。这里指国子监祭酒。 [6] 关粮：指官府发放的粮饷，一般用于救灾或支援边关。 [7] 胙（zuò）：祭祀时献祭的肉。 [8] 脚色：原指履历，后指戏曲舞台上生、旦、净、末、丑人物类型。此处采用本

义，指身份、面目。 [9] 仲春丁期：指每年二月第一个丁日的祭期。 [10] 太常寺：古代掌管文庙礼乐的官署。 [11] 诨：原作“混”，据文意改。 [12] 外：明清传奇角色术语，主要扮演老年男子。冠带执笏（hù）：指剧中角色吴应箕穿官服、执笏上台。冠带，冠和带，原为官吏或士大夫的代称，此处指穿戴官服。执笏，古代大臣朝拜天子或臣僚相见时，手持玉石、象牙或竹木做的手板为礼，此处指手持笏板。 [13]“捧爵帛”以下三句：捧出爵帛，献上牲醴，举荐香芹。爵，酒器。帛，丝织品。牲，祭祀用的全牛。醴，甜酒。芹，芹菜。爵、帛、牲、醴、香、芹，皆为供奉的祭品和祭器。 [14] 司业：学官名，国子监的副主管，主要协助祭酒，掌管儒学、训导之业。 [15] 南雍：也称南监，明代南京国子监的别称。释奠：祭奠先圣先师之礼。 [16] 楹鼓：也称建鼓，鼓下有木柱贯穿于中。逢（péng）逢：击鼓后发出的声响。 [17] 接武：古代在堂室缓慢步行的礼节。武，足迹。杏坛：原指山东曲阜孔庙大成殿前孔子筑坛讲授之处，此处指南京孔庙。 [18] 杨维斗、刘伯宗、沈昆铜、沈眉生：此四人与吴应箕同称“复社五秀才”。杨维斗，名廷枢，原吴县人。刘伯宗，名城，贵池人。沈昆铜，名士柱，芜湖人。沈眉生，名寿民，宣城人。 [19] 宸题：御题。宸，原指屋檐，后借指天子居所，引申为天子、帝王。 [20] 素王：原指有帝王之德而未居帝王之位的人，后尊孔子为“素王”。端拱：端坐拱手的样子。 [21] 颜曾四座：指配祀孔子的四人：颜渊、曾参、子思、孟子。 [22] 彤墀（chí）：即丹墀，原指宫殿前的红色阶石，后借指宫殿或朝廷。 [23] 胶庠（xiáng）：周代时，称大学为胶，小学为庠，后为学校通称。 [24] 鹓（yuān）班鹭序：鹓、鹭两种鸟飞行时有行列，后比喻文武百官排列有序。此处指参加祭典的人井然有序。 [25] 司笾（biān）执豆：笾和豆原指用来盛水果、肉类的祭器，借指祭祀时的礼仪等。此指执掌礼法。

笾，竹制的器具，祭礼时装盛水果。豆，木制的器具，祭礼时装盛酒肉，皆为古代礼器。　[26] 瑚琏：古代举行重大祭祀活动时，用来盛黍稷的玉器。《论语·公冶长》中说，孔子称子贡为“瑚琏”，引申为有治国才能的人。　[27] 留都：古时王朝迁都后，将旧都称作留都。明朝迁都北京后，南京称作留都。　[28]“魏家干”二句：指阮大铖趋附魏忠贤和客氏，做他们的干儿。魏家，指魏忠贤。客家，指明熹宗朱由校奶母客氏，定兴（今河北定州）人，与魏忠贤勾结，把持朝政。　[29] 崔、田：崔指崔呈秀，田指田尔耕，皆为魏党之凶悍者。　[30]“粪争尝”二句：借喻阮大铖对权奸的趋炎附势、恭维奉承。尝粪，出自春秋越王勾践的故事。吮痈，出自汉朝邓通的故事。　[31]“东林里丢飞箭”二句：谓阮大铖献媚魏党，陷害东林党人。丢飞箭，指暗中害人。西厂，指明宪宗时期设立的特务机关，由宦官掌管。牵长线，指暗中密切联系。　[32] 冰山：冰山遇天暖即化，比喻权势只能显赫一时，不可久恃。唐代张彖（tuàn），在杨国忠势焰倾朝时，有人劝他也去逢迎，他拒绝，还将杨的权势视作冰山，终有消融之日。　[33] 赵忠毅：指明末大臣赵南星，字梦白，高邑（今属河北）人。明天启时，升吏部尚书，不畏权贵，直言上疏，获罪于魏忠贤，谪戍代州，病卒于戍所。崇祯朝，追谥为“忠毅”。　[34] 丁艰：也称丁忧，古人对父母丧亡之讳称，意为遭逢艰难。　[35] 飞霜冤：比喻受冤。出自战国邹衍事，他受冤下狱，仰天大哭，感动天地，五月下霜。此处阮大铖借之为已辩护。　[36] 周魏：周指周朝瑞，字思永，临清人；魏指魏大中，字孔时，嘉善人。两人皆明天启朝谏官，因弹劾魏氏、客氏，被杖毙。　[37]“前辈康对山”以下三句：李梦阳曾经获罪下狱，求救于康海，康海谒拜刘瑾为请，梦阳得以获释。后刘瑾败，康海受牵连落职，梦阳不管不救。马中锡撰《中山狼传》小说讥之。康对山，指康海，字德涵，号对山。李崆峒，名梦阳，字献吉，明代文学家，文学主张为“文必秦汉，诗必盛唐”。 [38]《春灯谜》：指阮大铖所撰《春灯谜》剧本，剧末一出《表错》借剧中人物之口总结全剧为“十错认”，有人据此认为阮氏有悔过之意。 [39] 挦（xián）：拔，扯。 [40] 珰（dāng）：原为汉代武职宦官帽上的装饰品，后指宦官。 [41] 文宣：指孔子，唐玄宗封孔子为文宣王。 [42] 庠序：地方官学之名。 [43] 屏（bǐng）荒服：谓屏除、放逐到荒原边地。荒服，指国家边境之地，距京都四千五百里至五千里的地方。 [44] 鸡肋拳揎（xuān）：谓身体孱弱，经不住拳打。晋代刘伶醉后与人吵架，那人挽起袖子要打他，他说鸡肋顶不住你的拳打，那人大笑罢手。鸡肋，比喻身体瘦弱，像鸡的肋骨。揎，挽起袖子。

[点评]

在本出里，作者生动地描绘了国子监祭孔的祭品、规模和流程。每逢春秋仲月（阴历二月、八月）的第一个丁日，各地孔庙、文庙举行祭祀礼仪，文人、官绅均会参加活动。仪式从凌晨三时开始，钟鼓齐鸣，众人在赞礼的引导下，举行一套祭拜仪式，先后跪拜四次，至拂晓时分才告礼成。祭品丰盛，有猪、牛、羊三牲，还有枣、菱、鱼、酒等。整个过程充满隆重、肃穆、神圣的气氛。

复社文人和阮大铖在丁祭日第一次遭遇面对面的冲突。每逢祭日，吴应箕等复社文人前赴文庙参加祭孔仪式，这次，一直以文人自居的阮大铖也参与活动，被吴应箕认出，受到了奚落、嘲笑。阮大铖辩解，自己屈节于魏忠贤，也是为了救东林党人，但世人不辨是非，误会他，令他感到憋屈。他曾经撰写《春灯谜》(又名《十错认》)，即含有自悔、洗白之意。但复社文人并不理会阮氏的辩白，将他痛打辱骂一通，轰出国子监。

本出既与第一出《听稗》吴应箕撰写讨伐阮大铖的《留都防乱揭帖》相呼应，也与第二十九出《逮社》阮大铖设陷逮捕复社要人相勾连，起到前后呼应、连接全篇的效果。从双方对抗的结果来看，复社文人似乎胜利了，阮大铖输了，而且输得很惨，完全丧失了平常的威风，悻悻离开文庙。但从深层次角度来看，这场冲突为日后阮大铖的反击埋下了报复的种子。

第四出　侦戏（癸未三月）

【双劝酒】（副净扮阮大铖忧容上）前局尽翻[1]，旧人皆散。飘零鬓斑，牢骚歌懒。又遭时流欺谩[2]，怎能得高卧加餐。

下官阮大铖，别号圆海。词章才子，科第名家。正做着光禄吟诗[3]，恰合着步兵爱酒[4]。黄金肝胆，指顾中原。白雪声名，驱驰上国。可恨身家念重，势利情多。偶投客、魏之门，便入儿孙之列。那时权飞烈焰，用着他当道豺狼。今日势败寒灰，剩了俺枯林鸮鸟[5]。人人唾骂，处处击攻。细想起来，俺阮大铖也是读破万卷之人，什么忠佞贤奸，不能辨别。彼时既无失心之疯，又非汗邪之病，怎的主意一错，竟做了一个魏党？（跌足介）才题旧事，愧悔交加。罢了，罢了。幸这京城宽广，容的杂人，

眉批：“写出小人愧悔肺肝。”

新在这裤子裆里买了一所大宅[6]，巧盖园亭，精教歌舞。但有当事朝绅，肯来纳交的，不惜物力，加倍趋迎。倘遇正人君子，怜而收之[7]，也还不失为改过之鬼。（悄语介）若是天道好还，死灰有复燃之日。我阮胡子呵，也顾不得名节，索性要倒行逆施了。这都不在话下。昨日文庙丁祭，受了复社少年一场痛辱，虽是他们孟浪，也是我自己多事。但不知有何法儿，可以结识这般轻薄。（搔首寻思介）

眉批："阮胡所住之裤子裆，今人皆避而不居，地以人废矣。"

【步步娇】小子翩翩皆狂简[8]，结党欺名宦，风波动几番。捋落吟须，捶折书腕。无计雪深怨，叫俺闭户空羞赧。

眉批："吟须遭捋，书腕被捶，可羞，可羞。"

（丑扮家人持帖上）地僻疏冠盖[9]，门深隔燕莺。禀老爷，有帖借戏。（副净看帖介）通家教弟陈贞慧拜[10]。（惊介）阿呀！这是宜兴陈定生，声名赫赫，是个了不得的公子，他怎肯向我借戏？（问介）那来人如何说来？（丑）来人说，还有两位公子，叫什么方密之、冒辟疆[11]，都在鸡鸣埭上吃酒[12]，要看老爷新编的《燕子笺》[13]，特来相借。（副净吩咐介）速速上楼，发出那一副上好行头[14]，吩咐班里人梳头洗脸，随箱快走。你也拿帖跟去，俱要仔细着。（丑应下。杂抬箱，众戏子绕场下。副净唤丑介）转来。（悄语介）你到他席上，听他看戏之时，议论什么，速来报我。（丑）是。（下。副净笑介）哈哈！竟不知他们目中还有下官，有趣，有趣。且坐书斋，静听回话。（虚下。末巾服扮杨文骢上）

眉批："两家绝技，今俱传矣。以人品论，稍屈龙友。"

周郎扇底听新曲[15]，米老船中访故人[16]。下官杨文骢，与圆海笔砚至交[17]，彼之曲词，我之书画，两家绝技，一代传人。今日无事，来听他《燕子》新词，不免竟入。（进介）这是石巢园[18]，你看山石花木，位置不俗，一定是华亭张南垣的手笔了[19]。（指介）

【风入松】花林疏落石斑斓，收入倪、黄画眼[20]。（仰看，读介）"咏怀堂"，孟津王铎书[21]。（赞介）写的有力量。（下看介）一片红毹铺地[22]，此乃顾曲之所[23]。草堂图里乌巾岸[24]，好指点银筝红板。（指介）那边是百花深处了，为甚的萧条闭关？敢是新词改，旧稿删。

（立听介）隐隐有吟哦之声，圆老在内读书。（呼介）圆兄，略歇一歇，性命要紧呀。（副净出见，大笑介）我道是谁，原来是龙友。请坐，请坐。（坐介。末）如此春光，为何闭户？（副净）只因传奇四种，目下发刻[25]，恐有错字，在此对阅。（末）正是，闻得《燕子笺》已授梨园[26]，特来领略。（副净）恰好今日全班不在。（末）那里去了？（副净）有几位公子借去游山。（末）且把抄本赐教，权当《汉书》下酒罢。（副净唤介）叫家僮安排酒酌，我要和杨老爷在此小饮。（内）晓得。（杂上排酒果介。末、副净同饮，看书介）

【前腔】（末）新词细写乌丝阑[27]，都是金淘沙拣。簪花美女心情慢[28]，又逗出烟慵云懒[29]。看到此处，令我一往情深。这燕子衔春未残[30]，怕的杨花白，人鬓斑。

（副净）芜词俚曲，见笑大方，（让介）请干一杯。（同饮介。丑急上）传将随口话，报与有心人。禀老爷，小人到鸡鸣埭上，看着酒斟十巡，戏演三折，忙来回话。（副净）那公子们怎么样来？（丑）那公子们看老爷新戏，大加称赞。

眉批："不谱鸡鸣埭听曲谩骂之状，而谱石巢园侦戏喜怒之情，文笔高绝。"

【急三枪】点头听，击节赏，停杯看。（副净喜介）妙，妙。他竟知道赏鉴哩。（问介）可曾说些什么？（丑）他说真才子，笔不凡。（副净惊介）阿耶耶，这样倾倒，却也难得。（问介）再说什么来？（丑）论文采，天仙吏，谪人间。好教执牛耳，主骚坛。

（副净佯恐介）太过誉了，叫我难当，越往后看，还不知怎么样哩。（吩咐介）再去打听，速来回话。（丑急下。副净大笑介）不料这班公子，倒是知己。（让介）请干一杯。

【风入松】俺呵，南朝看足古江山，翻阅风流旧案。花楼雨榭灯窗晚，呕吐了心血无限。每日价琴对墙弹，知音赏，这一番。

（末）请问借戏的是那班公子？（副净）宜兴陈定生、桐城方密之、如皋冒辟疆，都是了不得学问，他竟服了小弟。（末）他们是不轻许可人的，这本《燕子笺》词曲原好，有甚么说处。（丑急上）去如走兔，来似飞乌。禀老爷，小的又到鸡鸣埭，看着戏演半本，酒席将完，忙来回话。（副净）那公子又讲些什么？（丑）他说老爷呵，

【急三枪】是南国秀[31]，东林彦，玉堂班。（副净佯惊介）句句是赞俺，益发惶恐。（问介）还说些什么？（丑）他说为何投崔、魏，自摧残。（副净皱眉，拍案恼介）只有这点点不才，如今也不必说了。（问介）还讲些什么？（丑）话多着哩，小人也不敢说了。（副净）但说无妨。（丑）他说老爷呼亲父，称干子，忝羞颜，也不过仗人势，狗一般。

（副净怒介）阿呀呀，了不得，竟骂起来了，气死我也。

【风入松】平章风月有何关[32]，助你看花对盏，新声一部空劳赞。不把俺心情剖辩，偏加些恶谑毒顽，这欺侮受应难。

眉批："恶谑毒顽，自宽自解，没奈何语。"

（末）请问这是为何骂起？（副净）连小弟也不解，前日好好拜庙，受了五个秀才一顿狠打。今日好好借戏，又受这三个公子一顿狠骂。此后若不设个法子，如何出门？（愁介。末）长兄不必吃恼，小弟倒有个法儿，未知肯依否？（副净喜介）这等绝妙了，怎肯不依。（末）兄可知道，吴次尾是秀才领袖，陈定生是公子班头，两将罢兵，千军解甲矣。（副净拍案介）

眉批："冤从此解，冤从此结。"

是呀。（问介）但不知谁可解劝？（末）别个没用，只有河南侯朝宗，与两君文酒至交，言无不听。昨闻侯生闲居无聊，欲寻一秦淮佳丽。小弟已替他物色一人，名唤香君，色艺皆精，料中其意。长兄肯为出梳栊之资，结其欢心，然后托他两处分解，包管一举双擒。（副净拍手，笑介）妙，妙，好个计策。（想介）这侯朝宗原是敝年侄[33]，应该料理的。（问介）但不知应用若干？（末）妆奁、酒席，约费二百余金，也就丰盛了。（副净）这不难，就送三百金到尊府，凭君区处便了。（末）那消许多。

眉批："为年侄觅妓，而曰'应该料理'，丧心语也。"

眉批："古今小人，多用美人计。"

（末）白门弱柳许谁攀[34]，（副净）文酒笙歌俱等闲。

（末）惟有美人称妙计，（副净）凭君买黛画春山。

出评："此折曲白，俱自《左传》脱化，拟议顿挫，如闻口吻，妙文也。"

［注释］

[1]"前局尽翻"二句：谓魏忠贤失势以后，魏党尽数散去的局面。前局，指魏忠贤专权时的局面。旧人，指魏党。　[2]时流：指陈贞慧、吴应箕一类复社文人及社会名流。　[3]光禄吟诗：南朝宋诗人颜延之，曾官至金紫光禄大夫。明末崇祯即位后，阮大铖弹劾崔呈秀、魏忠贤，攻击东林党，被升任为光禄卿，旋即被罢，阮大铖以颜延之自比。光禄，官名。　[4]步兵爱酒：三国魏诗人阮籍，曾官至步兵校尉，嗜酒，故有步兵爱酒之说。阮大铖以阮籍自比。步兵，官名。　[5]鸮（xiāo）鸟：恶鸟，比喻凶恶之人。　[6]裤子裆：金陵地名，即库司坊，与"裤子档"谐音。

阮大铖曾购宅于此，被人称为“裤子裆里阮”。甘熙《白下琐言》曰：“阮大铖宅在城南库司坊（即今小门口处），世人秽其名曰‘裤子裆’。”“裤子裆”地名是否因阮大铖而起，不确定。 [7] 怜：原残，据兰雪堂本补。 [8] 狂简：指年轻人因自负高志而显得狂妄的样子。语出《论语·公冶长》：“吾党之小子狂简，斐然成章，不知所以裁之。” [9] 冠盖：原指官员戴的帽子和所乘车的车盖，借指官员。 [10] 通家：指世交。 [11] 方密之、冒辟疆：即方以智、冒襄，与侯方域、陈贞慧称“明末四公子”，是当时社会名流。方密之，方以智，字密之，安徽桐城人，明崇祯十三年（1640）进士，明亡后，出家为僧。冒辟疆，名襄，江苏如皋人，明诸生，复社骨干，入清后，读书自娱，拒绝出仕，著有《水绘园诗文集》等。 [12] 鸡鸣埭（dài）：即鸡笼山，今南京鸡鸣寺所在地，南京名胜之一。 [13]《燕子笺》：阮大铖传奇作品之一。 [14] 行头：戏曲专用名词，指演戏所用的服饰、道具等。 [15] 周郎扇底听新曲：周郎指周瑜，其人精通音律；“扇底”化用苏轼《念奴娇·赤壁怀古》中所言周瑜“羽扇纶巾”之典故。因阮大铖创作传奇，也懂音律，故比作周瑜。 [16] 米老船中访故人：米老指米芾，北宋著名书画家；“船中”化用米芾常携书画乘舟游览之典故，此处杨文骢自比米芾。 [17] 笔砚至交：比喻诗友、文友。 [18] 石巢园：阮大铖私家园林之名，位于南京城南库司坊，他在此创作四种传奇。 [19] 张南垣（yuán）：名涟，华亭（今属上海松江区）人，明末清初著名的园林建筑家，无锡的寄畅园是其一派的代表作。 [20] 倪、黄：倪指倪瓒，字元镇，无锡人；黄指黄公望，字子久，《富春山居图》为其代表作，皆为元代著名山水画家。 [21] 王铎：字觉斯，号十樵、嵩樵，河南孟津人，明末清初书画家。 [22] 红毹（shū）：即红氍毹。氍毹原指毛织之地毯，多为红色，故称。古代戏曲、歌舞演出常在厅堂的地毯上表演，后借指戏曲演出。　[23] 顾曲：谓欣赏音乐或戏曲。典故出自三国周瑜事，周瑜精通音乐，酒席间如表演有误，他必知之，知之必顾，故有“周郎顾曲”之说。　[24] 草堂：指隐士的居所。乌巾：指隐士的装扮。岸：指岸帻，头巾高掀，露出前额，显得自由、无束缚。　[25] 发刻：发覆刻印。　[26] 梨园：原指唐玄宗在梨园教授歌舞，后来将戏班、家班称为梨园，戏班艺人称为梨园弟子。　[27] 乌丝阑：也称乌丝栏，指纸上或绢上画成或织成直行的黑格线。用红色者称朱丝阑。　[28] 簪花美女：比喻诗文、书法娟秀、妍媚。南朝梁袁昂《古今书评》：“卫恒书如插花美女，舞笑镜台。”　[29] 逗：引。烟慵云懒：指《燕子笺》剧中书生霍都梁与妓女华行云、女子郦飞云缠绵悱恻的爱情故事。　[30] 燕子衔春：《燕子笺》中有燕子衔诗笺、传递爱意的情节。　[31]“是南国秀”以下三句：夸奖阮大铖的文才。南国，指阮氏出身于南方。东林，阮氏在投靠魏忠贤前，曾依附东林党人左光斗。彦，优秀人才。玉堂，即翰林院。　[32] 平章：评论。　[33] 年侄：科举时代，同年登科的士子，称同年。同年之子，称年侄。　[34] 白门：南朝宋时，建康（今江苏南京）城的宣阳门，俗称白门，后作南京的别称。

[点评]

在中国戏曲史上，阮大铖是个特殊的存在。他文采斐然，诗文俱佳，尤善词曲，所撰传奇《燕子笺》《春灯谜》等，梨园弟子争为传唱。但他为了做官，投靠魏忠贤，打压东林党人；阉党倒台后，又巴结弘光朝的权臣马士英，报复、打击复社文人；南京城沦陷后，降于清，为世人所不齿，《明史》将其归为“奸臣”。阮大铖曾居住在南京城南库司坊，老百姓秽其名曰“裤子裆”，来讽刺他。

本出通过陈贞慧、冒辟疆等人借戏之事，细致而生动地描绘了阮大铖的形象，淋漓尽致地展现了他的心理变化。当听说复社文人来借戏时，阮大铖感到非常意外，有些受宠若惊，爽快地答应了要求，吩咐班里的戏子配上上好行头，赶快去应承，同时派遣下人去侦探演剧情况。当听说陈贞慧等人赞赏他的戏时，阮大铖欣喜若狂，认为陈贞慧诸人乃为有学之人，竟然服膺自己，对自己的才华愈加自信。但下人再次打探回来的信息令阮大铖恼怒，原来陈贞慧等人在褒赞阮大铖才情之同时，也贬损他的人品，这使他既恼且惧。杨文骢适时地向阮大铖献计，让他出资替侯方域梳栊，以此来结交复社文人。阮大铖接纳了这个计策，为侯、李相遇又相离，复社文人被报复等一系列情节埋下了伏笔。

孔尚任采用先扬后抑的笔法描写了阮大铖的心理变化，以心理之变化映衬出性格之矛盾：以文人自居，为了官职却谄媚权贵，丧失文人的品格，既痛恨复社文人又想巴结他们。明清传奇作品大多塑造类型化、扁平化的人物形象，这种复杂的人物性格并不多见。在《桃花扇》里，性格鲜明的人物有柳敬亭、苏昆生等，但都不如阮大铖性格之饱满和立体，彰显出孔尚任戏笔之细腻、锋利。

第五出　访翠[1]（癸未三月）

【缑山月】（生丽服上）金粉未消亡，闻得六朝香，满天涯烟草断人肠。怕催花信紧[2]，风风雨雨，误了春光。

小生侯方域，书剑飘零，归家无日。对三月艳阳之节，住六朝佳丽之场。虽是客况不堪，却也春情难按。昨日会着杨龙友，盛夸李香君妙龄绝色，平康第一[3]。现在苏昆生教他吹歌，也来劝俺梳栊。争奈萧索奚囊[4]，难成好事。今乃清明佳节，独坐无聊，不免借步踏青[5]，竟到旧院一访，有何不可？（行介）

【锦缠道】望平康，凤城东，千门绿杨。一路紫丝缰，引游郎，谁家乳燕双双。（丑扮柳敬亭上）黄莺惊晓梦，白发动春愁。（唤介）侯相公，何处闲游？（生

眉批："【锦缠】一曲，绝妙好词。"

回头见介）原来是敬亭，来的好也。俺去城东踏青，正苦无伴哩。（丑）老汉无事，便好奉陪。（同行介。丑指介）那是秦淮水榭。（生）隔春波，碧烟染窗。倚晴天，红杏窥墙。（丑指介）这是长桥，我们慢慢的走。（生）一带板桥长，闲指点茶寮酒舫。（丑）不觉来到旧院了。（生）听声声卖花忙，穿过了条条深巷。（丑指介）这一条巷里，都是有名姊妹家。（生）果然不同，你看黑漆双门之上，插一枝带露柳娇黄。

（丑指介）这个高门儿，便是李贞丽家。（生）我问你，李香君住在那个门里？（丑）香君就是贞丽的女儿。（生）妙，妙。俺正要访他，恰好到此。（丑）待我敲门。（敲介。内问介）那个？（丑）常来走动的老柳，陪着贵客来拜。（内）贞娘、香姐都不在家。（丑）那里去了？（内）在卞姨娘家做盒子会哩[6]。（丑）正是，我竟忘了，今日是盛会。（生）为何今日做会？（丑拍腿介）老腿走乏了，且在这石磴上略歇一歇，从容告你。（同坐介。丑）相公不知，这院中名妓，结为手帕姊妹[7]，就像香火兄弟一般，每遇时节，便做盛会。

【朱奴剔银灯】结罗帕，烟花雁行。逢令节，齐斗新妆。（生）是了，今日清明佳节，故此皆去赴会。但不知怎么叫做盒子会？（丑）赴会之日，各携一副盒儿，都是鲜物异品，有海错、江瑶、玉液浆[8]。（生）会期做些甚么？（丑）大家比较技艺，拨琴阮[9]，笙箫嘹亮。（生）这样有趣，也许子弟入会么[10]？（丑摇手介）不许，不许，最怕的是子弟混闹，深深锁住楼门，只许楼下赏鉴。（生）赏鉴中意的，如何会面？（丑）若中了意，便把物事抛上楼头，他楼上也便抛下果子来。相当，竟飞来捧觞，密约在芙蓉锦帐。

（生）既然如此，小生也好走走了。（丑）走走何妨。（生）只不知卞家住在那厢[11]？（丑）住在暖翠楼，离此不远，即便同行。（行介。生）扫墓家家柳，（丑）吹饧处处箫[12]。（生）莺花三里巷，（丑）烟水两条桥。（指介）此间便是。相公请进。（同入介。末扮杨文骢、净扮苏昆生迎上。末）闲陪簇簇莺花队，（净）同望迢迢粉黛围。（见介。末）侯世兄怎肯到此，难得，难得。（生）闻杨兄今日去看阮胡子，不想这里遇着。（净）特为侯相公喜事而来。（丑）请坐。（俱坐。生望介）好个暖翠楼。

眉批："楼名亦佳。"

四句诗，写出秦淮妓院的风物人情。

【雁过声】端详，窗明院敞，早来到温柔睡乡。（问介）李香君为何不见？（末）现在楼头。（净指介）你听，楼头奏伎了。（内吹笙、笛介。生听介）鸾笙凤管云中响，（内弹琵琶、筝介。生听介）弦悠扬，（内打云锣介[13]。生听介）玉玎珰，一声声乱我柔肠，（内吹箫介。生听介）

翱翔双凤凰。（大叫介）这几声箫，吹的我消魂，小生忍不住要打采了[14]。（取扇坠抛上楼介）海南异品风飘荡，要打着美人心上痒。

（内将白汗巾包樱桃抛下介。丑）有趣，有趣。掷下果子来了。（净解汗巾，倾樱桃盘内介）好奇怪，如今竟有樱桃了。（生）不知是那个掷来的？若是香君，岂不可喜。（末取汗巾看介）看这一条冰绡汗巾[15]，有九分是他了。（小旦扮李贞丽捧茶壶，领香君捧花瓶上。小旦）香草偏随蝴蝶扇，美人又下凤凰台[16]。（净惊指介）都看天人下界了。（丑合掌介）阿弥陀佛。（众起介。末拉生介）世兄认认，这是贞丽，这是香君。（生见小旦介）小生河南侯朝宗，一向渴慕，今才遂愿。（见旦介）果然妙龄绝色，龙老赏鉴，真是法眼[17]。（坐介。小旦）虎丘新茶[18]，泡来奉敬。（斟茶。众饮介。旦）绿杨红杏，点缀新节。（众赞介）有趣，有趣。煮茗看花，可称雅集矣。（末）如此雅集[19]，不可无酒。（小旦）酒已备下，玉京主会，不得下楼奉陪，贱妾代东罢。（唤介）保儿荡酒来！（杂提酒上。小旦）何不行个令儿，大家欢饮？（丑）敬候主人发挥。（小旦）怎敢僭越[20]。（净）这是院中旧例。（小旦取骰盆介）得罪了。（唤介）香君把盏，待我掷色奉敬[21]。（众）遵令。（小旦宣令介）酒要依次流饮，每一杯干，各献所长，便是酒底[22]。么为樱桃，二为茶，三为柳，四为杏花，五为香扇坠，六为冰绡汗巾。（唤介）香君敬侯相公酒。（旦斟，生饮介。小旦掷色介）是香扇坠。（让介）侯相公速干此

眉批："此例在教坊司，尚可查例说堂也。"

杯，请说酒底。（生告干介）小生做首诗罢。（吟介）南国佳人佩，休教袖里藏。随郎团扇影，摇动一身香。（末）好诗，好诗。（丑）好个香扇坠，只怕摇摆坏了。（小旦）该奉杨老爷酒了。（旦斟，末饮介。小旦掷介）是冰绡汗巾。（末）我也做诗了。（小旦）不许雷同。（末）也罢，下官做个破承题罢[23]。（念介）睹拭汗之物，而春色撩人矣。夫汗之沾巾，必由于春之生面也。伊何人之面，而以冰绡拭之，红素相著之际，不亦深可爱也耶？（生）绝妙佳章。（丑）这样好文彩，还该中两榜才是[24]。（旦斟丑酒介）柳师父请酒。（小旦掷色介）是茶。（丑饮酒介）我道恁薄。（小旦笑介）非也，你的酒底是茶。（丑）待我说个张三郎吃茶罢[25]。（小旦）说书太长，说个笑话更好。（丑）就说笑话。（说介）苏东坡同黄山谷访佛印禅师[26]，东坡送了一把定瓷壶[27]，山谷送了一斤阳羡茶[28]。三人松下品茶。佛印说："黄秀才茶癖天下闻名[29]，但不知苏胡子的茶量何如？今日何不斗一斗，分个谁大谁小？"东坡说："如何斗来？"佛印说："你问一机锋[30]，叫黄秀才答。他若答不来，吃你一棒，我便记一笔：胡子打了秀才了。你若答不来，也吃黄秀才一棒，我便记一笔：秀才打了胡子了。末后总算，打一下吃一碗。"东坡说："就依你说。"东坡先问："没鼻针如何穿线？"山谷答："把针尖磨去。"佛印说："答的好。"山谷问："没把葫芦怎生拿？"东坡答："抛在水中。"佛印说："答的也不错。"东坡又问："虱在裤中，有见无见？"山谷未及答，东坡持棒就打。山谷正拿

眉批："题承艳丽，似探花郎作，泛泛两榜，恐未必能。"

眉批："偶尔机锋，亦有深意。"

眉批："嘲的恰当，龙友在座，故柳老说法。"

眉批："尚未定情，先饮合卺。名士美人，目挑心许者，是此时。"

眉批："巧绝，趣绝，真令喷饭。"

眉批："中计了。"

壶子斟茶，失手落地，打个粉碎。东坡大叫道："和尚记着，胡子打了秀才了。"佛印笑道："你听哄啷一声，胡子没打着秀才，秀才倒打了壶子了。"（众笑介。丑）众位休笑，秀才利害多着哩。（弹壶介）这样硬壶子都打坏，何况软壶子[31]。（生）敬老妙人，随口诙谐，都是机锋。（小旦）香君，敬你师父。（旦斟，净饮介。小旦掷介）是杏花。（末唱介）晚妆楼上杏花残[32]，犹自怯衣单。（旦向小旦介）孩儿敬妈妈酒了。（小旦饮干，掷介）是樱桃。（净）让我代唱罢。（唱介）樱桃红绽[33]，玉粳白露，半晌恰方言。（丑）昆生该罚了，唱的唇上樱桃，不是盘中樱桃。（净）领罚。（自斟，饮介。小旦）香君该自斟自饮了。（生）待小生奉敬。（生斟，旦饮介。小旦掷介）不消猜，是柳了，香君唱来。（旦羞介。小旦）孩儿腼腆，请个代笔相公罢。（掷介）三点，是柳师父。（净）好，好，今日是他当直之日。（丑）我老汉姓柳，飘零半世，最怕的是"柳"字。今日清明佳节，偏把个柳圈儿套住我老狗头[34]。（众大笑介。净）算了你的笑话罢。（生）酒已有了，大家别过。（丑）才子佳人，难得聚会。（拉生、旦介）你们一对儿，吃个交心酒何如？（旦羞，遮袖下。净）香君面嫩，当面不好讲得。前日所订梳栊之事，相公意下允否？（生笑介）秀才中状元，有甚么不肯处。（小旦）既蒙不弃，择定吉期，贱妾就要奉攀了。（末）这三月十五日，花月良辰，便好成亲。（生）只是一件，客囊羞涩，恐难备礼。（末）这不须愁，妆奁酒席，待小弟备来。（生）怎好相累？（末）当得效力。（生）多谢了。

【小桃红】误走到巫峰上，添了些行云想，匆匆忘却仙模样。春宵花月休成谎，良缘到手难推让，准备着身赴高唐[35]。

（作辞介。小旦）也不再留了。择定十五日，请下清客，邀下姊妹，奏乐迎亲罢。（小旦下。丑向净介）阿呀，忘了，忘了，咱两个不得奉陪了。（末）为何？（净）黄将军船泊水西门[36]，也是十五日祭旗，约下我们吃酒的。（生）这等怎处？（末）还有丁继之、沈公宪、张燕筑[37]，都是大清客，借重他们陪陪罢。

眉批："借'祭旗'一句，另出三清客。"

（净）暖翠楼前粉黛香，（末）六朝风致说平康。

（丑）踏青归去春犹浅，（生）明日重来花满床。

出评："《访翠》一折，却与《闹榭》正对，《访翠》在卞玉京家，玉京后为香君所皈依。《闹榭》在丁继之家，继之后为朝宗所皈依，皆天然整齐之文。"

［注释］

[1] 访翠：指侯方域拜访李香君。翠，指美人，这里指香君。[2] 催花信紧：指催花开放的风信频频来临。花信，指花信风，植物开花相期而至的风。　[3] 平康：指妓院。王仁裕《开元天宝遗事·风流薮泽》："长安有平康坊，妓女所居之地，京都侠少萃集于此。"　[4] 萧索奚囊：指诗囊疏落、荒芜，意为经济拮据。奚囊，指诗囊，《新唐书·李贺传》："（贺）每旦日出，骑弱马，从小奚奴，背古锦囊，遇所得，书投囊中。"　[5] 踏青：指春天季节郊外游赏，旧时有清明时节郊外踏青之习俗。　[6] 盒子会：明代清明时节南京妓女所行之聚会习俗，每人携带一盒食物或果品赴会，会上评比，以新奇者为胜。席间，大家奏乐、演唱，尽兴嬉乐，一连数日。　[7] 手帕姊妹：旧时习俗，妓女结拜为姐妹。　[8] 海错、江瑶、玉液浆：指各种海味、美酒。海错，泛指海中物产，

种类繁多，故称。江瑶，指干贝。玉液浆，指美酒。 [9] 阮（ruǎn）：传统中国乐器名，相传晋代阮咸擅长此乐器。圆形琴箱，直柄，十二柱，四弦，可独奏，可重奏，也可伴奏，汉时称为秦琵琶。 [10] 子弟：原指弟、子等青年后辈，这里为宋元俗语，指嫖客。 [11] 卞家：指卞玉京所在的暖翠楼。卞玉京，名赛，又名赛赛，自号"玉京道人"，人称玉京。出身于秦淮官宦人家，家道衰落后，年十八沦落为歌妓。善诗文，工书画，尤擅画兰，后为女道士。 [12] 吹饧（xíng）：卖饧人吹糖做糖人，多携箫、笛揽客。饧，古"糖"字，指用麦芽熬成的糖稀。 [13] 云锣：打击乐器名，又名九音锣。由若干大小相同而厚薄不同、音高不同的铜制小锣组成，按照音高顺序排在固定的木格里，主要用于民乐队的合奏。 [14] 打采：旧时戏曲演出时，演到精彩处，观众向演员投掷钱币、缠头等作为奖赏。 [15] 冰绡：指轻薄洁白的丝绢。绡，指用生丝织成的绸。 [16] 凤凰台：此台筑在金陵凤凰山上。相传南朝宋时，有三鸟翱集山间，状如孔雀，色彩斑斓，音声和谐，众鸟翔附，人谓之凤凰，筑台于山，谓凤凰台，山曰凤凰山。 [17] 法眼：指观察事物、鉴别能力的眼光。 [18] 虎丘：地名，苏州名胜之一，在姑苏区西北。 [19] 雅集：指文人雅士通过吟咏诗文、抚琴礼茶等方式聚集在一起。 [20] 僭（jiàn）越：指地位低下的人超越本分，冒用地位崇高的人的名义或物品。 [21] 掷色（shǎi）：掷骰（tóu）子。 [22] 酒底：酒令术语，指宴席上行酒令时，饮酒后行下一部分。 [23] 破承题：原作"破题承"，据兰雪堂本改。意谓科举时代八股文开头的"破题"和"承题"。破题，用两句话点破题义；承题，承接前后文，阐明破题之意义。 [24] 两榜：清代进士考试分甲、乙两榜，乡试（举人）为乙榜，会试（进士）为甲榜。 [25] 张三郎吃茶：指阎婆惜留张三郎喝茶事，典故出自《水浒传》第二十一回。 [26] 佛印：宋代名僧，法号了元，字觉老，俗姓林，饶州浮梁（今属江西）人。曾任承天寺、金山寺、焦山寺、大仰山寺、云居寺等古刹住持，与苏轼、黄庭坚友善，赠诗往来。　[27] 定瓷：原作“定磁”，据暖红室本改。中国著名瓷器名，产于河北保定曲阳县，古时此地属定州辖区，故名，宋代极为兴盛，有“定州花瓷瓯，颜色天下白”之誉。　[28] 阳羡：中国名茶产地，在江苏宜兴，阳羡茶汤清、味醇，唐代始被定为贡茶。　[29] 黄秀才：即黄庭坚，北宋文学家、诗人，字鲁直，号山谷道人，洪州分宁（今江西修水县）人，曾与张耒、晁补之、秦观游学于苏轼门下，世称“苏门四学士”。善诗文，为江西诗派创始人。擅行、草书，与米芾、苏轼、蔡襄并称为“宋四家”。　[30] 机锋：佛教禅宗用语。原指弓上的机牙和箭锋，禅宗里指那种机警、深刻、令人顿悟的思想或语言。　[31] 软壶子：谐“阮胡子”，即阮大铖。　[32]“晚妆楼上杏花残”二句：出自王实甫《西厢记》第三本第二折。　[33]“樱桃红绽”以下三句：出自王实甫《西厢记》第一本第一折。樱桃，比喻女子的嘴唇。玉粳，比喻细白的牙齿，形容一位腼腆、娇羞、欲言而止的美女形象。　[34] 柳圈儿：用柳条编成的圈儿，可以戴在头上，俗称“记年”。这是江南一带清明时节的习俗，意为珍惜青春年华，珍惜时光。清乾隆湖北《东湖县志》载：“又戴杨柳于首，并插柳枝于户，谓之‘记年华’。”　[35] 高唐：指男女欢会之事，宋玉《高唐赋》载，传说楚怀王曾游览高唐，梦见与一神女相会，临别时，神女曰：“妾在巫山之阳，高丘之阻。旦为朝云，暮为行雨。朝朝暮暮，阳台之下。”后以巫山、云雨、高唐、阳台比喻男女欢爱。　[36] 黄将军船泊水西门：指黄得功部队船泊在南京城水西门。黄将军，指黄得功，明末将领，号虎山，开原卫（今辽宁开原）人。明崇祯时，因功被封为靖南伯。福王时，守江北，后移镇太平。清兵至，仓促应战，死。水西门，位于南京城西南，外临护城河。　[37] 丁继之、沈公宪、张燕筑：明末清初三位昆曲清唱家，他们常在秦淮歌场里串戏、演出。丁继之，南京人，主要扮丑、净角色。

［点评］

在这出里，侯方域和李香君初次相遇，相遇时充满浪漫、欢喜的气氛，成为明清时期才子佳人邂逅的经典场面。侯方域拜访佳人时，正值一年一度的盒子会，李香君、李贞丽等在暖翠楼聚会，侯方域在柳敬亭的引导下前去拜见。楼上琴阮、笙笛竞秀，当悠扬的琵琶声响起时，侯方域听得心旌摇荡，不禁将扇坠抛向楼上，李香君也将冰绡汗巾包着樱桃抛下。李香君身材娇小，诨号“香扇坠”，抛扇坠至楼上，可见侯之用心。而冰绡汗巾是李香君贴身用品，用其包樱桃，可见李之情意。两人尚未见面，心已相许。等到饮酒行令环节，李香君自斟自饮，侯方域为其斟酒，两人凭此订下终身。盒子会为侯、李两人情感沟通提供了便利，杨文骢顺利地完成了他在阮大铖面前许下的承诺。孔尚任将侯、李相遇与秦淮妓院的习俗节日相结合，弱化侯方域寻访李香君的功利性目的，突出侯、李情感的纯粹性，为李香君拒奁张目。

除了侯方域、李香君，《桃花扇》里的主要人物李贞丽、杨文骢、柳敬亭、苏昆生均在这出一一出场，以雅集的方式与读者见面。宴乐行令时，他们选取不同的文艺形式，或作诗，或吟八股对子，或说笑话，或唱曲，表现出各自的艺术才华，而这也正是孔尚任“无体不备”

写作技巧的体现，彰显出孔氏创作的非凡才情。

“柳敬亭茶话”一段诙谐、生动，以谐音方式讲述“秀才打了壶子”的故事，与刚发生的“哄丁事件”相勾连，在嬉笑怒骂中，展现了柳敬亭爱憎分明的立场。桥段时露机锋，令人玩味。

第六出　眠香（癸未三月）

【临江仙】（小旦艳妆上）短短春衫双卷袖，调筝花里迷楼[1]。今朝全把绣帘钩，不教金线柳，遮断木兰舟[2]。

妾身李贞丽，只因孩儿香君，年及破瓜，梳栊无人，日夜放心不下。幸亏杨龙友，替俺招了一位世家公子，就是前日饮酒的侯朝宗，家道才名，皆称第一。今乃上头吉日，大排筵席，广列笙歌，清客俱到，姊妹全来，好不费事。（唤介）保儿那里？（杂扮保儿掮扇慢上）席前搀趣话，花里听情声。妈妈唤保儿那处送衾枕么？（小旦怒介）啐！今日香姐上头[3]，贵人将到，你还做梦哩。快快卷帘扫地，安排桌椅。（杂）是了。（小旦指点排席介）

【一枝花】（末新服上）园桃红似绣，艳覆文君酒[4]。

屏开金孔雀[5]，围春昼。涤了金瓯[6]，点着喷香兽[7]。这当垆红袖[8]，谁最温柔，拉与相如消受。

下官杨文骢，受圆海嘱托，来送梳栊之物。（唤介）贞娘那里？（小旦见介）多谢作伐[9]，喜筵俱已齐备。（问介）怎么官人还不见到？（末）想必就来。（笑介）下官备有箱笼数件，为香君助妆，教人搬来。（杂抬箱笼、首饰、衣物上。末吩咐介）抬入洞房，铺陈齐整着。（杂应下。小旦喜谢介）如何这般破费，多谢老爷。（末袖出银介）还有备席银三十两，交与厨房，一应酒殽，俱要丰盛。（小旦）益发当不起了。（唤介）香君快来。（旦盛妆上。小旦）杨老爷赏了许多东西，上前拜谢。（旦拜谢介。末）些须薄意[10]，何敢当谢，请回，请回。（旦即入介。杂急上报介）新官人到门了。（生盛服，从人上）虽非科第天边客，也是嫦娥月里人。（末、小旦迎见介。末）恭喜世兄，得了平康佳丽。小弟无以为敬，草办妆奁，粗陈筵席，聊助一宵之乐。（生揖介）过承周旋，何以克当。（小旦）请坐，献茶。（俱坐。杂捧茶上，饮介。末）一应喜筵，安排齐备了么？（小旦）托赖老爷，件件完全。（末向生拱介）今日吉席，小弟不敢搀越，竟此告别，明日早来道喜罢。（生）同坐何妨。（末）不便，不便。（别下。杂）请新官人更衣。（生更衣介。小旦）妾身不得奉陪，替官人打扮新妇，撺掇喜酒罢[11]。（别下。副净、外、净扮三清客上）一生花月张三影[12]，五字宫商李二红[13]。（副净）在下丁继之。（外）在下沈公宪。（净）在下张燕筑。（副净）今日吃侯公

眉批："龙友慷他人之慨，亦世局中不可少之人。"

眉批："龙友、贞丽，今日主婚之人，预令回避，或嫁娶，周堂图中应尔耶。"

眉批："诨语有深意。"

子喜酒，只得早到。（净）不知请那几位贤歌来陪俺哩[14]？（外）说是旧院几个老在行。（净）这等都是我梳栊的了。（副净）你有多大家私，梳栊许多。（净）各人有帮手。你看今日侯公子，何曾费了分文？（外）不要多话，侯公子堂上更衣，大家前去作揖。（众与生揖介。众）恭喜，恭喜！（生）今日借光。（小旦、老旦、丑扮三妓女上）情如芳草连天醉，身似杨花尽日忙。（见介。净）唤的那一部歌妓，都报名来。（丑）你是教坊司么[15]？叫俺报名。（生笑介）正要请教大号。（老旦）贱妾卞玉京。（生）果然玉京仙子。（小旦）贱妾寇白门[16]。（生）果然白门柳色[17]。（丑）奴家郑妥娘[18]。（生沉吟介）果然妥当不过。（净）不妥，不妥。（外）怎么不妥？（净）好偷汉子。（丑）呸！我不偷汉，你如何吃得恁胖。（众诨笑介。老旦）官人在此，快请香君出来罢。（小旦、丑扶香君上。外）我们做乐迎接。（副净、净、外吹打十番介[19]，生、旦见介。丑）俺院中规矩，不兴拜堂，就吃喜酒罢。（生、旦上坐，副净、外、净坐左边介，小旦、老旦、丑坐右边介。杂执壶上，左边奉酒，右边吹弹介）

【梁州序】（生）齐梁词赋，陈隋花柳，日日芳情迤逗[20]。青衫偎倚，今番小杜扬州[21]。寻思描黛，指点吹箫，从此春入手。秀才渴病急须救，偏是斜阳迟下楼，刚饮得一杯酒。

（右边奉酒，左边吹弹介）

【前腔】（旦）楼台花颤，帘栊风抖，倚着雄姿英秀。春情无限，金钗肯与梳头。闲花添艳，野草生香，消得夫人做。今宵灯影纱红透，见惯司空也应羞[22]，破题儿真难就。

（副净）你看红日衔山，乌鸦选树，快送新人回房罢。（外）且不要忙，侯官人当今才子，梳栊了绝代佳人，合欢有酒，岂可定情无诗乎？（净）说的有理，待我磨墨拂笺，伺候挥毫。（生）不消诗笺，小生带有宫扇一柄，就题赠香君，永为订盟之物罢。（丑）妙，妙！我来捧砚。（小旦）看你这嘴脸，只好脱靴罢了。（老旦）这个砚儿，倒该借重香君。（众）是呀。（旦捧砚，生书写扇介。众念介）夹道朱楼一径斜，王孙初御富平车。青溪尽是辛夷树，不及东风桃李花。（众）好诗，好诗！香君收了。（旦收扇袖中介。丑）俺们不及桃李花罢了，怎的便是辛夷树？（净）辛夷树者，枯木逢春也。（丑）如今枯木逢春，也曾鲜花着雨来。（杂持诗笺上）杨老爷送诗来了。（生接读介）生小倾城是李香，怀中婀娜袖中藏。缘何十二巫峰女，梦里偏来见楚王。（生笑介）此老多情，送来一首催妆诗，妙绝，妙绝！（净）“怀中婀娜袖中藏”，说的香君一搦身材[23]，竟是个香扇坠儿。（丑）他那香扇坠，能值几文，怎比得我这琥珀猫儿坠。（众笑介。副净）大家吹弹起来，劝新人多饮几杯。（丑）正是带些酒兴，好入洞房。（左右吹弹，生、旦交让酒介）

眉批：“桃花扇，托始于此。”

眉批：“此诗见《壮悔集》中，不待血染，已成桃花扇矣。”

眉批：“妥娘二语，令千古美人短气。”

眉批：“或传龙友诗，乃余澹心（案：余怀）代作。”案：诗见余怀《板桥杂记》。

【节节高】（生、旦）金樽佐酒筹，劝不休，沉沉玉倒黄昏后[24]。私携手，眉黛愁，香肌瘦。春宵一刻天长久，人前怎解芙蓉扣。盼到灯昏玳筵收，宫壶滴尽莲花漏[25]。

眉批："秀才坐态，美人羞态，愈出愈妙。"

（副净）你听谯楼二鼓，天气太晚，撤了席罢。（净）这样好席，不曾吃净就撤了去，岂不可惜。（丑）我没吃够哩，众位略等一等儿。（老旦）休得胡缠，大家奏乐，送新人入房罢。（众起吹打十番，送生、旦介）

【前腔】（合）笙箫下画楼，度清讴[26]，迷离灯火如春昼。天台岫，逢阮刘，真佳偶。重重锦帐香薰透，旁人妒得眉头皱。酒态扶人太风流，贪花福分生来有。

眉批："清客羡态，妓女妒态，无不画出。"

眉批："眠花困柳，千古不醒。"

（杂执灯，生、旦携手下。净）我们都配成对儿，也去睡罢。（丑）老张休得妄想，我老妥是要现钱的。（净数与十文钱，拉介。丑接钱再数，换低钱[27]，诨下）

【尾声】（合）秦淮烟月无新旧，脂香粉腻满东流，夜夜春情散不收。

（副净）江南花发水悠悠，（小旦）人到秦淮解尽愁。

（外）不管风烟家万里，（老旦）五更怀里啭歌喉。

出评："陪席清客三，而继之为冠冕。妓女三，而玉京为领袖，皆于此折出场。柳与苏所称伴友、业师者，偏不在场。陪宾之龙友、贞娘，虽早出而早下，是何等幻笔。曲白整练，排场齐楚，堂堂正正之文也。一本《桃花扇》，托端于此。"

［注释］

[1] 迷楼：隋炀帝所建楼的名称，地点在扬州，一说在长安。据文献记载，迷楼中千门万户，幽房曲屋，纸醉金迷。这里借指媚香楼。　[2] 木兰舟：原指用木兰树材造的船，后作为船的美称。　[3] 上头：指梳栊事。　[4] 文君酒：原指卓文君在临邛当垆卖酒事，典出《史记·司马相如列传》，引申为美酒或美满爱情。　[5] 屏开金孔雀：《旧唐书》载隋朝窦毅挑选女婿，在门上画了两只孔雀，暗中约定，求婚者用两箭射孔雀，射中孔雀双目者，女嫁之。唐高祖李渊两发各中一目，终于抱得美人归。　[6] 金瓯：金质的或金属的盛酒器皿。　[7] 喷香兽：一种兽状的香炉，香气从兽口中散出。　[8]“这当垆红袖”以下三句：用司马相如、卓文君的故事来形容侯方域、李香君婚姻的美满。当垆红袖，指卓文君。　[9] 作伐：做媒。　[10] 小意：原作“引意”，据兰雪堂本改。　[11] 撺掇（cuān duo）：怂恿、鼓动某人做某事，此处作准备义。　[12] 一生花月张三影：钱谦益《牧斋有学集》中有赠张燕筑诗曰：“一生花月张三影，两鬓沧桑郭四朝。”此处借用前一句来比喻丁继之、沈公宪和张燕筑三位昆曲清客。张三影，指北宋词人张先，他的词中有三处带“影”字，“云破月来花弄影”“娇柔懒起，帘压卷花影”“柳径无人，堕风絮无影”，人称“张三影”。　[13] 五字宫商：宫、商、角、徵、羽五音。李二红：指元曲家红字李二，与马致远等合撰杂剧《邯郸道省悟黄粱梦》。　[14] 贤歌：对歌妓的敬称。　[15] 教坊司：官署名，主要掌管乐舞承应之事。　[16] 寇白门：寇湄，字白门，能度曲，善画兰，也会吟诗。　[17] 白门柳色：典出李白《杨叛儿》诗：“何许最关人，乌啼白门柳。”柳色，春天柳叶繁茂，代表春色，寇湄，字白门，恰好代指。　[18] 郑妥娘：郑如英，字无美，小字妥娘，工诗词。余怀《板桥杂记》中有

"顿老琵琶，妥娘词曲，则只应天上，难得人间"句，足见秦淮旧院里她的诗才超群。 [19] 十番：俗称"打十番"，一种兼有打击乐和管弦乐的音乐合奏，于明万历年间在苏州兴起，到清乾隆时期达到鼎盛。常用乐器有锣、鼓、钹、笙、笛、箫、唢呐、海笛等。 [20] 迤（yǐ）逗：撩拨，勾引。 [21] 小杜扬州：指杜牧在扬州的风流生活。文学史上，为了与杜甫相区别，称杜牧为"小杜"。扬州，原作"杨州"，据暖红室本改，全书同改。 [22] 见惯司空：同"司空见惯"，比喻常见的事物，不足为奇。 [23] 搦（nuò）：握，拿。 [24] 玉倒：玉山自倒，形容醉酒。 [25] 宫壶滴尽莲花漏：漏尽说明夜已深，古代用铜壶滴漏计时。莲花漏，铜壶滴漏的一种。 [26] 度清讴：唱清曲。清讴，指清雅的歌声。 [27] 换低钱：将成色差的铜钱换了。

[点评]

苏曼殊曾说，《桃花扇》是一部最哀惨之书，《眠香》是全剧里最热闹、最喜庆的一出，写尽秦淮声色之浮华，此后即是无数的离别和无尽的苦痛，以欢乐、热闹衬托后面的哀痛和凄凉，是孔尚任笔法高明之处。

文人梳栊妓女，是声色浮华的第一种表现。侯方域囊中羞涩，无力梳栊，杨文骢斥资助妆，为其作伐，是声色浮华的第二种表现。婚宴上，清客、名妓悉数到场，打趣、喧闹，是声色浮华的第三种表现。这些都是秦淮生活的真实表现，喧哗、虚妄，写得不好，会流于轻薄、低俗，但孔尚任却掌控得很好，用雅洁之文辞来突出侯方域的憨直、李香君的娇羞，以一场众人见证的婚礼强化侯、李姻缘的合理性，写侯方域赠李香君一柄宫扇为订盟之物，并在扇上赋诗以明长情，表现出他的重情重义，有别于轻薄之徒。在《访翠》出，李香君收到扇坠；在《眠香》出，她收到宫扇。从此，扇坠、宫扇与定情诗合为一体，全剧的精魂开始显现。

第七出　却奁（癸未三月）

（杂扮保儿掇马桶上）龟尿龟尿，撒出小龟；鳖血鳖血，变成小鳖。龟尿鳖血，看不分别；鳖血龟尿，说不清白。看不分别，混了亲爹；说不清白，混了亲伯。（笑介）胡闹，胡闹！昨日香姐上头[1]，乱了半夜。今日早起，又要刷马桶，倒溺壶，忙个不了。那些孤老、表子[2]，还不知搂到几时哩。（刷马桶介）

【夜行船】（末）人宿平康深柳巷，惊好梦，门外花郎[3]。绣户未开，帘钩才响，春阻十层纱帐。

眉批："写出悄悄探望神理。"

下官杨文骢，早来与侯兄道喜。你看院门深闭，侍婢无声，想是高眠未起。（唤介）保儿，你到新人窗外，说我早来道喜。（杂）昨夜睡迟了，今日未必起来哩。老爷请回，明日再来罢。（末笑介）胡说！快快去问。（小旦内问介）保儿，来的是那一个？（杂）是杨老爷道喜来了。（小旦忙上）倚枕春宵短，敲门好事多。（见

眉批："保儿口中，说破男女贪恋之状。"

介）多谢老爷成了孩儿一世姻缘。（末）好说。（问介）新人起来不曾？（小旦）昨晚睡迟，都还未起哩。（让坐介）老爷请坐，待我去催他。（末）不必，不必。（小旦下）

【步步娇】（末）儿女浓情如花酿，美满无他想，黑甜共一乡[4]。可也亏了俺帮衬，珠翠辉煌，罗绮飘荡，件件助新妆，悬出风流榜。

（小旦上）好笑，好笑！两个在那里交扣丁香[5]，并照菱花，梳洗才完，穿戴未毕。请老爷同到洞房，唤他出来，好饮扶头卯酒[6]。（末）惊却好梦，得罪不浅。（同下。生、旦艳妆上）

【沉醉东风】（生、旦）这云情接着雨况[7]，刚搔了心窝奇痒，谁搅起睡鸳鸯。被翻红浪，喜匆匆满怀欢畅。枕上余香，帕上余香，消魂滋味，才从梦里尝。

眉批："枕上帕上之香，非香君不能有也。"

（末、小旦上。末）果然起来了，恭喜，恭喜！（一揖，坐介。末）昨晚催妆拙句[8]，可还说的入情么？（生揖介）多谢！（笑介）妙是妙极了，只有一件。（末）那一件？（生）香君虽小，还该藏之金屋[9]。（看袖介）小生衫袖，如何着得下？（俱笑介。末）夜来定情，必有佳作。（生）草草塞责，不敢请教。（末）诗在那里？（旦）诗在扇头。（旦向袖中取出扇介。末接看介）是一柄白纱宫扇。（嗅介）香的有趣。（吟诗介）妙，妙！

眉批："白纱宫扇，绘事后素也，故郑重言之。"

只有香君不愧此诗。（付旦介）还收好了。（旦收扇介）

【园林好】（末）正芬芳桃香李香，都题在宫纱扇上。怕遇着狂风吹荡，须紧紧袖中藏，须紧紧袖中藏。

眉批："怕遇狂风，含下文语。"

（末看旦介）你看香君上头之后，更觉艳丽了。（向生介）世兄有福，消此尤物。（生）香君天姿国色，今日插了几朵珠翠，穿了一套绮罗，十分花貌，又添二分，果然可爱。（小旦）这都亏了杨老爷帮衬哩。

【江儿水】送到缠头锦，百宝箱，珠围翠绕流苏帐，银烛笼纱通宵亮，金杯劝酒合席唱。今日又早早来看，恰似亲生自养，赔了妆奁，又早敲门来望。

（旦）俺看杨老爷，虽是马督抚至亲，却也拮据作客，为何轻掷金钱，来填烟花之窟？在奴家受之有愧，在老爷施之无名。今日问个明白，以便图报。（生）香君问得有理，小弟与杨兄萍水相交，昨日承情太厚，也觉不安。（末）既蒙问及，小弟只得实告了。这些妆奁酒席，约费二百余金，皆出怀宁之手。（生）那个怀宁？（末）曾做过光禄的阮圆海。（生）是那皖人阮大铖么？（末）正是。（生）他为何这样周旋？（末）不过欲纳交足下之意。

眉批："香君才露头角，真慧心明眼人。"

眉批："侯生聪明，稍逊其偶。"

【五供养】（末）羡你风流雅望，东洛才名[10]，西汉文章。逢迎随处有，争看坐车郎[11]。秦淮妙处，暂寻个佳人相傍，也要些鸳鸯被、芙蓉妆。你道是谁的？是那南邻大阮[12]，嫁衣全忙。

（生）阮圆老原是敝年伯[13]，小弟鄙其为人，绝之已久。他今日无故用情，令人不解。（末）圆老有一段苦衷，欲见白于足下。（生）请教。（末）圆老当日曾游赵梦白之门，原是吾辈。后来结交魏党，只为救护东林，不料魏党一败，东林反与之水火。近日复社诸生，倡论攻击，大肆殴辱，岂非操同室之戈乎？圆老故交虽多，因其形迹可疑，亦无人代为分辩。每日向天大哭，说道："同类相残，伤心惨目，非河南侯君，不能救我。"所以今日谆谆纳交[14]。（生）原来如此，俺看圆海情辞迫切，亦觉可怜。就便真是魏党，悔过来归，亦不可绝之太甚，况罪有可原乎？定生、次尾，皆我至交，明日相见，即为分解。（末）果然如此，吾党之幸也。（旦怒介）官人是何说话？阮大铖趋赴权奸，廉耻丧尽，妇人女子，无不唾骂。他人攻之，官人救之，官人自处于何等也？

眉批："改称圆老，已有左袒之意。"

眉批："巾帼卓识，独立天壤。"

【川拨棹】不思想，把话儿轻易讲。要与他消释灾殃，要与他消释灾殃，也提防傍人短长。官人之意，不过因他助俺妆奁，便要徇私废公。那知道这几件钗钏衣裙，原放不到我香君眼里。（拔簪、脱衣介）脱裙衫，穷不妨；布荆人，名自香。

眉批："何等胸次。"

（末）阿呀！香君气性，忒也刚烈。（小旦）把好好东西，都丢一地，可惜，可惜！（拾介。生）好，好，好！这等见识，我倒不如，真乃侯生畏友也。（向末介）老兄休怪，弟非不领教，但恐为女子所笑耳。

【前腔】（生）平康巷，他能将名节讲。偏是咱学校朝堂，偏是咱学校朝堂，混贤奸不问青黄[15]。那些社友平日重俺侯生者，也只为这点义气。我若依附奸邪，那时群起来攻，自救不暇，焉能救人乎。节和名，非泛常。重和轻，须审详。

（末）圆老一段好意，也还不可激烈。（生）我虽至愚，亦不肯从井救人。（末）既然如此，小弟告辞了。（生）这些箱笼，原是阮家之物，香君不用，留之无益，还求取去罢。（末）正是："多情反被无情恼，乘兴而来兴尽还。"（下。旦恼介。生看旦介）俺看香君天姿国色，摘了几朵珠翠，脱去一套绮罗，十分容貌，又添十分，更觉可爱。（小旦）虽如此说，舍了许多东西，到底可惜。

【尾声】金珠到手轻轻放，惯成了娇痴模样，辜负俺辛勤做老娘。

出评："秀才之打也，公子之骂也，皆于此折结穴。侯郎之去也，香君之守也，皆于此折生隙。五官咸凑，百节不松，文章关捩也。"

（生）些须东西，何足挂念，小生照样赔来。（小旦）这等才好。

（小旦）花钱粉钞费商量，（旦）裙布钗荆也不妨。

（生）只有湘君能解佩[16]，（旦）风标不学世时妆[17]。

［注释］

[1] 上头：一种婚俗，指女子出嫁时将辫子改为发髻，此处指侯方域梳栊李香君事。 [2] 孤老：此处指嫖客。 [3] 花郎：卖花人。 [4] 黑甜：魏庆之《诗人玉屑》卷六引《西清诗话》，相传南方人以饮酒为软饱，北方人以昼寝为黑甜，后指熟睡之状。 [5]“两个在那里交扣丁香”二句：指侯方域、李香君情投意合。丁香，指丁香结，引申为纽扣。菱花，指古时铜镜背面常见的菱花图案，引申为镜子。 [6] 扶头卯酒：指卯时饮用、化解宿醉的淡酒。扶头，有二义，一指化解宿醉的淡酒，二指令人醉倒的烈酒，此处应以第一解为准。卯酒，早上五点至七点间所饮之酒。 [7] 这云情接着雨况：“云情”“雨况”意同“云雨”，指男女欢会。 [8] 催妆拙句：指杨文骢赠李香君之诗句。催妆诗，旧时婚俗，新婚前夕，贺者作诗催促新娘梳妆、出嫁。 [9] 藏之金屋：化用“金屋藏娇”之典故，与后文“袖中”相对应，是侯方域与杨文骢间的调笑之语。金屋，相传汉武帝刘彻为太子时，长公主问他愿不愿意娶阿娇做妻子，他回答：“如得阿娇，我造一栋金屋送她住。” [10]“东洛才名”二句：形容侯方域才名显赫。东洛才名，原指晋代左思十年写成《三都赋》，大获成功。西汉文章，指西汉司马迁、司马相如等文学大家的文章。 [11] 争看坐车郎：形容侯方域风流倜傥。坐车郎，刘义庆《世说新语·容止》载，西晋人潘岳坐车为人围观，后指美男子。 [12] 南邻大阮：指阮大铖。魏晋时阮籍、阮咸叔侄有名，时称大、小阮。他们贫穷，居道南；诸阮富裕，居道北。 [13] 年伯：原指科举时与父亲同年上榜的长辈，后泛指父辈。 [14] 谆谆：诚恳、耐心的样子。 [15] 混贤奸不问青黄：指不分是非、贤奸之官场境况。青，禾苗。黄，谷物。 [16] 湘君能解佩：指李香君却奁。湘君，《楚辞·九歌·湘君》：“遗余佩兮澧浦。”传说湘水有一对夫妻神，男

的叫湘君，女的叫湘夫人。祭祀时，男巫扮湘君，女巫迎神，边歌边舞。 [17] 风标：风度，品格。

[点评]

这一出是全剧主要的转折场次，复社文人与阮、马势力间的冲突第一次波及毫无察觉的侯方域身上，李香君的正直忠贞的态度也在此出被彰明，侯方域也因之得以鲜明地转向复社文人一方。后续的一系列事件，也因“却奁”而渐次展开。

值得一提的是，“却奁”一事并非孔尚任生造，是有本可循的。侯方域在《李姬传》中对此事有过记叙，阮大铖欲纳交侯方域以求自我洗白一事，确为实有；李香君箴谏侯方域远离，亦非虚构；且据一些史料记载，对于阮大铖，侯方域是有心结交帮助的。所以从真实事件角度来看，侯方域弃绝阮大铖一事，的确是缘于李香君的劝诫。

李香君的形象在这出中尤为鲜明。前几出李香君虽出场不少，但其展现的是天生丽质、兼富才情。其对于侯方域的爱慕，也不脱才子佳人的旧套，尚不能体现个性。但在此出，李香君的理智与刚烈，则作为其独特的一面被展现出来。而且在刚烈之余，她又不失忠贞。她并没有因为侯方域曾着意于为阮大铖辩解，就弃侯方域于不理，而是希望侯方域能够迷途知返。

第八出　闹榭（癸未五月）

【金鸡叫】（末、小生扮陈贞慧、吴应箕上，末）贡院秦淮近[1]，赛青衿，剩金零粉。（小生）节闹端阳只一瞬[2]，满眼繁华，王谢少人问[3]。

眉批：“以金粉赛青衿，毕竟谁输谁赢。”

（末唤小生介）次尾兄，我和你旅邸抑郁[4]，特到秦淮赏节，怎的不见同社一人？（小生）想都在灯船之上。（指介）这是丁继之水榭，正好登眺。（场上搭河房一座，悬灯垂帘。同登介。末唤介）丁继老在家么？（杂扮小僮上）榴花红似火，艾叶碧如烟。（见介）原来是陈、吴二位相公，我家主人赴灯船会去了[5]。家中备下酒席，但有客来，随便留坐的。（末）这样有趣。（小生）可称主人好事矣[6]。（末）我们在此雅集，恐有俗子阑入[7]，不免设法拒绝他。（唤介）童子取个灯笼来。（杂应下。取灯笼上。末写介）“复社会文，闲人免进。”（杂

眉批：“秀才公子，合局结社，令阮胡鼠窜而避，更甚于《哄丁》之打、《侦戏》之骂矣。他日得志，无怪甘心吾党也。”

眉批：“复社当年过于标榜，故为怨毒所归。”

挂灯笼介。小生）若同社朋友到此，便该请他入会了。（末）正是。（杂指介）你听鼓吹之声，灯船早已来也。（末、小生凭栏望介。生、旦雅妆同丑扮柳敬亭，净扮苏昆生，吹弹鼓板，坐船上）

【八声甘州】（末）丝竹隐隐，载将来一队乌帽红裙[8]。天然风韵，映着柳陌斜曛[9]。名姝也须名士衬，画舫偏宜画阁邻。（小生）消魂，趁晚凉仙侣同群[10]。

（末指介）那灯船上，好似侯朝宗。（小生）侯朝宗是我们同社，该请入会的。（末指介）那个女客便是李香君，也好请他么？（小生）李香君不受阮胡子妆奁，竟是复社的朋友，请来何妨。（末）这等说来，（指介）那两个吹歌的柳敬亭、苏昆生，不肯做阮胡子门客，都是复社朋友了。请上楼来，更是有趣。（小生）待我唤他。（唤介）侯社兄，侯社兄！（生望见介）那水榭之上，高声唤我的，是陈定生、吴次尾。（拱介）请了。（末招手介）这是丁继之水榭，备有酒席，侯兄同香君、敬亭、昆生都上楼来，大家赏节罢。（生）最妙了。（向丑、净、旦介）我们同上楼去。（吹弹上介）

眉批："水榭一席，自足千古，可谓盛会矣。"

【排歌】（生、旦）龙舟并，画桨分，葵花蒲叶泛金樽。朱楼密，紫障匀，吹箫打鼓入层云。

（见介。末）四位到来，果然成了个"复社文会"了。（生）如何是"复社文会"？（小生指灯介）请看。（生看灯笼介）不知今日会文，小弟来的恰好。（丑）“闲人免进”，我们未免唐突矣。（小生）你们不肯做阮家门客的，那个不是复社朋友？（生）难道香君也是复社朋友么？（小生）香君却奁一事，只怕复社朋友还让一筹哩。（末）已后竟该称他老社嫂了。（旦笑介）岂敢。（末唤介）童子把酒来斟，我们赏节。（末、小生、生坐一边，丑、净、旦坐一边。饮酒介）

【八声甘州】（末、小生）相亲[11]，风流俊品，满座上都是语笑春温。（丑、净）梁愁隋恨[12]，凭他燕恼莺嗔。（生、旦）榴花照楼如火喷，暑汗难沾白玉人[13]。（杂报介）灯船来了，灯船来了。（指介）你看人山人海，围着一条烛龙，快快看来！（众起凭栏看介。扮出灯船，悬五色角灯，大鼓大吹绕场数回下。丑）你看这般富丽，都是公侯勋卫之家。（又扮灯船悬五色纱灯，打粗十番，绕场数回下。净）这是些富商大贾，衙门书办，却也闹热。（又扮灯船悬五色纸灯，打细十番，绕场数回下。末）你看船上吃酒的，都是些翰林部院老先生们。（小生）我辈的施为，到底有些“郊寒岛瘦”[14]。（众笑介。合）纷纭，望金波天汉迷津[15]。

眉批：“灯船亦分三等，可以观世变矣。”

（生）夜阑更深，灯船过尽了，我们做篇诗赋，也不负会文之约。（末）是，是。但不知做何题目？（小生）做一篇《哀湘赋》[16]，倒有意思的。（生）依小弟愚见，不如即景联句，更觉畅怀。（末）妙，妙！（问介）我三人谁起谁结？（生）自然让定生兄起结了。（丑问介）三位相公联句消夜，我们三个陪着打盹么？（末）也有个借重之处。（净）有何使唤？（末）俺们每成四韵，饮酒一杯，你们便吹弹一回。（生）有趣，有趣！真是文酒笙歌之会。（末拱介）小弟竟僭了。（吟介）赏节秦淮榭，论心剧孟家[17]。（小生）黄开金裹叶，红绽火烧花。（生）蒲剑何须试[18]，葵心未肯差。（末）辟兵逢彩缕[19]，却鬼得丹砂。（末、小生、生饮酒，丑击云锣，净弹月琴，旦吹箫一回介。小生）蜃市楼缥缈[20]，虹桥洞曲斜。（生）灯疑羲氏驭[21]，舟是豢龙拿。（末）星宿才离海[22]，玻璃更炼娲。（小生）光流银汉水，影动赤城霞[23]。（照前介。生）《玉树》难谐拍[24]，《渔阳》不辨挝。（末）龟年喧笛管[25]，中散闹筝琶[26]。（小生）系缆千条锦[27]，连窗万眼纱[28]。（生）楸枰停斗子[29]，瓷注屡呼茶。（照前介。末）焰比焚椒烈[30]，声同对垒哗。（小生）电雷争此夜，珠翠剩谁家。（生）萤照无人苑，乌啼有树衙。（末）凭栏人散后，作赋吊长沙[31]。（照前介。众起介。末）有趣，有趣！竟联成一十六韵，明日可以发刻了。（小生）我们倡和得许多感慨，他们吹弹出无限凄凉，楼下船中，料无解人也。（净向丑介）闲话且休讲，自古道良宵苦短，胜事难逢。我两个一边唱曲，陈、吴二位相公一边劝酒，让他名士、美人，另做一个风流佳会何如？（丑）使得，这是我们帮闲本等也[32]。（末）我与次兄原有主道[33]，正该少申敬意。（小生）就请依次坐

眉批：“当时何处非兵，何处非鬼，恐彩缕丹砂，不能辟却也。”

眉批：“合欢定情之后，又作一风流佳会，名士美人，称心称意者，只此一时。”

来。（生、旦正坐，末、小生坐左，丑、净坐右介。生向旦介）承众位雅意，让我两个并坐牙床，又吃一回合卺双杯[34]，倒也有趣。（旦微笑介。末、小生劝酒，净、丑唱介）

【排歌】歌才发，灯未昏，佳人重抖玉精神。诗题壁，酒沾唇，才郎偏会语温存。

（杂报介）灯船又来了。（末）夜已三更，怎的还有灯船？（俱起凭栏望介。副净扮阮大铖坐灯船。杂扮优人细吹细唱缓缓上。净）这船上像些老白相[35]，大家洗耳，细细领略。（副净立船头自语介）我阮大铖买舟载歌，原要早出游赏，只恐遇着轻薄厮闹，故此半夜才来，好恼人也！（指介）那丁家河房，尚有灯火。（唤介）小厮，看有何人在上？（杂上岸看，回报介）灯笼上写着“复社会文，闲人免进”。（副净惊介）了不得，了不得！（摇袖介）快歇笙歌，快灭灯火。（灭灯、止吹，悄悄撑船下。末）好好一只灯船，为何歇了笙歌，灭了灯火，悄然而去？（小生）这也奇怪，快着人看来。（丑）不必去看，我老眼虽昏，早已看真了。那个胡子，便是阮圆海。（净）我道吹歌那样不同。（末怒介）好大胆老奴才，这贡院之前，也许他来游耍么！（小生）待我走去，采吊他胡子。（欲下介。生拦介）罢，罢！他既回避，我们也不必为已甚之行。（末）侯兄不知，我不已甚，他便已甚了。（丑）船已去远，丢开手罢。（小生）便益了这胡子。（旦）夜色已深，大家散罢。（丑）香姐想妈妈了，我们送他回去。（末、小生）我二人不回寓，就下榻此间了。（生）两兄既不回寓，我们

眉批：“柳、苏二人，寓耳目而识阮胡，盖作门客时，窃其色笑也。”

眉批：“我不已甚，他便已甚，所以大人不为姑息之爱。”

过船的，就此作别罢。请了。（末、小生）请了。（先下。生、旦、丑、净下船，杂摇船行介）

【余文】下楼台，游人尽，小舟留得一家春，只怕花底难敲深夜门。

（生）月落烟浓路不真，（旦）小楼红处是东邻[36]。

（丑）秦淮一里盈盈水，（净）夜半春帆送美人。

出评："未定情之先，在卞家翠楼；既合欢之后，在丁家水榭，俱有柳、苏。一有龙友、贞娘，一有定生、次尾，而卞、丁两主人，俱不出场，此天然对待法也。""《哄丁》之打，《侦戏》之骂，甚矣。继打骂之后，又驱逐之，甚之甚者也，皆为《辞院》张（原作'章'）本。姻缘以逼而成，姻缘又以逼而散也。""以上八折，皆离合之情。左部八人，未出蔡益所，而其名先标于第一折。右部八人，未出蓝田叔，而其名先标于第二折。总部二人，未出张瑶星，而其名先标于开场。直至闰折，始令出场，为后本关钮。后本二十八、二十九、三十折，三人乃挨次冲场。自述脚色，匠心精细，神工鬼斧矣。"

[注释]

[1]"贡院秦淮近"以下三句：指文人雅士和秦淮名妓相互竞逐奢华。贡院，指明代士子考试之所。南京贡院在秦淮河边，与旧院隔岸相对。青衿，本义为青色的衣领，借指文人士子。剩金零粉，借喻秦淮歌妓。 [2]节闹端阳：指端阳节庆期间，南京热闹繁华之景象。 [3]王谢少人问：指无人关心国家大事。王谢，指东晋时的王导与谢安，《南史》卷八十《贼臣传·侯景传》载，王、谢两族为六朝望族，后借指高门世族。 [4]旅邸：旅店，旅馆。 [5]灯船会：每年端午节，秦淮河上举行灯船比赛。余怀《板桥杂记》："秦淮灯船之盛，天下所无。" [6]好（hào）事：指喜欢多事。 [7]阑入：擅自闯入。 [8]乌帽红裙：借喻男女成群结队。乌帽，黑帽子。红裙，红裙子。 [9]斜曛：夕阳。 [10]仙侣同群：指船上结伴的男女。 [11]相亲：座中人融洽的气氛。 [12]"梁愁隋恨"二句：指对国家危亡的担忧，暂凭借与歌妓的欢娱来消遣。 [13]暑汗难沾白玉人：借用苏轼《洞仙歌》"冰肌玉骨，自清凉无汗"之义。指美人冰清玉洁，清凉无汗。白玉人，指美女。 [14]郊寒岛瘦：郊指孟郊，岛指贾

岛，两人诗风以凄清见长，故称。此处为吴应箕借喻，与翰林部院老先生们的奢华相比，他们的聚会简陋、寒酸。　[15] 望金波天汉迷津：指灯船会繁华之景象。金波，灯光照耀在水面，反射出金光。天汉迷津，指渡口灯船集聚，光彩闪耀，如同星空。天汉，指银河。津，渡口。　[16]《哀湘赋》：指祭奠屈原之赋，应和端午节。　[17] 论心剧孟家：指众人相聚欢谈，如在剧孟家。剧孟，著名游侠，汉代洛阳人，喜欢博棋。吴、楚七国叛乱时，周亚夫担任太尉前去平叛，在洛阳时得到剧孟，大喜。天下动乱之时，太尉得到剧孟如同得一敌国，足见剧孟势力之大，可以左右形势之发展。　[18]"蒲剑何须试"二句：借喻在场人初心未改。蒲剑，指蒲叶，形状似剑。据旧俗，端午时蒲叶做成的剑，还有艾蒿插在门楣，可以辟邪。葵心，借喻臣子的忠心。　[19]"辟兵逢彩缕"二句：据旧俗，端午时五彩丝系臂，可以躲避兵器和鬼，不生病。辟兵，民间信仰中消除鬼兵、瘟疫之习俗。彩缕，指五彩丝线。丹砂，即朱砂，旧俗中端午节时用朱砂画符、钟馗贴于门上驱鬼。　[20]"蜃市楼缥缈"二句：指当夜景致，灯船众多，恍如幻景。蜃市，指海市蜃楼。虹桥，像彩虹一样的彩桥，形容两岸河房，雕栏画槛，河桥绮丽，桥洞曲斜，一派迷人景象。　[21]"灯疑羲氏驭"二句：灯船如同羲和、豢龙驾驭，形容灯船会的盛大景象。羲氏，指羲和，传说中他每天驾驭龙车在天上环行。豢龙氏，传说中的养龙人。　[22]"星宿才离海"二句：形容河上灯火移动，光彩灿烂。星宿，星宿海，为黄河发源地，那里飞泉杂涌，水泡千百，大小圆点灿如星星，故名。玻璃，指女娲补天之五彩石。　[23] 赤城霞：指赤城山，其山为红色，远望如云霞。此山在浙江天台县。　[24]"《玉树》难谐拍"二句：指河上回响的嘈杂、热闹的音乐。《玉树》，指《玉树后庭花》曲。《渔阳》，指《渔阳掺挝》曲。　[25] 龟年：指李龟年，唐代著名乐师。 [26] 中散：指嵇康，字叔夜，做过中散大夫，故称“嵇中散”，善诗文、音乐，著有《琴赋》，会弹奏《广陵散》。《广陵散》因为嵇康而名声大振。 [27] 系缆千条锦：形容河上灯船奢华，典故出自隋炀帝坐龙船出巡江都。 [28] 万眼纱：也作万眼灯，旧时江浙一带节日所用之纱灯。范成大《上元纪吴中节物俳谐体三十二韵》：“万窗花眼密，千隙玉虹明。”自注：“万眼灯，以碎罗红白相间砌成，工夫妙天下，多至万眼。” [29] “楸枰停斗子”二句：指斗棋、饮茶各项娱乐活动。楸枰，围棋棋盘，用楸木制成，故名。瓷注，又称执壶，指瓷质茶壶。 [30] 焚椒：指焚烧椒、兰香料。 [31] 作赋吊长沙：贾谊于长沙作《吊屈原赋》，应和端午节之立意。 [32] 本等：本分。 [33] 主道：指主人之谊。 [34] 合卺（jǐn）双杯：旧时婚礼新人洞房中交杯饮酒。卺，本义为一种瓢，婚礼时用作酒器，将一个瓠瓜剖成两个瓢，新人各拿一个对饮。 [35] 老白相：不务正业、寻欢作乐之人。白相，苏州话，嬉游、玩耍。 [36] 东邻：美女之代称。

［点评］

这一出讲述陈贞慧、吴应箕二人端阳游河，借丁继之的画舫与侯方域、李香君、柳敬亭、苏昆生四人集会，会上众人连诗酬唱，颇见文人意趣。结尾之处，阮大铖深夜游河，见众人之后惶恐离去，为后面的剧情留下了铺垫。

秦淮灯会是金陵城的一大盛会。孔尚任选取了文人的水榭集会、乘船夜游、复社文会、诗文酬唱等予以表现。如此繁华场面，不仅是金陵过往的代表，更足称是故国兴亡的一个表征。就如同毁于一旦的近三百年明王朝基业，沉浮于其间的兴废起落，是颇值人感怀的。

在这一出中，复社文人与奸佞的矛盾还在继续发酵，在前半段，斗争还是潜在的。唯一的体现，就是陈贞慧、吴应箕二人因为听闻李香君却奁一事，对她盛赞有加。侯方域都未能做到的事情，李香君却做到了。李香君加入复社文会，实际上已经是选择了自己的政治立场，也将自己引入了一场政治斗争的波劫中。实际上，从“却奁”开始李香君便已经陷入其中。

复社文人固然正直，但也略见气盛，他们对于阮大铖的毫不姑息固然是疾恶如仇的体现，但也显得冒失。阮大铖所遇唾弃已不少，此处更是为复社文人逼到极点。这才为后来阮大铖投靠马士英，转手报复复社文人最终埋定了祸根。

第九出　抚兵（癸未七月）

【点绛唇】（副净、末扮二将官，杂扮四小卒上）旗卷军牙[1]，射潮弩发鲸鲵怕[2]。操弓试马，鼓角斜阳下。

俺们镇守武昌兵马大元帅宁南侯麾下将士是也。今日点卯日期[3]，元帅升帐，只得在此伺候。（吹打开门介）

【粉蝶儿】（小生戎装，扮左良玉上）七尺昂藏[4]，虎头燕颔如画，莽男儿走遍天涯。活骑人，飞食肉，风云叱咤。报国恩，一腔热血挥洒。

建牙吹角不闻喧[5]，三十登坛众所尊。家散万金酬士死，身留一剑答君恩。咱家左良玉，表字昆山，家住辽阳，世为都司[6]。只因得罪罢职[7]，补粮昌平。幸遇军门侯恂[8]，拔于走卒，命为战将，不到一年，又拜总兵之官。北讨南征，功加侯伯，强兵劲马，列镇荆襄[9]。（作势介）看俺左良玉，自幼习学武艺，能挽五石之弓，善为左右之射，那李自成、张献忠几个毛贼[10]，何难剿灭。只可恨督师无人，机宜错过，熊文灿、杨嗣昌既以偏私而败绩[11]，丁启睿、吕大器又因怠玩而无功。只有俺恩帅侯公，智勇兼全，尽能经理中原，不意奸人忌功，才用即休，叫俺一腔热血，报主无期，好不恨也！（顿足介）罢，罢，罢！这湖南、湖北，也还可战可守，且观成败，再定行藏[12]。（坐介。内作众兵喊叫，小生惊问介）辕门之外，何人喧哗？（副净、末禀介）禀上元帅，辕门肃静，谁敢喧哗。（小生怒介）现在喧哗，怎报没有？（副净、末）那是饥兵讨饷，并非喧哗。（小生）哇！前自湖南借粮三十船，不到一月，难道支完了？（副净、末）禀元帅，本镇人马已足三十万了，些须粮草，那彀支销。（小生拍案介）呵呀！这等却也难处哩。（立起，唱介）

【北石榴花】你看中原豺虎乱如麻，都窥伺龙楼凤阙帝王家[13]。有何人勤王报主[14]，肯把义旗拿。那督师无老将，选士皆娇娃[15]。却教俺自撑达[16]，却教俺自撑达。正腾腾杀气，这军粮又早缺乏。一阵阵拍手喧哗，一阵阵拍手喧哗。百忙中教我如何答话，好一似薨薨白昼闹蜂衙[17]。

眉批：“有名无实，有兵无饷，是明末大弊。”

（坐介。内又喊介。小生）你听外边将士，益发鼓噪，好像要反的光景，左右听俺吩咐。（立起，唱介）

【上小楼】您不要错怨咱家，您不要错怨咱家。谁不是天朝犬马，他三百年养士不差，三百年养士不差。都要把良心拍打，为甚么击鼓敲门闹转加[18]，敢则要劫库抢官衙。俺这里望眼巴巴，俺这里望眼巴巴，候江州军粮飞下。

眉批："普天之下，一齐拍心。"

（坐介。抽令箭掷地介。副净、末拾箭，向内吩咐介）元帅有令，三军听者：目下军饷缺乏，乃人马归附之多，非粮草屯积之少。朝廷深恩，不可不报。将军严令，不可不遵。况江西助饷，指日到辕，各宜静听，勿得喧哗。（副净、末回话介）奉元帅军令，俱已晓谕三军了。（内又喊叫介。小生）怎么鼓噪之声，渐入辕门[19]，你再去吩咐。（立起，唱介）

【黄龙犯】您且忍枵腹这一宵[20]，盼江西那几艖。俺待要飞檄金陵，俺待要飞檄金陵，告兵曹转达车驾，许咱们迁镇移家，许咱们迁镇移家。就粮东去，安营歇马，驾楼船到燕子矶边耍。

眉批："乱兵迫胁，不得不为此言，遂为千古口实，可不慎哉。"

（副净、末持令箭，向内吩咐介）元帅有令，三军听者：粮船一到，即便支发。仍恐转运维艰，枵腹难待。不日撤兵汉口，就食南京，永无缺乏之虞，同享饱腾之乐[21]。各宜静听，勿再喧哗！（内欢呼介）好，好，好！大家收拾行装，豫备东去呀。（副净、末回生介）禀上元帅，三军闻令，俱各欢呼散去了。（小生）事已如此，无可奈何，只得择期移镇，暂慰军心。（想介）且住，未奉明旨，辄自前行，虽圣恩宽大，未必加诛，只恐形迹之间，难免天下之议。事非小可，再作商量。

眉批："宁南即时改悔，而讹言纷纷，决川难防矣。"

【尾声】慰三军没别法，许就粮喧声才罢，谁知俺一片葵倾向日花。

（下。内作吹打掩门，四卒下。副净向末）老哥，咱弟兄们商量，天下强兵勇将，让俺武昌。明日顺流东去，料知没人抵当。大家拥着元帅爷，一直抢了南京，就扯起黄旗，往北京进取，有何不可？（末摇手介）我们左爷爷忠义之人，这样风话，且不要题。依着我说，还是移家就粮，且吃饱饭为妙。（副净）你还不知，一移南京，人心惊慌，就不取北京，这个恶名也免不得了。

眉批："天下事坏于此辈，后日诱左梦庚者，此辈也。"

眉批："看得透，宁南已见及此矣。"

（末）纷纷将士愿移家，（副净）细柳营中起暮笳[22]。

（末）千古英雄须打算，（副净）楼船东下一生差。

出评："兴亡之感，从此折发端，而左兵又治乱之机也。淋漓北调，当击唾壶歌之。"

［注释］

[1] 军牙：指牙旗，古时立于军营前之大旗，以象牙装饰旗杆。　[2] 射潮弩发鲸鲵怕：形容军队的英勇、威武。射潮弩发，《吴越备史·武肃王》载，相传五代时吴越王钱镠（liú）修筑钱

塘堤岸，但潮水日夜冲刷，无法施工。他率五百弓箭手射退潮水，终于筑成堤坝。鲸鲵，长百尺，雄曰鲸，雌曰鲵。 [3] 点卯：古代官署卯时开始办公，按花名册查点吏役，故名。 [4] 昂藏：形容人挺拔轩昂之态。典出王维《偶然作六首》："客舍有儒生，昂藏出邹鲁。" [5] "建牙吹角不闻喧"以下四句：借用刘长卿《献淮宁军节度使李相公》中前四句，形容左良玉功勋卓著。建牙，原指出兵前在军营前树牙旗，后也指武将出征。三十登坛，左良玉三十二岁任总兵。登坛，指登坛拜将，《史记·淮阴侯列传》载，汉王刘邦设立坛场，择日斋戒，拜韩信为大将军。 [6] 都司：官名，为都指挥使司的简称，掌管一省或一方的军政。到了清初，职权削弱，属于四品武官。 [7] 得罪罢职：据侯方域《宁南侯传》，左良玉曾因抢劫锦州军备而被治罪。 [8] 侯恂：字六真，河南商丘人，侯方域之父。明万历四十四年（1616）进士，官至户部尚书，清顺治三年（1646）归里。 [9] 荆襄：荆州和襄阳，均为金陵的上游屏障。 [10] 李自成、张献忠：明末农民起义军首领。 [11] 熊文灿、杨嗣昌：与下文"丁启睿""吕大器"，均为明末官员，曾为中原督师攻剿起义军。 [12] 行藏：行止。 [13] 龙楼凤阙：指帝王宫殿。欧阳修《鹎鵊词》："龙楼凤阙郁峥嵘，深宫不闻更漏声。" [14] 勤王：指君王临危，臣下带兵救援。 [15] 娃：原作"哇"，讹。 [16] 撑达：原为方言，指漂亮、老练。此处为支撑义。 [17] 薨薨：象声词，飞虫振翅发出的声音。蜂衙：蜂房。 [18] 转加：越发，更加。 [19] 辕门：指军营大门。 [20] 枵（xiāo）腹：空腹。枵，空。 [21] 饱腾：指军士腹饱，军马欢腾，形容给养充足，士气高昂。 [22] 细柳营：指部队纪律严明、军容整饬。《史记·绛侯周勃世家》载，西汉时，周亚夫屯兵细柳，军纪森严，文帝进入军营，必须按军纪行事。暮笳：指黄昏时的笳乐。笳，古代西域少数民族的一种管乐器。

［点评］

这一出将视野从金陵移到了武昌，从侯、李诸人身上移到了左良玉身上，主要讲述左良玉愁于军中缺粮，唯恐变乱，故而以“移师南京”为借口安抚众人的事情。在该出之中，孔尚任塑造了忠贞不贰的左良玉形象，其一心报国，却掣肘于各种积弊。但是在具体表现此人物时，孔尚任对于左良玉的形象设立颇为理想化——除却“移师南京”一事，显出其人稍有莽撞外，并不见其他缺点。这与历史上左良玉的形象，是有一定差距的。

历史上的左良玉极富军事才干，这与该出中的左良玉自述一致。但是左良玉的人品，却并不如剧中所写的一般高尚，从《明史》对于左良玉的评价，即可见出：“左良玉以骁勇之材，频歼剧寇，遂拥强兵，骄亢自恣，缓则养寇以贻忧，急则弃甲以致溃。当时以不用命罪诸将者屡矣，而良玉偃蹇偾事，未正刑章，姑息酿患，是以卒至称兵犯阙而不顾也。”可见，左良玉固然战功卓越，但是在行事上有诸多不端，曾做过纵兵抢粮、养寇自保的事情，在军事行动中也屡屡不服从上级命令，并不如其所言一般忠贞，反而是偏私甚重。而其口中的“以偏私而败绩”的杨嗣昌，反而更见忠贞不贰。

塑造出这样的左良玉形象，孔尚任当有自己的出发点——因为当时的南明阵营中，尚无一人足以与弘光朝廷相抗衡，也无人足以钳制弘光朝廷。历史上左良玉足以与弘光朝廷相抗衡，也曾真以“清君侧”之名进军南京。虽然这一举动多半是借助袒护东林党之名实现个人野心（左良玉病逝于途中，故而其真实想法如何亦未可知），但其与弘光朝廷对抗之事实则不可改变。

出于这一目的，孔尚任以忠臣形象塑造左良玉，实际上是欲给弘光朝廷找抗衡力量。但如果在左良玉形象设置上凸显其拥兵自重、几成军阀的一面，又会将全剧的党争矛盾分散。况且左良玉“清君侧”并未真正成功，强调此矛盾冲突也毫无意义，故而不如将左良玉拉入忠臣一方，以便于全剧的矛盾冲突集中。

第十出　修札（癸未八月）

（丑扮柳敬亭上）老子江湖漫自夸，收今贩古是生涯[1]。年来怕作朱门客[2]，闲坐街坊吃冷茶。（笑介）在下柳敬亭，自幼无藉[3]，流落江湖。虽则为谈词之辈，却不是饮食之人[4]。（拱介）列位看我像个甚的，好像一位阎罗王，掌着这本大帐簿，点了没数的鬼魂名姓[5]。又像一尊弥勒佛，腆着这副大肚皮，装了无限的世态炎凉。鼓板轻敲，便有风雷雨露。舌唇才动，也成月旦春秋[6]。这些含冤的孝子忠臣，少不得还他个扬眉吐气。那班得意的奸雄邪党，免不了加他些人祸天诛。此乃补救之微权[7]，亦是褒讥之妙用。（笑介）俺柳麻子信口胡谈，却也燥脾[8]。昨日河南侯公子，送到茶资，约定今日午后来听平话，且把鼓板取出，打个招客的利市[9]。（取出鼓板敲唱介）无事消闲扯淡，就中滋味酸甜。古来七万九百

眉批："水浒英雄，大家同署旗曰：'替天行道'。柳敬亭一人鸣鼓，亦曰：'替天行道'。"

眉批："吾恐希夷先生当此时，亦不能安枕。"

眉批："杨龙友，香君陪客也，而关兴亡之计，《春秋》笔法，颇有与之之意。"

年，一霎飞鸿去远。几阵狰风暴雨，各家虎帐龙船。争名夺利片时喧，让他陈抟睡扁[10]。（生上）芳草烟中寻粉黛，斜阳影里说英雄。今日来听老柳平话，里面鼓板铿锵，早已有人领教。（相见大笑介）看官俱未到，独自在此，说与谁听？（丑）这说书是老汉的本业，譬如相公闲坐书斋，弹琴吟诗，都要人听么？（生笑介）讲的有理。（丑）请问今日要听那一朝故事？（生）不拘何朝，你只拣着热闹爽快的说一回罢。（丑）相公不知，那热闹局就是冷淡的根芽，爽快事就是牵缠的枝叶，倒不如把些剩水残山、孤臣孽子，讲他几句，大家滴些眼泪罢。（生叹介）咳！不料敬老你也看到这个田地，真可虑也！（末扮杨文骢急上）休教铁锁沉江底[11]，怕有降旗出石头。下官杨文骢，有紧急大事，要寻侯兄计议。一路问来，知在此处，不免竟入。（见介。生）来的正好，大家听敬老平话。（末急介）目下何等时候，还听平话。（生）龙老为何这样惊慌？（末）兄还不知么？左良玉领兵东下，要抢南京，且有窥伺北京之意。本兵熊明遇束手无策[12]，故此托弟前来，恳求妙计。（生）小弟有何计策？（末）久闻尊翁老先生乃宁南之恩帅，若肯发一手谕，必能退却。不知足下主意若何？（生）这样好事，怎肯不做？但家父罢政林居[13]，纵肯发书，未必有济[14]。且往返三千里，何以解目前之危？（末）吾兄素称豪侠，当此国家大事，岂忍坐视？何不代写一书，且救目前。另日禀明尊翁，料不见责也。（生）应急权便，倒也可行。待我回寓起稿，大

家商量。（末）事不宜迟，即刻发书，还恐无及，那里等的商量？（生）既是如此，就此修书便了。（写书介）

【一封书】老夫愚不揣[15]，劝将军自忖裁[16]，旌旗且慢来，兵出无名道路猜。高帝留都陵树在，谁敢轻将马足躐[17]。乏粮柴，善安排，一片忠心穷莫改。

眉批："堂堂之论，隐括原书，更觉爽健。"

（写完，末看介）妙，妙！写的激切婉转，有情有理，叫他不好不依，又不敢不依，足见世兄经济[18]。（生）虽如此说，还该送与熊大司马，细加改正，方为万妥。（末）不必烦扰，待小弟说与他便了。（愁介）只是一件，书虽有了，须差一妥当家人早寄为妙[19]。（生）小弟轻装薄游，只带两个童子，那能下的书来？（末）这样密书，岂是生人可以去得？（生）这却没法了。（丑）不必着忙，让我老柳走一遭何如？（末）敬老肯去，妙的狠了，只是一路盘诘，也不是当耍的。（丑）不瞒老爷说，我柳麻子本姓曹[20]，虽则身长九尺，却不肯食粟而已。那些随机应变的口头，左冲右挡的膂力，都还有些儿。（生）闻得左良玉军门严肃，山人游客[21]，一概不容擅入。你这般老态，如何去的？（丑）相公又来激俺了，这是俺说书的熟套子[22]。我老汉要去就行，不去就止，那在乎一激之力？（起唱介）

眉批："柳敬亭，原姓曹，体躯伟长，自比曹交，寓嘲皆妙。"

眉批："《西厢记》《水浒传》多用激法，亦属厌套。"

【北斗鹌鹑】你那里笔下诌文，我这里胸中画策。

眉批："敬亭因传书而去，后因传书而还，自比柳毅，巧极，趣极。"

舌战群雄[23]，让俺不才。柳毅传书，何妨下海。丢却俺的痴骏[24]，用着俺的诙谐，悄去明来，万人喝采。

（末）果然好个本领，只是这书中意思，还要你明白解说，才能有济。

【紫花儿序】（丑）书中意不须细解，何用明白，费俺唇腮。一双空手，也去当差，也会扮乖[25]。凭着俺舌尖儿把他的人马骂开，仍倒回八百里外。

眉批："防贼自作贼，骂死明末诸镇。"

（生）你怎的骂他？（丑）则问他防贼自作贼，该也不该。

（生）好，好，好！比俺的书子还说的明白。（末）你快进去收拾行李，俺替你送盘缠来，今夜务必出城才好。（丑）晓得，晓得！（拱手介）不得奉陪了。（竟下。末）竟不知柳敬亭是个有用之才。（生）我常夸他是我辈中人，说书乃其余技耳。

【尾声】一封书信权宜代，仗柳生舌尖口快。阻回那莽元帅万马晨霜，保住这好江城三山暮霭。

出评："此一折敬亭欲为朝宗说平话，龙友来报宁南之变。后一折昆生欲为香君演新腔，龙友来报阮胡之诬，皆天然对待之文。至于曲之爽快，别有灵舌。"

（末）一纸贤于汗马材，（生）荆州无复战船开。

（末）从来名士夸江左，（生）挥麈今登拜将台[26]。

［注释］

[1] 收今贩古：指收集古往故事，贩讲于今人，这是柳敬亭对

自己说书工作的概括。　[2] 年来怕作朱门客：指柳敬亭从阮大铖府上出走事。朱门客，指富贵人家的客人。朱门，红门。　[3] 无藉：无依无靠之意。　[4] 饮食之人：指混吃混喝的庸碌之辈。[5] 点了没数的鬼魂名姓：指柳敬亭心中装着许多古今人物、故事。　[6] 月旦春秋：指批评历史，评论人物。月旦，也作“月旦评”，指定期进行诗文品评，范晔《后汉书・许劭传》载，东汉许劭与其表兄许靖喜欢核论人物，每月初一（月旦）一个品题，人称“月旦评”。春秋，《春秋》为鲁国编年史，此处“春秋”泛指历史。　[7] 微权：指微妙的权术，黄石公《三略》：“智者乐立其功，勇者好行其志，贪者邀趋其利，愚者不顾其死。因其至情而用之，此军之微权也。”　[8] 燥脾：方言，开心、痛快。　[9] 利市：吉兆、好运气。　[10] 陈抟（tuán）：字图南，号扶摇子，人称“希夷先生”，亳州真源（今河南鹿邑县）人。五代宋初道士，隐居修行于华山。以嗜睡闻名，据传曾一睡百日不起。　[11]“休教铁锁沉江底”二句：化用刘禹锡《西塞山怀古》中的“千寻铁锁沉江底，一片降幡出石头”句，出自西晋王濬攻打东吴事。东吴以铁索封住长江，试图阻拦王濬东进，王濬烧断铁链铁索，攻破防线，致使吴国投降。石头，指南京城。　[12] 本兵：明代兵部尚书别称。熊明遇：字良孺，号坛石，南昌进贤人，时任兵部尚书。　[13] 林居：闲居，退隐。　[14] 济：接济，帮助。　[15] 老夫愚不揣：自谦之辞，意为老夫愚笨，没有自知之明。揣，揣度，度量。　[16] 忖裁：思考，思量。　[17] 躧：践踏。　[18] 经济：本义为经邦济世、治理国家之能力。　[19] 妥当：原作“底当”，据兰雪堂本改。　[20]“我柳麻子本姓曹”以下三句：出自《孟子・告子下》的曹交故事，其问孟子曰：“交闻文王十尺，汤九尺，今交九尺四寸以长，食粟而已，如何则可？”曹交觉得自己与文王相比，碌碌无为。柳敬亭本姓曹，身高也九尺，其自比曹交，不甘碌碌无为。食粟，吃饭，指庸碌无为。 [21] 山人：指与世无争之隐士，其身份、地位比较复杂，有算命、方士一类游方的江湖人士，也有落第举子、失意文人。 [22] 熟套子：惯用的方法。 [23] 舌战群雄：出自三国诸葛亮舌战群雄，使东吴与西蜀结盟对抗曹操事，柳敬亭借用来自夸自己的口才、辩才。 [24] 痴骙（ái）：愚笨。 [25] 挝（zhuā）乖：方言，找窍门。 [26] 挥麈（zhǔ）：晋人清谈常挥麈，以助谈兴。《太平御览》卷七〇三引《郭子》，东晋孙盛与殷浩谈玄，边谈边挥麈尾，以致尾毛落入饭碗里。下人多次热饭，两人谈兴甚旺，无暇顾及。麈，一种鹿类动物，其尾巴可做拂尘。

[点评]

该出讲述侯方域赴柳敬亭处听书，杨文骢赶来请侯方域代父修书劝阻左良玉东进，柳敬亭愿意代为传书一事。这一出虽非重场戏，但却将许多重要的情节埋藏其中，为后续情节的转折埋下了诸多伏笔。

而在其中最大的伏笔莫过于，侯方域修书左良玉一事，日后成为马、阮构陷他的把柄，以致侯方域不得不离开金陵，与李香君烽火相隔。孔尚任对于戏剧冲突中的“突转”手法，使用得十分恰当，他有效地处理了事件之间的联络与阻断，从而使得矛盾冲突的设置与爆发可以出乎人意料之外，而又在情理之中。

这一场戏是因为左良玉移师就粮而出现，前面侯方域、李香君等人的事迹，并不会导致这样的结果；而在上一出左良玉移师就粮一事中，也并没有任何迹象显示将会惊动杨文骢、侯方域等人。正因为潜在的联系没有被孔尚任表现在剧本中，该情节一出，便出乎观者意料之外，将故事的主线渐次推开。柳敬亭、苏昆生游说左良玉，侯、李离乱分别，杨文骢点染桃花扇等情节，无不因此事件而引发。然而在这一出中，看不到此事件对众人的作用。人们称赞《红楼梦》之故事构织是“草蛇灰线，伏脉千里”，实际上《桃花扇》也是如此手笔。

第十一出　投辕（癸未九月）

眉批："官制之弊，非老兵不能说出。"

眉批："泛泛数语，实为宁南剖白。"

（净、副净扮二卒上。净）杀贼拾贼囊[1]，救民占民房。当官领官仓，一兵吃三粮。（副净）如今不是这样唱了。（净）你唱来。（副净）贼凶少弃囊，民逃剩空房。官穷不开仓，千兵无一粮。（净）这等说，我们这穷兵当真要饿死了。（副净）也差不多哩。（净）前日鼓噪之时[2]，元帅着忙，许咱们就粮南京，这几日不见动静，想又变卦了。（副净）他变了卦，咱们依旧鼓噪，有何难哉！（净）闲话少说，且到辕门点卯，再作商量。正是："不怕饿杀，谁肯犯法"。（俱下）

【北新水令】（丑扮柳敬亭背包裹上）走出了空林落叶响萧萧，一丛丛芦花红蓼。倒戴着接䍦帽[3]，横胯着湛卢刀[4]，白髯儿飘飘，谁认的诙谐玩世东方老[5]。

俺柳敬亭冲风冒雨，沿江行来，并不见乱兵抢粮，想是讹传了。且喜已到武昌城外，不免在这草地下打开包裹，换了靴帽，好去投书。（坐地换靴帽介）

【南步步娇】（副净、净上）晓雨城边饥乌叫，来往荒烟道，军营半里遥。（指介）风卷旌旗，鼓角缥缈。前面是辕门了，大家趱行几步[6]。饿腹好难熬，还点三八卯[7]。

（丑起拱介）两位将爷，借问一声，那是将军辕门？（净向副净私语介）这个老儿是江北语音，不是逃兵，就是流贼。（副净）何不收拾起来[8]，诈他几文，且买饭吃。（净）妙！（副净问介）你寻将军衙门么？（丑）正是。（净）待我送你去。（丢绳套住丑介。丑）阿呀！怎么拿起我来了？（副净）俺们是武昌营专管巡逻的弓兵，不拿你，拿谁呀？（丑推二净倒地，指笑介）两个没眼色的花子，怪不得饿的东倒西歪的。（净）你怎晓得我们挨饿？（丑）不为你们挨饿，我为何到此？（副净）这等说来，你敢是解粮来的么？（丑）不是解粮的，是做甚的？（净）啐！我们瞎眼了，快搬行李，送老哥辕门去。（副净、净同丑行介）

眉批："画出有兵无饷之状。"

【北折桂令】（丑）你看城枕着江水滔滔，鹦鹉洲阔[9]，黄鹤楼高。鸡犬寂寥，人烟惨淡，市井萧条。都只把豺狼喂饱，好江城画破图抛。满耳呼眉批："雄镇如此，他营可知。"

号，鼙鼓声雄[10]，铁马嘶骄。

（副净指介）这是帅府辕门了。（唤介）老哥在此等候，待我传鼓[11]。（击鼓介。末扮中军官上[12]）封拜惟知元帅大，征诛不让帝王尊。（问介）门外击鼓，有何军情，速速报来[13]。（净）适在汛地捉了一个面生可疑之人[14]，口称解粮到此，未知真假，拿赴辕门[15]，听候发落。（末问丑介）你称解粮到此，有何公文？（丑）没有公文，止有书函。（末）这就可疑了。

【南江儿水】你的北来意费推敲[16]，一封书信无名号，荒唐言语多虚冒，凭空何处军粮到。无端左支右调[17]，看他神情，大抵非逃即盗。

（丑）此话差矣，若是逃、盗，为何自寻辕门？（末）说的也是。既有书函，待我替你传进。（丑）这是一封密书，要当面交与元帅的。（末）这话益发可疑了。你且外边伺候，待我禀过元帅，传你进见。（净、副净、丑俱下。内吹打开门，杂扮军卒六人各执械对立介。小生扮左良玉戎服上）荆襄雄镇大江滨[18]，四海安危七尺身。日日军储劳计画[19]，那能谈笑净烟尘[20]。（升坐，吩咐介）昨因饥兵鼓噪，本帅许他就粮南京，后来细想，兵去就粮，何如粮来就兵？闻得九江助饷，不日就到，今日暂免点卯，各回汛地，静候关粮。（末）得令。（虚下[21]，即上）奉元帅军令，挂牌免卯，三军各回汛地了。（小生）有甚军情，早早报来。（末）别无军情，只有差役一名，口称解粮到此，要见元帅。（小生喜介）果然粮船到了，可喜，可喜！（问介）所赍文书[22]，系何衙门？（末）并无文书，止有私书，要当堂投递。（小生）这话就奇了，或是流贼细作，亦未可定。（吩咐介）左右军牢[23]，小心防备，着他膝行而进。（众）是！（末唤丑进介。左右交执器械，丑钻入见介、揖介）元帅在上，晚生拜揖了。（小生）哇！你是何等样人，敢到此处放肆。（丑）晚生一介平民，怎敢放肆？

【北雁儿落带得胜令】俺是个不出山老渔樵，那晓的王侯大宾客小。看这长枪大剑列门旗，只当深林密树穿荒草。尽着狐狸纵横虎咆哮，这威风何须要。偏吓俺孤身客无门跑，便作个长揖儿不是骄。（拱介）求饶，军中礼原不晓。（笑介）气也么消，有书函将军仔细瞧。

眉批："此曲嬉笑谩骂，尽情极态，熟读快歌，不知足之、蹈之、手之、舞之。"

（小生问介）有谁的书函？（丑）归德侯老先生寄来奉候的。（小生）侯司徒是俺的恩帅，你如何认的？（丑）晚生现在侯府。（小生拱介）这等失敬了。（问介）书在那里？（丑送上书介。小生）吩咐掩门。（内吹打掩门，众下。小生）尊客请坐。（丑傍坐介。小生看书介）

【南侥侥令】看他谆谆情意好，不啻教儿曹[24]。这书中文理，一时也看不透彻，无非劝俺镇守边方，不可移兵内地[25]。（叹介）恩帅，恩帅！那知俺左良玉，一片忠心天可告，怎肯背深恩，辱荐保[26]。

（问丑介）足下尊姓大号？（丑）不敢，晚生姓柳，草号敬亭。（杂捧茶上。小生）敬亭请茶。（丑接茶介。小生）你可知这座武昌城，自经张献忠一番焚掠，十室九空。俺虽镇守在此，缺草乏粮，日日鼓噪，连俺也做不得主了。（丑气介）元帅说那里话，自古道“兵随将转”，再没个将逐兵移的。

【北收江南】你坐在细柳营，手握着虎龙韬[27]，管千军山可动，令不摇。饥兵鼓噪犯天朝，将军无计，从他去自逍遥。这恶名怎逃，这恶名怎逃，说不起三军权柄帅难操。

（摔茶钟于地下介。小生怒介）阿呀！这等无礼，竟把茶杯掷地。（丑笑介）晚生怎敢无礼，一时说的高兴，顺手摔去了。（小生）顺手摔去，难道你的心做不得主么？（丑）心若做的主呵[28]，也不教手下乱动了。（小生笑介）敬亭讲的有理。只因兵丁饿的急了，许他就粮内里，亦是无可奈何之一着。（丑）晚生远来，也饿急了，元帅竟不问一声儿。（小生）我倒忘了，叫左右快摆饭来。（丑摩腹介）好饿，好饿！（小生催介）可恶奴才，还不快摆。（丑起介）等不得了，竟往内里吃去罢。（向内行介。小生怒介）如何进我内里？（丑回顾介）饿的急了。（小生）饿的急了，就许你进内里么？（丑笑介）饿的急了[29]，也不可进内里，元帅竟也晓的哩。（小生大笑介）句句讥诮俺的错处，好个舌辩之士。俺这帐下倒少不得你这个人哩。

【南园林好】虽是江湖泛交，认得出滑稽曼老[30]。这胸次包罗不少[31]，能直谏，会傍嘲。

（丑）那里，那里！只不过游戏江湖，图哺啜耳[32]。（小生问介）俺看敬亭，既与缙绅往来，必有绝技，正要请教。（丑）晚生自幼失学，有何技艺，偶读几句野史，信口演说，曾蒙吴桥范大司马、桐城何老相国，谬加赏鉴，因而得交缙绅，实堪惭愧。

【北沽美酒带太平令】俺读些稗官词，寄牢骚；稗官词，寄牢骚。对江山吃一斗苦松醪[33]。小鼓儿颤杖轻敲[34]，寸板儿软手频摇。一字字臣忠子孝，一声声龙吟虎啸。快舌尖刚刀出鞘，响喉咙轰雷烈炮。呀！似这般冷嘲、热挑，用不着笔抄、墨描。劝英豪，一盘错帐速勾了。

（小生）说的爽快，竟不知敬亭有此绝技，就留下榻衙斋[35]，早晚领教罢。

【清江引】从此谈今论古日倾倒，风雨开怀抱。你那苏张舌辩高[36]，我的巧射惊羿奡[37]，只愁那匝地烟尘何日扫[38]。

（丑）闲话多时，到底不知元帅向内移兵，有何主见？（小生）耿耿臣心，惟天可表，不须口劝，何用书责？

（小生）臣心如水照清霄，（丑）咫尺天颜路不遥。

（小生）要与西南撑半壁，（丑）不须东看海门潮[39]。

出评："此《投辕》一折，与后《草檄》一折对看者，《投辕》是柳见宁南，《草檄》是苏见宁南，俱被捉获，而谒见不同，是对待法，又是变换法。""曲白爽口快目，极舌辩滑稽之致。古人发汗已头风者，此等文字也。"

[注释]

[1] 贼囊：指流贼的行囊。 [2] 鼓噪：原指古代战时双方擂鼓呐喊，以壮士威。后泛指喧嚷、躁动。 [3] 接䍦帽：指白接䍦，一种白头巾，饰以白鹭羽毛。 [4] 湛（zhàn）卢：著名的剑，相传为春秋战国时铸剑师欧冶子所铸。此处指宝刀。 [5] 东方老：指东方朔，西汉武帝时的一位诙谐滑稽的人物。 [6] 趱（zǎn）行：快步行走。 [7] 三八卯：军营中的一种点名方式，例逢三（如三、十三、二十三）、八（如八、十八、二十八）日点名。卯，点卯。 [8] 收拾：惩治。 [9]"鹦鹉洲阔"二句：武昌两大名胜。鹦鹉洲在武昌西南江中，黄鹤楼在武昌西南江边。 [10] 鼙（pí）鼓：军中用的一种乐鼓，也称骑鼓，小曰鼙，大曰鼓。诗文中多借指战争。白居易《长恨歌》："渔阳鼙鼓动地来，惊破霓裳羽衣曲。" [11] 传鼓：击鼓传报。 [12] 中军官：军职官名。明清时期，主要管理军中营务。 [13] 速速：前一个"速"原脱落，据兰雪堂本补。 [14] 汛地：军事组织名称。明清时期，为军队驻防之地。汛，指千总、把总、外委等官员掌管的军队。 [15] 拿：押送。 [16] 费推敲：需要思考斟酌，出自贾岛"推敲"之故事。 [17] 左支右调：方言，指支支吾吾、敷衍塞责。 [18] 滨：原作"濒"，误。 [19] 军储：军需供应。计画：同"计划"。 [20] 那能谈笑净烟尘：指筹划军中事宜的不易。 [21] 虚下：戏曲术语，提示角色下场的方式。 [22] 赍（jī）：指拿东西给人，引申为携带、持。 [23] 军牢：为官府服役的兵士。 [24] 不啻

（chì）：不止。　[25] 地：原漫漶，据兰雪堂本补。　[26] 辱荐保：有辱于侯恂的推荐、保举。辱，有辱，愧对。荐保，推荐，保举。　[27] 虎龙韬：指用兵的谋略。兵书《六韬》有文、武、龙、虎、豹、犬，此句用了虎、龙韬。　[28]"心若做的主呵"二句：双关，讽刺左良玉无法控制自己的军队。　[29]"饿的急了"以下三句：双关，讽刺左良玉因为缺粮而移师南京之举动。　[30] 滑稽曼老：比柳敬亭为东方朔。曼老，东方朔，字曼倩，性诙谐、滑稽，善词赋，常讽谏汉武帝。　[31] 胸次：心胸，胸怀。　[32] 图哺啜：柳敬亭的自谦，混吃混喝的。哺，吃。啜，喝。　[33] 松醪（láo）：酒名，用松膏酿制的酒。　[34] 鼗杖：小鼓槌。　[35] 衙斋：衙门里官员起居之所。　[36] 苏张：指苏秦、张仪，战国时期的纵横家。　[37] 羿奡（ào）：《论语·宪问》有"羿善射，奡荡舟"句。羿，指后羿，以善射著称。奡，后羿心腹寒浞之子，相传他会陆地荡舟。　[38] 匝：遍。　[39] 东看海门潮：形容引兵东下。

[点评]

这一出的内容，是顺承前面的《抚兵》《修札》二出而来的，左良玉与柳敬亭分别作为这两出中所延伸出的线索，在这里得到交会，为"移师就粮"一事进行解决。然而此事的解决，并不是整个波澜的终止。后续的矛盾，仍在酝酿。

该出在矛盾冲突方面的呈现，其实不佳。两个已经被酝酿成熟的矛盾冲突，并未经由人物行动，便已得到解决。其一是移师就粮问题，未经柳敬亭劝阻，左良玉早就已经打消了这个想法，并不成为冲突。柳敬亭之所以还会游说左良玉，是因为他误以为左良玉还持这样的想法，这就使得实质上不存在的冲突，变成了两人间的“误会”。其二是军粮缺乏问题，左良玉、柳敬亭也并未在该出中解决此问题，只是经由左良玉口中一句自九江借粮，便将此问题消解透彻。

所以，尽管该出为缺粮、移师问题做铺垫，并且展现柳敬亭对左良玉“移师就粮”问题的游说，但是这两个问题早已不成矛盾，亦不成为该出的冲突。

但是该出也并非没有矛盾冲突——该出唯一存在戏剧效果的冲突，是左良玉对柳敬亭从轻视到尊敬的转变，也几乎是支撑情节推进的最实在动力。之所以出现这样的情况，并非孔尚任无能，而是历史逻辑与戏剧逻辑共同作用的结果。

第十二出　辞院（癸未十月）

【西地锦】（末扮杨文骢冠带上）锦绣东南列郡，英雄割据纷纷。而今还起周郎恨[1]，江水向东奔。

下官杨文骢，昨奉熊司马之命，托侯兄发书宁南，阻其北上，已遣柳敬亭连夜寄去。还怕投书未稳，一面奏闻朝廷，加他官爵，荫他子侄。又一面知会各处督抚，及在城大小文武，齐集清议堂[2]，公同计议，助他粮饷，这也是不得已调停之法。下官与阮圆海虽罢闲流寓[3]，都有传单[4]，只得早到。（副净扮阮大铖冠带上）黑白看成棋里事，须眉扮作戏中人。（见介）龙友请了，今日会议军情，既传我们到此，也不可默默无言。（末）事体重大，我们废员闲宦，立不得主意，身到就是了。（副净）说那里话。

眉批："小人见事风生，何况得志。"

【啄木儿】朝廷事，须认真，太祖神京今未稳。

莫漫愁铁锁船开，只怕有萧墙人引[5]。角声鼓音城楼震，帆扬帜飞江风顺，明取金陵，有人私放门。

（末）这话未确，且莫轻言。（副净）小弟实有所闻，岂可不说。（丑扮长班上[6]）处处军情紧，朝朝会议多。禀老爷，淮安漕抚史可法老爷、凤阳督抚马士英老爷俱到了[7]。（末、副净出候介。外白须扮史可法，净秃须扮马士英，各冠带上。外）天下军储一线漕[8]，无能空佩吕虔刀[9]。（净）长陵抔土关龙脉[10]，愁绝烽烟搔二毛。（末、副净见各揖介。外问介）本兵熊老先生为何不到？（丑禀介）今日有旨，往江上点兵去了。（净）这等又会议不成，如何是好？

眉批："至此始出史公及马士英，一忠一奸，阴阳将判，读者细参之。"

【前腔】（外）黄尘起，王气昏，羽扇难挥建业军[11]。幕府山蜡檄星驰[12]，五马渡楼船飞滚。江东应须夷吾镇[13]，清谈怎消南朝恨[14]，少不得努力同捐衰病身。

（末）老先生不必深忧，左良玉系侯司徒旧卒，昨已发书劝止，料无不从者。（外）学生亦闻此举虽出熊司马之意，实皆年兄之功也。（副净）这倒不知，只闻左兵之来，实有暗里勾之者。（外）是那个？（副净）就是敝同年侯恂之子侯方域。（外）他也是敝世兄，在复社中铮铮有声[15]，岂肯为此？（副净）老公祖不知，他与左良玉相交最密，常有私书往来，若不

眉批："谗口如此，可畏也。"

早除此人，将来必为内应。（净）说的有理，何惜一人，致陷满城之命乎？（外）这也是莫须有之事[16]，况阮老先生罢闲之人，国家大事也不可乱讲。（别介）请了，正是："邪人无正论，公议总私情。"（下。副净指恨介。向净介）怎么史道邻就拂衣而去，小弟之言凿凿有据，闻得前日还托柳麻子去下私书的。（末）这太屈他了，敬亭之去，小弟所使，写书之时，小弟在傍，倒亏他写的恳切，怎反疑起他来？（副净）龙友不知，那书中都有字眼暗号，人那里晓的？（净点头介）是呀，这样人该杀的，小弟回去，即着人访拿。（向末介）老妹丈[17]，就此同行罢。（末）请舅翁先行一步[18]，小弟随后就来。（副净向净介）小弟与令妹丈不啻同胞，常道及老公祖垂念[19]，难得今日会着。小弟有许多心事，要为竟夕之谈，不知可否？（净）久荷高雅，正要请教。（同下。末）这是那里说起！侯兄之素行，虽未深知，只论写书一事呵，

眉批："小人臭味，最易投合。"

【三段子】这冤怎伸，硬叠成曾参杀人[20]；这恨怎吞，强书为陈恒弑君[21]。不免报他一信，叫他趁早躲避。（行介）眠香占花风流阵，今宵正倚熏笼困[22]，那知打散鸳鸯金弹狠。

来此是李家别院，不免叫门。（敲门介。内吹唱介。净扮苏昆生上）是那个？（末）快快开门。（净开门见介）原来是杨老爷，天色已晚，还来闲游。（末认介）你是苏昆老。（问介）侯兄在那里？（净）今日香君学完

一套新曲，都在楼上听他演腔。（末）快请下楼！（净入唤介。小旦、生、旦出介。生）浓情人带酒，寒夜帐笼花。杨兄高兴，也来消夜。（末）兄还不知，有天大祸事来寻你了。（生）有何祸事，如此相吓？（末）今日清议堂议事，阮圆海对着大众，说你与宁南有旧，常通私书，将为内应，那些当事诸公，俱有拿你之意。（生惊介）我与阮圆海素无深仇，为何下这毒手。（末）想因却奁一事，太激烈了，故此老羞变怒耳。（小旦）事不宜迟，趁早高飞远遁，不要连累别人。（生）说的有理。（愁介）只是燕尔新婚[23]，如何舍得？（旦正色介）官人素以豪杰自命，为何学儿女子态。（生）是，是，但不知那里去好？

【滴溜子】双亲在，双亲在，信音未准；烽烟起，烽烟起，梓桑半损[24]。欲归，归途难问。天涯到处迷，将身怎隐。岐路穷途，天暗地昏。

眉批：“侯生方寸乱矣。”

（末）不必着慌，小弟倒有个算计。（生）请教！（末）会议之时，漕抚史可法、凤抚马舍舅俱在坐。舍舅语言甚不相为，全亏史公一力分豁[25]，且说与尊府原有世谊的。（生想介）是，是，史道邻是家父门生。（末）这等何不随他到淮，再候家信。（生）妙，妙！多谢指引了。（旦）待奴家收拾行装。（旦束装介）

【前腔】欢娱事，欢娱事，两心自忖；生离苦，生离苦，且将恨忍，结成眉峰一寸。香沾翠被冷[26]，重重束紧。药裹巾箱[27]，都带泪痕。

眉批：“香君虽英雄，而不能制眼泪也。”

（丑上，挑行李介。生别旦介）暂此分别，后会不远。（旦弹泪介）满地烟尘，重来亦未可必也。

【哭相思】离合悲欢分一瞬，后会期无凭准。（小旦）怕有巡兵踪迹，快行一步罢。（生）吹散俺西风太紧，停一刻无人肯。

（生）但不知史漕抚寓在那厢？（净）闻他来京公干，常寓市隐园[28]，待我送官人去。（生）这等多谢。（生、净、丑急下。小旦）这桩祸事，都从杨老爷起的，也还求杨老爷归结。明日果来拿人，作何计较？（末）贞娘放心，侯郎既去，都与你无干了。

（末）人生聚散事难论，（旦）酒尽歌终被尚温。

（小旦）独照花枝眠不稳，（末）来朝风雨掩重门。

眉批："从此生离，茫茫千古。"

眉批："今日昆生送去，后日昆生寻来。"

出评："左右奇偶，男女贤奸，皆会此折。离合之情，于此折尽矣，而未尽也。兴亡之感，于此折动矣，而未动也。承上启下，又一关钮。"

［注释］

[1]"而今还起周郎恨"二句：指左良玉军队东进南京。 [2]清议堂：朝廷大臣商议军政大事之所。 [3]流寓：客居他乡。 [4]传单：要求参议的通知。 [5]只怕有萧墙人引：只担心内部有人策应左良玉军。典出《论语·季氏》的"谋动干戈于邦内，吾恐季孙之忧，不在颛臾，而在萧墙之内也"句，比喻内部发生祸乱。[6]长班：官吏的随从。 [7]史可法：字宪之，号道邻，祖籍北京大兴，生于河南祥符（今河南开封），明崇祯元年（1628）进士，官至兵部尚书、武英殿大学士，驻守扬州。后清军攻陷扬州，他身先士卒，殉难。 [8]一线漕：一条漕运。 [9]无能空

佩吕虔刀：这是史可法自谦，认为自己才微不配官位。吕虔刀，宝刀名。《晋书·王览传》载，三国魏刺史吕虔持有一宝刀，铸匠见之，以为必三公始可佩戴。吕虔赠刀于王祥，王祥位列三公。王祥临终前将刀转赠其弟王览，王览位至大中大夫，说明此刀助人显贵，佩戴之人可至卿相。 [10]“长陵抔（póu）土关龙脉”二句：受李自成起义军影响，各地农民纷纷起义，已经威胁到安徽凤阳附近各地。凤阳是明太祖祖陵所在，马士英时任凤阳都督，护陵是他的职责，但外界形势却令其担忧。长陵，指汉高祖的陵墓，借指凤阳皇陵。抔，原作“坏”，据暖红室本改。二毛，黑、白花发。 [11] 羽扇难挥建业军：指史可法担忧南京的安危。《晋书·顾荣传》载，晋代广陵相陈敏反叛朝廷，独据江陵，顾荣等起兵攻打，顾氏用羽扇指挥，叛军纷纷溃败。建业，即南京。 [12]“幕府山蜡檄星驰”二句：史可法追忆南京的历史。幕府山，位于长江南岸，南京西北，据传王导曾于此设立幕府。蜡檄，檄文被封在蜡丸里。檄，古代官府用以征召臣民、声讨叛军的文书。星驰，星夜奔驰，比喻行动快速。五马渡，在幕府山下江边，西晋末年琅琊王司马睿等五位晋王于此渡江，进入南京。后来司马睿成为晋元帝。 [13] 江东应须夷吾镇：指江东应该有管仲、王导这样的贤相名将来防守。此句为双关语，夷吾原指管仲，字夷吾，春秋初期齐国卿相，辅助齐桓公成就霸业；“江左夷吾”，即东晋丞相王导，大臣温峤誉其为“江左夷吾”，江左，即江东。 [14] 清谈怎消南朝恨：指清谈误国。南朝盛行清谈，朝廷大臣、社会名士以谈玄、谈佛为尚。 [15] 铮铮：指金属撞击发出的声音，比喻人的品德刚正、坚定。 [16] 莫须有：或许有，指阮大铖冤枉侯方域。《宋史·岳飞传》载，岳飞被秦桧用“莫须有”罪名谋害致死。 [17] 妹丈：妹夫。 [18] 舅翁：大舅子之尊称。 [19] 老公祖：明清时期地方士绅对地方官僚之尊称。

垂念：挂念、关怀，多用于上对下、尊者对于卑者。 [20] 曾参杀人：指人被诬陷多次后，会被信以为真。《战国策·秦策二》载，甘茂向秦武王讲述孔子的弟子曾参的故事，曾参住在费邑，一位与他同名者犯了杀人罪。有邻居告其母，曾母不信。第二次还是不信。当第三次有人相告时，曾母相信了，扔下织布梭子，越墙而逃。 [21] 陈恒弑君：指侯方域的冤屈。《春秋·哀公十四年》载，春秋齐简公昏庸无道，大臣陈恒将其弑除，陈恒是被迫的，后引申为代人受过。 [22] 熏笼：古时专门为衣物、被褥熏香的笼罩，材质分竹、铜、银、石、玉等。 [23] 燕尔：同“宴尔”，原指安乐的意思。《诗经·邶风·谷风》：“宴尔新婚，如兄如弟。”意为欢庆新婚，亲密得如兄如弟，后指代新婚。 [24] 梓桑：同“桑梓”，古时家屋旁会栽种桑树和梓树，比喻家乡、故乡、父母之邦。 [25] 分豁：分辨、开脱、豁免。 [26] 冷：原作“池”，据兰雪堂本改。 [27] 巾箱：古时放置头巾、书籍的小箱子。 [28] 市隐园：原金陵名园之一，在武定桥油坊巷，明万历年间姚元白所造，为当时文人雅集之所，后来史可法寓居于此，现已不存。

［点评］

该出叙述阮大铖在清议堂中伤侯方域，将杀身之祸引向他。杨文骢周旋无果，只得提前通知侯方域，让他投奔史可法避祸。

该出矛盾冲突尖锐，许多伏隐的危机都在此出汇聚爆发。具体而言，即是前面《哄丁》《侦戏》《却奁》《闹榭》出中复社文人、侯方域、李香君对阮大铖的侮辱（也包括“防乱揭帖”、柳敬亭和苏昆生离开阮大铖等事件），终于导致阮大铖的报复。在清议堂阮大铖恶语中伤侯方域，还取得了马士英的信任。但这并不是阮大铖报复的终点，而是他报复诸文人、实现自己野心的开始。

阮大铖构陷侯方域一事，也并非全属作者虚构，而是史上实有。但史实中阮构陷侯，仅因侯方域与左良玉有旧，并没有提到侯方域修书一事，且马士英也未参与其中。而剧中将侯方域修札一事作为中伤的理由，确实颇有迷惑性，不可不谓妙笔，同时也不违总的历史态势。

第十三出　哭主（甲申三月）

（副净扮旗牌官上[1]）汉阳烟树隔江滨[2]，影里青山画里人。可惜城西佳绝处，朝朝遮断马头尘。在下宁南帅府一个旗牌官的便是。俺元帅收复武昌，功封侯爵。昨日又奉新恩，加了太傅之衔[3]。小爷左梦庚[4]，亦挂总兵之印，特差巡按御史黄澍老爷到府宣旨[5]。今日九江督抚袁继咸老爷[6]，又解粮三十船，亲来给发。元帅大喜，命俺设宴黄鹤楼，请两位老爷饮酒看江。（望介）遥见晴川树底[7]，芳草洲边，万姓欢歌，三军嬉笑，好一段太平景象也。远远喝道之声[8]，元帅将到，不免设起席来。（台上挂黄鹤楼匾。副净设席，安床介。杂扮军校旗仗鼓吹，引导。小生扮左良玉戎装上）

【声声慢】逐人春色，入眼晴光，连江芳草青青。百尺楼高[9]，吹笛落梅风景。领着花间小乘[10]，眉批："高华矜贵之词。"

载行厨，带缓衣轻。便笑咱将军好武，也爱儒生。

咱家左良玉，今日设宴黄鹤楼，请袁、黄两公饮酒看江，只得早候。（吩咐介）大小军卒楼下伺候。（众应下。作登楼介）三春云物归胸次，万里风烟到眼中。（望介）你看浩浩洞庭，苍苍云梦[11]，控西南之险，当江汉之冲[12]，俺左良玉镇此名邦，好不壮哉。（坐呼介）旗牌官何在？（副净跪介）有。（小生）酒席齐备不曾？（副净）齐备多时了。（小生）怎么两位老爷还不见到？（副净）连请数次，袁老爷正在江岸盘粮，黄老爷又往龙华寺拜客[13]，大约傍晚才来。（小生）在此久候，岂不困倦。叫左右速接柳相公上楼，闲谈拨闷。（杂跪禀介）柳相公现在楼下。（小生）快请。（杂请介。丑扮柳敬亭上）气吞云梦泽[14]，声撼岳阳楼。（见介。小生）敬亭为何早来了？（丑）晚生知道元帅闷坐，持来奉陪的。（小生）这也奇了，你如何晓得？（丑）常言："秀才会课，点灯告坐"[15]。天生文官，再不能爽快的。（小生笑介）说的有理。（指介）你看天才午转，几时等到点灯也。（丑）若不嫌聒噪呵，把昨晚说的"秦叔宝见姑娘"，再接上一回罢。（小生）极妙了。（问介）带有鼓板么？（丑）自古"官不离印，货不离身"，老汉管着做甚的。（取出鼓板介。小生）叫左右泡开岕片[16]，安下胡床，咱要纱帽隐囊[17]，清谈消遣哩。（杂设床、泡茶。小生更衣坐，杂捶背修养介。丑傍坐，敲鼓板，说书介）大江滚滚浪东流，淘尽兴亡古渡头。屈指英雄无半个，从来遗恨是荆州[18]。按

眉批："《秦琼见姑娘》，柳老绝技也。"

下新诗，还提旧话。且说人生最难得的是乱离之后，骨肉重逢。总是地北天南，时移物换，经几番凶荒战斗，怎免得梗泛萍漂[19]。可喜秦叔宝解到罗公帅府，枷锁连身，正在候审，遇着嫡亲姑娘，卷帘下阶，抱头大哭。当时换了新衣，设席款待，一个候死的囚徒，登时上了青天。这叫就“运去黄金减价，时来顽铁生光”。（拍醒木介。小生掩泪介）咱家也都经过了。（丑）再说那罗公问及叔宝的武艺，满心欢喜，特地要夸其本领，即日放炮传操。下了教场，雄兵十万，雁翅排开。罗公独坐当中，一呼百诺，掌着生杀之权。秦叔宝跕在旁边，点头赞叹，口里不言，心中暗道，大丈夫定当如此！（拍醒木介。小生作骄态，笑介）俺左良玉也不枉为人一世矣。（丑）那罗公眼看叔宝，高声问道：“秦琼，看你身材高大，可曾学些武艺么？”叔宝慌忙跪地，应答如流：“小人会使双锏。”罗公即命家人，将自己用的两条银锏，抬将下来。那两条银锏，共重六十八斤，比叔宝所用铁锏，轻少一半。叔宝是用过重锏的人，接在手中，如同无物。跳下阶来，使尽身法，左轮右舞，恰似玉蟒缠身，银龙护体。玉蟒缠身，万道毫光台下落[20]。银龙护体，一轮月影面前悬。罗公在中军帐里，大声喝采道：“好呀！”那十万雄兵，一齐答应。（作喊介）如同山崩雷响，十里皆闻。（拍醒木介。小生照镜镊须介）俺左良玉立功边塞，万夫不当，也是天下一个好健儿。如今白发渐生，杀贼未尽，好不恨也。（副净上）禀元帅爷，两位老爷俱到楼了。（丑暗

眉批：“恰与宁南遭际相同。”

下。小生换冠带，杂撤床排席介。外扮袁继咸，末扮黄澍冠带喝道上。外）长湖落日气苍茫，黄鹤楼高望故乡。（末）吹笛仙人称地主[21]，临风把酒喜洋洋。（小生迎揖介）二位老先生俯临敝镇，曷胜光荣[22]，聊设杯酒，同看春江。（外、末）久钦威望，喜近节麾[23]，高楼盛设，大快生平。（安席坐，斟酒欲饮介。净扮塘报人急上）忙将覆地翻天事，报与勤王救主人。禀元帅爷，不好了，不好了！（众惊起介）有甚么紧急军情，这等喊叫？（净急白介）禀元帅爷，大伙流贼北犯[24]，层层围住神京[25]，三天不见救援兵，暗把城门开动。放火焚烧宫阙，持刀杀害生灵。（拍地介）可怜圣主好崇祯[26]，（哭说介）缢死煤山树顶。（众惊问介）有这等事，是那一日来？（净喘介）就是这、这、这三月十九日[27]。（众望北叩头，大哭介。小生起，搓手，跳哭介）我的圣上呀！我的崇祯主子呀！我的大行皇帝呀[28]！孤臣左良玉，远在边方，不能一旅勤王，罪该万死了。

眉批："满心快意之时，风雷雨雹横空而下，令人惊魂悸魄，不知所云。"

眉批："乱称乱呼，极肖武臣匆遽，不知大体之状。"

【胜如花】高皇帝在九层，不管亡家破鼎[29]。那知他圣子神孙，反不如飘蓬断梗。十七年忧国如病[30]，呼不应天灵祖灵，调不来亲兵救兵。白练无情，送君王一命。伤心煞煤山私幸，独殉了社稷苍生，独殉了社稷苍生！

眉批："千古帝王，未有博得一场恸哭者。听此曲，谁不失声。"

（众又大哭介。外摇手喊介）且莫举哀，还有大事相商。（小生）有何大事？（外）既失北京，江山无主，将军若不早建义旗，顷刻乱生，如何安抚？（末）正是。

眉批："匆遽之状，历历如睹。"

（指介）这江汉荆襄，亦是西南半壁，万一失守，恢复无及矣。（小生）小弟滥握兵权，实难辞责，也须两公努力，共保边疆。（外、末）敢不从事。（小生）既然如此，大家换了白衣，对着大行皇帝在天之灵，恸哭拜盟一番。（唤介）左右可曾备下缞衣么[31]？（副净）一时不能备及，暂借附近民家素衣三领，白布三条。（小生）也罢，且穿戴起来。（吩咐介）大小三军，亦各随拜。（小生、外、末穿衣裹布介。领众齐拜，举哀介）我那先帝呀，

【前腔】（合）宫车出[32]，庙社倾，破碎中原费整。养文臣帷幄无谋[33]，豢武夫疆场不猛。到今日山残水剩，对大江月明浪明，满楼头呼声哭声。（又哭介）这恨怎平，有皇天作证。从今后戮力奔命，报国仇早复神京，报国仇早复神京。

眉批："各拍良心，自恨自悔。"

（小生）我等拜盟之后，义同兄弟，临侯督师，仲霖监军，我左昆山操兵练马，死守边方。倘有太子诸王，中兴定鼎[34]，那时勤王北上，恢复中原，也不负今日一番义举。（外、末）领教了。（副净禀介）禀元帅，满城喧哗，似有变动之意，快请下楼，安抚民心。（俱下楼介。小生）二位要向那里去？（外）小弟还回九江。（末）小弟要到襄阳。（小生）这等且各分手，请了。（别介。小生呼介）转来，若有国家要事，还望到此公议。（外、末）但寄片纸，无不奔赴。请了。（外、末下。小生）阿呀呀！不料今夜天翻地覆，吓死俺也！

飞花送酒不曾擎，片语传来满座惊。
黄鹤楼中人哭罢，江昏月暗夜三更。

出评："兴亡大案，归于宁南，盖以宁南心在烈帝也。正满心快意，忽惊魂悸魄，文章变幻，与气运盘旋。"

［注释］

[1] 旗牌官：官名，明清时期掌管将军令旗、令牌之人。 [2] 烟树：云烟缭绕着的树。 [3] 太傅：古代三公之一，周代始设置。明清两代，与太师、太保为赠官，不是实职。 [4] 左梦庚：山东临清人，左良玉之子。左良玉死后，被推为帅，率军攻打金陵，为黄得功击退，遂投降清军。 [5] 巡按御史：官名，明代中央派遣的对地方官员进行巡回考察的监察官。黄澍：字仲霖，安徽徽州人，明崇祯十年（1637）进士，官至御史，巡按湖广，监督左良玉军队。清兵渡江时，他和左梦庚投降。 [6] 督抚：总督和巡抚的合称。袁继咸：字临侯，一字季通，今江西宜春人，明天启五年（1625）进士，官至兵部侍郎。以佥都御史总督九江军务。左良玉领兵东下，其留军中，被左梦庚所绐，被获，后不屈清军，死。 [7] "遥见晴川树底"二句：化用崔颢《黄鹤楼》"晴川历历汉阳树，芳草萋萋鹦鹉洲"之句。芳草洲，即鹦鹉洲。 [8] 喝道：旧时官员出行时，差役为其开道，吆喝行人回避。 [9] "百尺楼高"二句：化用李白《与史郎中钦听黄鹤楼上吹笛》"黄鹤楼中吹玉笛，江城五月落梅花"之句。 [10] 小乘：小车。 [11] 云梦：湖泽名，在今湖北安陆。 [12] 冲：险要之处。 [13] 龙华寺：在今湖北武昌区境内。 [14]"气吞云梦泽"二句：柳敬亭自况，化用孟浩然《望洞庭湖赠张丞相》"气蒸云梦泽，波撼岳阳城"之句。 [15] 秀才会课，点灯告坐：指秀才们相约一起做功课，到了晚上点灯时才到齐，比喻做事拖拉。会课，相约一起做功课。告坐，到齐。 [16] 岕（jiè）片：

一种茶叶，产于罗岕一带，属于阳羡茶中之极品，在明代极负盛名。 [17] 隐囊：今之圆枕、靠垫，内充棉絮，外包绫缎，置于床榻，可倚可靠。 [18] 从来遗恨是荆州：指荆州为军事要地，历来为兵家必争之地，亦为败者遗恨之所。 [19] 梗泛萍漂：断梗、浮萍在水面上东泛西漂，比喻漂泊、流离，这里指因战乱而漂泊的经历。 [20] 毫光：光芒四射如毫毛。 [21] 吹笛仙人：据《江夏县志》引《报恩录》，相传辛氏卖酒，常有一位道士来喝酒，不给钱，辛氏也不讨酒钱。一天，道士用橘皮在墙上画了一只鹤，说只要辛氏拍手，鹤便会起舞。辛氏因此发了大财。后来道士再来，用铁笛吹了几曲，骑鹤而去。为了纪念道士，辛氏盖了一座楼，名为“黄鹤楼”。 [22] 曷：通“何”。 [23] 节麾：天子赐予大将的符节、令旗，比喻军队的权柄。 [24] 流贼：原指四处流窜的盗贼，明末多指官方对李自成农民起义军的称谓。 [25] 神京：指京师，即北京。 [26] 崇祯：指明思宗朱由检，明朝末代皇帝，因李自成农民军攻破京城，在煤山（景山）自缢。 [27] 这、这、这：第二个“这”，原漫漶不清，据兰雪堂本补。 [28] 大行皇帝：指新死而未葬的帝王，此处寓不忘故君之意。大行，古时臣下讳言皇帝之死，而谓其一去不返。 [29] 破鼎：指亡国。鼎，传说夏禹治水成功，九州一统，他铸九鼎来象征九州，后成了国家和权力的象征。 [30] 十七年：明崇祯皇帝的在位时间。 [31] 缞（cuī）衣：一种丧服。 [32] 宫车出：即宫车晚出，对皇帝死亡的委婉说法。 [33] 帷幄无谋：指无谋略，无对策。帷幄，军中的帐幕，出自张良运筹帷幄的故事，指有才能的谋士在军中策划，可以决定千里之外的胜负。 [34] 定鼎：原指定都，引申为王朝的建立。此处指稳定国家。

[点评]

左良玉新近受封，而粮困又解，故而请黄澍、袁继咸宴饮。因二人有事延误，便请柳敬亭说书以消磨时间。待到黄昏点灯，二人终于到来，却又听见北京被攻破的消息。众人祭祀君主，随后商议了一番今后的对策，是以结束。

该出以喜起手，开始写左良玉受封、粮困得解诸事，皆是一派喜气，并不见任何不顺。至于柳敬亭说书，仍然是道尽豪杰心境，不见悲伤哀痛之气氛。但筵席开始之时，随着塘报人突然上场，整个气氛陡然转变，先前一切喜庆、昂扬之表征，统统化作凸显举国哀恸的铺垫对照。这种以乐写哀、于无事处陡转的写法，固然对戏剧节奏的波澜起伏很有帮助，但也势必要求节奏间的转折必须合情合理，否则便会显得突兀、仓促。该出是从情绪与调度两个方面入手的。

其一，在情绪转折的层次上——剧中人的情绪并不是从欢乐直接跌到悲伤的，开始以利好消息嬉笑太平，中段以柳敬亭说书而慷慨激昂，之后才是哭主的悲愤忧伤，最后几人盟拜商议，又可见出悲愤过后的理智冷静。正是在情绪的逐步转换而不是陡然跌宕上，“哭主”才得以毫不别扭地呈现出来，并且妥善收场。

其二，在转折处总是予以充分的行动铺垫，以避免仓促交代。柳敬亭出场前，左良玉交代了黄、袁二人的拖延，这才使得柳敬亭说书合情合理。其后筵席上，报信人的上场固然不需要过多铺垫，但是在戏剧表现上仍要有合理的调度铺排，以避免节奏的忙乱。在开宴与报信人登台之间，几个角色有“安席坐，斟酒欲饮介”之动作。这些动作虽无大意义，甚至无须写明，但是放在此地，这一冷场动作却可以借助片刻的安静而淡化喜庆气氛，从而为报信人所带来的噩耗做铺垫。前面已经说过，孔尚任是个极重视场上调度者，此处以一细节顺利推进截然相反的情绪，不啻又是其注重调度的一个明证。最后回归冷静的收尾，是通过众人盟拜实现的，亦和谐顺畅，毫无生涩阻滞。

第十四出　阻奸（甲申四月）

【绕池游】[1]（生上）飘飖家舍，怎把平安写，哭苍天满喉新血。国仇未雪，乡心难说，把闲情丢开后些。

眉批："末句仍题闲情，恐未尽丢也。"

小生侯方域，自去冬仓皇避祸，夜投史公，随到淮安漕署，不觉半载。昨因南大司马熊公内召[2]，史公即补其缺，小生又随渡江。亏他重俺才学，待同骨肉。正思移家金陵，不料南北隔绝。目今议立纷纷[3]，尚无定局，好生愁闷。且候史公回衙，一问消息。（暂下）

【三台令】（外扮史可法忧容，丑扮长班随上）山河今日崩竭，白面谈兵掉舌[4]。奕局事堪嗟，望长安谁家传舍[5]。

下官史可法，表字道邻，本贯河南，寄籍燕京。自崇祯辛未，叨中进士，便值中原多故，内为曹郎[6]，外作监司[7]，扬历十年[8]，不曾一日安枕。今由淮安漕抚升补南京兵部尚书。那知到任一月，遭此大变，万死无裨[9]，一筹莫展。幸亏长江天险，护此留都。但一月无君，人心皇皇，每日议立议迎，全无成说。今早操兵江上，探得北信，不免请出侯兄，大家快谈。（丑）侯爷，有请。（生上见介）请问老先生，北信若何？（外）今日得一喜信，说北京虽失，圣上无恙，早已航海而南，太子亦间道东奔[10]，未知果否？（生）果然如此，苍生之福也。（小生扮差役上）朝廷无诏旨，将相多传闻。（到门介）门上有人么？（丑问介）那里来的？（小生）是凤抚衙门来的，有马老爷候札[11]，即讨回书。（丑）待我传上去。（入见介）禀老爷，凤抚马老爷差人投书。（外拆看，皱眉介）这个马瑶草，又讲甚么迎立之事了。

眉批："史公一生吃苦，可怜。其吃苦者，认真尽职也。快活奴才岂少哉？"

眉批："乱世讹言，真有此等情形。"

【高阳台】清议堂中，三番公会，攒眉仰屋蹴靴[12]。相对长吁，低头不语如呆。堪嗟！军国大事非轻举，俺纵有庙谟难说[13]。这来书谋迎议立，邀功情切。

（向生介）看他书中意思，属意福王。又说圣上确确缢死煤山，太子奔逃无踪。若果如此，俺纵不依，他也竟自举行了。况且昭穆伦次[14]，立福王亦无大差。罢，罢，罢！答他回书，明日会稿[15]，一同列名便了。（生）老先生所言差矣。福王分藩敝乡[16]，晚生知之

眉批："小人举事，侦探便捷，反有确信。"

眉批："三大罪、五不可立之论，实出周仲驭、雷介公，侯生述之耳。"

最详，断断立不得。（外）如何立不得？（生）他有三大罪，人人俱知。（外）那三大罪？（生）待晚生数来。

【前腔】福邸藩王，神宗骄子，母妃郑氏淫邪。当日谋害太子，欲行自立，若无调护良臣，几将神器夺窃[17]。（外）此一罪却也不小。（问介）还有那一罪？（生）骄奢，盈装满载分封去，把内府金钱偷竭。昨日寇逼河南，竟不舍一文助饷，以致国破身亡，满宫财宝，徒饱贼囊。（外）这也算的一大罪。（问介）那第三大罪呢？（生）这一大罪，就是现今世子德昌王[18]，父死贼手，暴尸未葬，竟忍心远避，还乘离乱之时，纳民妻女。这君德全亏尽丧，怎图皇业？（外）说的一些不差，果然是三大罪。（生）不特此也，还有五不可立。（外）怎么又有五不可立？

梁启超批注本评曰："福王名由崧，福恭王常洵子也。常洵为神宗（万历）子，母曰郑贵妃，恃宠谋夺嫡，万历末及天启初'梃击''红丸''移宫'三大案，皆因此而起。东林杨、左诸人攻之，阉徒崔、魏辈党之，倾轧报复，至明亡而后已。"

【前腔】（生）第一件，车驾存亡[19]，传闻不一，天无二日同协。第二件，圣上果殉社稷，尚有太子监国，为何明弃储君，翻寻枝叶傍牒[20]。第三件，这中兴之主，原不必拘定伦次的。分别，中兴定霸如光武[21]，要访取出群英杰。第四件，怕强藩乘机保立。第五件，又恐小人呵，将拥戴功挟。

（外）是，是，世兄高见，虑的深远。前日见副使雷缤祚、礼部周镳[22]，都有此论，但不及这番透彻耳。就烦世兄把这三大罪、五不可立之论，写书回他便了。（生）遵命。（点烛写书介。副净扮阮大铖，杂扮家僮提灯上）须将奇货归吾手[23]，莫把新功让别人。下官阮大铖，潜往江浦，寻着福王，连夜回来，与马士英倡议迎立[24]。只怕本兵史可法临时掣肘。今日修书相商，还恐不妥，故此昏夜叩门，与他细讲。（见小生介）你早来下书，如何还不回去？（小生）等候回书，不见发出。（喜介）阮老爷来的正好，替小人催一催。（杂）门上大叔那里？（丑）是那个？（副净见，作足恭介[25]）烦位下通报一声[26]，说裤子裆里阮，求见老爷。（丑混介）裤子裆里软，这可未必。常言"十个胡子九个骚"，待我摸一摸，果然软不软。（副净）休得取笑，快些方便罢。（丑）天色已晚，老爷安歇了，怎敢乱传？（副净）有要话商议，定求一见的。（丑）待我传上去。（进禀介）禀老爷，有裤子裆里阮，到门求见。（外）是那个姓阮的？（生）在裤子裆里住，自然是阮胡子了。（外）如此昏夜，他来何干？（生）不消说，又是讲迎立之事了。（外）去年在清议堂诬害世兄的，便是他。这人原是魏党，真正小人，不必理他，叫长班回他罢了。（丑出，怒介）我说夜晚了，不便相会，果然惹个没趣。请回罢！（副净拍丑肩介）位下是极在行的，怎不晓得。夜晚来会，才说的是极有趣的话哩，那青天白日，都是些扫帐儿[27]。（丑）你老说的有理[28]，事成之后，随封都要双分的[29]。（副净）不消说，还要加厚些[30]。（丑）

既是这等，待我再传。（进禀介）禀老爷[31]，姓阮的定求一见，要说极有趣的话。（外）哇，放屁！国破家亡之时，还有甚么趣话说。快快赶出，闭上宅门。（丑）凤抚回书，尚未打发哩。（生）书已写就，求老先生过目。（外读介）

【前腔】二祖列宗[32]，经营垂创[33]，吾皇辛苦力竭。一旦倾移，谁能重续灭绝。详列，福藩罪案三桩大，五不可，势局当歇。再寻求贤宗雅望[34]，去留先决。

眉批："君子作事，如此疏懒，焉得不败。"

（外）写的明白，料他也不敢妄动了。（吩咐介）就交与凤抚来人，早闭宅门，不许再来啰唣。（起介）正是：江上孤臣生白发，（生）灯前旅客罢冰弦[35]。（外、生下。丑出呼介）马老爷差人呢？（小生）有。（丑）领了回书，快快出去，我要闭门哩。（小生接书介）还有阮老爷要见，怎么就闭门？（副净向丑介）正是，我方才央过求见老爷的，难道忘了？（丑佯问介）你是谁呀？（副净）我便是裤子裆里阮哪。（丑）啐！半夜三更，只管软里硬里，奈何的人不得睡。（推介）好好的去罢。（竟闭门入介。小生）得了回书，我先去了。（下。副净恼介）好可恶也，竟自闭门不内了。（呆介）罢了！俺老阮十年之前，这样气儿也不知受过多少，且自耐他。（搓手介）只是当前机会，不可错过。这史可法现掌着本兵之印，如此执拗起来，目下迎立之事，便行不去了。这怎么处？（想介）呸！我倒呆气了，如今皇帝玉玺且无下落，你那一颗部印有何用处？（指介）老史，老史，一盘好肉包掇上门来，你不会吃，我去让了别人，日后不要见怪。正是：

穷途才解阮生嗟[36]，无主江山信手拿。

奇货居来随处赠，不知福分在谁家？

眉批："此一想小人而无忌惮矣，天下事从此不可问。"

出评："贤奸争胜，未判阴阳，此一折治乱关头也。句句曲白，可作信史，而诙谐笑骂，笔法森然。"

［注释］

[1] 绕池游：原为"绕地游"，据曲谱改，后同。　[2] 内召：被皇帝召见，任官。　[3] 议立：商议另立新君。　[4] 白面谈兵掉舌：白面书生议论军事，多为纸上谈兵。白面，指书生。掉舌，转动舌头，指善于鼓吹、游说。　[5] 望长安谁家传舍：指首都易主。长安，西安的旧称，这里指北京。传舍，古时驿站中供人休息的房舍。　[6] 曹郎：尚书省二十四郎官通称。　[7] 监司：监察州郡的地方长官的简称。　[8] 扬（yáng）历：指做官的经历。[9] 裨：补。　[10] 间（jiàn）道：偏僻的小路。　[11] 候札：表示问候的信件。　[12] 攒眉仰屋蹴靴：形容众人一筹莫展的模样。攒眉，皱眉。仰屋，仰看屋顶，束手无策。《后汉书·寒朗传》有"及其归舍，口虽不言，而仰屋窃叹"之语。蹴靴，踢鞋。　[13] 庙谟（mó）：庙谋，指为朝廷出谋划策。谟，计谋。　[14] 昭穆伦次：指宗族里的辈分排列。古代宗庙排列有一定制度，始祖庙居中，其他的按辈分左右排列。前者为昭，次者为穆。故父为昭，子为穆；昭在左，穆在右。　[15] 会稿：会同起草稿件。　[16] 分藩敝乡：福王藩地在河南，是侯方域的故乡，侯氏故称。　[17] 神器：神圣的器物，如代表国家政权的玉玺、宝鼎等，借指皇位、政权。　[18] 德昌王：指福王朱由崧，初封德昌王，进封世子，明崇祯十四年（1641）正月李自成攻陷洛阳，其父

朱常洵被杀，朱由崧出走怀庆，到七月嗣封福王。 [19] 车驾存亡：指明崇祯的存亡。 [20] 枝叶旁牒：指福王在皇族里属于旁支，不是嫡系。牒，指谱牒，记载某宗族世系及其事迹的档案。[21] 光武：指汉光武帝刘秀在王莽篡汉之后，起兵击败王莽，登基称帝。 [22] 雷缜（yǎn）祚：字介公，今安徽太湖人，明崇祯三年（1630）举人。十三年（1640）庚辰特用，被破格提拔为刑部主事，官至山东按察使佥事。东林党人，后为马、阮构杀。周镳：字仲驭，号鹿溪，江苏金坛人，明崇祯元年（1628）进士，崇祯十五年（1642）升任礼部郎中。东林党人，与雷缜祚一起为马、阮构陷，自尽。 [23] 奇货：指福王，原指珍稀的物品。《史记·吕不韦列传》，秦国商人吕不韦到赵国邯郸做生意，遇到秦公子子楚在赵国当人质，吕氏认为他是可以贮藏的奇货。 [24] 倡：原作“侣”，据兰雪堂本改。 [25] 足恭：过分谦卑，以谄媚、讨好他人。 [26] 位下：对官宦家庭门人的敬称。 [27] 扫帐儿：无聊的话。 [28] 理：原脱落，据兰雪堂本补。 [29] 随封：红包。 [30] 要：原脱落，据兰雪堂本补。 [31] 爷：原脱落，据兰雪堂本补。 [32] 二祖：指明太祖与明成祖。列宗：指明仁宗及其后的明朝皇帝。 [33] 垂创：延续帝业。 [34] 雅望：美好的名望。 [35] 冰弦：指冰蚕丝制成的弦。此处隐含琴音凄清之义。《杨太真外传》载，开元中，中官白季贞从蜀国归来，献一琵琶，丝弦为末诃弥罗国进贡的绿水蚕丝，其色五彩。 [36] 穷途才解阮生嗟：指三国魏阮籍驾车外出，不走大路，车迹渐芜，不禁恸哭，驾车返回。比喻遭受挫折，陷于困顿。典出《三国志·魏书·王粲传》附《阮籍传》注引《魏氏春秋》。

[点评]

该出讲述侯方域、史可法就迎立福王一事之商议，并且修书给马士英试图阻止此事。阮大铖深夜造访，试图劝说迎立，但是侯方域、史可法却拒不接见，使其扫兴而归。

这一出所呈现出来的，便是在北京沦陷以后，崇祯生死未卜之时，南明政局内部的紊乱与冲突。人们一方面困惑于君王、太子的生死，另一方面又瞩目于新君拥立会花落谁家。这些明面上看似关涉政治统一，但混杂其中的诸多势力却各打着不同的算盘。这一出中便将这种矛盾的一个侧面表现了出来，即侯方域、史可法对于马士英、阮大铖拥立福王行动的阻止。

在这场阻止行动中，侯方域与史可法总结出“三大罪”“五不可”共八条理由。这八条理由是有历史原型的，不过侯方域并未参与提出的过程，主要行事者是钱谦益、雷缜祚，他们提出了“七不可”的理由，试图阻止福王登基。但是史可法的确参与了这场斗争之中，并且为钱谦益、雷缜祚传达了“七不可”之指摘。这里将钱谦益与雷缜祚换成了侯方域，虽然是虚构，但却也与史实不甚违背。这场矛盾从表面看是拥立与否、拥立谁的问题，但其背后则实际上是复社文人与马士英、阮大铖之间的政治斗争。侯方域在这里的出现，实际上是代表着复社文人群体。

在当时的纷争中，与马士英、阮大铖拥立福王相对，史可法、复社群体则提倡拥立潞王。但在该出中，史可法与侯方域并没有提及拥立潞王一事，而是仅着意于福王的不可拥立。这一方面是为了集中矛盾于忠奸斗争上，另一方面潞王最终也未被立，表现与否亦不与历史相冲突。

第十五出　迎驾（甲申四月）

【番卜算】（净扮马士英冠带上）一旦神京失守，看中原逐鹿交走[1]。捷足争先，拜相与封侯，凭着这拥立功大权归手。

下官马士英，别字瑶草，贵州贵阳卫人也，起家万历己未进士[2]，现任凤阳督抚。幸遇国家大变，正我辈得意之秋。前日发书约会史可法，同迎福王。他回书中有“三大罪、五不可立”之言。阮大铖走去面商，他又闭门不内。看来是不肯行的了。但他现握着兵权，一倡此论，那九卿班里[3]，如高弘图、姜曰广、吕大器、张国维等[4]，谁敢竞行？这迎立之事，便有几分不妥了。没奈何，又托阮大铖约会四镇武臣[5]，及勋戚内侍[6]，未知如何，好生焦躁。（副净扮阮大铖急上）胸有已成之竹[7]，山无难劈之柴。

眉批：“马士英经济，皆大铖指授。约会四镇，或未必出马意。”

眉批：“四镇旧为士英提拔，故招之甚易。”

这是马公书房，不免竟入。（净见问介）圆老回来了，大事如何？（副净）四镇武臣见了书函，欣然许诺，约定四月念八，全备仪仗，齐赴江浦矣。（净）妙，妙！那高、黄、二刘[8]，如何说来？（坐介）

【催拍】[9]（副净）他说受君恩爵封列侯，镇江淮千里借筹[10]。神京未收，神京未收，似我辈滥功糜饷，建牙堪羞[11]。江浦迎銮[12]，愿领貔貅[13]，扶新主持节复仇[14]。临大事，敢夷犹。

（净）此外还有何人肯去？（副净）还有魏国公徐鸿基、司礼监韩赞周、吏科给事李沾、监察御史朱国昌[15]。（净）勋、卫、科、道[16]，都有个把，也就好了。他们都怎么说来？

【前腔】（副净）他说马中丞当先出头，众公卿谁肯逗留？职名早投[17]，职名早投，大家去上书陈表，拥入皇州。新主中兴，拜舞龙楼，将今日劳苦功酬，迁旧秩[18]，壮新猷。

眉批："南朝立君，亦是人心公论，职名早投，皆不足怪。"

（净）果然如此，妙的狠了。只是一件，我是一个外吏；那几个武臣勋卫，也算不的部院卿僚，目下写表如何列名？（副净）这有甚么考证，取本缙绅便览来[19]，从头抄写便了。（净）虽如此说，万一驾到，没有百官迎接，我们三五个官，如何引进朝去？（副净）我看满朝诸公，那个是有定见的。乘舆一到，只怕递职名的还挨挤不上哩。（净）是，是！表已写就，只空衔名，取本缙绅来，快快开列。（外扮书办取缙绅上[20]）西河沿洪家高头便览在此[21]。（下。副净）待我抄起来。（偏头远视介）表上字体，俱要细楷的，目昏难写，这怎么处？（想介）有了。（腰内取出眼镜戴，抄介）“吏部尚书臣高弘图”。（作手颤介）这手又颤起来了，目下等着起身，一时写不出，急杀人也。（净）还叫书办写去罢。（副净）这姓名里面都有去取，他如何写得？（净）你指示明白，自然不错了。（叫介）书办快来。（外上。副净照缙绅指点向外介。外下。净）自古道：“中原逐鹿，捷足先得。”我们不可落他人之后。快整衣冠，收拾箱包，今日务要出城。（丑扮长班收拾介。副净问介）请问老公祖，小弟怎生打扮？（净）迎驾大典，比不的寻常私谒，俱要冠带才是。（副净）小弟原是废员，如何冠带？（净）正是。（想介）没奈何，你且权充个赍表官罢，只是屈尊些儿。（副净）说那里话，大丈夫要立功业，何所不可？到这时候还讲刚方么！（净笑介）妙，妙，才是个软圆老。（副净换差吏服色介）

眉批：“患得患失，无不为。古今小人，最能忍辱。”

【前腔】拚余生寒灰已休，喜今朝涸海更流。金鳌上钩，金鳌上钩，好似太公一钓[22]，享国千秋。牛马风尘[23]，暂屈何忧，刀笔吏丞相根由[24]。人笑骂[25]，我不羞。

眉批：“笑骂不羞，是求官妙诀。”

（外上）表已列名，老爷过目。（副净看介）果然一些不差，就包裹好了，装入箱中。（外包裹装箱内介。副净）

下官只得背起来了。（外、丑与副净绑箱背上介。净看，笑介）圆老这件功劳却也不小哩。（副净正色介）不要取笑，日后画在凌烟阁上[26]，倒有些神气的。（丑牵马介）天色将晚，请老爷上马。（净吩咐介）这迎驾大事，带不的多人，只你两个跟去罢。（副净）便益你们，后日都要议叙的。（俱上马，急走绕场介）

【前腔】（合）趁斜阳南山雨收，控青骢烟驿水邮[27]。金鞭急抽，金鞭急抽，早见浦江云气[28]，楚尾吴头[29]。应运英雄，虎赴龙投，恨不的双翅飕飕，银烛下，拜冕旒[30]。

眉批："词中有踊跃奔趋之状。"

（净）叫左右早去寻下店房。（副净）阿呀！我们做的何事，今日还想安歇，快跑，快跑！（加鞭跑介）

（净）江云山气晚悠悠，（副净）马走平川似水流。

（净）莫学防风随后到[31]，（副净）涂山明日会诸侯。

出评："此折有佞无忠，阴胜于阳矣。描画拥戴之状，令人失笑，史公笔也。"

［注释］

[1] 中原逐鹿：指群雄并起，夺取国家政权。典出《史记·淮阴侯列传》的"秦失其鹿，天下共逐之"句。中原，指中国。逐，追捕。鹿，原指要围捕的动物或对象，比喻政权。　[2] 万历己未：公元 1619 年。　[3] 九卿：指众多高官。在明代，六部（吏部、礼部、兵部、户部、刑部、工部）尚书，外加都察院都御史、大

理寺卿、通政司使，也称大九卿。 [4] 高弘图、姜曰广、吕大器、张国维：明末高官，位居九卿之列。高弘图，字子犹，一字研文，山东胶州人，明万历三十八年（1610）进士，官至户部尚书，金陵城破后漂泊江南，后绝食，饿死于会稽。姜曰广，字居之，号燕及，一号浠湖老人，江西新建（今南昌）人，明万历四十七年（1619）进士，东林党人，官至吏部尚书兼东阁大学士，清廉正直。福王朝时，掣肘了马士英的独权。抗清兵败后，投水而死。吕大器，字俨若，号先自，四川遂宁人，明崇祯元年（1628）进士，曾巡抚甘肃，定西陲有功。唐王时，擢兵部尚书兼东阁大学士。在广东拥立永明王，未几病逝。张国维，字玉笥，浙江东阳人，明天启二年（1622）进士，官至武英殿大学士，督师江上，不久还守东阳，知道势不可支，投水而死。 [5] 四镇武臣：指黄得功、高杰、刘良佐、刘泽清。黄得功，参见第五出注。高杰，陕西米脂人。原与李自成一起为起义军，后降明，官至总兵，抵御清兵，后被总兵许定国所杀。刘良佐，字明辅，山西大同人，先为起义军，降明后任总兵，拥立福王。清顺治二年（1645）降清，后病死。刘泽清，字鹤洲，山东曹县人。明崇祯年间在河北铁厂抗清有功，升为总兵，负责山东海防。清兵南下，奉命驰援扬州，却暗中投降清军。清廷恶其反复，杀之。 [6] 勋戚：为国立过功勋的功臣和皇亲国戚。内侍：宦官。 [7] 胸有已成之竹：原指画竹之时，心中已有竹子的形象，比喻做事之前已有完整的计划。典出苏轼《文与可画筼筜谷偃竹记》的“画竹，必先得成竹于胸中”句。 [8] 高、黄、二刘：指四镇武臣高杰、黄得功、刘泽清、刘良佐。 [9] 催：原作“摧”，讹。 [10] 借筹：同“借箸”，指出谋划策，《史记·留侯世家》载，刘邦在饭桌上与张良谋划，张良说“请借前箸为大王筹之”，用筷子来比画谋略。 [11] 羞：原漫漶，据兰雪堂本补。 [12] 迎銮：迎接皇帝的车驾。銮，原指古时皇帝所乘车辆上的铃，引申为皇帝的车驾，也作皇帝的代称。　[13] 貔貅（pí xiū）：一种瑞兽，雄性曰貔，雌性名貅。民间认为其可以聚财和辟邪。《玉篇·豸部》中有“貅，猛兽”，后世借喻为勇猛的军队。　[14] 持节：古代受命出使他国的使臣，需要持节以往，此处有受命、奉命之义。　[15] 魏国公徐鸿基：明代开国元勋徐达的九世孙，承荫祖上，袭封魏国公。司礼监：官名，明代设置，由宦官担任，负责监理内廷一切礼仪等。宦官刘瑾专权后，司礼监专掌机密，批阅奏章，权势倾朝。韩赞周：原作“韩替周”，据暖红室本改，全书同改。明崇祯时为司礼太监，守备金陵，城破后自杀。吏科给事：当作“吏科给事中”，明清官名，掌管稽核人事，负责弹劾、进谏。李治：原作“李沾”，据兰雪堂本改；与阮大铖拥立福王，官至左都御史、太常寺少卿，后降清。监察御史：官名，掌管考核百官、巡按郡县、纠视刑狱等事务。　[16] 科、道：明清设立的官署名。科指给事中，包括吏、户、礼、兵、刑、工六科；道指监察御史，明代有十三道，主管部门为都察院，到了清代，六科并入都察院。　[17] 职名早投：指早将履历投上。　[18]“迁旧秩”二句：指迎立福王的人得到封赏和官阶。旧秩，旧的官阶。新猷，新的功勋。　[19] 缙绅便览：指官吏名录。缙绅，指官员。　[20] 书办：旧时管文书者的通称。　[21] 西河沿洪家高头便览：韩泰华《无事为福斋随笔》有载：“自明以来，缙绅齿录俱刻于京师西河沿洪家老铺。”西河沿，北京地名，旧址在前门楼附近。洪家，指洪家书铺，当时著名的刻字店。高头，俗称“天头”，册页上端所留的空白。　[22] 好似太公一钓：指阮大铖等待时机升官显贵的心理。《史记·齐太公世家》载，周文王出猎，遇姜太公钓鱼于渭水，载与俱归，拜为师。　[23] 牛马风尘：拉车的牛马奔驰在风尘中，形容旅途奔波，比喻人处于不得志的环境中。　[24] 刀笔吏丞相根由：指阮大铖卧薪尝胆、等待重用的机会。《史记·萧相国世家》载，萧何是刀笔吏出身，却终成丞相。刀笔吏，指负责文书或司法的官吏。 [25]“人笑骂”二句：指阮大铖为得官而不择手段。《宋史》载，宋人邓绾在仕途上钻营有术，为了升官，溜须拍马，人骂他厚颜无耻，他说：“笑骂从汝，好官须我为之。” [26]凌烟阁：唐太宗李世民于贞观十七年（643）在皇宫内建的小楼，陈列二十四位功臣画像，纪念他们的功勋。 [27]青骢：指毛色青白相间的马。烟驿水邮：指江南烟缭水绕的景象。驿，驿站。邮，邮亭。 [28]浦江：指长江北岸的浦口，福王避难于此。 [29]楚尾吴头：指今南京、镇江一带，春秋时期是吴国、楚国交界地带。 [30]冕旒（liú）：原指古代帝王、诸侯参加重要祭典活动时所戴的礼帽，后专指皇冠，也代称皇帝。此处指福王。 [31]防风随后到：《述异记》载，大禹在涂山聚集各诸侯，防风氏迟到，大禹诛杀之。

[点评]

《迎驾》一出，写马士英、阮大铖二人商议对策，绕开史可法以拥立福王，并开始为拥立福王一事驱驰奔忙。

乱世之中，一切伦理纪律都废弛，瑰怪之事是以迭出。马士英、阮大铖之所以能上演这样一出闹剧，正是因为乱世，最终也将为乱世所吞没。

马士英开场的话，就带着颠倒是非的意味。其竟然将“神京失守”作为逐鹿中原、夺取功名的大好时机，毫无基本的礼义廉耻可言。其后面的一句“幸遇国家大变，正我辈得意之秋”，更是阴险至极。由此，可知其自私自利、借国难发迹的本来面目。阮大铖上场一句“胸有已成之竹，山无难劈之柴”，看似展现出个人强大的行动力，但这强大的个人行动力，实则是在为个人牟利，这则更彰显出其贪婪的欲望。

随后，马士英和阮大铖两人盘算了一下支持拥立福王的力量，足可见拥立福王这一荒唐举动，并非马、阮二人的疯狂臆想，而是众多大臣的共同欲念。只是这些支持者并不似马、阮一般亲力驱驰，而是持观望态度，等待马士英牵头起事。如此之态度，实在比马、阮二人更加自私无耻，也更见懦弱与无能。

其后，马士英担心迎驾人数不够，然而深悉人性弱点和阴暗面的阮大铖却让马士英放心，其曰：“我看满朝诸公，那个是有定见的。乘舆一到，只怕递职名的还挨挤不上哩。”如此语言，足体现阮大铖对于人们贪婪本性的洞见，更表征出所谓的“满朝诸公”，实际上也是一批无甚礼义廉耻之徒，与阮、马无二。

故而，这一出戏中，虽然只有马士英与阮大铖两个主要角色出场，他们无疑是这出戏的表现重心，但其所说之语言、所做之举动，并非他们所独有的，而是当时整个南明朝廷诸多官员的真实写照。

第十六出　设朝（甲申五月）

【念奴娇】（小生扮弘光衮冕[1]，小旦、老旦扮二监引上）高皇旧宇[2]，看宫门殿阁，重重初敞。满目飞腾新紫气[3]，倚着钟山千丈[4]。祖德重光，民心合仰，迎俺青天上。云消帘卷，东南烟景雄壮。

眉批："得之易，失之易，俱见于此。"

一朵黄云捧御床[5]，醒来魂梦自彷徨。中兴不用亲征战，才洗尘颜着衮裳。寡人乃神宗皇帝之孙，福邸亲王之子，自幼封为德昌郡王。去年贼陷河南，父王殉国，寡人逃避江浦，九死余生。不料北京失守，先帝升遐[6]，南京臣民推俺为监国之主。今乃甲申年五月初一日[7]，早谒孝陵回宫[8]，暂御偏殿，看百官有何章奏。（外扮史可法，净扮马士英，末扮黄得功，丑扮刘泽清，文武袍笏上）再见冠裳富，重瞻殿阁高。金瓯仍未缺[9]，玉烛又新调[10]。我等文武百官，昨日迎銮江浦，今早陪位孝陵[11]。虽投职名，未称朝贺，礼当恭上表文，请登大宝[12]。（众前跪上表介）南京吏部尚书臣高弘图等，恭请陛下早正大位，改元听政[13]，以慰臣民之望。恭惟陛下呵！

【本序】潜龙福邸[14]，望扬扬，貌似神宗，嫡派天潢[15]。久著仁贤声誉重，中外推戴陶唐[16]。瞻仰，牒出金枝[17]，系连花萼，宜承大统诸宗长[18]。臣伏愿登庸御宇[19]，早继高皇。

（四拜介。小生）寡人外藩衰宗[20]，才德凉薄，俯顺臣民之请，来守高帝之宫。君父含冤，大仇未报，有何面颜，忝然正位[21]？今暂以藩王监国，仍称崇祯十七年，一切政务，照常办理。诸卿勿得谆请，以重寡人之罪。

眉批："弘光数语，堂堂皇皇，或有文臣预教之。"

【前腔】休强[22]，中原板荡[23]，叹王孙乞食江头[24]，栖止榛莽[25]。回首尘沙何处去，洛下名园花放[26]。盼望，兵燹难消[27]，松楸多恙[28]，鼎湖弓剑无人葬[29]。吾怎忍垂旒正冕[30]，受贺当阳[31]。

（众跪呼介）万岁，万万岁！真仁君圣主之言，臣等敢不遵旨？但大仇不当迟报，中原不可久失，将相不宜缓设，谨具题本，伏候裁决。（上本介）

眉批："上表文之后，即具题本，当日情事，刻不容缓。"

【前腔】开朗，中兴气象，见罘罳瑞霭祥云[32]，王业重创。不共天仇[33]，从此后尝胆眠薪休忘[34]。参想，收复中原，调燮黄阁[35]，急须封拜卜忠亮。还缺少百官庶士[36]，乞选才良。

（小生）览卿题本，汲汲以报仇复国为请，俱见忠悃。至于设立将相，寡人已有成议，众卿听着。

【前腔】职掌，先设将相，论麒麟画阁功劳，迎立为上。捧表江头，星夜去拥着乘舆仪仗。寻访，加体黄袍[37]，嵩呼拜舞[38]，百忙难把玺符让[39]。今日里论功叙赏，文武谁当？

眉批："前朝靖难，夺门皆议首功，兹番安得不以迎立为上也。"

众卿且退，午门候旨。（小生、内官随下。外、净、末、丑退班立介。外）若论迎立之功，今日大拜，自然让马老先生了。（净）下官风尘外吏，焉能越次而升？若论国家用武之际，史老先生现居本兵，礼当大拜。（向末、丑介）四镇实有护驾之劳，加封公侯只在目下。（末、丑）皆赖恩帅提拔。（老旦扮内监捧旨上）圣旨下：凤阳督抚马士英，倡议迎立，功居第一，即升补内阁大学士，兼兵部尚书，入阁办事。吏部尚书高弘图、礼部尚书姜曰广、兵部尚书史可法，亦皆升补大学士，各兼本衔。高弘图、姜曰广入阁办事，史可法着督师江北。其余部院大小官员，现任者，各加三级，缺者，将迎驾人员，论功先补。又四镇武臣，靖南伯黄得功、兴平伯高杰、东平伯刘泽清、广昌伯刘良佐，俱进封侯爵，各回汛地。谢恩！（众谢恩

眉批："史公入阁，实属左迁，此不卜而知者。"

介）万岁，万万岁！（起介。外向末、丑介）老夫职居本兵，每以不能克复中原为耻，圣上命俺督师江北，正好戮力报效。今与列侯约定，于五月初十日，齐集扬州，共商复仇之事。各须努力，勿得迟延。（末、丑）是。（外）老夫走马到任去也。正是：重兴东汉逢明主，收复中原任老臣。（别众下。末、丑欲下介。净唤介）将军转来。（拉手语介）圣上录咱迎立之功，拜相封侯，我等皆系勋旧大臣[40]，比不得别个。此后内外消息，须要两相照应，千秋富贵，可以常保矣。（末、丑）蒙恩携带，得有今日，敢不遵谕？（丑、末急下。净笑介）不料今日做了堂堂首相，好快活也。（副净扮阮大铖探头瞧介。净欲下介）且住，立国之初，诸事未定，不要叫高、姜二相夺了俺的大权。且慢回家，竟自入阁办事便了。（欲入介。副净悄上作揖介）恭喜老公祖，果然大拜了。（净惊问介）你从那里来？（副净）晚生在朝房藏着打听新闻来。（净）此系禁地，今日立法之始，你青衣小帽在此不便，请出去罢。（副净）晚生有要紧话说。（附耳介）老师相叙迎立之功，获此大位，晚生赍表前往，亦有微劳，如何不见提起？（净）方才宣旨，各部院缺员，许将迎驾之人叙功选补矣。（副净喜介）好，好！还求老师相荐拔。（净）你的事何待谆嘱？（欲入介。副净）事不宜迟，晚生权当班役，跟进内阁，看看机会何如。（净）学生初入内阁，未谙机务，你来帮一帮，也不妨事，只要小心着。（副净）晓得。（替净拿笏板，随行介）

眉批："史公之志，何殊诸葛。"

眉批："侯生亦随史公到扬州矣。"

眉批："小人得志如此。"

【赛观音】（净）旧黄扉[41]，新丞相，喜一旦足高气扬，廿四考中书模样[42]。（副净）莫忘辛勤老陪堂[43]。

（净）殿阁东偏晓雾黄，（副净）新参知政气昂昂。

（净）过江同是从龙彦，（副净）也步金阶抱笏囊。

出评："前半冠冕端严，后半鼠狐游戏。南朝规模，定于此折矣。一篇正面文字，却用侧笔收煞，何等深心。"

［**注释**］

[1] 弘光衮冕：指艺人扮福王穿戴冠服。弘光，指福王。衮，衮衣，绣着蜷曲的龙，也称“龙袍”。冕，冠冕。 [2] 高皇旧宇：指南京明代宫殿。高皇，明太祖。旧宇，指南京宫殿，原为明太祖所造，明成祖将京都迁往北京，南京宫殿就成了旧宫殿。 [3] 紫气：瑞祥之气。 [4] 钟山：指紫金山，位于江苏南京东北郊，原称蒋山，因山上时有紫云缭绕，故名紫金山。 [5] 黄云：指天子气，帝王头上显现的瑞气。《太平御览》卷八引《洛书》："黄帝起，黄云扶日。白帝起，白云扶日。" [6] 先帝升遐：指明崇祯帝驾崩。先帝，指崇祯帝。升遐，帝王之死的婉转说法。升，升天。遐，远去。 [7] 甲申年：1644 年，崇祯帝亡故，弘光帝即位。 [8] 孝陵：指明太祖朱元璋和皇后马氏合葬的陵墓，在江苏南京紫金山南麓。 [9] 金瓯仍未缺：指国土依然完整。李延寿《南史·朱异传》："（梁武帝）尝夙兴至武德阁口，独言：'我国家犹若金瓯，无一伤缺。'"金瓯，金制的或金属的盛酒器皿，借指国土。 [10] 玉烛：指天下太平。《尔雅·释天》："四气和谓之玉烛。"葛洪《抱朴子·明本》："玉烛表升平之征，澄醴彰德洽之符。" [11] 陪位：指从祭。祭礼分主祭、从祭。 [12] 大

宝：指帝王之位。《易·系辞下》：“圣人之大宝曰位。” [13] 改元：指新帝即位，改变纪年的年号。每个年号开始的一年，称元年。 [14] 潜龙福邸：指福王是潜藏之天子。潜龙，福王未做过太子，但他继承了皇位。福邸，福王未登基前的住所。 [15] 天潢：指皇室、皇族。 [16] 陶唐：指帝尧。尧，姓伊祁，初为唐侯，后为天子，定都陶地，故称。 [17] “牒出金枝”二句：指福王为皇室的后裔。牒，此处指皇家族谱。金枝，指皇族。系，指世系。花萼，指皇亲关系。萼，花冠下的一圈托片。 [18] 诸宗长：指弘光帝地位之高。诸，各派。宗长，宗族里的长辈。 [19] 登庸御宇：指帝王登基，御临天下。登庸，帝王登基。御宇，帝王统治天下。 [20] 外藩衰宗：福王自谦之语。外藩，指分封在外地的明朝宗室。衰宗，指衰微的宗族。 [21] 忝然正位：指继承皇位，于心有愧。 [22] 休强：不勉强。 [23] 板荡：指天下动荡不安。《诗经·大雅》之《板》《荡》二篇均讽刺了周厉王昏庸无道，引起天下混乱的局面。 [24] 叹王孙乞食江头：感叹贵族王孙遭遇流离、乞食之悲惨命运。杜甫《哀王孙》中描写了王孙流落街头，乞食为生。 [25] 栖止榛莽：栖息于杂草上，指无处安身。榛莽，芜杂丛生的草木。 [26] 洛下名园：指洛阳城里著名的园林。洛下，指洛阳城。李格非《洛阳名园记》载，北宋时期洛阳城郊有许多著名的花园、宅园和别墅。 [27] 兵燹（xiǎn）：指战争、战乱。 [28] 松楸多恙：指帝陵受忧，不得安宁。松楸，松树与楸树，多种于墓地上，引申为墓地。 [29] 鼎湖弓剑无人葬：指崇祯帝自杀后，无人去埋葬他。鼎湖弓剑，指帝王之死，典出《史记·封禅书》。鼎湖，原为黄帝铸鼎之处，鼎成后黄帝乘龙而去。弓剑，黄帝骑龙而去时，群臣随之乘龙，其余小臣也想升天，扯住龙髯，结果龙髯被拔脱，小臣们堕下，黄帝的弓剑也堕下，百姓们抱着遗弓悲号。 [30] 垂旒正冕：指正式称帝。旒，帝王礼帽上垂挂的玉串。[31] 当阳：指帝王临朝，坐北面南，引申为帝王治理天下。[32] 罘罳（fú sī）：指宫中屏风，类似于今之影壁。[33] 不共天仇：不共戴天之仇。[34] 尝胆眠薪：品味苦胆，睡在柴草上，形容刻苦自励，奋发图强。司马迁《史记·越王勾践世家》，越王勾践被吴国打败后，卧薪尝胆，刻苦图强，终于灭了吴国，洗雪了耻辱。[35]“调燮黄阁”二句：指选取忠正的官吏，整顿政务。调燮，调和、整顿。《尚书》：“兹惟三公，论道经邦，燮理阴阳。”黄阁，宰相公署。卜，选取。[36] 庶士：指众官吏。[37] 加体黄袍：指皇帝将袍服披在身上，借指拥立皇帝。典出赵匡胤黄袍加身事。[38] 嵩呼拜舞：指叩拜皇帝的仪式。嵩呼，欢呼。《汉书·武帝纪》载，元封元年，武帝登嵩山，随行人听到群山齐呼“万岁”三次，后引申为参拜皇帝。拜舞，指臣下叩拜皇帝的礼仪。典出赵晔《吴越春秋》的“群臣拜舞天颜舒，我王何忧能不移”句。[39] 玺符：玉玺与符节，代表皇帝的威信。[40] 旧：原漫漶不清，据兰雪堂本补。[41] 黄扉：指宰相官署，也称黄阁。[42] 廿四考中书模样：马士英自比。廿四考中书，指郭子仪，典出《旧唐书·郭子仪传》的“校中书令，考二十有四，权倾天下”句，他任校中书令，主持官吏考绩达二十四次。[43] 老陪堂：阮大铖自比。原指出家而不落发的人寄居在寺院中，陪客僧饮食。

[点评]

这一出讲述弘光帝为诸臣迎立、分封行赏之事。看似一派祥和，但其中隐藏着诸多矛盾冲突，也显现出了不同人物在这一出事件中的不同态度。

弘光帝是这一出中首先登场的人，但该出对于弘光帝昏庸的形象却并未如何展现，似乎弘光帝之立乃是民心所向，其人尚算贤君。孔尚任如此处理弘光帝形象，当是参考了历史实情。弘光帝初登基时，的确表现出一些自谦之态，其拒不称帝，只称监国，亦与当时的局势相符合。

但从弘光帝的语言来看，其自谦之态实则虚伪，而骄矜之势则难以全然掩饰。如登场之时，弘光帝唱的【念奴娇】一曲中有“祖德重光，民心合仰，迎俺青天上”之句，则显出一丝小人得志的狂妄。这也为后面弘光帝的原形毕露打下了基础。

唯一对弘光帝原形有所表现的，是其对于朝政职位的重新设立。对于此一关乎社稷的重大事件，弘光帝竟然并不以个人能力为考量，而提出“职掌，先设将相，论麒麟画阁功劳，迎立为上”，将迎立自己为帝视为分封职位的第一标准，全然不顾及国家的危急形势，足可见其人自私之境地。后面其诸多无耻荒唐之行径的出现，也就不显奇怪了。

孔尚任颇为擅长以言语、行径表现人物，但对不同人物有不同的表现方式。此一出中，孔尚任并没有像前两出表现阮大铖一样，通过事件冲突激发其极致化的言行，而是通过人物看似周正堂皇的言行，表现人物外在的虚伪与内在的自私。尽管这样的表现并非十分明显，但为人物后续的本相暴露做了积淀。

第十七出　拒媒（甲申五月）

【燕归梁】（末扮杨文骢冠带上）南朝领略风流尽，新立个妙龄君。清江隔断浊烟尘[1]，兰署里买香薰[2]。

下官杨文骢，因叙迎驾之功，补了礼部主事。盟兄阮大铖，仍以光禄起用。又有同乡越其杰、田仰等[3]，亦皆补官，同日命下，可称一时之盛。目下漕抚缺人，该推升田仰。适才送到聘金三百，托俺寻一美妓，要带往任所。我想青楼色艺之精，无过香君，不免替他去问。（唤介）长班走来。（杂扮长班上）胸中一部缙绅，脚下千条胡同。（见介）老爷有何使唤？（末）你快请清客丁继之、女客卞玉京，到我书房说话。（杂）禀老爷，小人是长班，只认的各位官府，那些串客、表子[4]，没处寻觅。（末）听我吩咐。

【渔灯儿】闹端阳，正纷纭，水阁含春。便有那乌衣子弟伴红裙[5]，难道是织女牵牛天汉津[6]。（杂）就在那秦淮河房么？小人晓得了。（末指介）你望着枣花帘影杏纱纹，那壁厢款问殷勤。

（副净扮丁继之，外扮沈公宪，净扮张燕筑上）院里常留老白相，朝中新聘大陪堂。（副净）来此是杨老爷私宅，待我叫门。（叫介）位下那里？（杂出见介）众位何来？（副净）老汉是丁继之，同这沈、张两敝友，求见杨老爷，烦位下通报一声。（杂喜介）正要去请，来的凑巧，待我通报。（欲入介。老旦扮卞玉京，小旦扮寇白门，丑扮郑妥娘上）紫燕来何早，黄莺到已迟。（小旦叫介）三位略等一等，同进去罢。（副净）原来是你姊妹们。（净）你们来此何干？（丑）大家是一样病根，你们怕做师父[7]，我们怕做徒弟的。（俱入介。末喜介）如何来的恰好？（众）无事不敢径造，今日特来恳恩，尚容拜见。（俱叩介。末立起介[8]）请坐，有何见教？（副净问介）新补光禄阮老爷是杨老爷至交么？（末）正是。（副净）闻得新主登极，阮老爷献了四种传奇，圣心大悦，把《燕子笺》抄发总纲[9]，要选我们入内教演，有这话么？（末）果然有此盛举。（净）不瞒老爷说，我们两片唇，养着八张嘴。这一入内庭，岂不灭门绝户了一家儿[10]？（丑）我们也是八张嘴，靠着两片皮哩。（末笑介）不必着忙，当差承应[11]，自有一班教坊男女，你们都算名士数里的，谁好拿你？（众）只求老爷护庇则个。（末）明日开列姓名，送与阮圆海，叫他一概免拿便了。（众）多谢老爷。

【前腔】看一片秣陵春，烟水消魂；借着些笙歌裙屐醉斜曛[12]。若把俺尽数选入呵，从此后江潮暮雨掩柴门，再休想白舫青帘载酒樽。老爷果肯见怜，这功德不小，保秦淮水软山温。

（末）下官也有一事借重。（副净）老爷有何见教？（末）舍亲田仰，不日就升漕抚，适才送到聘金三百，托俺寻一小宠。（丑）让我去罢。（净）你去不得，你去了，这院中便散了板儿了。（丑）怎的便散了板儿？（净）没人和我打钉了。（丑）啐！（副净）老爷意中可有一个人儿么？（末）人是有一个在这里，只要你去作伐。（老旦）是那个？（末）便是李家的香君。（副净摇头介）这使不得。（末）如何使不得？（副净）他是侯公子梳栊过的。

【锦渔灯】现有个秦楼上吹箫旧人[13]，何处去觅封侯柳老三春[14]？留着他燕子楼中昼闭门[15]，怎教学改嫁的卓文君？

（末）侯公子一时高兴，如今避祸远去，那里还想着香君哩？但去无妨。（老旦）香君自侯郎去后，立志守节，不肯下楼，岂有嫁人之理？去也无益。

【锦上花】似一只雁失群，单宿水，独叫云，每夜里月明楼上度黄昏。洗粉黛，抛扇裙，罢笛管，歇喉唇，竟是长斋绣佛女尼身[16]，怕落了风尘。

（末）虽如此说，但有强如侯郎的，他自然肯嫁。（副净）香君之母，是老爷厚人，倒是老爷面讲更好。（末）你是知道的，侯郎梳栊香君，原是下官作伐。今日觌面，如何讲说？还烦二位走走，自有重谢，（净、外）这等，我们也去走走。（小旦、丑）呸！皮肉行里经纪[17]，只许你们做么？俺也同去。（末）不必争闹，待他二位说不来时，你们再去。（众）是，是！辞过老爷罢。（末）也不远送了。狎客满堂消我闷，嫁衣终日为人忙[18]。（下。副净、老旦）杨老爷免了咱们差事，莫大的恩典哩。（外、净）正是。（副净）你四位先回，俺要到香君那边，替杨老爷说事去了。（丑）赚了钱不可偏背，大家八刀才好[19]。（众诨下。副净、老旦同行介。副净）记得侯公子梳栊香君，也是我们帮衬来。

【锦中拍】想当初华筵盛陈，配才子佳人。排列着花林粉阵[20]，逐趁着筝声笛韵。如今又去帮衬别家，好不赧颜。似邮亭马厮[21]，迎官送宾。（老旦）我们不去何如？（副净）俺若不去呵，又怕他新铮铮春官匣印[22]，硬选入秋宫院门。（老旦）这等，如之奈何？（副净）俺自有个两全之法，到那边款语商量[23]，柔情索问，做一个闲蜂媒花里混。

眉批：“迎新送旧，是帮客、妓女本等，两人独以为耻，仙风道骨，毕竟不同。”

（老旦）妙，妙！（副净）来此已是，不免竟进。（唤介）贞娘出来。（旦上）空楼寂寂含愁坐，长日恹恹带病眠[24]。（问介）楼下那个？（老旦）丁相公来了。（旦望介）原来是卞姨娘同丁大爷光降，请上楼来。（副净、老旦见介）令堂怎的不见？（旦）往盒子会里去了。（让介）请坐，献茶。（同坐介。老旦）香君闲坐楼窗，和那个顽耍？（旦）姨娘不知。

【锦后拍】俺独自守空楼，望残春，白头吟罢泪沾巾[25]。（老旦）何不招一新婿？（旦）奴家已嫁侯郎，岂肯改志？（副净）我们晓你苦心。今日礼部杨老爷说，有一位大老田仰，肯输三百金，娶你作妾，托俺来问一声。（旦）这题目错认，这题目错认，可知定情诗红丝拴紧[26]，抵过他万两雪花银。（老旦）这事凭你裁酌，你既不肯，另问别家。（旦）卖笑哂[27]，有勾栏艳品[28]。奴是薄福人，不愿入朱门。

（老旦）既如此说，回他便了。（副净）令堂回家，不要见钱眼开。（旦）妈妈疼奴，亦不肯相强的。（副净）如此甚好，可敬，可敬！（起介）别过了。（外、净、小旦、丑急上）两处红丝千里系，一条黑路六人忙。（净）快去，快去！他二人说成，便偏背我们了。（丑）我就不依他，饶他吃到口里，还倒出脏来。（进介。净）香君恭喜了。（旦）喜从何来？（小旦）双双媒人来你家，还不喜哩。（旦）敢也说田仰的事么？（净）便是。（旦）方才奴已拒绝了。（外）杨老爷的好意，如何拒得？

眉批："他人艳羡而不得，香君弃之不顾，所谓（原作'为'）人各有志。"

【北骂玉郎带上小楼】他为你生小绿珠花月身，寻一个金谷绮罗里石季伦。（旦）奴家不图富贵，这话休和我讲。（副净、老旦）我二人在此劝了半日，他决不肯嫁人的。（小旦）他不嫁人，明日拿去学戏，要见个男子的面，也不能勾哩。歌残舞罢锁长门，卧氍毹夜夜伤神。（旦）奴便终身守寡，有何难哉？只不嫁人！（丑）难道三百两花银，买不去你这黄毛丫头么？（旦）你爱银子，你便嫁他，不要管人家闲事。（丑怒介）好丫头，抢白起姨娘来了，我就死在你家。（撒泼介）小私窠贱根，小私窠贱根，掉巧舌讪谤尊亲。（净发威介）好大胆奴才！杨老爷新做了礼部，连你们官儿都管的着，明日拿去拶吊你指头。管烟花要津，管烟花要津，触恼他风狂雨迅，准备着桃伤柳损。（旦）尽你吓唬，奴的主意已定了。（老旦）看他小小年纪，倒有志气。（副净）吓他不动，走罢，走罢！（丑）我这里撒泼，没个人来拉拉，气死我也。他不嫁人，我扭也扭他下楼。硬推来门外双轮，硬推来门外双轮，兜折宝钏，扯断湘裙。（副净）自古有钱难买不卖货，撒了赖当不的，大家散罢。（外、小旦）我两个原要不来，吃亏老燕、老妥强拉到此，惹了这场没趣。走，走，走！快出门，掩羞面，气忍声吞。（净、丑）我们也走罢，干发虚，没钞分，遗臊撒粪。

（外、净、小旦、丑俱诨下。副净、老旦）香君放心，我们回绝杨老爷，再不来缠你便了。（旦拜介）这等多谢二位。（作别介）

（副净）蜂媒蝶使午纷纷，（旦）阑入红窗搅梦魂。

（老旦）一点芳心采不去，（旦）朝朝楼上望夫君。

出评："南朝用人，行政之始。用者何人？田仰也；行者何政？教戏也。因田仰而香君逼嫁，因教戏而香君入宫；离合之情，又发端于此。三清客、三妓女，齐来凑泊，接前联后，照顾精密，非细心明眼，不能领会。"

[注释]

[1] 清江：地名，指清江浦。 [2] 兰署：也称"兰台"，指秘书省，掌管图书秘籍，原为汉代宫廷藏书处，唐高宗龙朔年间将秘书省改为兰台。此处借指礼部衙门。 [3] 越其杰：字自兴，一字卓凡，又字汉房，贵州贵阳人，马士英妹夫。明万历三十四年（1606）举人，后任夔州府同知，官至河南巡抚，善诗文、骑射。河南发生军变，他出走，不知所终。田仰：字百源，贵州思南人，明万历四十二年（1614）进士，官至兵部尚书兼都察院右副都御史，后降清。 [4] 串客：指昆曲曲友中会表演之业余演员。串，串戏，演戏。 [5] 乌衣子弟：指富贵家庭的子弟。乌衣，指乌衣巷，六朝时，王、谢两大家族聚居于此，后衰落。 [6] 难道是织女牵牛天汉津：指妓女、串客不是织女、牛郎，容易找到。天汉，指天河，传说中织女、牵牛每年只在天河上相聚一次。 [7]"你们怕做师父"二句：指丁继之、卞玉京等六人被征召入宫。做师父，指被传诏入宫教戏。做徒弟，指被传诏入宫演戏。 [8] 立：原作"拉"，据兰雪堂本改。 [9] 总纲：戏曲术语，也称"总讲"，传统戏班里演出脚本的俗称，它包括演出时的全

部唱词、科白、化妆、舞台调度、锣鼓经等。单个角色唱词、念白的脚本，称单头、单片、单篇。 [10] 岂不灭门绝户了一家儿：化用《西厢记》第三本第一折之唱词："若不是剪草除根半万贼，险些儿灭门绝户了俺一家儿。" [11] 当差承应：旧时，乐户之属会被调遣进官府，或被传诏入宫中表演、陪席。 [12] 笙歌裙屐：指清客与歌妓。笙歌，指乐器伴奏与歌唱。裙屐，指男女衣着华美。屐，木屐。 [13] 秦楼上吹箫旧人：指侯方域。刘向《列仙传》卷上载，春秋时，萧史善吹箫，能引来孔雀、白鹤。秦穆公有女弄玉喜欢萧史，后与其结为秦晋之好。萧史每日教弄玉吹凤鸣，数年后，声似凤声，凤凰飞来，停歇在屋上。秦穆公为其筑凤台。几年后的一天，夫妇随凤凰飞走。 [14] 何处去觅封侯柳老三春：指侯方域前往他处求功名，不知归期何时。王昌龄《闺怨》："忽见陌头杨柳色，悔教夫婿觅封侯。" [15] 燕子楼中昼闭门：指李香君空闺守节，苦等侯方域的归来。典故出自关盼盼燕子楼守节故事，唐代武宁军节度使（治徐州）张愔（yīn）为爱妓关盼盼建燕子楼，张死后，她在楼中守节十多年。后诗人白居易、张仲素为此事赋诗颂之。 [16] 竟是长斋绣佛女尼身：指清心寡欲、闭门独守之生活，化用的是杜甫《饮中八仙歌》"苏晋长斋绣佛前，醉中往往爱逃禅"之句。 [17] 皮肉行里经纪：指妓院之营生。 [18] 嫁衣终日为人忙：杨文骢自嘲，指每日为他人奔忙却不得好处。化用的是秦韬玉《贫女》"苦恨年年压金线，为他人作嫁衣裳"之句。 [19] 八刀："分"字上下拆开即为"八刀"。 [20] 花林粉阵：指结队排列的歌妓。花林，指桃花林，借喻众多歌妓。粉阵，歌妓排成阵列，指众多歌妓。 [21] 马厮：马夫。 [22] "又怕他新铮铮春官匣印"二句：指丁继之、卞玉京等人担心新任礼部主事的杨文骢会挑选他们入宫承应。春官匣印，指礼部官员受命之官印。 [23] 款语：软话。 [24] 恹恹：

指精神萎靡、疲乏。 [25] 白头吟：指闺怨，出自卓文君作《白头吟》之故事。相传卓文君和司马相如结婚后，相如准备聘小妾，文君获知后，认为他是负心人，作了《白头吟》以示绝情，一句“愿得一心人，白头不相离”，将她的心迹袒露无遗。相如读了诗句后，打消了娶妾的念头。 [26] 定情诗红丝拴紧：指侯方域的定情诗将侯、李二人的情缘紧紧系住。红丝，原指月下老人为男女所系的红绳，后指男女之情。 [27] 卖笑哂（shěn）：指妓女卖笑营生。哂，笑。 [28] 勾栏：原指楼阁的栏杆，借指古代戏剧演出、市井文娱活动的戏棚或场所。此处指妓院。

［点评］

该出人物的演绎着实有趣，是将真实的人性与生动的场面都呈现了出来。出场的两个主要人物，一是李香君，一是杨文骢。李香君自《辞院》一出之后，没再出现过。这样一个主要人物长时间缺席，猛然登场会显突兀。此出并未先让李香君登场，而是让李香君借杨文骢说媒一事出现，更显自然。

杨文骢性格之多面善变，在此出中又被深刻表现出来。与上一次其通风报信、帮助侯方域逃脱相比较，此次他却当了一回反面角色：巴结田仰，逼李香君改嫁。杨文骢的出发点也是非常实际的：侯方域此时早已远去，处于此种境地的风流文人，当早已将李香君一类的青楼女子忘却。此时杨文骢为李香君说媒，一方面可以助益自己结交，另一方面又能为李香君寻一尚佳之归宿，自以为也算利人利己。

杨文骢也并非不讲礼义之人，侯方域梳栊李香君便是其引介之结果。现在他再将李香君介绍于别人，自然是抹不开面子，故而才会请丁继之等人相助，这也体现其精于人事往来的一面。

李香君在此出中，依然是坚贞不屈的。然而与《却奁》《辞院》等出中的展现有所不同，此出李香君的坚贞不屈是阴柔的、收敛的，而非刚烈的、爆发的。这一方面因为李香君此时尚处在对侯方域执着的思念中，并无爆发情绪的基础，另一方面因为李香君经历了一番波折之后，亦较先前更为成熟。

第十八出　争位（甲申五月）

眉批："侯生亦有悔意，然不必也。"

（生上）无定输赢似奕棋，书空殷浩欲何为[1]？长江不限天南北，击楫中流看誓师[2]。小生侯方域，前日替史公修书，一时激烈，有"三大罪，五不可立"之议。不料福王今已登极[3]，马士英竟入阁办事，把那些迎驾之臣，皆录功补用。史公虽亦入阁，又令督师江北，这分明有外之之意了，史公却全不介意，反以操兵剿贼为喜，如此忠肝义胆，人所难能也。现在开府扬州[4]，命俺参其军事，约定今日齐集四镇，共商防河之计，不免上前一问。（作至书房介）管家那里？（小生扮书童上）侯爷来了，待我通报。（小生请外上）

【北点绛唇】持节江皋[5]，龙骧虎啸[6]。忧国事，不顾残躯，双鬓苍白了。

（见生介）世兄可知今日四镇齐集，共商大事，不日整师誓旅，雪君父之仇了。（生）如此甚妙。只有一件，高杰镇守扬、通[7]，兵骄将傲，那黄、刘三镇，每发不平之恨。今日相见，大费调停，万一兄弟不和，岂不为敌人之利乎？（外）所说极是。今日相见，俺自有一番劝慰之言。（小生报介）辕门传鼓，说四镇到齐，伺候参谒。（生下。外升帐吹打开门，杂排左右仪卫介。副净扮高杰，末扮黄得功，丑扮刘泽清，净扮刘良佐，俱介胄上[8]）只恨燕京无乐毅[9]，谁知江左有夷吾。（入见，禀介）四镇小将，叩谒阁部大元帅。（拜介。外拱手立介）列侯请起。（副净等俱排立介）听候元帅将令。（外）本帅以阁部督师，君命隆重，大小将士俱在指挥之下。（众）是。（外）四镇乃堂堂列侯，不比寻常武弁。（举手介）屈尊侍坐，共议军情。（众）岂敢。（外）本帅命坐，便如军令一般，不可推辞。（众）是。（揖介）告坐了。（副净首坐，末、丑、净依次坐介。末怒视副净介）

眉批：“侯生能料四镇之争，不愧参谋。”

【混江龙】（外）淮南险要，江河保障势滔滔。一带奇云结阵，满目细柳垂条。铁马嘶风先突塞，犀军放弩早惊潮。说甚么徐、常、沐、邓[10]，比得上绛、灌、萧、曹[11]。同心共把乾坤造，看古来功臣阁丹青图画，似今日列侯会剑佩弓刀。

眉批：“对待整齐，词华顿宕，关、马不足比也。”

（末怒介）元帅在上，小将本不该争论。（指介）这高杰乃投诚草寇，有何战功，今日公然坐俺三镇之上。（副净）我投诚最早，年齿又尊，岂肯居尔等之下？（丑）此处是你汛地，我们都是客兵，连一个宾主之

眉批：“军情未议，争端已起，主帅书生，何以驭之？”

礼不晓得，还要统兵？（净）他在扬州享受繁华，尊大惯了，今日也该让咱们来享享。（副净）你们敢来，我就奉让。（末）那个是不敢来的！（起介）两位刘兄同我出来，即刻见个强弱。（怒下。外向副净介）他讲的有理，你还该谦逊才是。（副净）小将宁死不在他们之下。（外）你这就大错了。

眉批："事不可为矣，史公未肯灰心。"

眉批："末句骂得痛快。"

【油葫芦】四镇堂堂气象豪，倚仗着恢复北朝。看您挨肩雁序[12]，恰似好同胞。为甚的争坐位失了同心好，斗齿牙变了协恭貌。一个眼睁睁同室操戈盾，一个怒冲冲平地起波涛。没见阵上逞威风，早已窝里相争闹，笑中兴封了一伙（指介）小儿曹。

不料四镇英雄，可笑如此。老夫一天高兴，却早灰冷一半也。没奈何，且出张告示，晓谕三镇，叫他各回汛地，听候调遣。（向副净介）你既驻扎本境[13]，就在本帅标下做个先锋，各有执掌，他们也不敢来争闹了。（副净）多谢元帅。（外）待老夫写起告示来。（写介。内呐喊介。副净不辞，出介。末、丑、净持刀上）高杰快快出来！（副净出见介）你青天白日持刀呐喊，竟是反了。（末）我们为甚么反？只要杀你这个无礼贼子。（副净）你们敢在帅府门前如此放肆，难道不是无礼贼子么？（末、丑、净赶杀副净介。副净入辕门，叫介）阁部大老爷救命呀，黄、刘三贼杀入帅府来了。（末、丑、净门外喊骂介。外惊立介）

【天下乐】俺只道塞马南来把战挑，杀声渐高，却是咱兵自鏖。这时候协力同仇还愁少，怎当的阋墙鼓噪[14]，起了个离间根苗。这才是将难调，北贼易讨。

眉批："文争于内，武斗于外，置国于不问，是何等乾坤。"

（吩咐介）快请侯相公出来。（杂向内介）侯爷有请。（生急上）晚生已听的明白了。（外）借重高才，传俺帅令，安抚乱军。（生）如何安抚？（外）老夫有告示一纸，快去晓谕他们便了。（生）遵命。（接告示出见介）列侯请了！小弟乃本府参谋，奉阁部大元帅之命，晓谕三镇知悉。恭逢新主中兴，闯贼未讨，正我辈枕戈待旦、立功报效之时[15]，不宜怀挟小忿，致乱大谋。俟收复中原，太平赐宴，论功叙坐，自有朝仪。目下军容匆遽[16]，凡事权宜，皆当相谅，无失旧好。兴平侯高，原镇扬、通，今即留在本帅标下，委作先锋。靖南侯黄，仍回庐、和[17]。东平侯刘，仍回淮、徐。广昌侯刘，仍回凤、泗[18]。静听调遣，勿得抗违。军法凛然，本帅不能容情也。特谕！（末）我们只要杀无礼贼子，怎敢犯元帅军法？（生）目今辕门截杀，这就是军法难容的了。（丑）既是这等，不要惊着元帅，大家且散。（净）明日杀到高杰家里去罢。正是："国仇犹可恕，私恨最难消。"（下。生入见介）三镇闻令，暂且散去，明日还要厮杀哩。（外）这却怎处？（指副净介）

【后庭花】高将军，你横将仇衅招，为甚的不谦恭，妄自骄。坐了个首席乡三老[19]，惹动他诸侯五路刀。凭仪秦一番舌战巧[20]，也不过息兵半晌饶[21]。费调停，干焦燥；难消释，空懊恼。这情形何待瞧，那事业全去了。

（副净）元帅不必着急，明日和他见个输赢，把三镇人马并俺一处，随着元帅恢复中原，却亦不难也。（外）你说的是那里话，现今流寇北来，将渡黄河，总兵许定国不能阻当[22]，连夜告急，正要与四镇商议，发兵防河。今日一动争端，偾俺大事[23]，岂不可忧！（副净）他三镇也不为别的，只因扬州繁华，要来夺取，俺怎肯让他？（外）这话益发可笑了！

【煞尾】领着一枝兵，和他三家傲，似垒卵泰山压倒[24]。你占住繁华廿四桥[25]，竹西明月夜吹箫。他也想隋堤柳下安营巢[26]，不教你蕃釐观独夸琼花少[27]。谁不羡扬州鹤背飘[28]，妒杀你腰缠十万好，怕明日杀声咽断广陵涛。

眉批："此曲绝调，自元至今，有压倒云亭山人者，吾不信也。"

罢，罢，罢！老夫已拚一死，更无他法。侯兄长才，只索凭你筹画了[29]。（生）且看局势，再作商量。（外、生下。吹打掩门，杂俱下。副净吊场介[30]）俺高杰也是一条好汉，难道坐以待毙不成？明早黄金坝上，点齐人马，排下阵势，等他来时，迎敌便了。正是：

龙争虎斗逞雄豪，杯酒筵边动剑刀。

刘项何须成败论[31]，将军头断不降曹[32]。

出评："元帅登坛，极高兴之举，而为极败意之事，朝中军中，无处不难。佞臣忠臣，无人可用，此兴亡大机也。有侯生参其中，故必费笔传出。传出者，传侯生也。"

[注释]

[1] 书空殷浩欲何为：侯方域自问，空自劳碌奔波，到底为了什么？书空殷浩，典出东晋将军殷浩的故事，他出征，被姚襄所败，被除名为民，整天在家以手指空写“咄咄怪事”四字，抒发抑郁不平之情。　[2] 击楫中流看誓师：侯方域决心力挽狂澜，率师收复中原失地。击楫中流，《晋书・祖逖传》载，在北伐石勒前，祖逖被任命为奋威将军、豫州刺史，从丹徒渡江到江阴，招募人马。船到江中，他拍打船桨，立下要收复中原的誓言。楫，原作“节”，据暖红室本改。　[3] 登极：指皇帝即位。极，极点、最高的地位。　[4] 开府：指高级官员开设府署，自置僚属。明代时，这是一种优待高级官员的制度。　[5] 持节江皋：指史可法奉命督军镇守江边。持节，受命。皋，水边高地。　[6] 龙骧虎啸：形容将帅威武的气概。骧，指昂首奔跑之态。　[7] 扬、通：指扬州和通州。　[8] 介胄：指披戴铠甲和头盔。　[9] 燕京无乐毅：指京城缺少良将，导致被攻破。乐毅，战国时燕国名将，燕昭王时，曾统率燕、赵、韩、秦、魏五国军队攻打齐国，连下七十多个城池。　[10] 徐、常、沐、邓：徐达、常遇春、沐英、邓愈，都为明朝功臣。　[11] 绛、灌、萧、曹：周勃、灌婴、萧何、曹参，都是西汉功臣。　[12] 挨肩雁序：指四镇依序排列。挨肩，挨着肩膀，指有序的排列。雁序，鸿雁有序的行列。　[13] 扎：原作“札”，据暖红室本改。　[14] 阋（xì）墙：兄弟争吵，指内部冲突。源于《诗・小雅・常棣》：“兄弟阋于墙，外御其务（侮）。”阋，争吵。　[15] 枕戈待旦：枕着兵器，等待天亮，指随时准备拿起武器，投入战斗。形容报国心切，一时一刻也不松懈。《晋书・刘琨传》载，西晋诗人刘琨曰“吾枕戈待旦，志枭逆虏”，以示他的报国之心。　[16] 匆遽：匆忙奔走。　[17] 庐、和：指庐州与和州。　[18] 凤、泗：指凤阳与泗州。　[19] 乡三老：汉

代乡官，各乡置三老一人，负责执掌乡里教化。此人须为年五十以上，有德行、威望之老人。 [20] 仪秦：指张仪与苏秦。两位均为战国时期的纵横家，以说辩出名。苏秦和张仪都是鬼谷子弟子。苏秦学成后，未能得仕，后他用合纵策略，到燕、韩、魏、赵、齐、楚游说，促成六国合纵，持六国相印，叱咤风云，使秦国不敢贸然出函谷关。同时，张仪到秦国劝说惠文王采用连横策略，破坏六国合纵联盟。张仪身为秦相，游走六国，使各诸侯听从他的鼓动，合纵联盟最终瓦解。 [21] 饶：富足，多。 [22] 许定国：河南太康人，明崇祯间，任山西总兵官，弘光时，官至河南总兵官，驻军睢州。李自成围攻河南，他向史可法告急，史可法派高杰来协助他，后杀高杰降清。 [23] 偾（fèn）：毁坏，败坏。 [24] 垒卵泰山压倒：泰山压在蛋上，比喻强者加于弱者，弱者难逃灾难。《晋书·孙惠传》载，晋朝八王之乱时，诸侯相杀，司马越打出平灭造反诸侯的旗帜，得到孙惠的认同，他给司马越写信，称他兴兵"况履顺讨逆，执正伐邪……猛兽吞狐，泰山压卵"，说他此举如同猛兽吃狐狸，泰山压鸟蛋，必胜无疑。 [25]"你占住繁华廿四桥"二句：指高杰驻军尽享扬州繁华。廿四桥，化用杜牧《寄扬州韩绰判官》"二十四桥明月夜，玉人何处教吹箫"之句。竹西，竹西亭，扬州地名。 [26] 隋堤柳：隋堤杨柳，扬州一大景观。隋炀帝大业元年（605），开通济渠，开凿邗沟，渠旁筑御堤，植以杨柳。 [27] 不教你蕃釐（xī）观独夸琼花少：指不让高杰独霸扬州。蕃釐观，俗称琼花观，在扬州琼花路北，汉成帝元延二年（前 11）建造，据传观中植有琼花一株，举世无双，元代时枯死。 [28]"谁不羡扬州鹤背飘"二句：暗讽高杰的贪婪及三镇对他的嫉妒。《殷芸小说》载，几个人聊天，谈自己的志愿。有的愿为扬州刺史，有的愿多资财，有的愿骑鹤上天，其中一人说，欲兼三者，"腰缠十万贯，骑鹤上扬州”。 [29] 只索：语气词，只好。 [30] 吊场：戏曲术语。南戏和传奇演出的一出戏结尾，其他角色已下场，只留一位或几位角色在场上表演一段相对独立的情节，起到承前启后和场面转换的作用。 [31] 刘项：刘邦与项羽，秦末农民起义的领头人。 [32] 将军头断不降曹：将军宁愿断头也不肯投降，形容他的宁死不屈。陈寿《三国志·蜀书·关张马黄赵传》载，三国时期，蜀军攻破江州，太守严颜被俘。张飞喝道：“大军至，何以不降而敢拒战？”严颜答曰：“卿等无状，侵夺我州，我州但有断头将军，无有降将军也。”张飞为其气节感动，释放了严颜。

［点评］

这一出讲述史可法召集四镇武臣商议防河之计，然而四镇武臣只顾互相争斗，即使史可法差遣侯方域劝解，四镇也没能彻底和解。

该出将视角转向了史可法、侯方域，但该出之目的是在借助高杰、黄得功、刘泽清、刘良佐之间的矛盾，表现南明军事力量内部的不和。

而导致不和的原因，剧中指出了两方面：一是私人矛盾，即高杰以草寇出身，却自位于黄得功、二刘之上，导致双方的结仇；二是利益冲突，即高杰所驻守的淮扬地区富庶，引起黄得功他们的不满。这两方面的矛盾，都是历史上实际存在而又为作者戏剧化提炼的。

高杰、黄得功、刘良佐、刘泽清四人的矛盾冲突，无疑是以私胜公的。之所以这样说，其一在于，引起他们争斗的原因，都是无关乎紧要的座次、宾主等问题，并非生死攸关的大矛盾；其二在于，这些人毫不顾忌内外交困的局面，甚至还说出“国仇犹可恕，私恨最难消”这样的话。可见，这些将领固然不似一般朝中大臣那样结党营私，然而他们的不负责任、自私自利则与马士英等人并无二致。故而，面对这些人，史可法只能感叹“笑中兴封了一伙小儿曹”。

第十九出　和战（甲申五月）

（末、净、丑扮黄得功、刘良佐、刘泽清戎装，杂扮军校执旗帜、器械，呐喊上。末）兄弟们，俱要小心着，闻得高杰点齐人马，在黄金坝上伺候迎敌[1]。我们分作三队，依次而进。（净）我带的人马原少，让我挑战，两兄迎敌便了。（末）我的田雄不曾来[2]，我作第二队，总叫河洲哥哥压哨罢[3]。（丑）就是如此，大家杀向前去。（摇旗呐喊急下。副净扮高杰戎装，军校执械随上）大小三军排开阵势，伺候迎敌。（杂扮探卒上）报，报，报！三家贼兵摇旗呐喊，将次到营了。（净持大刀上）老高快快出马，今日和你争个谁大谁小。（副净持枪骂上）你花马刘是咱家小兄弟，那个怕你！（内击鼓，净、副净厮杀介。副净叫介）三军齐上，活捉了这个刘贼。（杂上乱战介。净败下。末持双鞭上）我黄闯子的本领你是晓得的，快快磕头，饶你一死。（副净）

我高老爷不稀罕你这活头，要取你那颗死头的。（内击鼓，末、副净厮杀介。副净叫介）三军再来。（杂上乱战介。末急介）从来将对将，兵对兵，如何这样混战？倒底是个无礼贼子，今日且输与你。（败下。丑持双刀领众贼上介）高杰，你不要逞强，我刘河洲也带着些人马哩，咱就混战一场，有何不可？（副净）我翻天鹞子不怕人的[4]，凭你竖战也可，横战也可。杀，杀，杀！（两队领众混战介。生持令箭立高台，小军持锣敲介。众止杀，仰看介。生摇令箭介）阁部大元帅有令：四镇作反，皆督师之过。请先到帅府，杀了元帅，次到南京，抢了宫阙，不必在此混战，骚害平民。（丑）我们并不曾作反，只因高杰无礼，混乱坐次，我们争个明白，日后好参谒元帅[5]。（副净）我高杰乃本标先锋[6]，怎敢作反？他们领兵来杀，只得迎敌。（生）不奉军令，妄行厮杀，都是反贼。明日奏闻朝廷，你们自去分辩罢。（丑）朝廷是我们迎立的，元帅是朝廷差来的，我们违了军令，便是叛了朝廷，如何使得。情愿束身待罪，只求元帅饶恕。（生）高将军，你如何说？（副净）我高杰是元帅犬马，犯了军法，只听元帅处分。（生）既如此说，速传黄、刘二镇，同赴辕门，央求元帅。（丑）二镇败走，各回汛地去了。（生）你淮、扬两镇，唇齿之邦，又无宿嫌[7]，为何听人指使？快快前去，候元帅发落。（众兵下。生下台。丑、副净同行，到介。生）已到辕门了，两位将军在外等候，待俺传进去。（稍迟即出介）元帅有令：四镇擅相争夺，皆当军法从事。但高将军不知礼体，挑嫌起衅[8]，罪有

眉批："高杰乱人始，终乱战。"

眉批："此数语何等骄亢。"

眉批："闻此时解和，乃万元吉也，或朝宗亦在侧。"

所归，着与三镇服礼。俟解和之日，再行处分。

【香柳娘】劝将军自思，劝将军自思，祸来难救，负荆早向辕门叩[9]。（副净恼介）我高杰乃元帅标下先锋，元帅不加护庇，倒叫与三镇服礼，可不羞死人也。罢，罢，罢！看来元帅也不能用俺了，不免领兵渡江，另做事业去。这屈辱怎当，这屈辱怎当，渡过大江头，事业掀天做。（唤介）三军快来，随俺前去。（众兵上呐喊摇旗随下。丑望介）呀，呀，呀！高杰竟要过江了，想江南有他的党与，不日要领来与俺厮闹，俺也早去约会黄、刘二镇，多带人马，到此迎敌。笑力穷远走，笑力穷远走，长江洗羞，防他重来作寇。

眉批："兵骄帅弱，大费调停，况恢复（原作'腹'）中原乎？读至此，捶胸浩叹。"

（丑下。生呆介）不料局势如此，叫俺怎生收救？

【前腔】恨山河半倾，恨山河半倾，怎能重构，人心瓦解忘恩旧。（南望介）那高杰竟是反了！看扬扬渡江，看扬扬渡江，旗帜乱中流，直入南徐口[10]。（北望介）那刘泽清也急忙北去，要约会三镇人马，同来迎敌。这烟尘遍有，这烟尘遍有，好叫俺元帅搔头，参谋搓手。（行介）且去回覆了阁部，再作计较。正是：

眉批："心尽气绝，若死灰矣。"

堂堂开府辖通侯，江北淮南数上游。

出评："有争必有和，争者四镇也，和者侯生也。又须费笔传出，亦传侯生也。"

只恐楼船与铁马，一时都羡好扬州。

[注释]

[1] 黄金坝：扬州地名，在市区东北处，那里是邗沟与古运河交汇处，明代名"黄巾坝"，久废，后谐音为今名。 [2] 田雄：直隶宣化（今属河北）人，原为明朝总兵，在黄得功手下任将。清兵南下，福王逃至芜湖，黄得功战死，田雄缚福王，降清。 [3] 河洲：刘泽清别号。 [4] 翻天鹞子：高杰绰号。 [5] 谒：原作"议"，据兰雪堂本改。 [6] 本标：指帅府本部。 [7] 宿嫌：指旧有的嫌怨。 [8] 起衅：指挑起事端。 [9] 负荆：指高杰向史可法请罪。《史记·廉颇蔺相如列传》，战国时，赵国大将廉颇不服相国蔺相如被封为上卿，官位在自己之上，扬言要当众羞辱蔺相如。蔺相如获知后，以国家利益为重，处处躲避廉颇。廉颇得知后，十分惭愧，肉袒负荆，至蔺相如家请罪。后两人成为刎颈之交。 [10] 南徐口：指江苏镇江。

[点评]

这一场戏是前面一场戏情节的延伸，涉及的内容并不多：黄得功、二刘与高杰争斗，史可法、侯方域出面调停，不想高杰却因为不肯服礼，带兵渡江北去；刘泽清闻此，也回去约三镇人马准备开战，使得局面一时更加复杂。

该出的情节短促迅捷，前半部分人马冲杀，后半部分辕门解纷，可谓是大起大落、大开大合，既为该出的武斗场面预留了充分的表现空间，又为前后情节的承转打下了坚实的基础。

四镇之间的冲突并非全出于孔尚任的虚构，而是具有一定的现实基础。就该出表现来看，至少有三方面是符合历史实情的。其一是高杰的桀骜不驯，是当时实际情况，其多有纵兵烧杀之恶行，几成拥兵自重的军阀；其二是四镇的骄横妄为也是历史上的实际情况，这也使得弘光朝廷在军事方面颇为混乱，因而难以抵挡北来清军的冲击；其三是黄得功、高杰二人夙有积怨，并且爆发过军事冲突，经过多方的调停才最终得以和解。所以，尽管四镇并未爆发过该出中所描绘的大规模冲突，然而该出所描绘的情景，也并非完全脱离历史的虚构。

第二十出　移防（甲申六月）

【锦上花】（副净扮高杰领众执械上）策马欲何之？策马欲何之？江锁坚城[1]，弩射雄师。且收兵，且收兵，占住这扬州市。

眉批："占住扬州，是高杰本怀。"

俺高杰领兵渡江，要抢苏、杭。不料巡抚郑瑄[2]，操舟架炮，堵住江口，没奈何又回扬州。但不知黄、刘三镇，此时何往。（杂扮报卒上）报上将军，黄、刘三镇会齐人马，南来迎敌，前哨已到高邮了。（副净）阿呀，不好了！南下不得，北上又不能，好叫俺进退两难。（想介）罢，罢！还到史阁部辕门，央他的老体面，替俺解救罢。（行介）

眉批："无礼无耻，高杰为最。"

【前腔】速去乞恩慈，速去乞恩慈，空忝羞颜，答对何辞。这才是，这才是，自作孽，天教死。

（内喊介。副净领众走下）

【捣练子】（外扮史可法，从人上）局已变，势难支，踌蹰中夜少眠时[3]。（生上）自叹经纶空满纸[4]。

（外向生介）世兄，你看高杰不辞而去，三镇又不遵军法，俺本标人马，为数无几，怎能守得住江北？眼看大事已去，奈何，奈何！（生）闻得巡抚郑瑄，堵住江口，高杰不能南下，又回扬州来了。（外）那三镇如何？（生）三镇知他退回，会齐人马，又来迎敌，前哨已到高邮了。（外愁介）目前局势更难处矣。

【玉抱肚】三百年事，是何人掀翻到此？只手儿怎擎青天？却莱兵总仗虚词[5]。（合）烟尘满眼野横尸，只倚扬州兵一枝。

（丑扮中军官传鼓介。杂问介）门外击鼓，有何军情？（丑）将军高杰，领兵到辕，求见元帅。（外）他果然来了。传他进来，看他有何话说。（外升帐，开门，左右排列介。副净急跑上介）小将高杰，擅离汛地，罪该万死，求元帅开恩饶恕！（外）你原是一介乱民，朝廷许你投诚，加封侯爵，不曾薄待了你。为何一言不合，竟自反去。及至渡江不得，又投辕门。忽而作反，忽而投诚，把个作反、投诚，当做儿戏，岂不可恨！本该军法从事，姑念你悔罪之速，暂且饶恕。（副净叩头起介。外问介）你还有何说？（副净又跪介）前日擅离汛地，只为不肯服礼。今三镇知俺回来，又要交战，小将虽强，独力怎支，还望元帅解救。（向生央介）侯先生替俺美言一句。（生）你不肯服礼，叫元帅如

眉批：“责的明白剀切，此种儿戏人不少，何足责哉！”

何处断？（外）正是，事到今日，本帅也不能偏护了。

【前腔】争论坐次，动干戈不知进止。他三家鼎足称雄，你孤军危命如丝。（合前[6]）

（副净）元帅不肯解救，小将宁可碎首辕门，断不拜他下风。（生）你那黄金坝上威风那里去了？（副净）那时他没带人马，俺用全军混战，因而取胜。今日三家卷土齐来，小将不得不临事而惧矣[7]。（生）小生倒有个妙计，只怕你不肯依从。（副净）除了服礼，都依，都依。（生）目今流贼南下，将渡黄河，许定国不能阻当，连夜告急。元帅正要发兵防河，你何不奉命前往，坐镇开、洛[8]。既解目前之围，又立将来之功。他三镇知你远去，也不能兴无名之师了。将军以为何如？（副净低头思介）待我商量。（内呐喊介。外）城外杀声震天，是何处兵马？（丑报介）黄、刘三镇，领兵到城，要与高将军厮杀哩。（副净惧介）这怎么处？只得听元帅调遣了。（外）既然肯去，速传军令，晓谕三镇。（拔令箭丢地介。丑拾令箭跪介。外）高杰无礼，本当军法从事，但时值用人之际，又念迎驾之功，暂且饶恕，罚往开、洛防河，将功赎罪，今日已离扬州。三镇各释小嫌，共图大事，速速回汛，听候调遣。（丑）得令。（下。外指高杰介）高将军，高将军，只怕你的性气，到处不能相安哩。

眉批："今日临事而惧，亦须好谋而成。"

眉批："低头寻思，非好谋也，不肯舍扬州耳。"

眉批："后日祸事，早已觑破。"

【前腔】黄河难恃，劝将军谋终虑始。那许定国也不是个安静的。须提防酒前茶后，软刀枪怎斗雄

雎？（合前）

（向生介）防河一事，乃国家要着，我看高将军勇多谋少，倘有疏虞[9]，罪坐老夫。仔细想来，河南原是贵乡，吾兄日图归计，路阻难行，何不随营前往？既遂还乡之愿，又好监军防河，且为桑梓造福，岂非一举而三得乎？（生）多谢美意，就此辞过元帅，收拾行装，即刻起程便了。（副净）一同告辞罢。（拜别介。外向生介）参谋此去，便如老夫亲身防河一般，只恐势局叵测[10]，须要十分小心，老夫专听好音也。正是：人事无常争胜负，天心有定管兴亡。（下。吹打掩门。生、副净出介。副净）侯先生，你听杀声未息，只怕他们前面截杀。（生）无妨也，他们知你移防，怒气已消，自然散去的。况且三镇之兵，俱走东路，我们点齐人马，直出北门，从天长、六合[11]，竟奔河南，有何阻当？（众兵旗仗伺候介。副净）就此起程。（行介）

眉批："亦是上计。"

【朝元令】（生）乡园系思，久断平安字；乌栖一枝，郁郁难居此。结伴还乡，白云如驶，遂了三年归志。（副净）统着全师，烟城柳驿行参差。莫逞旧雄姿，函关偷度时[12]。（合）扬州倒指，看不见平山萧寺[13]，平山萧寺。

（副净）落日林梢照大旗，（生）从军北去慰乡思。

（副净）黄河曲里防秋将[14]，（生）好似英雄末路时。

出评："和不成则移之，移高兵并移侯生，侯生移而香君守矣。男女之离合，与国家兴亡相关，故并为传出。"

[注释]

[1]"江锁坚城"二句：指江南巡抚郑瑄坚守镇江，操船架炮，堵住江口，并用弩箭阻射高杰部兵。《小腆纪年附考》卷六中"先是，江北诸镇兵不戢，耽耽思渡，志葵（明总兵吴志葵）以游击随抚臣郑瑄镇京口，悉心守御，江上以安，故有是命"，就记载了这段真实的历史。弩，原作"努"，据兰雪堂本改。[2]郑瑄：字汉奉，自号昨非庵居士，福建侯官人。明崇祯四年（1631）进士，时为江南巡抚。 [3]踌躕：犹豫，徘徊。中夜：指夜半时分。 [4]经纶：指治国安邦的策略。 [5]却莱兵总仗虚词：这是史可法自嘲之词，他手无实权，只能凭借智谋退敌。《史记·孔子世家》载，春秋时，孔子、鲁定公与齐景公在夹谷（今山东莱芜）相会。齐景公欲使鲁国臣服，设计让莱人进乐时劫持鲁定公。孔子识破计谋后，义正词严地指出莱人的失礼，迫使齐景公让莱人退下。 [6]合前：也称"合头"，在南戏与明清传奇里，同一曲牌迭唱，对于第二曲以下各曲，凡重复第一曲末尾数句者，为了省写曲文，提示"合前"。 [7]临事而惧：化用《论语·述而》中的"必也临事而惧，好谋而成者也"之语，指遭遇大事时，务必保持小心、警戒。此处高杰错解了本义。 [8]开、洛：指开封与洛阳。 [9]疏虞：疏忽大意。 [10]叵（pǒ）测：不可推测。 [11]天长：安徽地名，今为安徽省天长市。六合：江苏地名，今为南京市六合区。 [12]函关偷度时：指高杰与侯方域偷偷越过三镇防线。函关，函谷关，指孟尝君偷渡函谷关之故事，《史记·孟尝君列传》载，战国时期，孟尝君一行逃到秦国，到达函

谷关下已值半夜。随行门客有善于口技者，仿鸡鸣，引得关内群鸡齐鸣，关吏开门，孟尝君一行得以出关。　[13] 平山：平山堂，在江苏扬州西北郊，扬州名胜之地，据传为欧阳修所建。萧寺：原指梁武帝建造的佛寺，后泛指佛寺。苏鹗《杜阳杂编》记载："梁武帝好佛，造浮屠。命萧子云飞白大书曰'萧寺'。"　[14] 防秋：《新唐书·陆贽传》："西北边岁调河南江淮兵，谓之防秋。"古代北方少数民族经常于秋季侵扰中原，唐朝在西北边塞布置重兵防范。

［点评］

该出在剧中可谓颇为关键，从结构上说，是《桃花扇》上本的终结；从内容上说，又是其情节一大转折点，相当重要。但是该出情节本身并不复杂，讲述高杰带兵出走，但因东、西皆被阻断，只得回来向史可法认错，并且最终同侯方域北上防河。但在简单情节中，却埋藏了重要的线索，为后面的情节打下了坚实的基础。

从矛盾冲突上言，该出终结了四镇冲突。但是这一冲突的解决，并不是武将拥兵自重问题的解决。因为高杰并非被史可法、侯方域的计划所召回，而是在东、西两方面军事力量的堵截下，被迫向史可法求援的。而且就是向史可法求援，仍坚持不向另外三镇低首认错，可见史可法只是高杰所寻求的庇护，并非诚心归服之领导。

因而，该出虽然解决了四镇冲突，但是文臣武将之间不对等的关系，始终没有被扭转过来。孔尚任虽然对南明一干文臣抱有崇敬之心，并在剧中让高杰向他们低头，但他仍然遵从了历史真实。故而，史可法、侯方域在此冲突解决上，毫无主动性可言，只能“自叹经纶空满纸”。

闰二十出　闲话（甲申七月）

（内鸣金擂鼓，呐喊介。外扮老官人白巾、麻衣、背包裹，急上）戎马消何日[1]，乾坤剩此身。白头江上客，红泪自沾巾。（立住大哭介。小生扮山人背行李上）日淡村烟起，江寒雨气来。（丑扮贾客背行李上）年年经过路，离乱使人猜。（小生见丑介）请了，我们都是上南京的，天色将晚，快些趱行。（丑）正是：兵荒马乱，江路难行。大家作伴才好。（指外介）那个老者，为何立住了脚，只顾啼哭？（小生问外介）老兄，想是走错了路，失迷什么亲人了？（外摇手介）不是，不是。俺是从北京下来的，行到河南，遇着高杰兵马，受了无限惊恐。刚得逃生，渡过江来，看见满路都是逃生奔命之人[2]，不觉伤心恸哭几声。（掩泪介。小生）原来如此，可怜，可叹！（丑）既是北京下来的，俺正要问问近日的消息，何不同宿村店，大家谈谈？（外）甚

眉批："高兵骚扰河南，于此见之。"

妙，我老腿无力，也要早歇哩。（小生指介）这座村店稍有墙壁，就此同宿了罢。（让介）请进。（同入介。外仰看介）好一架豆棚。（小生）大家放下行李，便坐这豆棚之下，促膝闲话也好。（同放行李，坐介。副净扮店主人上）村店新泥壁，田家老瓦盆。（问介）众位客官，还用晚饭么？（众）不消了。（小生）烦你买壶酒来，削瓜剥豆，我与二位解解乏困罢。（外向小生介）怎好取扰？（丑向外介）四海兄弟，却也无妨。待用完此酒，咱两个再回敬他。（副净取酒、菜上。三人对饮介。外问介）方才都是路遇，不曾请教尊姓大号，要到南京有何贵干？（小生）在下姓蓝名瑛，字田叔，是西湖画士，特到南京访友的。（丑）在下是蔡益所，世代南京书客，才从江浦索债回来的。（问外介）老兄是从北京下来的了，敢问高姓大名，有甚急事，这等狼狈？（外）不瞒二位说，下官姓张名薇，原是锦衣卫堂官。（丑惊介）原来是位老爷，失敬了。（小生问介）为何南来？（外）三月十九日，流贼攻破北京，崇祯先帝缢死煤山，周皇后也殉难自尽。下官走下城头，领了些本管校尉，寻着尸骸，抬到东华门外[3]，买棺收殓，独自一个戴孝守灵。（小生）那旧日的文武百官，那里去了？（外）何曾看见一人？那时闯贼搜查朝官，逼索兵饷，将我监禁夹打。我把家财尽数与他，才放我守灵戴孝。别个官儿走的走，藏的藏，或被杀，或下狱，或一身殉难，或阖门死节。（小生）有这样忠臣，可敬，可敬！（外）还有进朝称贺，做闯贼伪官的哩。（丑）有这样狗彘，该杀，该杀！（外掩泪

眉批：“崇祯帝后大行始末，历历分明，皆胜国实录，不可以野史目之。”

眉批：“粉墨春秋。”

介）可怜皇帝、皇后两位梓宫[4]，丢在路旁，竟没人瞅睬。（小生、丑俱掩泪介。外）直到四月初三日，礼部奉了伪旨，将梓宫抬送皇陵。我执幡送殡，走到昌平州[5]，亏了一个赵吏目[6]，纠合义民，捐钱三百串，掘开田皇妃旧坟[7]，安葬当中。下官就看守陵旁，早晚上香。谁想五月初旬，大兵进关[8]，杀退流贼，安了百姓，替明朝报了大仇，特差工部查宝泉局内铸的崇祯遗钱[9]，发买工料，从新修造享殿碑亭[10]，门墙桥道，与十二陵一般规模[11]，真是亘古希有的事。下官也没等工完，亲手题了神牌，写了墓碑，连夜走来，报与南京臣民知道，所以这般狼狈。（小生）难得，难得！若非老先生在京，崇祯先帝竟无守灵之人。（丑问介）但不知太子二王[12]，今在何处？（外）定、永两王，并无消息。闻太子渡海南来，恐亦为乱兵所害矣。（掩泪介。小生问介）闻得北京发书一封与阁部史可法[13]，责备亡国将相，不去奔丧哭主，又不请兵报仇。史公答了回书，特着左懋第披麻扶杖[14]，前去哭灵，老先生可晓得么？（外）下官半路相遇，还执手恸哭了一场的。（内作大风雷声介。副净掌灯急上）大雨来了，快些进房罢。（众起，以袖遮头入房介）好雨，好雨！（外）天色已晚，下官该行香了。（丑问介）替那个行香？（外）大行皇帝未满周年，下官现穿孝服，每早每晚要行香哭拜的。（取包裹出香炉、香盒，设几上介。洗手介。望北两拜介。跪上香介）大行皇帝呀，大行皇帝呀！今日七月十五，孤臣张薇叩头上香了。（内作大风雷不止介。外伏地放声大哭介。小生

眉批：“忠臣号天，感动风雷，或有此理。”

呼丑介）过来，过来，我两个草莽之臣[15]，也该随拜举哀的。（小生、丑同跪，陪哭介。哭毕，俱叩头起，又两拜介。小生）老先生远路疲倦，早早安歇了罢。（外）正是，各人自便了。（各解行李卧倒介。小生）窗外风雨益发不住，明早如何登程？（外）老天的阴晴，人也料他不定。（丑问介）请问老爷，方才说的那些殉节文武，都有姓名么？（外）问他怎的？（丑）我小铺中要编成唱本，传示四方，叫万人景仰他哩。（外）好，好！下官写有手摺[16]，明日取出奉送罢。（丑）多谢！（小生）那些投顺闯贼，不忠不义的姓名，也该流传，叫人唾骂。（外）都有抄本，一总奉上。（丑）更妙。（俱作睡熟介。内作众鬼号呼介。外惊听介）奇怪，奇怪！窗外风雨声中，又有哀苦号呼之声，是何物类？（杂扮阵亡厉鬼，跳叫上。外隔窗看介）怕人，怕人！都是些没头折足阵亡厉鬼，为何到此？（众鬼下。外睡倒介。内作细乐警跸声介[17]。外惊听介）窗外又有人马鼓乐声，待我开门看来。（起看介。杂扮文武冠带骑马，幡幢细乐引导[18]，扮帝后乘舆上。外惊出跪迎介）万岁，万岁，万万岁！孤臣张薇恭迎圣驾。（众下。外起呼介）皇帝，皇后，何处巡游，我孤臣张薇不能随驾了。（又拜哭介。小生、丑醒问介）天已发亮，老爷怎的又哭起来？想是该上早香了。（外掩泪介）奇事，奇事！方才睡去，听得许多号呼之声，隔窗张看，都是些阵亡厉鬼。（小生）是了，昨夜乃中元赦罪之期[19]，想是赴盂兰会的[20]。（外）这也没相干，还有奇事哩。（丑）还有什么奇事？（外）后来又听的人马鼓吹之声，我便开门出看，明明见崇

眉批："所编唱本，料不及《桃花扇》。"

祯先帝同着周皇后乘舆东行，引导的文武官员，都是殉难忠臣。前面奏着细乐，排着仪仗，像个要升天的光景。我伏俯路旁，送驾过去，不觉失声大哭起来。（小生）有这等异事！先皇帝、先皇后自然是超升天界的，也还是张老爷一片至诚所感，故此特特显圣。（外）下官今日发一愿心，要到明年七月十五日，在南京胜境，募建水陆道场[21]，修斋追荐，并脱度一切冤魂，二位也肯随喜么[22]？（丑）老爷果能做此好事，俺们情愿搭醮[23]。（外）好人，好人！到南京时，或买书，或求画，不时要相会的。（丑）正是。（小生）大家收拾行李，前路作别罢。（各背行李下介）

雨洗鸡笼翠[24]，江行趁晓凉。

乌啼荒冢树，槐落废宫墙。

帝子魂何弱，将军气不扬。

中原垂老别[25]，恸哭过沙场。

出评："《哭主》一折，止报北京师之失，而帝后殉国、流贼破城始末，皆于此折补出。虽补笔也，实小结场法。""张道士、蔡益所、蓝田叔，皆下本结场之人，而此上本末折，方令出场，笔意高绝。又两结场皆是中元，皆鬼神之事。又全折但用科白，不填一曲，是异样变化文字。"

［注释］

[1] 戎马：军马，指战争、战事。　[2] 奔：原为“莽”，误，改。　[3] 东华门：紫禁城东侧门，在皇城东面偏南，始建于明永乐十八年（1420）。　[4] 梓宫：指明崇祯帝、周后的灵柩。　[5] 昌平州：今北京昌平区，明代属顺天府，为明代皇陵之处。　[6] 赵吏目：即赵一桂，明崇祯末年，以省察官署昌平州吏目，奉命将崇祯帝、后葬于田皇妃坟圹里。　[7] 田皇妃：明崇祯帝的妃子，死于明崇祯十五年（1642），即京城被攻破的前两年，葬于昌平州。　[8] 大兵进关：指清兵入关。　[9] 宝泉局：官署名，掌管铸

币。明代始设，清代沿用，隶属户部。 [10] 享殿：也称“享堂”，古代陵墓供奉祖先牌位以供祭奠的殿堂，是帝王陵园中举行祭祀活动之所。明代称其为“祾恩殿”，清代称为“隆恩殿”。 [11] 十二陵：明代十二帝王之陵墓，在北京昌平天寿山麓，包括长陵（成祖）、献陵（仁宗）、景陵（宣宗）、裕陵（英宗）、茂陵（宪宗）、泰陵（孝宗）、康陵（武宗）、永陵（世宗）、昭陵（穆宗）、定陵（神宗）、庆陵（光宗）、德陵（熹宗），各陵依山面水而建，布局主从分明。 [12] 太子二王：指明崇祯帝太子朱慈烺和永王朱慈炤、定王朱慈炯。 [13] 北京发书一封与阁部史可法：清兵入关后，清摄政王多尔衮致信史可法，清兵已为崇祯帝报仇，剿灭了农民军，指责南明自立小朝廷，应削号为藩，以降清朝。史可法回信，拒绝多尔衮的要求，但依然希望能与清军合作。 [14] 左懋第：字仲及，号萝石，山东莱阳人。明崇祯四年（1631）进士，官至户科给事中。在南明朝任右佥都御史，被派赴清议和，后不降而死。 [15] 草莽之臣：指在野的、无官职之人，多用作自谦。草莽，草野，与“朝廷”相对。 [16] 手摺：指官吏禀呈公事所用者，多为摺纸形式，因亲手呈递，故称。 [17] 警跸：古代帝王、王公大臣出行时，所经道路严加戒备，禁止行人走动。 [18] 幡幢：指佛教中用来装饰和供奉佛、菩萨等像的庄严具品。幡，旌旗的总称。幢，佛教中书写了佛号或经咒的圆筒状旗帜。 [19] 中元：农历七月十五，道教称为“中元节”，是民间祭祀祖先、缅怀亡亲的日子。 [20] 盂兰会：俗称“放焰口”，民间习俗，一般在农历七月十五举行，人们会请和尚或尼姑结盂兰会、诵经，超度亡魂和饿鬼。 [21] 水陆道场：佛教的一种法会，由僧人诵经，超度亡魂。时间短则一周，长则 49 天。据称，始自梁武帝，后在民间流行。 [22] 随喜：佛家语，指见人行善，此处指布施。 [23] 搭醮（jiào）：他人延请僧尼、道士设坛打醮时，附资参与一份，求福禳灾。 [24] 鸡笼：指鸡笼山，即鸡鸣山。　[25] 垂老别：借用杜甫《垂老别》之诗名和内容。

［点评］

该出并不关涉主要情节，其主要内容也与全书剧情关涉不大：崇祯旧臣张薇在去往南京的路上与画士蓝瑛、商人蔡益所相遇，三人叙说崇祯殉国前后经过，并相约南京再见。

该出看似与全书无涉，确为“闰”出，但是该出也自有一些特殊作用。

其一，在于补叙上本所涉及的历史内容，尤其是北京城破之后的相关情况。

《桃花扇》一剧涉及地点集中于金陵、淮扬一带，所述及的人物也大多活动于这一带。因而，全剧几乎没有涉及北方地区的情况——农民军攻破北京、崇祯殉国等一系列事件，并没有被表现出来。然而这些事件，确是导致迎立福王等重大情节出现的原因。如果对此避而不谈，会使得全剧的视野狭小，失却史诗剧的格局与气度。

故而在此一出中，作者借助张薇之口，将这一段历史予以补充说明，从而对于全剧内容进行了扩展延伸。

其二，则是为《桃花扇》一剧的立意合法性寻求稳固的根基。《桃花扇》有浓重的缅怀前朝的意味，如果不对此事做出妥善处理，很容易陷入“文字狱”的陷阱之中，引来祸事。对于崇祯殉国一事的叙述，一方面可以将明朝毁亡之事推到李自成等“流贼”身上，另一方面又可以顺便歌颂清军为崇祯及明朝报仇的功德，这就为《桃花扇》确立了合法的政治立场。

加二十一出　孤吟（康熙甲子八月）

【天下乐】（副末毡巾道袍，扮老赞礼上）雨洗秋街不动尘，青山红树满城新。谁家剩有闲金粉[1]，撒与歌楼照镜人。

眉批："下本开场，又辟新境，真匪夷所思。"

老客无家恋，名园杯自劝。朝朝贺太平，看演《桃花扇》。（内问）老相公又往太平园，看演《桃花扇》么？（答）正是。（内问）昨日看完上本，演的何如？（答）演的快意，演的伤心。无端笑哈哈，不觉泪纷纷。司马迁作史笔[2]，东方朔上场人。只怕世事含糊八九件[3]，人情遮盖两三分。（行唱介）

眉批："含糊遮盖，诗人敦厚之旨也。"

【甘州歌】流光箭紧[4]，正柳林蝉噪，荷沼香喷。轻衫凉笠，行到水边人困。西窗乍惊连夜雨，北里重消一枕魂[5]。梧桐院，砧杵村[6]，青苔虫语

眉批："秋深景寂之感。"

不堪闻。闲携杖，漫出门，宫槐满路叶纷纷。

【前腔】鸡皮瘦损[7]，看饱经霜雪，丝鬓如银。伤秋扶病，偏带旅愁客闷。欢场那知还剩我，老境翻嫌多此身[8]。儿孙累，名利奔[9]，一般流水付行云。诸侯怒[10]，丞相嗔，无边衰草对斜曛。

眉批："客孤齿暮之嗟。"

【前腔】【换头】望春不见春，想汉宫图画[11]，风飘灰烬。棋枰客散[12]，黑白胜负难分。南朝古寺王谢坟[13]，江上残山花柳阵。人不见，烟已昏，击筑弹铗与谁论[14]？黄尘变，红日滚，一篇诗话易沉沦。

眉批："朝更世变之悲。"

【前腔】【换头】难寻吴宫旧舞茵[15]，问开元遗事[16]，白头人尽。云亭词客，阁笔几度酸辛。声传皓齿曲未终，泪滴红盘蜡已寸[17]。袍笏样[18]，墨粉痕，一番妆点一番新。文章假，功业诨，逢场只合酒沾唇。

眉批："曲终席散之伤。"

眉批："非冷眼人，不知朝堂是戏，不知戏场是真。"

【余文】老不羞，偏风韵，偷将拄杖拨红裙。那管他扇底桃花解笑人。

当年真是戏，今日戏如真。

两度旁观者[19]，天留冷眼人。

那马士英又早登场，列位请看。（拱下）

出评："此出全用词曲与《闲话》一出相配。《闲话》，上本之末，《孤吟》，下本之首。"

[**注释**]

[1]“谁家剩有闲金粉”二句：指南京城秋光艳丽，谁能有闲情逸致到歌楼看《桃花扇》呢？谁家，估量词，含有“怎样”“怎能”“什么”的意思。闲金粉，多余的金粉。金粉，铅粉，古代女性使用的化妆品。歌楼照镜人，指演出《桃花扇》的歌妓。 [2]“司马迁作史笔”二句：指《桃花扇》故事内容符合史实，舞台演出诙谐有趣。司马迁，西汉文学家、史学家，字子长，夏阳（今陕西韩城）人。元封三年（前108）任太史令，因为兵败折节的李陵辩护，受宫刑。他发愤著书，完成第一部纪传体通史《史记》，“实录”自轩辕黄帝至汉武帝太初年间的历史事件和历史人物。 [3]“只怕世事含糊八九件”二句：只怕是世事十有八九含糊不清，遇事总要看人情遮蔽三分，指为人处世不必过于认真。含糊，指是非不明。 [4]流光箭紧：指时光飞逝，化用“光阴似箭”之语。紧，急迫。 [5]北里：原指唐代长安城歌妓的聚居地北平康里，后指妓馆。 [6]砧杵村：秋天乡村妇女捣衣景象，化用陆游《晚饭后步至门外并溪而归》“商略最关诗思处，满村砧杵捣秋衣”句，对应前句“梧桐院”。砧，捣衣石。杵，捣衣用的棒槌。 [7]鸡皮：指皮肤有皱纹，如同鸡皮，形容年迈的老人。 [8]老境翻嫌多此身：年老之后，反而厌恶此身多余。 [9]名利奔：为了名利奔忙。 [10]“诸侯怒”以下三句：指那些气焰嚣张的诸侯、骄横跋扈的丞相，到头来如衰草映斜阳，一片凋零、凄凉。丞相嗔，杜甫《丽人行》有“炙手可热势绝伦，慎莫近前丞相嗔”句。曛，指斜阳落山时的余光。 [11]“想汉宫图画”二句：回想汉宫那繁华如画的景象，如今如风飘散，似灰灭烬。 [12]棋枰客散：指棋局结束，客人散去。枰，棋盘。 [13]南朝古寺王谢坟：指朝代更迭、兴替。寺庙与王、谢两大家族是南朝繁华的标志，而今一成古迹，一剩坟茔。 [14]击筑弹铗与谁

论：指空怀一腔报国之心。击筑，敲打筑。指高渐离击筑送荆轲的故事。战国时，荆轲被遣去刺杀秦王，高渐离在易水边击筑送别，荆轲以歌和之。筑，古乐器，似筝。弹铗，弹击剑把。指冯谖弹铗作歌的故事。战国时，孟尝君门客冯谖不满于每日的待遇，弹铗吟歌，孟尝君得知后，满足了他的要求。铗，剑把。　[15]吴宫旧舞茵：指吴王宠幸西施时笛声飘漾、舞姿袅娜的欢乐场面。舞茵，指在氍毹之类毯子上歌舞。茵，原指车上的垫、席，引申为铺垫。　[16]“问开元遗事”二句：以开元遗事暗喻南明遗事，化用元稹《行宫》中的“寥落古行宫，宫花寂寞红。白头宫女在，闲坐说玄宗”句。开元遗事，指唐玄宗故事。　[17]泪：蜡泪。　[18]“袍笏样”以下三句：指演出时的装扮、化妆。袍，朝服，大臣上朝所穿。墨粉，戏曲演员搽脸和画眉用的化妆品。　[19]两度旁观者：指老赞礼两次见证南明的灭亡，先是目睹，后是戏中所演。

［点评］

该出是《桃花扇》下本的开场戏，与上本开场的“试一出”相呼应，是下本情节的索引。

前面已经说过，如此的开场方式是孔尚任的创格。故而此出与“试一出”的体例相近，全以老赞礼一人的表演撑起，通过几曲叙唱关照全剧大旨，同时也为后续演出的继续展开做了暖场。但是此出与“试一出”还是有所不同的。老赞礼虽然依旧保持了自己“局外人”的身份，但并没有如“试一出”中那样言辞丰富、插科打诨，而是在简洁的说白和介绍观感中，演唱了四支【甘州歌】，便匆匆下场了。如此笔墨，使得该出的内容与“试一出”

区别开来，从而避免了对人物形象的重复表述和情节构织的因袭套用。

此出的存在，固然有其立意上之必要。其立意，还需要从老赞礼的表演，尤其是四支【甘州歌】中分析。首支描绘了夏末秋初景象，万物仍然一派繁荣，但也已无可奈何地逐渐露出衰态。西窗夜雨之乍惊、苔上虫鸣之凄切、满径梧桐之纷然，虽然说的都是自然景象，但实际上也是老赞礼衰老心境的写照。第二支则直接自照其的衰老疲敝。头三句写外貌的苍老，后四句写经历的沧桑，最后转写老来抛却功名牵绊、子孙拖累以及社会压抑后的解脱与空虚。第三支超脱出个人情绪，而将内容转向人生有限与天地无限上：古往今来多少文人豪侠，无不随着时间的推移消泯无迹，后人单薄的“一篇诗话”如何能够承载？第四支先写吴宫、开元之典故，表达历史如灰飞一般过眼的恍然，随后表示做剧人的笔力有限，即使费心经营，也难以穷尽历史原貌。

四支【甘州歌】曲意委婉，环环相扣，从老赞礼的衰老写起，转到历史人生的有限，最后又转到剧场对有限人生的虚构表达上。如此的表达逻辑，可谓是入乎其内，而又以出人意料的方式出乎其外。

第二十一出　媚座（甲申十月）

【菊花新】（净冠带扮马士英，外扮长班，从人喝道上）调和鼎鼐费心机[1]，别户分门恩济威。钻火燃寒灰，这燮理阴阳非细。

下官马士英，官居首辅，权握中枢。天子无为，从他闭目拱手；相公养体，尽咱吐气扬眉。那朱紫半朝[2]，只不过呼朋引党；这经纶满腹，也无非报怨施恩。人都说养马成群，滚尘不定[3]；他怎知立君由我，杀人何妨？（笑介）这几日太平无事，又且早放红梅，设席万玉园中，会些亲戚故旧，但看他趋奉之多，越显俺尊荣之至。人生行乐耳[4]，须富贵此时。（叫介）长班，今日下的是那几位请帖？（外）都是老爷同乡。有兵部主事杨文骢、佥都御史越其杰、新推漕抚田仰、光禄寺卿阮大铖，这几位老爷。

眉批："南朝谚语也，口吻怕人。"

（净疑介）那阮大铖不是同乡呀。（外）他常对人说是老爷至亲。（净笑介）相与不同[5]，也算的个至亲了。（吩咐介）今日不是外客，就在这梅花书屋设席苏坐罢。（外）是！（净）天已过午，快去请客。（外）不用去请，俱在门房候着哩。只传他一声，便齐齐进来了。（传介）老爷有请！（末、副净忙上）阍人片语千钧重[6]，相府重门万里深。（进见足恭介。净）我道是谁？（向末介）杨妹丈是咱内亲，为何也不竟进？（末）如今亲不敌贵了。（净）说那里话。（向副净介）圆老一向来熟了的，为何也等人传？（副净）府体尊严，岂敢冒昧？（净）这就见外了。（让净台坐，打恭介）

眉批："说破赴官席苦况，令人汗流。"

【好事近】（净）吾辈得施为，正好谈心花底。兰友瓜戚，门外不须倒屣[7]。休疑，总是一班桃李，相逢处把臂倾杯，何必拘冠裳套礼[8]。俺肯堂堂相府，宾从疏稀。

眉批："此辈亦有三乐：父母俱忘，兄弟无干，一乐也。仰不知愧天，俯不知怍人，二乐也。得天下不才而教育之，三乐也。"

（茶到让净先取，打恭介。净）今日天气微寒，正宜小饮。（副净、末打恭介）正是。（净）才下朝来，日已过午，昼短夜长，差了三个时辰了。（副净、末打恭介）是，是！皆老师相调燮之功也。（吃茶完，让净先放茶杯，打恭介。净问外介）怎么越、田二位还不见到？（外）越老爷痔漏发了，早有辞帖。田老爷明日起身，打发家眷上船，夜间才来辞行。（净）罢了，吩咐排席。（吹打，排三席，安坐介。副净、末谦恭告坐介。入坐饮介）

眉批："昼短夜长，皆归燮理之功，曲尽献谀口角。"

【泣颜回】（净）朝罢袖香微，换了轻裘朱履。阳春十月[9]，梅花早破红蕊。南朝雅客，半闲堂且说风流嘴[10]。拚长宵读画评诗，叹吾党知心有几。

（副净问介）相府连日宴客，都是那几位年翁？（净）总是吾党，但不如两公风雅耳。（末问介）是谁？（净叫介）长班拿客单来看。（外）客单在此。（副净接看介）张孙振、袁宏勋、黄鼎、张捷、杨维垣[11]。（末）果然都是大有经济的。（净）个个是学生提拔，如今皆成大僚了。（副净打恭介）晚生等已废之员，还蒙起用，老师相为国吐握[12]，真不啻周公矣。（净）岂敢。（拱介）二位不比他人，明日嘱托吏部，还要破格超升。（末打恭介。副净跪介）多谢提拔。（净拉起介）

【前腔】（副净、末）提携，铩羽忽高飞[13]，剑出丰城狱底。随朝待漏[14]，犹如狗续貂尾[15]。华筵一饮，出公门，满面春风起[16]。这恩荣锡衮封圭[17]，不比那登龙御李。

（起介。净）撤了大席，安排小酌，我们促膝谈心。（设一席，更衣围坐介。净）也不再把盏了。（副净、末）岂敢重劳。（杂扮二价献赏封介[18]。净摇手介）不必，不必！花间雅集，又无梨园，怎么行这官席之礼？（副净）舍下小班，日日得闲，为何不唤来承应？（净）圆老见惯的，另请别客，借来领教罢。

【太平令】妙部新奇，见惯司空自品题[19]。（副净）是，是！名园山水清音美，又何用丝竹随？

眉批："三人在当日，颇有风雅之趣，故为填此曲。"

暖红室本眉批："狐朋狗党，脚色难遍，说白中稍为点出。"

暖红室本眉批："当日荐贤，为公乎？为私乎？问之马相，亦不自解。"

（末笑介）从来名花倾国[20]，缺一不可。今日红梅之下，梨园可省，倒少不了一声“晓风残月”哩[21]。

【前腔】半放红梅，只少韦娘一曲催。（净大笑介）妹丈多情，竟要做个苏州刺史了。苏州刺史魂消矣，想一个丽人陪。

（净）这也容易。（吩咐介）叫长班传几名歌妓，快来伺候。（外）禀老爷，要旧院的，要珠市的[22]？（净向末介）请教杨姑老爷。（末）小弟物色已多，总无佳者。只有旧院李香君，新学《牡丹亭》，倒还唱得出。（净吩咐介）长班，快去唤来。（外应下。副净问末介）前日田百源用三百金，要娶做妾的，想是他了？（末）正是。（净问末介）为何不娶去？（末）可笑这个呆丫头，要与侯朝宗守节，断断不从。俺往说数次，竟不下楼，令我扫兴而回。（净怒介）有这样大胆奴才。

【风入松】不知开府爪牙威，杀人如同虱虮。笑他命薄烟花鬼，好一似蛾扑灯蕊。（副净）这都是侯朝宗教坏的，前番辱的晚生也不浅。（净大怒介）了不得，了不得！一位新任漕抚，拿银三百，买不去一个妓女[23]。岂有此理！难道是珍珠一斛[24]，偏不能换蛾眉？

暖红室本眉批：“香君触马怒浅，触阮怒深，从今莫救矣。”

（副净）田漕台是老师相的乡亲，被他羞辱，所关不小。（净）正是，等他来时，自有处法。（外上）禀老爷，小人走到旧院，寻着香君，他推托有病，不肯下楼。（净寻思介）也罢！叫长班家人，拿着衣服财礼，竟去娶他。

【前腔】不须月老几番催，一霎红丝联喜。花花彩轿门前挤，不少欠分毫茶礼。莫管他鸨子肯不肯，竟将香君拉上轿子，今夜还送到田漕抚船上。惊的他迷离似痴，只当烟波上遇湘妃[25]。

（外等急应下。副净喜介）妙，妙！这才燥脾。（末）天色太晚，我们告辞罢。（净）正好快谈，为何就去？（副净）动劳久陪，晚生不安。（俱起打恭介。净）还该远送一步。（副净、末）不敢。（连打三恭。净先入内介。副净）难得令舅老师相在乡亲面上，动此义举。龙老也该去帮一帮。（末）如何去帮？（副净）旧院是你熟游之处，竟去拉下楼来，打发起身便了。（末）也不可太难为他。（副净怒介）这还便益了他。想起前番，就处死这奴才，难泄我恨！

【尾声】当年旧恨重提起，便折花损柳心无悔。那侯朝宗空梳栊了一番。看今日琵琶抱向阿谁[26]？

（副净）封侯夫婿几时归[27]，（末）独守妆楼掩翠帏。

（副净）不解巫山风力猛，（末）三更即换雨云衣。

出评："上本之末，皆写草创争斗之状。下本之首，皆写偷安晏游之情。争斗，则朝宗分其忧；宴游，则香君罹其苦。一生一旦，为全本纲领，而南朝之治乱系焉。""香君一生，谁合之，谁离之？谁害之，谁救之？作好作恶者，皆龙友也。昔贤云：'善且不为，而况于恶？'龙友多事，殊不可解。传中不即不离，能写其神。"

［注释］

[1] 调和鼎鼐：指在鼎或鼐里调和五味，比喻协调大臣之间的

关系。鼎鼐，烹饪器具。鼐，大鼎。 [2] 朱紫半朝：指朝廷上的大部分官员。朱紫，唐代朝官大臣的别称。唐代，三品以上官服用紫，五品以上用朱。 [3] 养马成群，滚尘不定：指马士英培植的自己势力，搅乱朝纲。滚尘，指马在尘埃里翻滚。 [4] "人生行乐耳"二句：指人生短暂，须及时行乐。化用杨恽《报孙会宗书》中的"人生行乐耳，须富贵何时"句。 [5] 相与：结交。 [6] 阍人：掌管宫门或官府的禁卫、门人。 [7] 门外不须倒屣（xǐ）：指至亲好友间不客套，无须到门外迎接。倒屣，因急起身迎接客人，连鞋子都穿倒了，引申为热情迎客。《三国志·魏书·王粲传》载，汉献帝时，蔡邕才学显著，为朝廷重用，家里宾客盈门。一次，闻听王粲来，慌忙中倒穿着鞋子，前往迎接。 [8] 冠裳套礼：官场上的惯用礼节。 [9] 阳春十月：习俗称农历十月为"小阳春"。 [10] 半闲堂：堂名，在杭州西湖葛岭，为南宋权相贾似道所造，他经常于此会见群臣，商定朝政。 [11] 张孙振、袁宏勋、黄鼎、张捷、杨维垣：皆为马士英、阮大铖的私党。宏，原作"弘"，改。 [12] 为国吐握：指为了国家招揽人才、礼贤下士，这是阮大铖谄媚马士英。吐握，据韩婴《韩诗外传》卷三，周公训诫儿子伯禽，自己为了赢得天下士之心，"一沐三握发，一饭三吐哺"。意思是，洗一次头要握发三次，吃一顿饭要吐哺三次，表现他对贤士之诚恳。吐，吐哺，吐出嘴中之饭以迎接客人。握，握发，握住沾水的头发以见客人。 [13] "铩（shā）羽忽高飞"二句：指失势者东山再起。铩羽，指羽毛脱落，比喻失败、失势。剑出丰城狱底，典出《晋书·张华传》。晋武帝时，张华邀请雷焕共观天文，雷焕说，斗牛间有紫气，是宝剑之精气冲彻于天，宝剑在江西丰城。于是，张华派雷焕秘密寻剑。雷焕在丰城古狱底下挖到两把宝剑龙泉和太阿，后比喻人才有待发现。 [14] 待漏：指古代臣僚上朝前集于殿廷等待。苏轼《薄薄酒》："五更待漏靴满霜，不如三伏日高睡足北窗凉。”漏，古代计时工具，铜壶滴漏。　[15] 狗续貂尾：指以次充好，以劣充优，互不相称，比喻官爵泛滥。《晋书·赵王伦传》载，西晋时，被封为赵王的司马伦篡夺皇位，滥封官爵，奴卒厮役亦加爵位，每逢朝会，小人满庭，貂蝉（官员帽子上蝉形图案的黄金饰物）半座，时人讽刺曰：“貂不足，狗尾续。”貂尾，古代臣僚朝服饰物，金珰饰首，插以貂尾。　[16] 满面春风：形容心情愉快，神情得意。　[17]“这恩荣锡衮封圭”二句：指深受帝王之隆恩，远胜东汉御李之荣耀。锡，赏赐。衮，贵族礼服。圭，古代诸侯朝拜所执之玉器。御李，《太平御览》卷四六七引司马彪《续汉书》，东汉时，李膺富有名声。荀爽曾拜谒他，为其御车，归家后，逢人便告：“今日乃得御李君。”后荀爽官至司空，比喻获得恩宠。　[18] 二价（jiè）：指杨文骢、阮大铖带来的给马士英家乐伎送赏的仆人。价，指被派去传送物品或传达信息的人。赏封：指给马士英家乐伎送赏。　[19] 品题：品论。　[20] 名花倾国：李白《清平调》：“名花倾国两相欢，长得君王带笑看。”名花，指牡丹花。倾国，指杨贵妃，后泛指美人。　[21] 晓风残月：指拂晓时阵阵凉风，天边一弯残月，源自柳永《雨霖铃》“杨柳岸晓风残月”句。此处指歌妓的清唱。　[22] 珠市：金陵地名，妓馆聚集处。《首都志》载：“建邺路珠宝廊明曰珠市。”　[23] 妓：原脱落，据兰雪堂本补。　[24]“难道是珍珠一斛”二句：典出乐史《绿珠传》，西晋时，洛阳巨富石崇凭十斛珍珠购得歌妓绿珠为妾，藏于金谷园中。斛，量器名。蛾眉，指美女。　[25] 烟波上遇湘妃：指田仰在船上遇见李香君。湘妃，指舜妃娥皇、女英，传说二人为舜守节投水而死，后化为湘水女神。　[26] 看今日琵琶抱向阿谁：指李香君改嫁。白居易《琵琶行》称“千呼万唤始出来，犹抱琵琶半遮面”，顾大典《青衫记》：“含羞，又抱琵琶过别舟。”后来以“琵琶别抱”

指妇女改嫁。 [27] 封侯夫婿：指侯方域，化用王昌龄《闺怨》“悔教夫婿觅封侯”句。

［点评］

该出借助马士英等人的集会，将之前《哄丁》《却奁》《闹榭》诸出所埋藏下的矛盾再次激起，并且将矛盾冲突引到李香君身上。

作者引起此矛盾的笔法，也是不见生硬，合情合理。马、阮、杨三人在酒席过后，意欲寻艺人助兴。马士英因为见惯阮大铖的家班，故而欲另寻新鲜刺激，这才使得杨文骢推荐李香君。

正因为杨文骢推荐李香君，才引得阮大铖询问，继而引出李香君拒媒一事，由此才引得马士英的不满，怒道“难道是珍珠一斛，偏不能换蛾眉”。随后下人传来消息，李香君以生病为由，推脱马士英的邀请，这更激发了马士英的不满，从而使其想出派人强嫁李香君于田仰的想法。

如此的矛盾冲突构织，可谓环环相扣，不见攒凑之痕迹。李香君被提及，是由雅集引起；马士英的愤怒，又是缘于李香君的傲慢。情节线索的进展、人物情绪的变动，都是合情合理、层层递进的，足见孔尚任于情节逻辑方面的深思熟虑。

第二十二出　守楼（甲申十月）

（外、小生拿内阁灯笼、衣、银，跟轿上）天上从无差月老，人间竟有错花星[1]。（外）我们奉老爷之命，硬娶香君，只得快走。（小生）旧院李家母子两个，知他谁是香君？（末急上呼介）转来同我去罢。（外见介）杨姑老爷肯去，定娶不错了。（同行介）月照青溪水，霜沾长板桥。来此已是，快快叫门。（叫门介。杂扮保儿上）才关后户，又开前庭。迎官接客，卑职驿丞。（内问介）那个叫门？（外）快开门来。（杂开门惊介[2]）阿呀！灯笼火把，轿马人夫，杨老爷来夸官了[3]。（末）哇！快唤贞娘出来。（杂大叫介）妈妈出来，杨老爷到门了。（小旦急上问介）老爷从那里赴席回来么？（末）适在马舅爷相府，特来报喜。（小旦）有什么喜？（末）有个大老官来娶你令爱哩。（指介）

眉批："不错却错，此处着眼。"

【渔家傲】你看这彩轿青衣门外催[4]，你看这三百眉批："作夸耀之词以赚之，非吓之也。"

花银，一套绣衣。（小旦惊介）是那家来娶，怎不早说？（末）你看灯笼大字成双对，是中堂阁内[5]。（小旦）就是内阁老爷自己娶么？（末）非也。漕抚田公，同乡至戚，赠个佳人奉玉杯。

（小旦）田家亲事，久已回断，如何又来歪缠[6]？（小生拿银交介）你就是香君么？请受财礼。（小旦）待我进去商量。（外）相府要人，还等你商量！快快收了银子，出来上轿罢！（末）他怎敢不去？你们在外伺候，待我拿银进去，催他梳洗。（末接银，杂接衣，同小旦作进介[7]。小生、外）我们且寻个老表子燥脾去。（俱暂下。小旦、末、杂作上楼介[8]。末唤介）香君睡下不曾？（旦上）有甚紧事，一片吵闹[9]？（小旦）你还不知么？（旦见末介）想是杨老爷要来听歌。（小旦）还说甚么歌不歌哩。

眉批："来人之错认，妙。贞娘之含糊，妙。龙友之调停，妙，皆为错娶张本。"

【剔银灯】忙忙的来交聘礼，凶凶的强夺歌妓。对着面一时难回避，执着名别人谁替？（旦惊介）唬杀奴也！又是那个天杀的？（小旦）还是田仰，又借着相府的势力，硬来娶你。堪悲，青楼薄命，一霎时杨花乱吹。

眉批："已露'替'字矣。"

（小旦向末介）老爷从来疼俺母子，为何下这毒手？（末）不干我事，那马瑶草知你拒绝田仰，动了大怒，差一班恶仆登门强娶。下官怕你受气，特为护你而来。（小旦）这等多谢了，还求老爷始终救解。（末）

眉批："触动龙友良心。"

依我说，三百财礼，也不算吃亏。香君嫁个漕抚，也不算失所。你有多大本事，能敌他两家势力？（小旦思介）杨老爷说的有理，看这局面，拗不去了。孩儿趁早收拾下楼罢。（旦怒介）妈妈说那里话来！当日杨老爷作媒，妈妈主婚，把奴嫁与侯郎，满堂宾客，谁没看见？现收着定盟之物。（急向内取出扇介）这首定情诗，杨老爷都看过，难道忘了不成？

眉批："香君堂堂之论，谁能置辩？"

【摊破锦地花】案齐眉[10]，他是我终身倚，盟誓怎移？宫纱扇现有诗题，万种恩情，一夜夫妻。（末）那侯郎避祸逃走，不知去向。设若三年不归，你也只顾等他么？（旦）便等他三年，便等他十年，便等他一百年，只不嫁田仰！（末）阿呀！好性气，又像摘翠脱衣骂阮圆海的那番光景了。（旦）可又来，阮、田同是魏党，阮家妆奁尚且不受，倒去跟着田仰么？（内喊介）夜已深了，快些上轿，还要赶到船上去哩。（小旦劝介）傻丫头！嫁到田府，少不了你的吃穿哩。（旦）呸！我立志守节，岂在温饱？忍寒饥，决不下这翠楼梯。

（小旦）事到今日，也顾不的他了。（叫介）杨老爷放下财礼，大家帮他梳头穿衣。（小旦替梳头，末替穿衣介。旦持扇前后乱打介。末）好利害，一柄诗扇，倒像一把防身的利剑。（小旦）草草妆完，抱他下楼罢。（末抱

眉批："持扇乱打，观者着眼。"

眉批："血溅诗扇，观者着眼。"

介。旦哭介）奴家就死不下此楼。（倒地撞头晕卧介。小旦惊介）阿呀！我儿苏醒，竟把花容磞了个稀烂。（末拾扇介）你看血喷满地，连这诗扇都溅坏了。（拾扇付杂介。小旦唤介）保儿，扶起香君，且到卧房安歇罢。（杂扶旦下。内喊介）夜已三更了，诓去银子[11]，不打发上轿，我们要上楼拿人哩。（末向楼下介）管家略等一等，他母子难舍，其实可怜的。（小旦急介）孩儿磞坏，外边声声要人，这怎么处？（末）那宰相势力，你是知道的，这番羞了他去，你母子不要性命了。（小旦怕介）求杨老爷救俺则个。（末）没奈何，且寻个权宜之法罢。（小旦）有何权宜之法？（末）娼家从良[12]，原是好事，况且嫁与田府，不少吃穿。香君既没造化[13]，你倒替他享受去罢。（小旦急介）这断不能，一时一霎，叫我如何舍的？（末怒介）明日早来拿人，看你舍得舍不得？（小旦呆介）也罢！叫香君守着楼，我去走一遭儿。（想介）不好，不好，只怕有人认的。（末）我说你是香君，谁能辨别？（小旦）既是这等，少不得又妆新人了。（忙打扮完介。向内叫介）香君我儿，好好将息，我替你去了。（又嘱介）三百两银子，替我收好，不要花费了。（末扶小旦下楼介）

【麻婆子】（小旦）下楼下楼三更夜，红灯满路辉。出户出户寒风起，看花未必归。（小生、外打灯，抬轿上）好，好，新人出来了，快请上轿。（小旦别末介）别过老爷罢。（末）前途保重，后会有期。（小旦）老爷今晚且宿院中，照管孩儿。（末）自然。（小旦上轿介）萧郎从此路人窥[14]，侯门再出岂容易。（行介）舍了笙歌队，今夜伴阿谁？

眉批："聚散之理，亦稍见及矣。"

（俱下。末笑介）贞丽从良，香君守节，雪了阮兄之恨，全了马舅之威。将李代桃[15]，一举四得，倒也是个妙计。（叹介）只是母子分别，未免伤心。

匆匆夜去替蛾眉，一曲歌同易水悲。

燕子楼中人卧病，灯昏被冷有谁知？

出评："《桃花扇》正题，本于此折。若无血心，何以有血痕？若无血痕，何以淋漓痛快，成四十四折之奇文耶？""《却奁》一折，写香君之有为。《守楼》一折，写香君之有守。""传奇中多用错娶，亦属厌套。此折错娶，却是新文。"

［注释］

[1] 花星：古代算命时所用的一种术语，指执掌男女风月的星宿。刘侗、于奕正《帝京景物略》："女怕花星照，儿怕贼星照。"　[2] 杂：原作"丑"，据兰雪堂本改。　[3] 夸官：古代科举制度中，新科状元殿试后着红袍，骑骏马，在鼓乐、仪仗的导引下走过御街，接受官民朝贺。　[4] 青衣：原指奴仆、百姓所穿的衣服，借指奴仆、下人。　[5] 中堂：旧制宰相在中书省内政事堂中办公，故指宰相。　[6] 歪缠：胡搅蛮缠。　[7] 小旦：原作"老旦"，据兰雪堂本改。　[8] 小旦：原作"老旦"，据兰雪堂本改。　[9] 吵闹：原作"炒闹"，据暖红室本改。　[10] 案齐眉：形容夫妻间相敬如宾。《后汉书·梁鸿传》，东汉时，梁鸿隐居，为人舂米，归家后，妻子孟光将食案托得与眉头平齐，以示敬意。　[11] 诓：原作"驱"，误，改。　[12] 从良：妓女嫁人。　[13] 造化：福分。　[14] "萧郎从此路人窥"二句：李贞丽自比崔郊，一入田府，恐怕再无自由。化用崔郊《赠婢》"侯门一入深如海，从此萧郎是路人"句。据范摅《云溪友议·襄阳杰》，唐德宗时，崔郊爱恋姑母的婢女，

此女被卖给山南东道节度使于頔，崔思念不已。一次寒食节两人相遇，崔郊写了此诗相赠。于頔得知后，让崔郊领走婢女，二人团聚。萧郎，男子的泛称。 [15] 将李代桃：指李贞丽代李香君出嫁事。《宋书·乐志三·鸡鸣高树颠》："桃生露井上，李树生桃旁。虫来啮桃根，李树代桃僵。"以桃李喻兄弟，意为李树代桃树受灾，共患难，而兄弟却忘记亲情，不能同甘苦。比喻代人受过、受难。

[点评]

该出可谓冲突尖锐、场面热闹、情节精巧，是全剧中较为精彩之段落。该出讲述的是马士英着人强娶李香君，李香君宁死不从。杨文骢让李贞丽代替李香君前往赴婚，从而勾销诸多牵绊。该出以暴风骤雨之势将矛盾推来，又以暴风骤雨之势将矛盾化解，实可谓大开大合，甚至颇有闹剧色彩。

开场的一段，便已奠定了这样的风格。迎亲者所说"天上从无差月老，人间竟有错花星"，便已经带有一定谐谑意味。其后杨文骢介入，李贞丽开门见到其身后的车马，还误以为杨文骢是"夸官"而来，已全然可作笑料观了。虽然危急的冲突还没有展现出来，但是忙乱折腾的气势已经被搅动起来。

但随着李贞丽和李香君的登场、逼婚一事被说明，谐谑的气氛很快就转而为激烈的冲突。面对马士英的逼迫、杨文骢和李贞丽的劝说，李香君却表示宁死不从，她甚至不惜以头触地来对抗这突如其来的压迫。

如此一来，受伤的李香君断无法出嫁了。但如若婚事不成，马士英势必要严厉报复。面对此景，杨文骢竟然急中生智，让李贞丽装成李香君模样，代替其出嫁，这才勉强应付了迎婚人的催促，敷衍了马士英的催讨。

如此的矛盾化解方法，着实令人称奇。这固然是杨文骢的机智多谋，但归根到底还是作者的匠心独运。虽然杨文骢利用别人不知李香君长相一事做文章，在今日看来有些不可想象，然而在通信不甚发达的古代，这样的事情是极有可能的。即使夫妻久不见面，还会发生“秋胡戏妻”一类的误会，何况未曾谋面的两人。杨文骢正是借此以李贞丽补李香君之缺，从而化解了这场危机。

但该出之结束，并不是情节线索的终结。该出在逼嫁危机解决的同时，也为更为精彩的《寄扇》《骂筵》《题画》诸出打下了基础。

第二十三出　寄扇（甲申十一月）

【醉桃源】（旦包帕病容上）寒风料峭透冰绡[1]，香鉔懒去烧。血痕一缕在眉梢，胭脂红让娇[2]。孤影怯，弱魂飘，春丝命一条[3]。满楼霜月夜迢迢[4]，天明恨不消。

（坐介）奴家香君，一时无奈，用了苦肉之计，得遂全身之节。只是孤身只影，卧病空楼，冷帐寒衾，无人作伴，好生凄凉。

【北新水令】冻云残雪阻长桥，闭红楼冶游人少。栏杆低雁字，帘幕挂冰条。炭冷香消，人瘦晚风峭。

奴家虽在青楼，那些花月欢场，从今罢却了。

【驻马听】绣户萧萧，鹦鹉呼茶声自巧。香闺悄悄，雪狸偎枕睡偏牢[5]。榴裙裂破舞风腰[6]，鸾靴剪碎凌波靿。愁多病转饶，这妆楼再不许风情闹。

眉批："簇绣攒锦，秦、柳小调。"

想起侯郎匆匆避祸，不知流落何所，怎知奴家独住空楼，替他守节也。（起唱介）

【沉醉东风】记得一霎时娇歌兴扫，半夜里浓雨情抛。从桃叶渡头寻，向燕子矶边找，乱云山风高雁杳。那知道梅开有信，人去越遥。凭栏凝眺，把盈盈秋水[7]，酸风冻了。

眉批："笔墨何物，而能歌舞如斯。"

可恨恶仆盈门，硬来娶俺，俺怎肯负了侯郎？

【雁儿落】欺负俺贱烟花薄命飘飖，倚着那丞相府忒骄傲。得保住这无瑕白玉身，免不得揉碎如花貌。

最可怜妈妈替奴当灾，飘然竟去。（指介）你看床榻依然，归来何日？

【得胜令】恰便似桃片逐雪涛，柳絮儿随风飘。袖掩春风面[8]，黄昏出汉朝。萧条，满被尘无人扫。寂寥，花开了独自瞧。

眉批："酸心刺骨之语，以俏笔写之。"

说到这里，不觉一阵酸心。（掩泪坐介）

眉批："一字一句，丝竹嘹亮。五曲次序井井，描出思前想后心情。"

【乔牌儿】这肝肠似搅，泪点儿滴多少。也没个姊妹闲相邀，听那挂帘栊的钩自敲。

独坐无聊，不免取出侯郎诗扇，展看一回。（取扇介）嗳呀！都被血点儿污坏了，这怎么处？

【甜水令】你看疏疏密密，浓浓淡淡，鲜血乱照。不是杜鹃抛[9]，是脸上桃花做红雨儿飞落[10]，一点点溅上冰绡。

眉批：“《桃花扇》神理，一句道破。”

侯郎，侯郎！这都是为你来。

【折桂令】叫奴家揉开云鬓，折损宫腰。睡昏昏似妃葬坡平[11]，血淋淋似妾堕楼高。怕旁人呼号[12]，舍着俺软丢答的魂灵没人招。银镜里朱霞残照[13]，鸳枕上红泪春潮。恨在心苗，愁在眉梢，洗了胭脂，涴了鲛绡[14]。

眉批：“面上血痕，信笔诠发，异样好看文章。”

一时困倦起来，且在妆台盹睡片时。（压扇睡介。末扮杨文骢便服上）认得红楼水面斜，一行衰柳带残鸦。（净扮苏昆生上）银筝象板佳人院，风雪今同处士家。（末回头见介）呀！苏昆老也来了。（净）贞丽从良，香君独住，放心不下，故此常来走走。（末）下官自那晚打发贞丽起身，守了香君一夜。这几日衙门有事，不得脱身。方才城东拜客，便道一瞧。（入介。净）香君不肯下楼，我们上去一谈罢。（末）甚好。（登楼介。末指介）你看香君抑郁病损，困睡妆台，且不必唤他。（净看介）这柄扇儿展在面前，怎么有许多红点儿？（末）此乃侯兄定情之物，一向珍藏不肯示人，想因面血溅污，晾在此间。（抽扇看介）几点血痕，红艳非常，不免添些枝叶，替他点缀起来。（想介）没有绿色怎好？（净）待我采摘盆草，扭取鲜汁，权当颜色罢。（末）妙极！（净取草汁上。末画介）叶分芳草绿，花借美人红。（画完介。净看，喜介）妙，妙！竟是几笔折枝桃花。（末大笑，指介）真乃桃花扇也。（旦惊醒，见介）杨老爷、苏师父都来了，奴家得罪。（让坐介。末）几日不曾来看，额角伤痕渐已平复了。（笑介）下官有画扇一柄，奉赠妆台。（付旦扇介。旦接看介）这是奴的旧扇，血迹腌臜，看他怎的？（入袖介。净）扇头妙染，怎不赏鉴？（旦）几时画的？（末）得罪，得罪！方才点坏了。（旦看扇，叹介）咳！桃花薄命，扇底飘零。多谢杨老爷替奴写照了。

眉批："龙友妙想妙手，为千古必传之妙事。"

【锦上花】一朵朵伤情，春风懒笑；一片片消魂，流水愁漂。摘的下娇色，天然蘸好。便妙手徐熙[15]，怎能画到？樱唇上调朱，莲腮上临稿。写意儿几笔红桃。补衬些翠枝青叶，分外夭夭[16]，薄命人写了一幅桃花照。

眉批："点染桃花，或正或衬，用异样鲜妍之笔。扇上几点，或未必如纸上一句也。"

（末）你有这柄桃花扇，少不得个顾曲周郎，难道青春守寡[17]，竟做个入月婵娥不成？（旦）说那里话？那关盼盼也是烟花，何尝不在燕子楼中，关门到老？（净）明日侯郎重到，你也不下楼么？（旦）那时锦片前程，尽俺受用，何处不许游耍，岂但下楼？（末）香君这段苦节，今世少有。（向净介）昆老看师弟之情，寻着侯郎，将他送去，也省俺一番悬挂。（净）

是，是！一向留心访问，知他随任史公，住淮半载。自淮来京，自京到扬，今又同着高兵防河去了。晚生不日还乡，顺便找寻。（向旦介）须得香君一书才好。（旦向末介）奴家言不成文，求杨老爷代写罢。（末）你的心事，叫俺如何写的出？（旦寻思介）罢，罢！奴的千愁万苦，俱在扇头，就把这扇儿寄去罢。（净喜介）这封家书，倒也新样。（旦）待奴封他起来。（封扇介）

【碧玉箫】挥洒银毫[18]，旧句他知道；点染红么[19]，新画你收着。便面小，血心肠一万条。手帕儿包，头绳儿绕，抵过锦字书多少[20]。

（净接扇介）待我收好了，替你寄去。（旦）师父几时起身？（净）不日束装了。（旦）只望早行一步。（净）晓得。（末）我们下楼罢。（向旦介）香君保重。你这段苦节，说与侯郎，自然来娶你的。（净）我也不再来别了。正是：新书远寄桃花扇。（末）旧院常关燕子楼。（下。旦掩泪介）妈妈不归，师父又去，妆楼独闭，益发凄凉了。

【鸳鸯煞】莺喉歇了南北套[21]，冰弦住了陈隋调。唇底罢吹箫，笛儿丢，笙儿坏，板儿掠[22]。只愿扇儿寄去的速，师父束装得早。三月三刘郎到了，携手儿下妆楼，桃花粥吃个饱[23]。

眉批："因教师去，遂用歌吹等串成一曲，信手拈来，皆成绝调。"

书到梁园雪未消，青溪一道阻春潮。

桃根桃叶无人问，丁字帘前是断桥[24]。

出评："一折北曲，不硬不凑，曰新曰婉，何关、马之足云？今无曲子相公，谁能咀其宫而嚼其徵耶？""借血点作桃花，千古新奇之事。既新矣奇矣，安得不传？既传矣，遂将离合兴亡之故，付于鲜血数点中。闻桃花扇之名者，羡其最艳最韵，而不知其最伤心最惨目也。"

[注释]

[1]料峭：形容微寒，也形容风力寒冷。　[2]胭脂红让娇：指眉上血痕胜过胭脂般的鲜红。　[3]春丝命一条：指生命像春日的柳条般柔弱。　[4]迢迢：遥远，此处指夜的漫长。　[5]雪狸：白色的猫。　[6]"榴裙裂破舞风腰"二句：舞裙撕裂了，舞靴剪碎了，指不再做歌妓。榴裙，红色的裙子。凌波靿，一种舞靴。靿（yào），靴筒。　[7]"把盈盈秋水"二句：在冷风中长久凝望，凄寒凝绝。盈盈，指女子仪态美好。秋水，指秋天的水明净透彻，比喻明亮的眼睛。　[8]"袖掩春风面"二句：指李贞丽心酸、幽怨地出嫁，典出昭君出塞故事。风，原作"图"，据兰雪堂本改。　[9]杜鹃抛：传说杜鹃鸟啼声凄婉。抛，指杜鹃鸟血点飞洒。[10]桃花做红雨儿飞落：形容李香君头破血流的样子，化用李贺《将进酒》"桃花乱落如红雨"句。　[11]"睡昏昏似妃葬坡平"二句：形容李香君的花容受损。妃葬坡平，典出杨贵妃自尽后葬于马嵬坡之故事。妾堕楼高，典出石崇爱妾绿珠跳楼而死之故事。　[12]"怕旁人呼号"二句：指李贞丽担心旁人知晓代嫁一事，不得不以低调示软，没人招呼，孤身出嫁。旁，原作"傍"，据暖红室本改。丢答，程度副词，相当于"很"。　[13]朱霞残照：形容脸上残阳般的血痕。　[14]鲛绡：指丝质手帕。据说南海有鲛人，生活在水中，善于织绢，薄如蝉翼，故称鲛绡。　[15]徐熙：五代南唐画家，钟陵（今江西进贤县）人，擅画花草虫鸟，与五代后蜀黄筌并称"黄徐"，有"黄家富贵，徐熙野逸"之说，形成五代宋初花鸟画两个流派。　[16]夭夭：艳丽娇美之态。[17]守：原作"受"，据暖红室本改。　[18]银毫：指毛笔。　[19]红么（yāo）：指扇子上点点桃花。么，骰子上的一点，为红色。　[20]锦

字书：用锦织成字的信。前秦苏蕙思念被流放的丈夫窦滔，织锦为回文诗寄之。 [21] 南北套：指由南曲、北曲组合而成的套曲。南曲、北曲风格不同，南曲字少调缓，风格柔婉，北曲字多调促，风格豪放。 [22] 板儿掠：拍板丢弃。 [23] 桃花粥：旧时风俗，寒食节以新鲜桃花瓣煮粥。 [24] 丁字帘：金陵地名，在秦淮河边上，为妓馆聚集之所。

[点评]

该出不仅是《桃花扇》剧本中的经典一出，也是常为伶人搬演到舞台上的经典折子戏。李香君形象，无疑是颇能动人的，其以孤独寂寞、坚贞痴情的形象呈现，几乎也是当时诸多女性的代表，通过她所唱的九支曲呈现她的形象。这九支曲可分为三部分关照：第一部分的【醉桃源】【北新水令】二曲，都以情景交融之方式，写李香君孤单身病之状貌；第二部分的【驻马听】【沉醉东风】二曲开始将表达重点从写照自身状态，转向相思之苦，从而为后面追忆往事打下基础；第三部分的【雁儿落】【得胜令】【乔牌儿】【甜水令】【折桂令】五曲，则将为守节所经历之艰辛与寂寥痛苦之状态交替托出，从这两个不同的方面表达对于侯方域归来的渴望。

在构织文辞时，孔尚任一方面注意李香君形象不同侧面的展现，使其形象的呈现条理清明；另一方面又注意情景交融之意境，使得李香君的形象虽然条理分明，但是并不分散枝节。

该出值得叙说之事，即是杨文骢以血点染桃花扇之事——这可谓是整部《桃花扇》中最堪称传奇之典范。

桃花扇之所以奇，正是因为其一方面关涉了侯方域、李香君缠绵悱恻之爱情，另一方面又征引出改朝易代的巨大波折。足见仅此一物件，便为整部剧的表征，也知作者何以要将该剧命名为《桃花扇》了。

杨文骢点染桃花扇一事，固不载于历史典籍中，是孔尚任听人转述而来。尽管历史上时不时传出有桃花扇真实存在的消息，然而并无一者被印证是真实可信的。虽然现实中桃花扇的存在并不可信，但传奇中的桃花扇，已经足资引人感慨了。

这一柄“桃花扇”之塑成，也是经历了诸多变化的。首先，扇子在《眠香》一出便已出现。侯方域题诗于其上，将扇子作为与李香君盟誓的信物，先为扇子附上了一层爱情表征的意义。其次，杨文骢、李贞丽劝婚一场，李香君以此扇为证拒斥马士英的逼婚，这时扇子又带上了抵御权奸的意味。最后，此扇从李香君之手寄出，经历万千波折传到侯方域手上，其意义已不限于爱情表征或者抵抗权奸，更是整个历史兴亡的见证者，是此扇至高意义之所在。

李香君欲寄信给侯方域，然而万语千言又何能抵得过“桃花薄命，扇底飘零”的桃花扇呢？最后这“寄扇”一段最为巧妙的设计，莫过于“寄扇”本身。这既是对于古来寄递信物传统的延续，又是整个剧情、剧境的自然生发。

第二十四出　骂筵（乙酉正月）

【缕缕金】（副净扮阮大铖吉服上）风流代，又遭逢，六朝金粉样，我偏通。管领烟花，衔名供奉。簇新新帽乌衬袍红，皂皮靴绿缝，皂皮靴绿缝。

眉批："俚而文，鄙而雅，如阮胡之为人也。"

（笑介）我阮大铖，亏了贵阳相公破格提挈，又取在内庭供奉。今日到任回来，好不荣耀。且喜今上性喜文墨，把王铎补了内阁大学士，钱谦益补了礼部尚书。区区不才，同在文学侍从之班。天颜日近，知无不言。前日进了四种传奇，圣心大悦，立刻传旨，命礼部采选宫人，要将《燕子笺》被之声歌，为中兴一代之乐。我想这本传奇，精深奥妙，倘被俗手教坏，岂不损我文名？因而乘机启奏："生口不如熟口，清客强似教手。"圣上从谏如流，就命广搜旧院，大罗秦淮，拿了清客妓女数十余人，交与礼部拣选。前日验他色艺，都只平常，还有几个有名的，都是杨龙友旧交，求情免选，下官只得勾去。昨见贵阳相公说道："教演新戏是圣上心事，难道不选好的，倒选坏的不成？"只得又去传他，尚未到来。今乃乙酉新年[1]，人日佳节[2]，下官约同龙友，移樽赏心亭[3]，邀俺贵阳师相饮酒看雪。早已吩咐把新选的妓女，带到席前验看。正是：花柳笙歌隋事业，谈谐裙屐晋风流。（下）

眉批："前日赏梅，今日赏雪，此辈偏多雅集。"

【黄莺儿】（老旦扮卞玉京道妆，背包急上）家住蕊珠宫[4]，恨无端业海风，把人轻向烟花送。喉尖唱肿，裙腰舞松，一生魂在巫山洞。俺卞玉京，今日为何这般打扮[5]？只因朝廷搜拿歌妓，逼俺断了尘心。昨日别过姊妹[6]，换上道妆，飘然出院，但不知那里好去投师[7]？望城东云山满眼，仙界路无穷。

眉批："玉京独来独去，为南朝第一作者。"

（飘飖下。副净、外、净扮丁继之、沈公宪、张燕筑三清客上[8]）

【皂罗袍】（副净）正把秦淮箫弄，看名花好月，乱上帘栊。凤纸佥名唤乐工[9]，南朝天子春心动。我丁继之年过六旬，歌板久抛，前日托过杨老爷，免我前往，怎的今日又传起来了？（外、净）俺两个也都是免过的，不知又传，有何话说？（副净拱介）两位老弟，大家商量，我们一班清客，感动皇爷，召去教歌，也不是容易的。（外、净）正是。（副净）二位青年上进，该去走走，我老汉多病年衰，也不望甚么际遇了。今日我要躲过，求二位遮盖一二。（外）这有何妨？太公钓鱼，愿者上钩。（净）是，是！难道你犯了王法，定要拿去审问不成？（副净）既然如此，我老汉就回去了。

眉批："继之同来自去，是南朝第二作者。"

（回行介）急忙回首，青青远峰；逍遥寻路，森森乱松。（顿足介）若不离了尘埃，怎能免得牵绊？（袖出道巾、黄绦换介。转头呼介）二位看俺打扮罢，道人醒了扬州梦[10]。

（摇摆下。外）咦！他竟出家去了，好狠心也。（净）我们且坐廊下晒暖，待他姊妹到来，同去礼部过堂。

眉批："寇、郑二妓才来，若俗笔，必以寇、郑陪玉京，如沈、张之陪继之矣。"

（坐地介。小旦扮寇白门，丑扮郑妥娘，杂扮差役跟上。小旦）桃片随风不结子[11]，（丑）柳绵浮水又成萍[12]。（望介）你看老沈、老张不约俺一声儿，先到廊下向暖，我们走去，打他个耳刮子。（作见诨介[13]。外问杂介）又传我们到那里去？（杂）传你们到礼部过堂，送入内庭教戏。（外）前日免过俺们了。（杂）内阁大老爷不依，定要借重你们几个老清客哩。（净）是那几个？（杂）待我瞧瞧票子。（取票看介）丁继之、沈公宪、张燕筑。（问介）那姓丁的如何不见？（外）他出家去了。（杂）既出了家，没处寻他，待我回宫罢。（向净、外介）你们到了的，竟往礼部过堂去。（净）等他姊妹们到齐着。（杂）今日老爷们秦淮赏雪，吩咐带着女客，席上验看哩。（外、净）既是这等，我们先去了。

正是：传歌留乐府，擫笛傍宫墙[14]。（下。杂看票，问小旦介）你是寇白门么？（小旦）是。（杂问丑介）你是卞玉京么？（丑）不是，我是老妥。（杂）是郑妥娘了。（问介）那卞玉京呢？（丑）他出家去了。（杂）咦！怎么出家的都配成对儿？（问介）后边还有一个脚小走不上来的，想是李贞丽了？（小旦）不是，李贞丽从良去了。（杂）我方才拉他下楼，他说是李贞丽，怎的又不是？（丑）想是他女儿顶名替来的。（杂）母子总是一般，只少不了数儿就好了。（望介）他早赶上来也。

【忒忒令】（旦）下红楼残腊雪浓，过紫陌早春泥冻。不惯行走，脚儿十分痛。传凤诏，选蛾眉，把丝鞭，骑骄马，催花使乱拥。

眉批："不与郑、寇同行，是香君身分。"

奴家香君，被捉下楼，叫去学歌，是俺烟花本等，只有这点志气，就死不磨。（杂喊介）快些走动。（旦到介。小旦）你也下楼了，屈尊，屈尊。（丑）我们造化，就得服侍皇帝了。（旦）情愿奉让罢。（同行介。杂）前面是赏心亭了，内阁马老爷、光禄阮老爷、兵部杨老爷，少刻即到。你们各人整理伺候。（杂同小旦、丑下。旦私语介）难得他们凑来一处，正好吐俺胸中之气。

眉批："此是香君快意之时。"

【前腔】赵文华陪着严嵩[15]，抹粉脸席前趋奉。丑腔恶态，演出真《鸣凤》[16]。俺做个女祢衡，挝渔阳，声声骂，看他懂不懂？

（净扮马士英，副净扮阮大铖，末扮杨文骢，外、小生扮从人喝道上。旦避下。副净）琼瑶楼阁朱微抹，（末）金碧峰峦粉细勾，（净）好一派雪景也。（副净）这座赏心亭，原是看雪之所。（净）怎么原是看雪之所？（副净）宋真宗曾出周昉"雪图"，赐与丁谓。说道："卿到金陵，可选一绝景处张之。"因建此亭。（净看壁介）这壁上单条，想是周昉"雪图"了。（末）非也。这是画友蓝瑛新来见赠的。（净）妙，妙！你看雪压钟山，正对图画，赏心胜地，无过此亭矣。（末吩咐介）就把炉、榼、游具摆设起来。（外、小生设席坐介。副净向净介）荒亭草具，恃爱高攀，着实得罪了。（净）说那里话？可笑一班小人，奉承权贵，费千金盛设，做十分丑态，一无所取，徒传笑柄。（副净）晚生今日扫雪烹茶，清谈攀教，显得老师相高怀雅量，晚生辈也免了几笔粉抹。（净）阿呀！那戏场粉笔[17]，最是利害，一抹上脸，再洗不吊。虽有孝子慈孙，都不肯认做祖父的。（末）虽然利害，却也公道，原以儆戒无忌惮之小人，非为我辈而设。（净）据学生看来，都吃了奉承的亏。（末）为何？（净）你看前辈分宜相公严嵩，何尝不是一个文人？现今《鸣凤记》里抹了花脸，着实丑看。岂非赵文华辈奉承坏了？（副净打恭介）是，是！老师相是不喜奉承的，晚生惟有心悦诚服而已。（末）请酒。（同举杯介。副净问外介）选的妓女，可曾叫到了么？（外禀介）叫到了。（杂领众妓叩头介。净细看介。吩咐介）今日雅集，用不着他们，叫他礼部过堂去罢。（副净）特令到此伺候酒席的。（净）留下那个年少的罢。（众下。净问介）他唤什么名字？（杂禀介）李贞丽。（净笑介）丽而未必贞也。（笑向副净介）我们扮过陶学士了[18]，再扮一折党太尉何如[19]？（副净）妙，妙！（唤介）贞丽过来斟酒唱曲。（旦摇头介。净）为何摇头？（旦）不会。（净）阿呀！样样不会，怎称名妓？（旦）原非名妓。（掩泪介。净）你有甚心事？容你说来。

【江儿水】（旦）妾的心中事，乱似蓬，几番要向君王控。拆散夫妻惊魂迸，割开母子鲜血涌，比那流贼还猛。做哑装聋，骂着不知惶恐。

眉批："当日皆恨流贼，故以流贼骂之，岂知殆尤甚焉。"

（净）原来有这些心事。（副净）这个女子却也苦了。（末）今日老爷们在此行乐，不必只是诉冤了。（旦）杨老爷知道的，奴家冤苦，也值当不的一诉[20]？

【五供养】堂堂列公，半边南朝，望你峥嵘[21]。出身希贵宠，创业选声容，《后庭花》又添几种[22]。把俺胡撮弄[23]，对寒风雪海冰山，苦陪觞咏[24]。

眉批："希贵宠，选声容，犹浅之乎骂也。美人而兼佞口，千古奇才。"

（净怒介）哇！这妮子胡言乱道，该打嘴了。（副净）闻得李贞丽，原是张天如、夏彝仲辈品题之妓，自然是放肆的。该打，该打！（末）看他年纪甚小，未必是那个李贞丽。（旦恨介）便是他，待怎的？

【玉交枝】东林伯仲[25]，俺青楼皆知敬重。干儿义子从新用，绝不了魏家种。（副净）好大胆，骂的是那个？快快采去丢在雪中。（外采旦推倒介。旦）冰肌雪肠原自同，铁心石腹何愁冻。（副净）这奴才，当着内阁大老爷，这般放肆，叫我们都开罪了。可恨，可恨。（下席踢旦介。末起拉介。净）罢，罢！这样奴才，何难处死？只怕妨了俺宰相之度。（末）是，是！丞相之尊，娼女之贱，天地悬绝，何足介意。（副净）也罢！启过老师相，送入内庭，拣着极苦的脚色，叫他去当。（净）这也该的。（末）着人拉去罢！（杂拉旦介。旦）奴家已拚一死。吐不尽鹃血满胸，吐不尽鹃血满胸。

眉批：“龙友与香君恨浅而爱深，故救其命，而幽其身。此间分寸，熟读乃知。”

（拉旦下。净）好好一个雅集，被这奴才搅乱坏了。可笑，可笑！（副净、末连三揖介）得罪，得罪！望乞海涵，另日竭诚罢。（净）兴尽宜回春雪棹[26]，（副净）客羞应斩美人头[27]。（净、副净，从人喝道下。末吊场介）可笑香君才下楼来，偏撞两个冤对，这场是非免不了的。若无下官遮盖，香君性命也有些不妥哩。罢，罢！选入内庭，倒也省了几日悬挂。只是媚香楼无人看守，如何是好？（想介）有了，画友蓝瑛托俺寻寓，就接他暂住楼上。待香君出来，再作商量。

出评：“赏梅一会，逼香君改嫁。看雪一会，选香君串戏。所谓群居终日，言不及义，好行小慧也。谱此二折者，非为马、阮宴游之数，为香君操守之坚也。卞玉京、丁继之是香君、侯郎皈依之师，两人翩然早去，从此步步收场矣。”“《骂筵》一折，比之《四声猿·渔阳三弄》，尤觉痛快。《哄丁》《侦戏》之辱，仅及于阮，非此一骂，而马竟漏网。”

赏心亭上雪初融，煮鹤烧琴宴巨公[28]。
恼杀秦淮歌舞伴，不同西子入吴宫。

[注释]

[1] 乙酉：南明弘光元年，1645 年。 [2] 人日：阴历正月初七。 [3] 赏心亭：亭名，在南京下水门城上，下临秦淮河，北宋人丁谓所造。 [4] 家住蕊珠宫：指卞玉京与道家有缘，表现她即将出家的心境。蕊珠宫，传说天上上清宫中有蕊珠宫，为仙人之居所。后指道观。 [5] 这：原脱落，据兰雪堂本补。 [6] 昨日：原脱落，据兰雪堂本补。 [7] 去：原脱落，据兰雪堂本补。 [8] 筑三：原脱落，据兰雪堂本补。 [9] 凤纸：同“凤诏”，帝王用纸，上绘有金凤，也指帝王诏书。 [10] 道人醒了扬州梦：化用杜牧《遣怀》“十年一觉扬州梦”句，指丁继之看透烟花尘世。 [11] 桃片随风不结子：指妓女生活随风动荡，不会有结果，化用王建《宫词》“自是桃花贪结子，错教人恨五更风”句。 [12] 柳绵浮水又成萍：指妓女生活如同浮萍，无处寄托。传说浮萍由柳绵入水所化。柳绵，指柳絮。 [13] 诨：原作“混”，据暖红室本改。 [14] 擫（yè）笛傍宫墙：据传，唐代乐工李謩隔墙偷听宫内御乐，记下乐谱。擫笛，用手按笛孔。 [15] 赵文华陪着严嵩：暗讽阮大铖奉承马士英。赵文华、严嵩是明代传奇《鸣凤记》中的奸臣，也是明史上有名的乱国奸臣。赵文华，浙江慈溪人，明嘉靖进士，官至工部尚书，曾巴结严嵩，拜其为义父。严嵩，字惟中，分宜（今江西新余市分宜县）人，明弘治间进士，官至内阁首辅，后被弹劾，罢官归乡。 [16]《鸣凤》：指明代传奇作品《鸣凤记》。 [17] 戏场粉笔：戏曲里，奸臣的脸部用粉笔来涂大花脸，隐含贬义。 [18] 陶学士：指陶谷，字秀实，邠州新平（今陕西彬州）人。历仕后晋、后汉、后周、宋，官至刑部、户部二尚书。 [19] 党太尉：党进，朔州马邑（今山西朔州）人，官至彰信军节度兼侍卫步军都指挥使。 [20] 值当不的：不值得。 [21] 峥嵘：原指山峰高耸险峻，此处指兴盛。李香君道出

心愿，希望南朝重新强盛、繁荣。 [22]《后庭花》：即《玉树后庭花》，南朝陈后主（叔宝）所作之乐曲，他不理朝政，荒淫享乐，以致亡国。陈后主是亡国之君，此乐被视作亡国之音。 [23] 撮弄：戏弄，教唆。 [24] 觞咏：指边饮酒边赋诗。觞，酒杯，借指饮酒。咏，赋诗，吟作。 [25] 伯仲：原指兄弟排行的次序，后代指兄弟，此处指党人。 [26] 兴尽宜回春雪棹：指赏乐未成，兴尽可归。《世说新语·任诞》，晋人王子猷雪夜乘船访友，中途而返曰："乘兴而行，兴尽而返。" [27] 客羞应斩美人头：指阮大铖想置李香君于死地。据《史记·平原君虞卿列传》，为了招贤纳士，平原君斩杀了取笑邻居足疾的姬妾。 [28] 煮鹤烧琴宴巨公：指李香君大煞风景，破坏了阮大铖、马士英的雅集。煮鹤烧琴，把鹤煮了，把琴烧了，比喻鲁莽行为糟蹋了美好的事物、破坏了美景。巨公，王公大臣。

［点评］

该出的冲突十分激烈，是正邪间的直接交锋：李香君被召于马士英、阮大铖、杨文骢之宴会上，借机大骂马士英、阮大铖，为二人所责打。在杨文骢的劝解下，李香君被分到内廷应差，得以保全性命。复杂的人物关系、多维的矛盾冲突都在该出中被展现出来，加之冷热相济的节奏与跌宕反转的情节，使得整出戏惊心动魄而又精彩纷呈。

李香君与马士英、阮大铖冲突的爆发是层层推进的。最开始时，马士英还准备为李香君排解不平之事，甚至在李香君的【江儿水】一曲唱完后，马士英还对其有一丝同情。随着【五供养】一曲唱出，矛盾终于以图穷匕见之势铺衍开来。席上三人反应也有所不同：马士英、阮大铖二人是惊中带怒，而杨文骢则是极力遮掩。但这并不是冲突的完结，因为李香君趁众人反应不及之时，又唱出了一曲【玉交枝】。

这一曲【玉交枝】可谓字字诛心，李香君之抵抗、阮大铖与马士英之反应、杨文骢之阻拦在词句间来往，这才终于将矛盾冲突推至高潮。李香君坚贞不屈之形象，也在此被淋漓尽致地展现出来。虽说她经受了阮、马的侮辱打骂，但她却是不屈的弱者，将阮大铖、马士英逼得哑口无言，是真正的胜利者。

全出从阮大铖强征清客到李香君当席骂奸，于无关处推进，于推进处转折，于转折处酝酿，于酝酿处推至极致。《桃花扇》构思之细致、铺排之繁密，可以此出为代表。

第二十五出　选优（乙酉正月）

眉批："薰风殿，奏乐之所。雅则鼓琴，俗则教歌，不足异也。"

（场上正中悬一匾，书"薰风殿"，两傍悬联，书"万事无如杯在手，百年几见月当头"。款书"东阁大学士臣铎奉敕书"。外扮沈公宪，净扮张燕筑，小旦扮寇白门，丑扮郑妥娘同上。外）天子多情爱沈郎[1]，（净）当年也是画眉张[2]。（小旦）可怜一树白门柳，（丑）让我风流郑妥娘。（外）我们被选入宫，伺候两日，怎么还不见动静？（净仰看介）此处是薰风殿，乃奏乐之所。闻得圣驾将到，选定脚色，就叫串戏哩。（外）如何名"薰风殿"？（净）你不晓得？琴曲里有一句"南风之薰兮"[3]，取这个意思。（丑）呸！你们男风兴头，要我们女客何用？（小旦）我们女客得了宠眷，做个大嫔妃，还强如他男风哩。（丑）正是，他男风得了宠眷，到底是个小兄弟。（净）好徒弟，骂及师父来了。（外）咱们掌了班时，不要饶他。（净）谁肯饶他？明日教动

戏，叫老妥试试我的鼓槌子罢。（丑嗤笑，指介）你老张的鼓槌子，我曾试过，没相干的。（众笑介。副净冠带扮阮大铖上）

眉批："此谑虽恶，亦有自来，《眠香》折尾，与此照应也。"

【绕池游】汉宫如画，春晓珠帘挂，待粉蝶黄莺打。歌舞西施，文章司马[4]，厮混了红袖乌纱。

（见介）你们俱已在此，怎的不见李贞丽？（小旦）他从雪中一跌，至今忍痛，还卧在廊下哩。（副净）圣驾将到，选定脚色，就要串戏，怎么由得他的性儿？（众）是，是，俺们拉他过来。（同下。副净自语介）李贞丽这个奴才，如此可恶，今日净、丑脚色，一定借重他了。（杂扮二内监执龙扇前引，小生扮弘光帝，又扮二监提壶、捧盒，随上。小生）满城烟树间梁陈，高下楼台望不真。原是洛阳花里客，偏来管领秣陵春。（坐介）寡人登极御宇，将近一年，幸亏四镇阻当，流贼不能南下。虽有叛臣倡议欲立潞藩[5]，昨已捕拿下狱。目今外侮不来，内患不生，正在采选淑女，册立正宫，这也都算小事。只是朕独享帝王之尊，无多声色之奉[6]，端居高拱[7]，好不闷也。（副净跪介）光禄寺卿臣阮大铖恭请万安。（小生）平身。（副净起介）

眉批："南朝风流可睹。"

【掉角儿】（小生）看阳春残雪早花，蹙愁眉慵游倦耍。（副净）圣上安享太平，正宜及时行乐，慵游倦耍，却是为何？（小生）朕有一桩心事，料你也应晓得。（副净）想怕流贼南犯？（小生）非也。阻隔着黄河雪浪，那怕他天汉浮槎[8]。（副净）想愁兵弱粮少？（小生）也不是。俺有那镇淮阴诸猛将，转江陵大粮艘，有甚争差？（副净[9]）既不为内外兵马，想为正宫未立，配德无人？（小生[10]）也不为此。那礼部钱谦益采选淑女，不日册立。有三妃九嫔，教国宜家。（副净）又不为此，臣晓得了。（私奏介）想因叛臣周镳、雷縯祚，倡造邪谋，欲迎立潞王耳。（小生）益发说错了。那奸人倡言惑众，久已搜拿。

（副净低头沉吟介）却是为何？（小生）卿供奉内庭，乃朕心腹之臣，怎不晓得朕的心事？（副净跪介）圣虑高深，臣衷愚昧，其实不能窥测。伏望明白宣示，以便分忧。（小生）朕谕你知道罢。朕贵为天子，何求不遂？只因你所献《燕子笺》，乃中兴一代之乐，点缀太平，第一要事。今日正月初九，脚色尚未选定，万一误了灯节[11]，岂不可恼。（指介）你看阁学王铎书的对联道："万事无如杯在手，百年几见月当头？"一年宁有几个元宵？故此日夜踌躕，饮膳俱减耳。（副净）原来为此，《巴》《里》之曲[12]，有廑圣怀[13]，皆微臣之罪也。（叩头介）臣敢不鞠躬尽瘁，以报主知。（起唱介）

眉批："及时行乐，急不能待，实有此景。"

【前腔】忝卿僚填词辨挝[14]，备供奉诙谐风雅。恨不能腮描粉墨，也情愿怀抱琵琶。但博得歌筵前垂一顾，舞裀边受寸赏[15]，御酒龙茶。三生侥幸，万世荣华。这便是为臣经济，报主功阀[16]。

眉批："小人之事君也，以容悦也，鲜有不以此为忠者。"

（前问介）但不知内庭女乐，少何脚色？（小生）别样脚色，都还将就得过，只有生、旦、小丑不惬朕意。（副净）这也容易，礼部送到清客、歌妓，现在外厢，听候拣选。（小生）传他进来。（副净）领旨。（急入领外、净、旦、小旦、丑上。俱跪介。小生问外、净介）你二人是串戏清客么？（外、净）不敢，小民串戏为生。（小生）既会串戏，新出传奇也曾串过么？（外、净）新出的《牡丹亭》《燕子笺》《西楼记》[17]，都曾串过。（小生）既会《燕子笺》，就做了内庭教习罢[18]。（外、净叩头介。小生问介）那三个歌妓，也会《燕子笺》么？（小旦、丑）也曾学过。（小生喜介）益发妙了。（问旦介）这个年小的，怎不答应？（旦）没学。（副净跪介）臣启圣上，那两个学过的，例应派做生、旦。这一个没学的，例应派做丑脚。（小生）既有定例，依卿所奏。（小旦、丑、旦叩头介。小生）俱着起来，伺候串戏。（俱起介。丑背喜介）还是我老妥做了天下第一个正旦。（小生向副净介）卿把《燕子笺》摘出一曲，叫他串来，当面指点。（外、净、小旦、丑随意演《燕子笺》一曲，副净作态指点介。小生喜介）有趣，有趣！都是熟口，不愁扮演了。（唤介）长侍斟酒，庆贺三杯。（杂进酒，小生饮介。小生起介）我们君臣同乐，打一回十番何如？（副净）领旨。（小生）寡人善于打鼓，你们各认乐器。（众打《雨夹雪》一套，完介。小生大笑介）十分忧愁消去

九分了。（唤介）长侍斟酒，再庆三杯。（杂进酒，小生饮介）

【前腔】旧吴宫重开馆娃[19]，新扬州初教瘦马[20]。淮阳鼓昆山弦索，无锡口姑苏娇娃[21]。一件件闹春风，吹暖响，斗晴烟，飘冷袖，宫女如麻。红楼翠殿，景美天佳。都奉俺无愁天子[22]，语笑喧哗。

眉批："聚天下之尤物，以待楚人之一炬，而不知愁也，奈何！"

（看旦介）那个年小歌妓，美丽非常，派做丑脚，太屈他了。（问介）你这个年小歌妓，既没学《燕子笺》，可曾学些别的么？（旦）学过《牡丹亭》。（小生）这也好了，你便唱来。（旦羞不唱介。小生）看他粉面发红，像是腼腆，赏他一柄桃花宫扇，遮掩春色。（杂掷红扇与旦介。旦持扇唱介）

眉批："歌场之扇，真桃花扇也。况出天子所赐乎，而香君弃之如遗矣。"

【懒画眉】[23]为甚的玉真重溯武陵源，也只为水点花飞在眼前。是他天公不费买花钱，则咱人心上有啼红怨，咳，辜负了春三二月天。

（小生喜介）妙绝，妙绝！长侍斟酒，再庆三杯。（杂进酒，小生饮介。指旦介）看此歌妓，声容俱佳，岂可长材短用，还派做正旦罢。（指丑介）那个黑色的，倒该做丑脚。（副净）领旨。（丑撅嘴介）我老妥又不妥了。（小生向副净介）你把生、丑二脚，领去入班，就叫清客二名，用心教习，你也不时指点。（副净跪应介）是，此乃微臣之专责，岂敢辞劳？（急领外、净、小旦、丑下。小生向旦介）你就在这薰风殿中，把《燕子笺》脚本，三日念会，好去入班。（旦）念会不难，只是没有脚本。（小生唤介）长侍，你把王铎抄的楷字脚本，赏与此旦。（杂取脚本付旦，跪接介。小生）千年只有歌场乐，万事何须酒国愁？（杂引下。旦掩泪介）罢了，罢了！已入深宫，那有出头之日？

【前腔】锁重门垂杨暮鸦[24]，映疏帘苍松碧瓦。凉飕飕风吹罗袖，乱纷纷梅落宫髽[25]。想起那拆鸳鸯，离魂惨，隔云山，相思苦，会期难拿。倩人寄扇，擦损桃花。到今日情丝割断，芳草天涯。

（叹介）没奈何，且去念会脚本。或者天恩见怜，放奴出宫，再会侯郎一面，亦未可知。

【尾声】从此后入骨髓愁根难拔，真个是广寒宫姮娥守寡。只这两日呵，瘦损宫腰剩一抓。

曲终人散日西斜，殿角凄凉自一家。
纵有春风无路入，长门关住碧桃花。

眉批：“王楷书乌丝栏《燕子笺》曲本，今人尚有藏之者，非诬也。”

眉批：“一首宫怨。”

出评：“此折写香君入宫，与侯郎隔绝，所谓离合之情也。而南朝君臣，荒淫景态，一一摹出，岂非兴亡之感乎？”“周、雷二公被逮，南朝大狱也。虽非正传，而于行乐之时，亦先为说出。凡题外闲文，皆有源委，读《桃花扇》者，当处处留神也。”

[注释]

[1] 沈郎：指沈约，南朝史学家、文学家，著有《宋书》等。此处沈公宪以沈约自况。 [2] 画眉张：指西汉文学家张敞为妻画眉，此处张燕筑自诩风流多情。典出《汉书·张敞传》。 [3] 南风之薰兮：指琴曲《南风歌》，相传为舜帝所作。 [4] 文章司马：指汉代辞赋家司马相如，此处为阮大铖自比。 [5] 潞藩：指潞王

朱常淓，潞简王朱翊镠的嗣子，袭封潞王。钱谦益、雷缜祚、周镳等曾主张立他为帝，后降清。［6］声色：指淫声和女色。［7］端居高拱：指端坐时双手高拱的样子，形容清闲无事，无为而治。端居，正坐。高拱，高高拱起双手。［8］那怕他天汉浮槎：意为不担心有人乘坐浮槎飞渡天河。传说乘坐浮槎，可由海上到达天河。天汉，天河。浮槎，指乘筏漫游。槎，竹木编成的筏子。［9］副：原漫漶不清，据兰雪堂本补。［10］小：原漫漶不清，据兰雪堂本改。［11］灯节：元宵节。［12］《巴》《里》之曲：指战国时代楚国民间流行的通俗歌曲《巴人》《下里》，此处指《桃花扇》。［13］廑（jǐn）：同“仅”，少、损。［14］忝卿僚填词辨挝：愧列于填词作曲的王公大臣中。忝，愧对。挝，敲击，引申为敲鼓。［15］舞裀：供舞蹈用的地毯。寸赏：微薄的赏赐。［16］功阀：指表明功劳的等次。《史记·高祖功臣侯者年表序》：“用力曰功，明其等曰伐。”［17］《西楼记》：明末清初剧作家袁于令所撰的传奇作品。［18］内庭教习：皇宫内传授歌舞技艺的师傅。［19］旧吴宫重开馆娃：指弘光帝重蹈吴王覆辙。馆娃，宫名，在江苏苏州灵岩山山巅，为春秋时吴王夫差为西施所建。［20］新扬州初教瘦马：指弘光帝的荒淫。瘦马，指扬州有些人家买来女孩，教其琴棋书画、刺绣女工，待其成人后，再卖与富人家做妾。这些女孩非娼非妓，被称为“瘦马”。［21］娃：原作“哇”，据文意改。［22］无愁天子：指北齐后主高纬，他作《无愁》曲，自弹琵琶而唱，民间称之为“无愁天子”。［23］懒画眉：此曲为《牡丹亭·寻梦》里杜丽娘演唱的一支曲子，李香君以杜丽娘自比。［24］锁：原作“琐”，据暖红室本改。［25］宫鬏（zhuā）：指宫女的发髻。鬏，指女子梳在头顶两旁的髻。

［点评］

这一出讲述弘光帝“选优行乐”一事，是接续上一出李香君被困宫中之情节展开的。但是这两出却各有不同的侧重点:《骂筵》一出主要是李香君与马士英、阮大铖一干奸臣的对抗,《选优》一出则是对弘光帝之荒淫与李香君之绝望的描绘。为满足弘光帝的声色之娱，阮大铖将包括李香君在内的诸多清客招来排演《燕子笺》，该出的重心，是从表现弘光帝的荒淫，转换到表现李香君的困境。

李香君所面临的最大困境，莫过于困居深宫之中，与侯方域的重逢愈加遥遥无期。孔尚任为表现李香君的孤独无助，颇费了一番心思，尤其是借助串演《燕子笺》一事，将李香君孤独无助之状态展露出来。

《燕子笺》在全剧中被反复提及。它是阮大铖文才的表征，但同时也是俗流眼光的象征。李香君不会《燕子笺》，实际上也是与俗流眼光格格不入的佐证。李香君生病憔悴却被强拉上场、遭受排挤因而所派角色非宜，同样是李香君孤独无助的表现。这些问题必不是李香君所独有，其时宫中诸多伶人，亦应遭遇过如此境况。

第二十六出　赚将（乙酉正月）

【破阵子】（生上）水驿山城烟霭，花村酒肆尘埋。百里白云亲舍近[1]，不得斑衣效老莱，从军心事乖。

小生侯方域，奉史公之命，监军防河。争奈主将高杰[2]，性气乖张[3]，将总兵许定国当面责骂。只恐挑起争端，难于收救，不免到中军帐内，劝谏一番。（入介。副净扮高杰上）一声叱退黄河浪，两手推开紫塞烟[4]。（相见坐介）先生入帐，有何见教？（生）小生千里相随，只为防河大事。今到睢州呵[5]，

眉批："仄韵曲如此稳妥，可称绝调。"

【四边静】威名震，人人惊魄，家尽移宅。鸡犬不留群，军民少宁刻。营中一吓，帐中一责，敌国在萧墙，祸事恐难测。

（副净）那许定国拥兵十万，夸胜争强。昨日教场点

卯，一个个老弱不堪。欺君糜饷[6]，本当军法从事[7]，责骂几声，也算从轻发放了。（生）元帅差矣。

【福马郎】此时山河一半改，倚着忠良帅，速奏凯。收拾人心，招纳英材，莫将衅端开。成功业，只在将和谐。

眉批："着紧之言。"

（副净）虽如此说，那许定国托病不来，倒请俺入城饮酒，总是十分惧怕了。俺看睢州城外，四面皆水，只有单桥小路，也是可守之邦。明日叫他让出营房，留俺歇马。他若依时便罢，若不依时，俺便夺他印牌，另委别将，却也容易。（生摇手介）这事万万行不得。昨日教场一骂，争端已起。自古道"强龙不压地头蛇"，他在唇齿肘臂之间，早晚生心，如何防备？（副净指生介）书生之见，益发可笑。俺高杰威名盖世，便是黄、刘三镇，也拜下风。这许定国不过走狗小将，有何本领？俺倒防备起他来。（生打恭介）是，是！元帅既有高见，小生何用多言？就此辞归，竟在乡园中，打听元帅喜信罢。（副净拱介）但凭尊意。（生冷笑拂袖下。副净起唤介）叫左右。（净、丑扮二将上）元帅呼唤，有何号令？（副净）你二将各领数骑，随我入城饮酒顽耍。这大营人马，不许擅动。（净、丑）得令。（即下。领四卒上。副净）就此前行。（骑马绕场介）

眉批："高杰一生，吃亏在此，而不知悔也。"

眉批："侯生若在，必不令行。"

【划锹儿】南朝划就黄河界，东流把住白云隘[8]。飞鸟不能来，强弓何用买？（合）望荒城柳栽，上危桥板坏。按辔徐行[9]，军容潇洒。

（暂下。外扮家将捧印牌上）杀人不用将军令，奏凯全凭娘子军[10]。咱乃睢州许总兵的家将[11]，俺总爷被高杰一骂，吓得水泻不止。亏了夫人侯氏，有胆有谋，昨夜画定计策，差俺捧着牌印，前来送交，就请他进城筵宴。约定饮酒中间，放爆为号，如此如此，这般这般。倒也是条妙计，只不知天意若何，好怕人也。（望介）远望高杰前来，不免在桥头跪接。（副净等唱前合上[12]。外跪接介。副净问介）你是何处差官？（外）小的是总兵许定国家将，叩接元帅大老爷。（副净）那许总兵为何不接？（外）许总兵卧病难起，特差小的送到牌印，就请元帅爷进城筵宴，点查兵马。（副净）席设何处？（外）设在察院公署[13]。（副净）左右收了牌印。（净、丑收介。副净笑介）妙，妙！牌印果然送到，明日安营歇马，任俺区处了。（吩咐外介）你便引马前行。（外前引，唱前合，行介。外跪禀介）已到察院，请元帅爷入席。（副净下马入坐介。吩咐介）军卒外面伺候。（向净、丑介）你二将不同别个，便坐下席，陪俺欢乐。（净、丑安放牌印，叩头介）告坐了。（就地列坐介。外斟副净酒介。又末、小生扮二将斟净、丑酒介。又副净、净、丑身傍各立一杂摆菜介。外）请酒。（副净怒介）这样薄酒，拿来灌俺。（摔杯介。外急换酒介。外）请菜。（副净怒介）这样冷菜，如何下箸？（摔箸介。外急换菜介。副净）今日正月初十，预赏元宵，怎的花灯、优人[14]全不预备？（外跪禀介）禀元帅爷，这睢州偏僻之所，

眉批："康熙癸酉，见侯夫人于京邸，年八十余，犹健也。历历言此事，其智略气概，有名将风。"

眉批："满心满意，而不知引羊入俎也。"

眉批："或传：用美人计卧而擒之。曾问侯氏，云未尝有妓也。"

没处买灯叫戏。且把衙门灯笼悬挂起来，军中鼓角吹打一通罢。（挂灯，吹打介。副净向净、丑介）我们多饮几杯。

【普天乐】镇河南，威风大，柳营列，星旗摆。灯筵上，灯筵上，将印兵牌。（净、丑起奉副净酒介）行军令，酒似官差。（副净与净、丑猜拳介）任哗拳叫采[15]，三家拇阵排。（外、末、小生）这八卦图中新势[16]，只怕鬼谷难猜。

（净、丑）小的酒都有了，今日还要伺候元帅爷点查兵马哩。（副净）天色已晚，明日点查罢。大家再饮几杯。（又斟酒饮介。内放纸爆介。杂急拿副净手，外拔刀欲杀，副净挣脱，跳梁上介。一杂急拿净手，末杀死净介。一杂急拿丑手，小生杀死丑介。闻爆声，拿杀俱要一齐。外喊介）高杰走脱了，快寻，快寻。（杂点火把各处寻介。外仰视介）顶破椽瓦，想是爬房走了。（杂又寻介。外指介）那楼脊兽头边，闪闪绰绰，似有人影。快快放箭。（末、小生放箭介。副净跳下介。杂拿住副净手介。外认介）果然是老高哩。（副净呵介）好反贼，俺是皇帝差来防河大帅，你敢害我？（外）俺只认的许总爷，不认的甚么黄的黑的，快伸头来。（副净跳介）罢了，罢了！俺高杰有勇无谋，竟被许定国赚了。（顿足介）咳！悔不听侯生之言，致有今日。（伸脖介）取我头去。（外指介）老高果然是条好汉。（割副净头，手提介。唤介）两个兄弟快捧牌印，大家回报总爷去。（末、小

眉批："死时无哀乞之状，亦不愧大将。"

生捧牌印介。末）且莫慌张，三将虽死，还有小卒在外哩。（外）久已杀的干净了。（小生）还有一件，城外大营，明日知道，必来报仇。快去回了总爷，求侯夫人妙计。（外）侯夫人妙计，早已领来了。今夜悄悄出城，带着高杰首级献与北朝，就引着北朝人马，连夜踏冰渡河，杀退高兵。算我们下江南第一功了。

眉批："如高杰者，何足为北门锁钥。史公疏于计，可恨也。"

宛马嘶风缓辔来[17]，黄河冰上北门开。

南朝正赏春灯夜，让我当筵杀将材。

出评："高杰之死，本不足传，而大兵从此下江南，则兴亡之大机也。况侯生参其军事，不为所信，致有今日，则侯生实关乎兴亡之数者也，安得不细细传出。"

[注释]

[1]"百里白云亲舍近"二句：指离家很近，却因公命不得探访。白云亲舍，刘肃《大唐新语·举贤》，狄仁杰望白云而怀父母。斑衣效老莱，《艺文类聚》卷二十引《列女传》，老莱年七十，着彩衣娱乐父母。斑衣，彩衣。　[2] 争奈：怎奈，无奈。争，怎么，如何。　[3] 乖张：性情执拗、怪僻。　[4] 紫塞烟：指外族入侵。紫塞，长城，崔豹《古今注·都邑》："秦筑长城，土色皆紫，汉塞亦然，故称紫塞焉。"后泛指边塞。　[5] 睢州：今河南睢县。　[6] 糜饷：浪费军饷。　[7] 军法从事：指按照军法严办。　[8] 白云隘：在山西阳城县，与河南济源接壤，形势险要，为兵家重地。　[9] 辔：马缰绳。　[10] 娘子军：《旧唐书·柴绍传》，唐高祖李渊女儿平阳公主率娘子军助父征战。这里指许定国妻子侯氏。　[11] 咱：原漫漶不清，据兰雪堂本补。　[12] 唱前合：唱前支曲子里"（合）"的部分"望荒城柳栽，上危桥板坏。按辔徐行，军容潇洒"。　[13] 察院：官署名，明清两代各县设有察院，其职责是考察官吏，检查工作。　[14] 优人：旧时演戏的

人。[15]“任哗拳叫采”二句：指三人在酒桌上猜拳取乐。哗拳、叫彩、拇阵排，指酒席间玩猜拳游戏时，出拳、伸指动作和喊数声。[16]“这八卦图中新势”二句：指新排的八卦军阵，恐怕连鬼谷子都难以猜测、破解。八卦图，三国时期，诸葛亮入蜀时布下的一种军阵法，按八卦方位，设休、生、伤、杜、景、死、惊、开八门，灵活多样，变化无端，不易破解。此处指许定国之新计策。鬼谷子，名王诩，战国时期人，隐居清溪之鬼谷，故有此称。以纵横策略闻名，张仪、苏秦为其弟子。[17]宛马嘶风缓辔来：指清兵轻松南渡。宛马，原指产于西域大宛国的良种马，此处指清兵。嘶风，原作“嘶花”，据暖红室本改，指马迎风嘶鸣。缓辔，指骑马缓行。

［点评］

此出内容简洁明了：高杰不听侯方域劝阻，接受许定国之邀请进城，结果被许定国设计杀死。许定国为脱罪责，携高杰首级，渡河投降了北兵。弘光朝廷的江山，危在旦夕。

高杰傲慢骄横、粗疏大意之形象，在这一出中得到了充分的展现。全出的内容，实际上都是在刻画高杰的自大心理逐渐膨胀、最终致死的轨迹。高杰的死，是南明军事瓦解的表征，更是北兵南下的导火索。

这一出的内容，有历史原型。高杰因轻敌而死，许定国借酒席而设计，都是符合历史实情的，《明史》有所记载，可见该出整体上是与历史记载相符的。而在具体情节设计时，孔尚任则根据剧情的需要，对人物和事件有所调整。

从情节方面来看，许定国叛变之心早已有之，设计擒杀高杰也是预谋已久。但是在该出戏中，作者却删除了这些内容，只说高杰在校场上当众辱骂许定国，导致许定国后怕至极，最终谋反自保。

从人物方面来看，越其杰、陈潜夫二人并没有出现，取而代之的是侯方域和高杰的两个副将——这一替换倒是无关全出大体，然而更为重大的调动却是：睢州之变的主人公许定国也没有出场，一切行动都是他的家将代为指挥的。

从情节、人物两方面的调整可见，作者将该出的重心全部放到了高杰身上。

从情节方面而言，许定国叛变是因高杰的辱骂而起，高杰的被杀也是因为自己的轻敌，高杰几乎是该出起承转合的所有线索；从人物方面而言，侯方域只是匆匆亮相便拂袖下场，其后除高杰之外，全场没有一个有名姓的角色出现，可以说人物设置上也以高杰为核心。

故而该出的情节、人物设置，都是向着烘托而去，而高杰的狂妄自大，是引导情节走向、人物行动的主要动力，最终导致了其人身死、河南易势的严重局面。

第二十七出　逢舟（乙酉二月）

【水底鱼】（净扮苏昆生背包裹、骑驴急上）戎马纷纷，烟尘一望昏。魂惊心震，长亭连远村[1]。（丑扮执鞭人赶呼介）客官慢走，你看黄河堤上，逃兵乱跑，不要被他夺了驴去。（净不听，急走介。杂扮乱兵三人迎上）弃甲掠盾，抱头如鼠奔。无暇笑哂，大家皆败军，大家皆败军。

眉批："半壁江南渐渐瓦解，先写败兵匆遽之状。"

（遇净，推下河，夺驴跑下。丑赶下。净立水中，头顶包裹高叫介）救人呀，救人呀！（外扮舟子撑船，小旦扮李贞丽贫妆上）

【前腔】流水浑浑[2]，风涛拍禹门[3]。堤边浪稳，泊舟杨柳根。（欲泊船介。小旦唤介）驾长[4]，你看前面浅滩中，有人喊叫，我们撑过船去，救他一命，积

眉批："昆生不落水，贞娘不住船，如何遇侯郎？传奇者传此也。"

个阴鸷如何[5]？（外）黄河水溜，不是当要的。（小旦）人行好事，大王爷爷自然加护的[6]。（外）是，是！待我撑过去。（撑介）风急水紧，舍生来救人。哀声迫窘，残生一半魂，残生一半魂。

（近净呼介）快快上来，合该你不死，遇着好人。（伸篙下，净攀篙上船介，作颤介）好冷，好冷。（外取干衣与净介。小旦背立介。净换衣介）多谢驾长，是俺重生父母。（叩介。外）不干老汉事，亏了这位娘子叫我救你的。（净作揖起，惊认介）你是李贞娘，为何在这船里？（小旦惊认介）原来是苏师父。你从何处来？（净）一言难尽。（小旦）请坐了讲。（坐介。外泊船介）且到岸上买壶酒吃去。（下）

【琐窗寒】（净）一从你嫁朱门，锁歌楼，叠舞裙，寒风冷雪，哭杀香君。（小旦掩泪介）香君独住，怎生过活？（净）他托俺前来寻访侯郎。征人战马，侯郎无信，茫茫驿路殷勤问。（小旦问介）因何落水？（净）正在堤上行走，被乱兵夺驴，把俺推下水的。蒙救出浊流，故人今夕重近。

（小旦）原来如此，合该师父不死，也是奴家有缘，又得一面。（净问介）贞娘，你既入田府，怎得到此？（小旦）且取火来，替你烘干衣裳，细细告你。（小旦取火盆上介。副净扮舟子撑船，生坐船急上）才离虎豹千林雾[7]，又逐鲸鲵万里波。（呼介）驾长，这是吕梁地面了[8]，扯起蓬来，早赶一程，明日要起早哩。（副净）相公不要性急，这样风浪，如何行的？前面是泊船之所，且靠帮住一宿罢[9]。（生）凭你。（作泊船介。生）惊魂稍定，不免略盹一盹儿。（卧介。净烘衣，小旦傍坐谈介）奴家命苦，如今又不在那田家了。想起那晚，

眉批："邻船听话，关目好看。"

【前腔】匆忙扮作新人，夺藏娇，金屋春，一身宠爱，尽压钗裙。（净）这好的狠了。（小旦）谁知田仰嫡妻，十分悍妒。狮威胜虎[10]，蛇毒如刃。把奴采出洞房，打个半死。（净）阿呀呀，了不得，那田仰怎不解救？（小旦）田郎有气吞声忍，竟将奴赏与一个老兵。（净）既然转嫁，怎么在这船上？（小旦）此是漕标报船[11]，老兵上岸下文书去了。奴自坐船头，旧人来说新恨。

眉批："贞娘嫁后情事，此曲补出。"

（生一边细听介。听完起坐介）隔壁船中，两个人絮絮叨叨，谈了半夜，那汉子的声音，好似苏昆生，妇人的声音，也有些相熟。待我猛叫一声，看他如何？（叫介）苏昆生！（净忙应介）那个唤我？（生喜介）竟是苏昆生。（出见介。净）原来是侯相公，正要去寻，不想这里撞着。谢天谢地，遇的恰好。（唤介）请过船来，认认这个旧人。（生过船介）还有那个？（见小旦惊认介[12]）呀！贞娘如何到此？奇事，

眉批："奇遇可传。"

眉批："见贞娘不见香君，一喜一惊。"

奇事！香君在那里？（小旦）官人不知，自你避祸夜走，香君替你守节，不肯下楼。（生掩泪介。小旦）后来马士英差些恶仆，拿银三百，硬娶香君，送与田仰。（生惊介）我的香君，怎的他适了？（小旦）嫁是不曾嫁。香君惧怕，硼死在地。（生大哭介）我的香君呀，怎的硼死了？（小旦）死是不曾死，硼的鲜血满面，那门外还声声要人。一时无奈，妾身竟替他嫁了田仰。（生喜介）好，好！你竟嫁与田仰了[13]，今日坐船要往那里去？（小旦）就住在船上[14]。（生）为何？（小旦羞介[15]。净）他为田仰妒妇所逐，如今转嫁这船上一位将爷了。（生微笑介）有这些风波，可怜，可怜！（问净介）你怎得到此？（净）香君在院，日日盼你，托俺寄书来的。（生急问介）书在那里？

【柰子花】（净取包介）这封书不是笺�紘，摺宫纱夹在斑�[16]。题诗定情，催妆分韵。（生接扇介）这是小生赠他的诗扇。（净指扇介）看桃花半边红晕，情恳，千万种语言难尽。

（生看扇问介）那一面是谁画的桃花？（净）香君硼坏花容，溅血满扇，杨龙友添上梗叶，成了几笔折枝桃花。（生细看喜介）果然是些血点儿。龙友点缀，却也有趣。这柄桃花扇倒是小生至宝了。（问介）你为何今日带来？（净）在下出门之时，香君说道，千愁万苦俱在扇头，就把扇儿当封书信罢[17]。故此寄来

的。（生又看，哭介）香君，香君，叫小生怎生报你也。（问净介）你怎的寻着贞娘来？（净指唱介）

【前腔】俺呵，走长堤驴背辛勤，遇逃兵推下寒津。（生）阿呀！受此惊险。（问介）怎的不曾湿了扇儿？（净作势介）横流没肩，高擎书信，将《兰亭》保全真本[18]。（生拱介）为这把桃花扇，把性命都轻了，真可感也。（问介）后来怎样？（净）亏了贞娘，不怕风浪，移船救我。思忖，从井救别人谁肯？

（生）好，好！若非遇着贞娘，这黄河水溜，谁肯救人。（小旦）妾本无心，救他上船，才认的是苏师父。（生）这都是天缘凑巧处。（净）还不曾问侯相公，因何南来？（生）俺自去秋随着高杰防河，不料匹夫无谋，不受谏言，被许定国赚入睢州。饮酒中间，遣人刺死。小生不能存住，买舟黄河，顺流东下。你看大路之上，纷纷乱跑，皆是败兵，叫俺有何面目，再见史公也？（净）既然如此，且到南京，看看香君，再作商量。（生）也罢，别过贞娘，趁早开船。（小旦）想起在旧院之时，我们一家同住。今日船中[19]，只少一个香君，不知今生还能相见否？

【金莲子】一家人离散了，重聚在水云。言有尽，离绪百分。掌中娇养女，何日说艰辛？

（生）只怕有人踪迹，昆老快快换衣，就此别过罢。（净换衣介。生、净掩泪过船介。净）归计登程犹未准，（生）

故人见面转添愁。（副净撑船下。小旦）妾身厌倦烟花，伴着老兵度日，却也快活。不意故人重逢，又惹一天旧恨。你听涛声震耳，今夜那能成寐也。

悠悠萍水一番亲，旧恨新愁几句论。

漫道浮生无定著，黄河亦有住家人。

眉批：“此《湖海集》中句，借用恰合。”

眉批：“逢旧人，触旧景，殊难为怀耳。”

出评：“此问彼答，左呼右应，各有寒温，各有心情。一折之中，千补百衲，合而成之，乃天衣无缝，岂非妙文。”“此折全用惊、喜、哭、笑，错落成文。”

[注释]

[1] 长亭：旧时乡村所建的交通设施，大约每十里设一长亭，每五里设一短亭，供行人歇脚。 [2] 浑浑：浑浊的河水涌流之状。 [3] 禹门：指山西河津龙门，相传为夏禹所凿，为黄河险要之处。 [4] 驾长：指掌舵驾橹之人。 [5] 阴骘：原为默默地使安定的意思，引申为阴德。 [6] 大王爷爷：指河神。 [7]“才离虎豹千林雾”二句：指刚刚避开陆上乱兵，又经历水上险情。虎豹千林雾，指许定国、高杰军队。鲸鲵，雄曰鲸，雌曰鲵，比喻水上凶情。 [8] 吕梁：指江苏徐州东南的吕梁洪，而非山西的吕梁山。 [9] 靠帮：指一船停靠在另一艘船的近旁。 [10] 狮威胜虎：指狮子的威力超过老虎，形容凶悍妒的妇女。洪迈《容斋三笔·陈季常》载，北宋人陈季常之妻柳氏悍妒，每逢季常招歌妓宴客，她就用棍敲壁，吓走客人。也作“河东狮吼”，同义。 [11] 漕标报船：指漕运总督标营往来传报文书的专船。漕标，漕运总督统辖本标及分防各营，掌管催护粮船事宜。报船，传递文书信息之官船。 [12] 小旦：原作“旦”，据文意改。 [13] 了：原作“子”，据兰雪堂本改。 [14] 住：原作“侄”，据兰雪堂本改。 [15] 小旦：原作“旦”，据文意改。 [16] 摺宫纱夹在斑筠：指桃花扇。摺，叠。宫纱，浙江杭州、绍兴一带特产的丝织物，细密、轻薄、透明，以贡奉内廷为

主，故名。斑�，斑竹。 [17] 封书：原脱落，据兰雪堂本补。 [18] 将《兰亭》保全真本：指苏昆生落水后，不顾性命保全桃花扇。陶宗仪《南村辍耕录·落水兰亭》，南宋书法家赵孟坚得到王羲之《兰亭》真本，归途中大风覆舟，他不顾行李衣物，举着《兰亭》法帖免于落水，后于卷首题曰：“性命可轻，至宝是保。” [19] 日：原作“目”，据兰雪堂本改。中：原作“申”，据兰雪堂本改。

［点评］

这一出在情节上无甚奇特之处，然而胜在意境之伤感凄迷，其对于纷纭离乱中人心境的表现，值得咨嗟。同时此出也是情节上的一大转折点，侯方域与李香君两条线索在长久的分离割裂之后，终于有了重聚的迹象。因而，该出可谓是在立意与情节两方面皆有重要的意义。

开场登台的是苏昆生，其骑驴匆忙赶路，结果遭遇乱兵，被抢去驴子、推入河中。适逢李贞丽乘舟河上，其见有人落水，便央船公拯救，使得苏昆生脱离险境。二人重逢，互相倾吐际遇。未及二人言说许多，侯方域也乘舟赶来，三人得以相会。最终侯方域拿到了李香君所寄之扇，与苏昆生一同前往金陵与李香君会面。

以如此“偶遇”之手法让众人相聚，不能称作十分巧妙。但是该出的亮点，并非在于三人偶遇的巧妙，而在于三人际会中所体现出的离乱重逢之感，其中颇见作者对于人物行动设计的巧妙。

李贞丽之形象，在其中最值得感慨。其从田仰府第里被逐出，落嫁老兵。如此前后变化，可谓是天差地别。然而李贞丽却并没有显得自怨自艾，仍然鼓足勇气生活。从这里，李贞丽看淡得失、老成豁达的一面，得以彰显。

苏昆生将桃花扇转交到侯方域手中，是该出另一意义重大之事件。因为经由这一事件，侯方域一方的线索与李香君一方的线索终于再次汇流到一处，两人的重逢也显出一分眉目。

第二十八出　题画（乙酉三月）

（小生扮山人蓝瑛上）美人香冷绣床闲[1]，一院桃开独闭关。无限浓春烟雨里，南朝留得画中山。自家武林蓝瑛[2]，表字田叔，自幼驰声画苑。与贵筑杨龙友笔砚至交[3]，闻他新转兵科，买舟来望，下榻这媚香楼上。此楼乃名妓香君梳妆之所，美人一去，庭院寂寥，正好点染云烟[4]，应酬画债。不免将文房画具，整理起来。（作洗砚、涤笔、调色、揩盏介）没有净水怎处？（想介）有了，那花稍晓露，最是清洁，用他调丹濡粉，鲜秀非常。待我下楼，向后园收取。（手持色碟暂下）

眉批："收露调色，见田叔画品之高。"

【齐破阵】（生新衣上）地北天南蓬转[5]，巫云楚雨丝牵。巷滚杨花，墙翻燕子，认得红楼旧院。触起闲情柔如草，搅动新愁乱似烟，伤春人正眠。

眉批："出色精细之文，鲜秀扑人。"

眉批："侯郎心忙意乱，步急目迷，俱为画出。"

小生在黄河舟中，遇着苏昆生，一路同行，心忙步急，不觉来到南京。昨晚旅店一宿，天明早起，留下昆生看守行李，俺独自来寻香君。且喜已到院门之外。

【刷子序犯】只见黄莺乱啭，人踪悄悄，芳草芊芊[6]。粉坏楼墙，苔痕绿上花砖，应有娇羞人面，映着他桃树红妍。重来魂似阮刘仙，借东风引入洞中天。

（作推门介）原来双门虚掩，不免侧身潜入，看有何人在内。（入介）

眉批："此曲全似《西厢》矣。《西厢》北曲也，此南曲，而流丽若此，耳不多闻。"

【朱奴儿犯】呀！惊飞了满树雀喧，踏破了一墀苍藓。这泥落空堂帘半卷，受用煞双栖紫燕。闲庭院，没个人传，蹑踪儿回廊一遍[7]，直步到小楼前。

（上指介）这是媚香楼了。你看寂寂寥寥，湘帘昼卷[8]，想是香君春眠未起。俺且不要唤他，慢慢的上了妆楼，悄立帐边，等他自己醒来，转睛一看，认得出是小生，不知如何惊喜哩。（作上楼介）

【普天乐】手拽起翠生生罗襟软[9]，袖拨开绿杨线。一层层栏坏梯偏，一桩桩尘封网罥[10]，艳浓浓楼外春不浅，帐里人儿腼腆。（看几介）从几时收拾起银拨冰弦[11]，摆列着描春容脂箱粉盏，待做个女山人画叉乞钱[12]。

（惊介）怎的歌楼舞榭，改成个画院书轩？这也奇了。（想介）想是香君替我守节，不肯做那青楼旧态，故此留心丹青，聊以消遣春愁耳。（指介）这是香君卧室，待我轻轻推开。（推介）呀！怎么封锁严密，倒像久不开的。这又奇了。难道也没个人看守？（作背手彷徨介）

眉批："灵心慧性，芬齿香颊，朗朗而吟，喁喁而咏，不能尽此曲之妙。"

眉批："以为必然矣，而有必不然者，天下事真难料也。"

【雁过声】萧然，美人去远，重门锁，云山万千。知情只有闲莺燕，尽着狂，尽着颠，问着他一双双不会传言。熬煎，才待转，嫩花枝靠着疏篱颤。（下听介）帘栊响，似有个人略喘。

（瞧介）待我看是谁来。（小生持盏上楼，惊见介）你是何人，上我寓楼？（生）这是俺香君妆楼，你为何寓此？（小生）我乃画士蓝瑛，兵科杨龙友先生送俺作寓的。（生）原来是蓝田老，一向久仰。（小生问介）台兄尊号？（生）小生河南侯朝宗，亦是龙友旧交。（小生惊介）阿呀！文名震耳，才得会面。请坐，请坐。（坐介。生）我且问你，俺那香君那里去了？（小生）听说被选入宫了。（生惊介）怎……怎的被选入宫了。几时去的？（小生）这倒不知。（生起，掩泪介）

眉批："千思百转，沉吟顿挫，天壤间有数妙文。"

眉批："一问一答，机锋相对。"

【倾杯序】寻遍，立东风渐午天，那一去人难见。（瞧介）看纸破窗棂，纱裂帘幔。裹残罗帕，戴过花钿，旧笙箫无一件。红鸳衾尽卷，翠菱花放扁，眉批："物是人非，情事不堪。此曲一唱三叹，无限低徊。"

锁寒烟，好花枝不照丽人眠。

想起小生定情之日，桃花盛开，映着簇新新一座妆楼。不料美人一去，零落至此。今日小生重来，又值桃花盛开，对景触情，怎能忍住一双眼泪？（掩泪坐介）

眉批："对桃花而展扇，又生出异样文心。"

【玉芙蓉】春风上巳天[13]，桃瓣轻如剪，正飞绵作雪，落红成霰[14]。不免取开画扇，对着桃花赏玩一番。（取扇看介）溅血点作桃花扇，比着枝头分外鲜。这都是为着小生来，携上妆楼展，对遗迹宛然，为桃花结下了死生冤。

（小生）请教这扇上桃花，何人所画？（生）就是贵东杨龙友的点染。（小生）为何对之挥泪？（生）此扇乃小生与香君订盟之物。

【山桃红】那香君呵，手捧着红丝砚[15]，花烛下索诗篇。（指介）一行行写下鸳鸯券。不到一月，小生避祸远去，香君闭门守志，不肯见客，惹恼了几个权贵。放一群吠神仙朱门犬[16]，那时硬抢香君下楼，香君着急，把花容呵，似鹃血乱洒啼红怨。这柄诗扇恰在手中，竟为溅血点坏。（小生）可惜，可惜。（生）后来杨龙友添上梗叶，竟成了几笔折枝桃花。（拍扇介）这桃花扇在，那人阻春烟[17]。

（小生看介）画的有趣，竟看不出是血迹来。（问介）这扇怎生又到先生手中？（生）香君思念小生，托苏师父到处寻俺[18]，把这桃花扇，当了一封锦字书。小生接得此扇，跋涉来访，不想香君又入宫去了。（掩泪介。末扮杨龙友冠带，从人喝道上）台上久无秦弄玉[19]，船中新到米襄阳。（杂入报介）兵科杨老爷来看蓝相公，门外下轿了。（小生慌迎见介。末上楼见生，揖介）侯兄几时来的？（生）适才到此，尚未奉拜。（末）闻得一向在史公幕中，又随高兵防河。昨见塘报，高杰于正月初十日，已为许定国所杀，那时世兄在那里来？（生）小弟正在乡园，忽遇此变，扶着家父逃避山中一月有余。恐为许兵踪迹，故又买舟南来。路遇苏昆生，持扇相访，只得连夜赴约，竟不知香君已去。（问介）请问是几时去的？（末）正月人日被选入宫的。（生）到几时才出来？（末）遥遥无期。（生）小生只得在此等他了。（末）此处无可留恋，倒是别寻佳丽罢。（生）小生怎忍负约，但得他一信，去也放心。

眉批："问之谆谆，答之漠漠，情形如画。"

【尾犯序】望咫尺青天，那有个瑶池女使，偷递情笺。明放着花楼酒榭，丢做个雨井烟垣。堪怜。旧桃花刘郎又撚，料得新吴宫西施不愿。横揣俺天涯夫婿，永巷日如年。

（末）世兄不必愁烦，且看田叔作画罢。（小生画介。生、末坐看介）这是一幅桃源图？（小生）正是。（末问介）

替那家画的？（小生）大锦衣张瑶星先生，新修起松风阁，要裱做照屏的。（生赞介）妙，妙！位置点染，别开生面，全非金陵旧派[20]。（小生作画完介）见笑，见笑！就求题咏几句，为拙画生色何如？（生）不怕写坏，小生就献丑了。（题介）原是看花洞里人，重来那得便迷津？渔郎诳指空山路，留取桃源自避秦。归德侯方域题。（末读介）佳句。寄意深远。似有微怪小弟之意。（生）岂敢！（指画介）

眉批："满腹不快，借诗发挥。"

【鲍老催】这流水溪堪羡，落红英千千片。抹云烟，绿树浓，青峰远。仍是春风旧境不曾变，没个人儿将咱系恋。是一座空桃源，趁着未斜阳将棹转。

（起介。末）世兄不要埋怨，而今马、阮当道，专以报仇雪恨为事。俺虽至亲好友，不敢谏言。恰好人日设席，唤香君供唱，那香君性气，你是知道的，手指二公，一场好骂。（生）呵呀！这番遭他毒手了。（末）亏了小弟在傍，十分劝解，仅仅推入雪中，吃了一惊。幸而选入内庭，暂保性命。（向生介）世兄既与香君有旧，亦不可在此久留。（生）是，是！承教了。（同下楼行介）

【尾声】热心肠早把冰雪咽，活冤业现摆着麒麟楦[21]。（收扇介）俺且抱着扇上桃花闲过遣。

（竟下介。末）我们别过蓝兄，一同出去罢。（生）正是

忘了作别。（作别介）请了。（小生先闭门下。生、末同行介）

（生）重到红楼意惘然，（末）闲评诗画晚春天。

（生）美人公子飘零尽，（末）一树桃花似往年。

出评："《寄扇》北曲一折，《题画》南曲一折，皆整练出色之文。熟读熟吟，百回千遍，破人郁结，生人神智。《风》耶？《雅》耶？《离骚》耶？《西厢》耶？'四梦'耶？吾不能定其文品矣。""对血迹看扇，此《桃花扇》之根也。对桃花看扇，此《桃花扇》之影也。偏于此时，写桃源图，题桃源诗，此《桃花扇》之月痕灯晕也。情无尽，境亦无尽，而蓝田叔即于此出场，以为皈依张瑶星之伏脉，何等巧思。"

[注释]

[1] 绣床：即绣绷，指刺绣用的绷紧织物的架子。 [2] 武林：杭州的旧称，最早出自《汉书》，至今仍是杭州重要的地名，如武林门、武林广场等。 [3] 筑：原作"竹"，据兰雪堂本改。 [4] 点染云烟：创作风景画。 [5]"地北天南蓬转"二句：指侯方域虽然奔走天涯，却时时牵挂李香君。蓬转，蓬草随风飞转，指人四处飘零。蓬，草名，细叶，枯后风一吹根则断，遇风飞旋。巫云楚雨，指男女欢会。宋玉《高唐赋》，楚王在高唐梦见巫山神女，神女说自己"旦为朝云，暮为行雨。朝朝暮暮，阳台之下"。 [6] 芊芊：比喻春草柔软、丰茂。 [7] 蹑（niè）踪：放轻脚步。 [8] 湘帘：指湘妃竹编制的帘子，竹子有天然斑纹，类似泪痕，传说为舜帝妃子娥皇、女英所留。 [9] 翠生生：指色彩鲜艳。 [10] 网罥（juàn）：蜘蛛网缠绕。 [11] 银拨冰弦：指琵琶。银拨，弹拨琵琶的银片。冰弦，指琵琶弦，因用冰蚕丝制成，丝弦光洁透明。 [12] 待做个女山人画叉乞钱：指李香君像山人一样靠绘画谋生。山人，参见第十出《修札》注。叉，原作"乂"，据兰雪堂本改，指挂画的长柄叉子，引申为绘画。 [13] 上巳：即上巳节，节日名，旧时三月第一个巳日，民间会举行修禊、游赏活动，后此节定于三月三。 [14] 霰（xiàn）：冰粒，雪粒。 [15] 红丝砚：砚台名，砚材产于山东青州市的黑山和临朐县的老崖崮，砚质嫩润，色泽华美。 [16] 吠神仙朱门犬：对马士英爪牙之恶称。 [17] 那人阻春烟：那个人为春烟所阻，无以

寻见。 [18] 苏：原脱落，据兰雪堂本补。 [19]“台上久无秦弄玉”二句：指李香君离开媚香楼，蓝瑛入住媚香楼。秦弄玉，典故出自弄玉吹箫，参见第十七出《拒媒》注。米襄阳，指米芾，参见第四出《侦戏》注。 [20] 金陵旧派：指五代宋初以江宁画家巨然为代表的南方山水画派，因清初画坛出现金陵八家，故此派被称为“金陵旧派”。 [21] 麒麟楦：原指演戏时冒充麒麟的驴子，比喻那些徒有其表、实无能力的人。此处指阮大铖、马士英等。《云仙杂记·麒麟楦》记载杨炯将当朝众臣称作“麒麟楦”，“今假弄麒麟者，必修饰其形，覆之驴上，宛然异物。及去其皮，还是驴耳。无德而朱紫，何以异是？”

[点评]

这一出是《桃花扇》中的经典折子，为演员预留了充分的表演空间。侯方域故地重游、感怀寻人的一段，尤为协律可歌，很有演唱价值。故而，在《桃花扇》甫经写就之时，该出戏就多被伶人们传唱。时至今日，《题画》一出仍是许多昆剧院团的保留剧目。

侯方域带歌上场，一曲【齐破阵】便将自己魂牵梦绕之感、颠沛流离之旅与故地重回之情表现出来，颇显出其欲与李香君重逢的急切之情。随后一曲【刷子序犯】，开始细致描摹其故地重游时的所触所感，其中的黄莺绿草、苔痕桃花，都是前出中所提及过的旧日景象——然而彼时景中尚有李香君、侯方域、苏昆生、李贞丽等同在，而今只余侯方域一人。如此情景，当更甚于桃花人面之薄缘，令观者唏嘘。

【朱奴儿犯】【普天乐】两曲则是一段夹唱夹做的精

彩表演，侯方域从庭院到楼上再到李香君房边，其所唱之词可谓是一步一景，亦反映出侯方域越发急切。尤其【普天乐】一曲，从“手拽起翠生生罗襟软”写起，随着侯方域一步步探索，逐渐发现“摆列着描春容脂箱粉盏”，将唱曲与人物行动合二为一，尤显得生动好看。

其后的【雁过声】一曲，曲如牌名，声虽在而雁早过。先前的急切之情，在这里统统化为无奈与失落之情。人面桃花之感，在此处更显得无以复加。“萧然，美人去远，重门锁，云山万千，知情只有闲莺燕”一句，尤其将侯方域的心态描摹得活灵活现。其后曲中一句“帘栊响，似有个人略喘”，则于转折中将情绪收拾，移向侯方域与蓝瑛的相遇。

蓝瑛采露上楼，侯方域与之攀谈，方才知道李香君早已被选入宫中。随后杨文骢的上场，使得侯方域彻底明晰了李香君的境况——她因为辱骂马士英、阮大铖现在困居弘光宫中，无法得见；而侯方域本人也与马士英、阮大铖有旧怨，不能堂而皇之在外行走。这些对话言谈，为后面情节的继续发展，埋下了巨大的悬念。

随后的一曲【尾犯序】中，“旧桃花刘郎又撚”一句，与前面的内容相为呼应，很值得玩味。在前面《寄扇》一出中也曾出现“刘郎”典故——李香君在结尾时曾经掩泪唱道：“三月三刘郎到了，携手儿下妆楼，桃花粥吃个饱。”如此唱词，无不是对于侯方域归来的美好愿景。此出侯方域唱此，可谓是与李香君心心相印，然而此出侯方域所唱已全不见美好愿景。“横揣俺天涯夫婿，永巷日如年”之语，只显出无尽的哀怨之感。不过由此反推，李香君所唱的美好愿景，其实亦不失为其绝望中自我安慰之语。

借助蓝瑛呈示桃源山水一事，张瑶星这一出现在前面《闲话》出的人物也得以被引出，为其后面的出场做出了铺垫。以世外桃源之图景赠予张瑶星，也足能显示出张瑶星隐逸避世的形象。

第二十九出　逮社（乙酉三月）

【凤凰阁】（丑扮书客蔡益所上）堂名二酉[1]，万卷牙签求售[2]。何物充栋汗车牛[3]，混了书香铜臭[4]。贾儒商秀[5]，怕遇着秦皇大搜[6]。

眉批："书香、铜臭，二者不可得兼也，必也为书贾乎！"

在下金陵三山街书客蔡益所的便是[7]。天下书籍之富，无过俺金陵。这金陵书铺之多，无过俺三山街。这三山街书客之大，无过俺蔡益所。（指介）你看十三经、廿一史、九流三教、诸子百家、腐烂时文、新奇小说[8]，上下充箱盈架，高低列肆连楼。不但兴南贩北，积古堆今，而且严批妙选，精雕善印[9]。俺蔡益所既射了贸易《诗》《书》之利[10]，又收了流传文字之功，凭他进士、举人，见俺作揖拱手，好不体面。（笑介）今乃乙酉乡试之年[11]，大布恩纶[12]，开科取士。准了礼部尚书钱谦益的条陈，要亟正文体，以光新治。俺小店乃坊间首领，只得聘请几家名手，另选新篇。今日正在里边删改批评，待俺早些贴起封面来。（贴介）风气随名手，文章中试官。（下。生、净背行囊上）

【水红花】（生）当年烟月满秦楼，梦悠悠，箫声非旧。人隔银汉几重秋，信难投，相思谁救。（唤介）昆老，我们千里跋涉，为赴香君之约。不料他被选入宫，音信杳然。昨晚扫兴回来，又怕有人踪迹，故此早早移寓。但不知那处僻静，可以多住几时，打听音信。等他诗题红叶，白了少年头。佳期难道此生休也啰。

眉批："侯郎情痴，要音信何为？"

眉批："美人公子，谁无迟暮之嗟？"

（净）我看人情已变，朝政日非，且当道诸公，日日罗织正人[13]，报复夙怨。不如暂避其锋，把香君消息，从容打听罢。（生）说的也是，但这附近州郡，别无相知，只有好友陈定生住在宜兴，吴次尾住在贵池。不免访寻故人，倒也是快事。（行介）

【前腔】故人多狎水边鸥[14]，傲王侯，红尘拂袖。长安棋局不胜愁，买孤舟，南寻烟岫。（净）来到三山街书铺廊了，人烟稠密，趱行几步才好。（疾走介）妨他豺狼当道，冠带几猕猴。三山榛莽水狂流也啰[15]。

（生指介）这是蔡益所书店，定生、次尾常来寓此，何不问他一信？（住看介）那廊柱上贴着新选封面，待我看来。（读介）“复社文开”。（又看介）这左边一行小字，是“壬午、癸未房墨合刊”[16]，右边是“陈定生、吴次尾两先生新选”。（喜介）他两人难道现寓此间不成？（净）待我问来。（叫介）掌柜的那里？（丑上）请了，想要买甚么书籍么？（生）非也。要借问一信。（丑）问谁？（生）陈定生、吴次尾两位相公来了不曾？（丑[17]）现在里边，待我请他出来。（丑下。末、小生同上见介）呀！原来是侯社兄。（见净介）苏昆老也来了。（各揖介。末问介）从那来的？（生）从敝乡来的。（小生问介）几时进京？（生）昨日才到。

【玉芙蓉】烽烟满郡州，南北从军走。叹朝秦暮楚[18]，三载依刘。归来谁念王孙瘦？重访秦淮帘下钩。徘徊久，问桃花昔游，这江乡，今年不似旧温柔。

眉批：“温柔乡容易沧桑，奈何。”

（问末、小生介）两兄在此，又操选政了[19]？（末、小生）见笑。

【前腔】金陵旧选楼[20]，联榻同良友。对丹黄笔砚[21]，事业千秋。六朝衰弊今须救，文体重开韩柳欧。传不朽，把东林尽收，才知俺中原复社附清流。

眉批：“复社极力标榜东林，故有南朝党人之祸。”

（内唤介）请相公们里边用茶。（末、小生）来了。（让生、净入介。杂扮长班持拜帖上）我家官府阮大铖，新升兵

部侍郎，特赐蟒玉，钦命防江。今日到这三山街拜客，只得先来。（副净扮阮大铖蟒玉，骄态，坐轿，杂持伞、扇引上）

【朱奴儿】（副净）排头踏青衣前走，高轩稳扇盖交抖。看是何人坐上头？是当日胯下韩侯[22]。（杂禀介）请老爷停轿，与佥都越老爷投帖[23]。（杂投帖介。副净停轿介）吩咐左右，不必打道，尽着百姓来瞧。（扇扇大说介）我阮老爷今日钦赐蟒玉，大轿拜客。那班东林小人，目下奉旨搜拿，躲的影儿也没了。（笑介）才显出谁荣谁羞，展开俺眉头皱。

眉批："小人得志，如此骄矜。"

眉批："老阮果有此言，不抹花面，不可得也。"

（看书铺介）那廊柱上帖的封面，有甚么"复社"字样，叫长班揭来我瞧。（杂揭封面，送副净读介）"复社文开，陈定生、吴次尾新选。"（怒介）嗄！复社乃东林后起，与周镳、雷缜祚同党。朝廷正在拿访，还敢留他选书。这个书客也大胆之极了。快快住轿！（落轿介。副净下轿，坐书铺吩咐介）速传坊官。（杂喊介）坊官那里？（净扮坊官急上，跪介）禀大老爷，传卑职有何吩咐？

眉批："入复社于周、雷之案，而复社难免矣。"

【前腔】（副净）这书肆不将法守，通恶少复社渠首。奉命今将逆党搜，须得你蔓引株求。（净）不消大老爷费心，卑职是极会拿人的。（进入拿丑上）犯人蔡益所拿到了。（丑跪禀介）小人蔡益所并未犯法。（副净）你刻什么“复社文开”，犯法不小。（丑）这是乡会房墨，每年科场要选一部的。（副净喝介）哇！目下访拿逆党，功令森严，你容留他们选书，还敢口强，快快招来。（丑）不干小人事，相公们自己走来，现在里面选书哩。（副净）既在里面，用心看守，不许走脱一人。（丑应下。副净向净私语介）访拿逆党，是镇抚司的专责[24]，速递报单，叫他校尉拿人。传缇骑重兴狱囚[25]，笑杨左今番又[26]。

（净）是。（速下。副净上轿介。生、末、小生拉轿，喊介）我们有何罪过，着人看守？你这位老先生，不畏天地鬼神了。（副净微笑介）学生并未得罪，为何动起公愤来？（拱介）请教诸兄尊姓台号？（小生）俺是吴次尾。（末）俺是陈定生。（生）俺是侯朝宗。（副净微怒介）哦，原来就是你们三位，今日都来认认下官。

眉批：“以天地吓人，画出书生酸态。”

【剔银灯】堂堂貌须长似帚，昂昂气胸高如斗。（向小生介）那丁祭之时，怎见的阮光禄难司笾和豆。（向末介）那借戏之时，为甚把《燕子笺》弄俺当场丑。（向生介）堪羞，妆奁代凑，倒惹你裙钗乱丢。

眉批：“小人报睚眦之怨，清白如此，可畏也。”

（生）你就是阮胡子，今日报仇来了。（末、小生）好，好，好！大家扯他到朝门外，讲讲他的素行去[27]。（副净佯笑介）不要忙，有你讲的哩。（指介）你看那来的何人？（副净坐轿下。杂扮白靴四校尉上，乱叫介）那

眉批：“此何时也？而倡公论，酸极，呆极。”

是蔡益所？（丑）在下便是，问俺怎的？（杂）俺们是驾上来的，快快领着拿人。（丑[28]）要拿那个？（杂）拿陈、吴、侯三个秀才。（生）不用拿。我们都在这边哩，有话说来。（杂）请到衙门里说去罢！（竟丢锁套三人下。丑吊场介）这是那里的帐？（唤介）苏兄快来。（净扮苏昆生上）怎么样的了？（丑）了不得，了不得！选书的两位相公拿去罢了，连侯相公也拿去了。（净）有这等事？

眉批："复社之慷慨，校尉之凶猛，俱为画出。"

【前腔】（合）凶凶的缧绁在手[29]，忙忙的捉人飞走。小复社没个东林救，新马、阮接着崔、田后。堪忧，昏君乱相，为别人公报私仇。

（净）我们跟去，打听一个真信，好设法救他。（丑）正是。看他安放何处，俺好早晚送饭。

（丑）朝市纷纷报怨仇，（净）乾坤付与杞人忧。

（丑）仓皇谁救焚书祸，（净）只有宁南一左侯。

出评："逆党挟仇，复社罹殃，南朝亡国之政也。此折俱从实录，又将阮胡得意骄横之态，极力描出，如太史公志传，不加贬刺，而笔法森然矣。"

［注释］

[1] 二酉：蔡益所书坊名，在金陵三山街。民间传说湖南沅陵有大、小酉山，山洞曾藏书千卷。 [2] 牙签：原指象牙制作的图书标签，后泛指书卷。 [3] 充栋汗车牛：指著作或藏书极多。放在屋里，占满全屋；用牛车运走，把牛累得大汗淋漓。柳宗元《唐故给事中皇太子侍读陆文通先生墓表》载，很多人研究《春秋》，为它注疏、评议，发表各种见解，写了很多书，"处则充栋宇，出则汗牛马"。栋，房屋的脊檩、正梁。 [4] 混了书香铜

臭：指书坊生意雅俗相杂。书香，旧时藏书者把芸香草夹在书中，以辟书以辟书蠹，还能让书籍散发淡淡的香味。铜臭，原指铜钱味，借指追逐金钱利益的人或事。《后汉书·崔烈传》载，东汉时，崔烈花钱买官，做了司徒。别人议论纷纷，嫌其铜臭。　[5] 贾儒商秀：指蔡益所兼商人、书生双重身份。贾、商，指商人。儒、秀，指书生。　[6] 秦皇大搜：指秦始皇焚书坑儒事。秦朝时，秦始皇嬴政在李斯的建议下，焚烧天下书籍，坑埋咸阳四百多位儒生。　[7] 三山街：金陵地名，因与三山门相对而得名。　[8] 十三经：指《易经》《诗经》《尚书》《周礼》《仪礼》《礼记》《春秋左氏传》《春秋穀梁传》《春秋公羊传》《论语》《孝经》《尔雅》《孟子》13 种著作。廿一史：指《史记》《汉书》《后汉书》《三国志》《晋书》《宋书》《南齐书》《梁书》《陈书》《魏书》《北齐书》《周书》《隋书》《南史》《北史》《新唐书》《新五代史》《宋史》《辽史》《金史》《元史》21 部历史典籍。九流：据《汉书·艺文志》，指春秋战国时涌现的九大学派：儒家、道家、阴阳家、法家、名家、墨家、纵横家、杂家、农家。诸子百家：指先秦到汉初各学派的代表人物和代表著作，后作为各学派的总称。腐烂时文：指陈词滥调的八股文。　[9] 雕：原作"开"，据兰雪堂本改。　[10]"射了贸易《诗》《书》之利"：指蔡益所靠贩卖书籍牟利。射……之利，即射利，指牟取利润。　[11] 乙酉：1645 年。　[12] 恩纶：指臣子对帝王诏书的褒词。　[13] 罗织：原指收罗编织，形容故意编织罪名，虚构罪状害人。《唐会要·酷吏》，唐朝酷吏来俊臣官任侍御史、御史中丞时，经常捏造罪名、酷刑逼供无端迫害事主。　[14] 故人多狎水边鸥：指闲散地生活。李贽《客吟》："正是狎鸥老，又作塞上翁。"狎，亲近。　[15] 三山榛莽：指热闹的三山街恐有荒废之虞。榛莽，丛生的草木，形容环境险恶。　[16] 壬午、癸未房墨合刊：将 1642 年、1643 年乡试、会试中选的试卷合在一起刊印。壬午，1642年，当年为乡试之年，各省内秀才集中省城参加考试，中试的称为举人。癸未，1643年，当年为会试之年，各省举人集中在京师礼部考试，中试的为进士。房墨，明清科举考试中选的试卷。合刊，指某种刊物将前后两期或两个时间段的文章合并一起刊登出版。刊，原作“删”，据兰雪堂本改。 [17] 丑：原作“外”，据兰雪堂本改。 [18]“叹朝秦暮楚”二句：指侯方域漂泊不定，后投靠史可法。朝秦暮楚，时而事秦，时而事楚，比喻反复无常，居所不定。晁补之《鸡肋集·北渚亭赋》：“托生理于四方，固朝秦而暮楚。”三载依刘，东汉末王粲因西京之乱，避往刘表处，后归顺曹操。 [19] 操选政：指以选书、选录文章为业。 [20] 选楼：即文选楼，指萧统招集文人编选《文选》之处。 [21] 丹黄：指用红、黄色墨笔圈点、批评的书籍。 [22] 胯下韩侯：阮大铖自比为韩信。韩信年少时，曾受淮阴恶少侮辱，被迫从其胯下爬过。 [23] 佥都越老爷：指越其杰，时为佥都御史。 [24] 镇抚司：官名，指明代锦衣卫镇抚司，掌刑名，兼理军匠。 [25] 缇骑：原指红色军服的骑士，此处指锦衣卫的缉捕校卒。 [26] 杨左：指杨涟、左光斗，皆为魏氏所害。杨涟，字文孺，应山（今属湖北）人，明万历三十五年（1607）进士。左光斗，字遗直，南直隶桐城（今属安徽）人，明万历三十五年（1607）进士。明熹宗时官任左副都御史和御史，曾弹劾魏忠贤。 [27] 素行：素常行为。 [28] 丑：原作“外”，据暖红室本改。 [29] 缧绁（xiè）：原指捆绑人的绳索，借指牢狱、监狱。

[点评]

在这出里，阮大铖对复社文人进行了报复。据《陈定生墓表》可知，陈贞慧曾遭到阮大铖的逮捕，而侯方域、吴应箕二人则在阮大铖鹰犬到来之前，就已经遁隐踪迹了。逮捕一事发生在“夜半”，当为陈贞慧之寓所，也并非光天化日的三山街上。孔尚任在此出虚构陈贞慧、吴应箕、侯方域三人都为阮大铖所逮捕，虽然于历史情况有所变易，但是对于凸显矛盾冲突、彰明人物性格、推进情节发展而言，却有着重要的作用。

这一事件中，形象展现最为鲜明的是阮大铖，展现了其在下僚、百姓面前骄横跋扈——他这样的表现也并非毫无来由，因为相比于先前在《哄丁》《侦戏》《闹榭》诸出的遮掩躲藏、委屈受辱、谄媚攀附，他终于“扬眉吐气”，从罢退官员一跃成为显赫人物，甚至被赐予蟒袍玉带，地位也居于复社文人之上。

就此事件回望复社文人的举动，也信知在历史潮流中善因善果之辩所以吊诡的原因：复社文人出于节义和无畏，坦然奔赴阮大铖所设的陷阱。其意在伸张正义，却成为阮大铖得逞之途径。更为可叹的是，复社文人受倾轧一事，甚至成为左良玉、黄得功等人大战之导火索，以至于最终引来北兵南下，倾覆国家基业。此于复社文人、阮大铖等而言，更是在意料之外。

孔尚任固然在全剧之中有尊敬复社文人乃至于偏袒左良玉的地方，但是对于这种吊诡的历史局面，孔尚任却并没有刻意回避，而是将其真实呈现出来。所以该出伏机于细微、活人物于言行之写法固然值得我们学习，但是其在不虚美、不隐恶基础上对于艺术表现和历史真实的把握，尤其值得我们借鉴。

第三十出　归山（乙酉三月）

【粉蝶儿】（外白髯扮张薇冠带上）何处家山？回首上林春老[1]，秣陵城烟雨萧条。叹中兴，新霸业，一声长啸。旧宫袍，衬着懒散衰貌。

眉批："旧臣败兴之状如画。"

下官张薇，表字瑶星，原任北京锦衣卫仪正之职[2]。避乱南来，又遇新主中兴，录俺世勋[3]，仍补旧缺。不料权奸当道，朝局日非，新于城南修起三间松风阁，不日要投闲归老。只因有逆案两人，乃礼部主事周镳、按察副使雷缜祚，马、阮挟仇，必欲置之死地。下官深知其冤，只是无法可救，中夜踌躇，故此去志未决。

眉批："迟迟吾行，心事谁知？"

【尾犯序】党祸起新朝[4]，正士寒心，连袂高蹈[5]。俺有何求，为他人操刀？急逃。盖了座松风草阁，等着俺白云啸傲。只因这沉冤未解梦空劳。

（副净扮家僮上，禀介）禀老爷，镇抚司冯可宗拿到逆党三名[6]，候老爷升厅发放。（杂扮校尉四人，持刑具罗列介。外升厅介。净扮解役投文，押生、末、小生带锁上。跪介。外看文，问介）据坊官报单，说尔等复社朋谋，替周镳、雷缜祚行贿打点，因而该司捕解。快快从实招来，免受刑拷。

【前腔】（末、小生）难招，笔砚本吾曹，复社青衿，评选文稿。无罪而杀，是坑儒根苗。（生）休拷，俺来此携琴访友，并不曾流连夜晓。无端的池鱼堂燕一时烧[7]。

（外）据尔所供，一无实迹，难道本衙门诬良为盗不成。（拍惊堂介[8]）叫左右预备刑具，叫他逐个招来。（末前跪介）老大人不必动怒，犯生陈贞慧，直隶宜兴人，不合在蔡益所书坊选书，并无别情。（小生前跪介）犯生吴应箕，直隶贵池人，不合与陈贞慧同事，并无别情。（外向净介）既在蔡益所书坊，结社朋谋，行贿打点，彼必知情。为何竟不拿到？（投签与净介）速拿蔡益所质审。（净应下。生前跪介）犯生侯方域，河南归德府人，游学到京，与陈贞慧、吴应箕文字旧交，才来拜望，一同拿来了，并无别情。（外想介）前日蓝田叔所画桃源图，有归德侯方域题句。（转问介）你是侯方域么？（生）犯生便是。（外拱介）失敬了。前日所题桃源图，大有见解，领教，领教。（吩咐介）这事与你无干，请一边候。（生）多谢超豁了[9]。

眉批："法司问官，不得不执法，以掩人耳目也。"

眉批："瑶星，文人也，声气认真，读桃源诗，而开侯生之网。如阮大铖者，妄弄笔墨，目何尝识丁也。"

（一边坐介。净持签上。禀介）禀老爷，蔡益所店门关闭，逃走无踪了。（外）朋谋打点，全无证据，如何审拟？（寻思介。副净持书送上介）王、钱二位老爷有公书。（外看介）原来是内阁王觉斯、大宗伯钱牧斋两位老先生公书[10]，待俺看来。（开书背看，点头介）说的有理，竟不知陈、吴二犯，就是复社领袖。

眉批："开释得法，王、钱两公，终是文人。"

【红衲袄】一个是定生兄，艺苑豪。一个是主骚坛，吴次老。为甚的冶长无罪拘皋陶[11]，俺怎肯祸兴党锢推又敲。大锦衣，权自操。黑狱中，白日照。莫教名士清流贾祸含冤也，把中兴文运凋。

（转拱介）陈、吴两兄，方才得罪了。（问介）王觉斯、钱牧斋二位老先生，一向交好么？（末、小生）并无相与。（外）为何发书，极道两兄文名，嘱俺开释？（末、小生）想出二公主持公道之意。（外）是，是。下官虽系武职，颇读诗书，岂肯杀人媚人？（吩咐介）这事冤屈，请一边候，待俺批回该司，速行释放便了。（批介。末、小生一边坐介。副净持朝报送上介）禀老爷，今日科抄有要紧旨意[12]，请老爷过目。（外看报介）"内阁大学士马一本，为速诛叛党，以靖邪谋事。犯官周镳、雷缜祚，私通潞藩，叛迹显然，乞早正法，晓示臣民等语。奉旨：周镳、雷缜祚，着监候处决。又兵部侍郎阮一本，为捕灭社党，廓清皇图事[13]。照得东林老奸，如蝗蔽日。复社小丑，似蝻出田[14]。

眉批："不肯杀人媚人，是张公素志，况在声气中乎。"

蝗为现在之灾，捕之欲尽，蝻为将来之患，灭之勿迟。臣编有《蝗蝻录》，可按籍而收也等语。奉旨：这东林社党，着严行捕获，审拟具奏，该衙门知道。”（外惊介）不料马、阮二人，又有这番举动，从此正人君子无孑遗矣[15]。

【前腔】俺正要省约法，画狱牢，那知他铸刑书，加炮烙。莫不是清流欲向浊流抛[16]，莫不是党碑又刻元祐号。这法网，人怎逃？这威令，谁敢拗？眼见复社东林尽入囹圄也[17]，试新刑，搜尔曹[18]。

（向生等介）下官怜尔无辜，正思开释。忽然奉此严旨，不但周、雷二公定了死案，从此东林、复社，那有漏网之人？（生等跪求介）尚望大人超豁。（外）俺若放了诸兄，倘被别人拿获，再无生理，且不要忙。（批介）据送三犯，朋谋打点，俱无实迹，俟拿到蔡益所之日，审明拟罪可也。（向生等介）那镇抚司冯可宗，虽系功名之徒，却也良心未丧，待俺写书与他。（写介）老夫待罪锦衣，多历年所，门户党援，何代无之？总则君子、小人，互为盛衰，事久则变，势极必反。我辈职司风纪，不可随时偏倚，代人操刀。天道好还，公论不泯，慎勿自贻后悔也。（拱介）诸兄暂屈狱中，自有昭雪之日。（净、杂押生等俱下。外退堂介）俺张薇原是先帝旧臣，国破家亡，已绝功名之念，为何今日出来助纣为虐。自古道：“知几不俟终日[19]。"看这光景，尚容踌躕再计乎？（唤介）家僮快牵马来，我要到松风阁养病去了。（副净牵马上）坐马在此。（外上马，副净随行介）

【解三醒】（外）好趁着晴春晚照，满路上絮舞花飘。遥望见城南苍翠山色好，把红尘客梦全消。且喜已到松风阁，这是俺的世外桃源，不免下马登楼，趁早料理起来。（下马登楼介）清泉白石人稀到，一阵松风响似涛。（唤介）叫园丁撑开门窗，拂净栏槛，俺好从容眺望。（杂扮园丁收拾介）燕泥沾落絮，蛛网罥飞花。禀老爷，收拾干净了。（下。外窥窗介）你看松阴低户，沁的人心骨皆凉。此处好安吟榻。（又凭栏介）你看春水盈池，照的人须眉皆碧。此处好支茶灶。（忽笑介）来的慌了，冠带袍靴全未脱却，如此打扮，岂是桃源中人？可笑，可笑。（唤介）家僮开了竹箱，把我买下的箬笠、芒鞋、萝绦、鹤氅[20]，替俺换了。（换衣带介）堪投老[21]，才修完三间草阁，便解宫袍。

眉批："趣极，韵极，令人失笑。"

（净扮校尉锁丑牵上）松间批驾帖[22]，竹里验公文。方才拿住蔡益所，闻得张老爷来此养病，只得赶来销签。（叫介）门上大叔那里？（副净出问介）来禀何事，如此紧急？（净）禀老爷，拿到蔡益所了，特来销签。（缴签介。副净上楼，禀介）衙门校尉带着蔡益所回话。

（外惊介）拿了蔡益所，他三人如何开交？（想介）有了，叫校尉楼下伺候，听俺吩咐。（副净传净跪楼下介。外吩咐介）这件机密重案，不可丝毫泄漏，暂将蔡益所羁候园中，待我回衙，细细审问。（净）是。（将丑拴树介。净欲下介。外）转来，园中窄狭，把这匹官马，牵回喂养。我的冠带袍靴，你也顺便带去。我还要多住几时，不许擅来啰唣。（净应下。外跌足介）坏了，坏了。衙役走入花丛，犯人锁在松树，还成一个什么桃源哩。不如下楼去罢！（下楼见丑介）果是蔡益所哩。（丑跪介）犯人与老爷曾有一面之识。（外）虽系旧交，你容留复社，犯罪不轻。（丑叩头介）是。（外）你店中书籍，大半出于复社之手，件件是你的赃证。（丑叩头介）只求老爷超生。（外）你肯舍了家财，才能保得性命。（丑）犯人情愿离家。（外喜介）这等就有救矣。（唤介）家童与他开了锁头。（副净开丑介。外）你既肯离家，何不随我住山？（丑）老爷若肯携带，小人就有命了。（外指介）你看东北一带，云白山青，都是绝妙的所在。（唤介）家童好生看门，我同蔡益所瞧瞧就来。（副净应下。丑随外行介。外指介）我们今夜定要宿在那苍苍翠翠之中。（丑）老爷要去看山，须差人早安公馆。那山寺荒凉，如何住宿？（外）你怎晓的，舍了那顶破纱帽，何处岩穴着不的这个穷道人？（丑背介）这是那里说起？（外）不要迟疑，一直走去便了。

眉批："张、蔡同去，是南朝第三、第四作者。"

【前腔】眼望着白云缥缈，顾不得石径迢遥。渐渐的松林日落空山杳，但相逢几个渔樵。翠微深处人家少[23]，万岭千峰路一条。开怀抱，尽着俺山游寺宿，不问何朝。

眉批："一曲写尽佳山水，写尽踊跃归去之兴。"

境隔仙凡几树桃[24]，才知容易谢尘嚣[25]。
清晨检点白云署，行到深山日尚高。

出评："此折稍长，缘审狱归山是一日事，早为刑官，晚为高隐。朝野之隔，不能以寸，提醒热客，最切也。此折最难结构，而能脱脱洒洒，游刃有余。"

[注释]

[1] 上林：即上林苑，原为秦始皇修建的宫苑，汉武帝时重修，后指皇家宫苑。 [2] 锦衣卫仪正：官名，掌管侍卫、缉捕、刑狱等。 [3] 录俺世勋：张薇祖辈在明代世为军户，因父亲张可大的战功，赠荫锦衣卫千户。 [4] 党祸：指因党争引起的祸乱。 [5] 连袂（mèi）高蹈：一起隐居。连袂，衣袖相连。高蹈，归隐。 [6] 冯可宗：时为锦衣卫都督。 [7] 无端的池鱼堂燕一时烧：指无辜地遭受牵连。池鱼，司马光《资治通鉴》卷一六〇："城门失火，殃及池鱼。"城门着火，用护城河的水救火，水用尽了，池鱼也会干死。堂燕，燕子和鸟雀在屋子上做窝，房屋焚烧起来，它们也跟池鱼一样被烧死。 [8] 惊堂：即惊堂木，古代审案时官吏拍打公案的长方体木块，有增添法堂威严的作用。 [9] 超豁：超脱，豁免。 [10] 王觉斯：指王铎，字觉斯。钱牧斋：钱谦益，号牧斋。 [11] "为甚的冶长无罪拘皋陶"二句：指张薇不愿意审问侯方域等人，以免酿成党锢之祸。冶长，即公冶长，孔子门徒之一，曾遭受冤狱。拘皋陶，被皋陶所拘禁。皋陶，舜帝时司法官。党锢，指对异党的禁锢。 [12] 科抄：即朝报，分科抄录帝王谕旨及大臣章奏的邸报。 [13] 皇图：国家版图。 [14] 蝻：蝗的幼虫。 [15] 无孑遗：指没有留下什么人。孑遗，指经过大的变

乱遗留下来的少数人。孑，单独，孤独。　[16] 清流欲向浊流抛：原作“浊流欲向清流抛”，据暖红室本改。　[17] 囹圄（líng yǔ）：监牢。　[18] 尔曹：你们。　[19] 知几不俟终日：语出《易经·系辞下》，指了解事物变化的先兆，立即行动，不等一天过完。几，细微的迹象。　[20] 萝绦、鹤氅：用女萝编织的带子、鹤羽制作的外衣，都为道士服饰。　[21] 投老：临老，到老。　[22] 驾帖：明代锦衣卫提审、押解犯人的法律文书。　[23] 翠微：原指青翠的山色，泛指青山。　[24] 境隔仙凡几树桃：几棵桃树隔开仙境与人间。　[25] 谢尘嚣：指远离尘世。谢，告辞，告别。

［点评］

该出内容看似是《逮社》一出的延续，但实际上却是从中逸出。其于激烈紧张的矛盾冲突间，不紧不慢地将张薇这一人物介绍引出，看似与全出内容截然不符，可实际上此出却是为最终归结全剧的兴亡铺排下了暗线。

张薇其人历史上实有，但是其人究竟若何，历史上的记载却并不确切，甚至连其名字都有张薇、张怡、张遗诸多说法。然而可以确定的是，张薇其人是明朝旧臣，明亡后隐逸山林，在文人墨客之间存有相当声誉。孔尚任以此人为最终总结兴亡之人，当是鉴于其在文人间的声望。

将张薇形象转换到剧本之中，当耗费作者不少心思。作者为铺设人物出现，与二十出之后设立闰二十出，并以张薇为此出之主角，是为其之后的出场做了充分的铺垫。在该出中，作者又颇具创意地利用张薇“锦衣卫仪正”一职，使张薇得以介入复社与阮、马之间的冲突斗争中。由是二步骤，张薇能够被统摄到全剧勾连细致的情节逻辑之中，从而避免了人物出现的突兀之感。

孔尚任以张薇作为归结兴亡之人的做法意在通过张薇归隐的经历，可以知道弘光朝廷的覆灭并非源于敌人的强盛、天时的不予，而是源于其内部有马士英、阮大铖这样的人左右局面，使得天道不复、人心惶惶。故而弘光朝廷的毁灭，是自灭，是历史规律自我演进的结果，也是当时不可挽回的败局。

但是在此出，作者并没有将这样的意思全盘托出，而只是通过张薇的言行隐约烘托出来。如此的伏笔已经打下，最终结局的写就也就显得合情合理了。

第三十一出　草檄（乙酉三月）

（净扮苏昆生上）万历年间一小童，崇祯朝代半衰翁。曾逢天启干恩荫[1]，又见弘光嗣厂公。我苏昆生，睁着五旬老眼，看了四代时人，故此做这几句口号[2]。你说那两位嗣厂公，有天没日，要把正人君子，捕灭尽绝。可怜俺侯公子，做了个法头例首[3]。我老苏与他同乡同客，只得远来湖广，求救于宁南左侯。谁想一住三日，无门可入。今日江上大操，看他兵马过处，鸡犬无声，好不肃静。等他回营，少不的寻个法儿，见他一面。（唤介）店家那里？（副净扮店主上）黄鹤楼头仙客少，白云市上酒家多。客官有何话说？（净）请问元帅左爷爷，待好回营么？（副净）早哩，早哩。三十万人马，每日操到掌灯。况今日又留督抚袁老爷、巡按黄老爷，在教场饮酒，怎得便回？（净）既是这等，替我打壶酒来，慢慢的

眉批："昆生高义，百世可师。"

吃着等他罢[4]。（副净取酒上）等他做甚，吃杯酒，早些安歇罢。（净）俺并不张看，你放心闭门便了。（副净下。净望介）你看一轮明月，早出东山，正当春江花月夜，只是兴会不佳耳。（坐斟酒饮介）对此杯中物，勉强唱只曲儿，解闷则个。（自敲鼓板唱介）

眉批：“又要等他，又不张看，又不安歇，又叫闭门，情事宛然。”

【念奴娇序】[5]长空万里，见婵娟可爱[6]，全无一点纤凝。十二阑干光满处，凉浸珠箔银屏。偏称[7]，身在瑶台[8]，笑斟玉斝[9]，人生几见此佳景。惟愿取年年此夜，人月双清。

（自斟饮介）这样好曲子，除了阮圆海，却也没人赏鉴。罢了，罢了。宁可埋之浮尘，不可投诸匪类。（又饮介）这时候也待好回营了，待俺细细唱起来。他若听得，不问便罢，倘来问俺，倒是个机会哩。（又敲鼓板唱介）

【前腔】孤影[10]，南枝乍冷，见乌鹊缥缈，惊飞栖止不定。（副净上怨介）客官安歇罢，万一元帅听得，连累小店，倒不是要的。（净唱介）万叠苍山，何处是修竹吾庐三径[11]？（副净拉净睡介。净）不妨事的。俺是元帅乡亲，巴不得叫他知道，才好请俺进府哩。（副净）既是这等，凭你，凭你。（下。净又唱介）追省[12]，丹桂谁攀，姮娥独住，故人千里漫同情。惟愿取年年此夜，人月双清。

眉批：“好关目。”

（杂扮小卒数人，背弓矢、盔甲走过介。净听介）外边马蹄乱响，想是回营了，不免再唱一曲。（又敲鼓板唱介）

【前腔】光莹[13]，我欲吹断玉箫，骖鸾归去，不知何处冷瑶京。（杂扮小军四人旗帜前导介。净听介）喝道之声，渐渐近来，索性大唱一唱。环佩湿[14]，似月下归来飞琼[15]。（小生扮左良玉，外扮袁继咸，末扮黄澍冠带骑马上）朝中新政教歌舞，江上残军试鼓鼙。（外听介）咦！将军，贵镇也教起歌舞来了。（小生）军令严肃，民间谁敢？（末指介）果然有人唱曲。（小生立听介。净大唱介）那更，香雾云鬟，清辉玉臂，广寒仙子也堪并。惟愿取年年此夜，人月双清。

（小生怒介）目下戒严之时，不遵军法，半夜唱曲。快快锁拿。（杂打下门，拿出净，跪马前介。小生问介）方才唱曲，就是你么？（净）是。（小生）军令严肃，你敢如此大胆。（净）无可奈何，冒死唱曲，只求老爷饶恕。（外）听他所说，像是醉话。（末）唱的曲子，倒是绝调。（小生）这人形迹可疑，带入帅府，细细审问。（带净行介）

【窣地锦裆】（合）操江夜入武昌门[16]，鸡犬寂寥似野村。三更忽遇击筑人，无故悲歌必有因。

（作到府介。小生让外、末介）就请下榻荒署，共议军情。（外、末）怎好搅扰？（同入坐介。外）方才唱曲之人，倒要早早发放。（小生）正是。（吩咐介）带过那个唱曲的来。（杂带净跪介。小生问介）你把犯法情由从实说来。（净）小人来自南京，特投元帅，因无门可入，故意犯法，求见元帅之面的。（小生）哇！该死奴才，还不实说。（末）不必动怒，叫他说，要见元帅，有何缘故？

【锁南枝】（净）京中事，似雾昏，朝朝报仇搜党人。现将公子侯郎，拿向囹圄困。望旧交，怀旧恩，替新朝，削新忿。

（小生）那侯公子，是俺世交，既来求救，必有手书，取出我瞧。（净叩头介）那日阮大铖亲领校尉，立拿送狱，那里写得及书。（外）凭你口说，如何信得？（小生想介）有了，俺幕中有侯公子一个旧人，烦他一认，便知真假。（吩咐介）请柳相公出来。（杂应介。丑扮柳敬亭上）肉朋酒友，问俺老柳。待我认来。（点烛认介）呀，原来是苏昆生，我的盟弟。（各掩泪介。小生）果然认的么？（丑）他是河南苏昆生，天下第一个唱曲的名手，谁不认的？（小生喜介）竟不知唱曲之人，倒是一个义士。（拉起介）请坐，请坐。（净各揖坐介。丑）你且说侯公子为何下狱？

眉批："说得唱曲者，如泰山北斗。"

【前腔】（净）为他是东林党，复社群，曾将魏、崔门户分。小阮思报前仇，老马没分寸[17]。三山街，缇骑狠，骤飞来，似鹰隼。

把侯公子捉入狱内，音信不通，俺没奈何，冒死求救。幸亏将军不杀，又得遇着柳兄。（揖介）只求长兄恳央元帅，早发救书，也不枉俺一番远来。（小生气介）袁、黄二位盟弟，你看朝事如此，可不恨死人也。（外）不特此也。闻的旧妃童氏[18]，跋涉寻来，马、阮不令收认，另藏私人，预备采选，要图椒房之亲，岂不可杀？（末）还有一件，崇祯太子[19]，七载储君，讲官大臣，确有证据，今欲付之幽囚。人人共愤，皆思寸磔马、阮[20]，以谢先帝。（小生大怒介）我辈戮力疆场，只为报效朝廷。不料信用奸党，杀害正人，日日卖官鬻爵，演舞教歌，一代中兴之君，行的总是亡国之政。只有一个史阁部，颇有忠心，被马、阮内里掣肘，却也依样葫芦。剩俺单身只手，怎去恢复中原？（跌足介）罢，罢，罢！俺没奈何，竟做要君之臣了[21]。（揖外介）临侯替俺修起参本[22]。（外）怎么样写？（小生）你只痛数马、阮之罪便了。（外）领教。（丑送纸笔，外写介）

眉批："虽谓不要君，吾不信也。"

【前腔】朝廷上，用逆臣，公然弃妃囚嗣君。报仇翻案纷纷，正士皆逃遁。寻冶容[23]，教艳品，卖官爵，笔难尽。

（外写完介。小生）还要一道檄文，借重仲霖起稿罢。（揖介。末）也是这样做么？（小生）你说俺要发兵进讨，叫他死无噍类[24]。（丑）该，该。（小生）你前日劝俺不可前进，今日为何又来赞成？（丑）如今是弘光皇眉批："问得精细，答的明白。"

帝了，彼一时也，此一时也。（小生）是，是。俺左良玉乃先帝老将，先帝现有太子，是俺小主[25]。那马、阮擅立弘光之时，俺远在边方，原未奉诏的[26]。（末）待俺做来。（丑送纸笔，末写介）

【前腔】清君侧，走檄文，雄兵义旗遮路尘。一霎飞渡金陵，直抵凤凰门。朝帝宫，谒孝寝[27]，搜黄阁，试白刃。

（末写完介。小生）就列起名来。（外）这样大事，还该请到新巡抚何腾蛟[28]，求他列名。（小生）他为人固执，不必相闻，竟写上他罢了。（外、末列名介。小生）今夜誊写停当，明早飞递投送，俺随后也就发兵了。（外）只怕递铺误事[29]。（小生）为何？（外）京中匿名文书，纷纷雨集，马、阮每早令人搜寻，随得遂烧，并不过目。（小生）如此，只得差人了。（末）也使不得。闻得马、阮密令安庆将军杜弘域[30]，筑起坂矶[31]，久有防备我兵之意。此檄一到，岂肯干休？那差去之人，便死多活少了。（小生）这等怎处？（丑）倒是老汉去走走罢。（外、末惊介）这位柳先生，竟是荆轲之流，我辈当以白衣冠送之[32]。（丑）这条老命甚么希罕，只要办的元帅事来。（小生大喜介）有这等忠义之人，俺左昆山要下拜了[33]。（唤介）左右，取一杯酒来。（杂取酒上，小生跪奉丑酒介）请尽此杯。（丑跪饮干介。众拜丑，丑答拜介）

眉批："敬亭传书而来，传檄而去，皆是冒险仗义。"

【前腔】擎杯酒，拭泪痕，荆卿短歌声自吞[34]。

夜半携手叮咛，满座各消魂。何日归？无处问，夜月低，春风紧。

眉批："不啻易水之歌。"

（各掩泪介。丑向净介）借重贤弟，暂陪元帅，俺就束装东去了。（净）只愿救取公子，早早出狱，那时再与老哥相见罢。（俱作别介。丑先下。小生）义士，义士。（外、末）壮哉，壮哉。

渺渺烟波夜气昏，一樽酒尽客消魂[35]。

从来壮士无还日，眼看长江下海门。

出评："昆生之投宁南，与敬亭之投宁南，花样不同，各有妙用。敬亭说书之技，显于武昌。昆生唱曲之技，亦显于武昌。梅村作《楚两生行》有以也。""写昆生，突如而来。写敬亭，倏然而去，俱如战国、先秦时人须眉，精神忽忽，惊人奇笔也。"

［**注释**］

[1]"曾逢天启干恩荫"二句：指苏昆生见证了天启、弘光两朝对宦官的重任。干恩荫，指干儿子得到荫庇，借指魏党。恩荫，旧时子辈承继父辈的官职、封赏。嗣厂公，指魏忠贤后人得到延续。嗣，延续。厂公，魏忠贤。　[2] 口号：随口吟成的诗。　[3] 法头例首：新法条例颁布之后首位被惩处者。　[4] 慢慢：原作"漫漫"，据兰雪堂本改。　[5] 念奴娇序：从此以下三段曲文，皆源于《琵琶记·中秋赏月》。　[6] 婵娟：月亮。　[7] 偏称：最适合，最适宜。　[8] 瑶台：仙人居所，借指蔡伯喈的豪华住所。　[9] 玉斝：玉杯。　[10]"孤影"以下四句：指蔡伯喈的不安心绪，化用曹操《短歌行》"月明星稀，乌鹊南飞，绕树三匝，何枝可依"。乍冷，突然变冷。缥缈，原意为隐隐约约、若有若无，引申为高远不明。　[11] 三径：指屋前的小路，引申为故园。源自陶渊明《归去来兮辞》"三径就荒，松菊犹存"。　[12]"追省"以下四句：指蔡伯喈入赘相府，思念妻子赵五娘。追省，回忆。丹桂，指牛小姐。姮娥，指赵五娘。　[13]"光莹"以下四句：化用苏轼《水调

歌头》“我欲乘风归去，又恐琼楼玉宇，高处不胜寒”句。莹，像玉一样光亮、透明，借指月色。骖，指驾车时位于两边的马，引申为乘骑。鸾，指凤凰一类的鸟，仙人所骑。瑶京，指仙人居住的宫室。 [14] 环佩：玉佩。 [15] 飞琼：仙女名，指许飞琼，西王母身边的侍女。 [16]操江：指操练江防。 [17]没分寸：指说话、做事没有合适的限度。 [18] 旧妃童氏：指童妃，变乱中与福王失散，找到福王后被否认，后受刑而死。 [19] 崇祯太子：指北来太子案。有少年自称是太子朱慈烺，来到南京后，经锦衣卫审讯判定为假太子。 [20] 寸磔（zhé）：酷刑名，肢解人体，凌迟处死。磔，尸裂。 [21] 要（yāo）君：要挟皇帝。要，要挟。 [22] 参本：弹劾、揭发官吏罪状的奏本。 [23]“寻冶容”二句：指寻访宫妃，教习歌妓。冶容，与下文“艳品”指容态美好的女子。 [24] 叫他死无噍类：指把他们诛尽杀绝。噍类，指活着的人或生物。 [25] 俺：原漫漶不清，据兰雪堂本补。 [26] 未：原漫漶不清，据兰雪堂本补。 [27] 孝寝：指明孝陵，朱元璋和马氏合葬的陵墓，在钟山南面。 [28] 何腾蛟：字云从，贵州黎平人，明天启元年（1621）举人，官至右佥都御史、兵部右侍郎。后组织部队抗清，被俘而死。 [29] 递铺：指传递公文的驿站。递，更迭、接替。 [30] 杜弘域：明末将领，明天启初年任延绥副总兵，官至右都督。曾阻止李自成农民军南渡有功，后托病离职，清兵南下后回乡。 [31] 坂矶：地名，指板子矶，位于安徽芜湖繁昌区荻港镇，为军事要害之地。 [32] 白衣冠：丧服。荆轲赴秦前，在易水河边与友分别，燕国太子丹及友人皆穿白衣相送。 [33] 昆：原漫漶不清，据兰雪堂本补。 [34] 荆卿短歌：指荆轲与燕太子丹临别时所吟《易水歌》：“风萧萧兮易水寒，壮士一去兮不复还。”荆卿，指荆轲。 [35] 消魂：原漫漶不清，据兰雪堂本补。

［点评］

这一出同样是因“逮社”引起。苏昆生为搭救侯方域，前往左良玉处求援。为入军中，苏昆生半夜高歌，冒死引得官兵注意，是以得见左良玉。幸而柳敬亭及时相认，苏昆生方才能将侯方域等人身陷险情、阮大铖与马士英当权乱政的事宜向左良玉叙说。左良玉听闻苏昆生所言大为震怒，约黄澍、袁继咸草撰檄文，意图发兵东进，以诛逆党。

从本出可以看出苏昆生与柳敬亭两人性格上的不同。柳敬亭求见左良玉的方法，可谓是颇见计谋——其深知左良玉军情如何，是以能够假借“解决粮困”一事，混入左良玉的营房；然而苏昆生以高歌引起军中注意，险些被左良玉以军法惩处，则显得相对生愣直白。孔尚任在设置角色时，同将柳敬亭、苏昆生放入“合色”的范畴中，但其并没有将二人置入一部，而是对立地置于左、右二部之中。可见二人尽管立场相近，但一机敏、一耿直，判然两别。

随着柳敬亭与苏昆生相认，苏昆生终于得以取信于左良玉。加之袁继咸、黄澍二人在旁叙说童妃、太子之事，终于激起了左良玉的怒火，使其决定起兵东进，清剿君侧之奸臣。

第三十二出　拜坛（乙酉三月）

【吴小四】（副末扮赞礼郎冠带、白须上）眼看他，命运差，河北新房一半塌。承继个儿郎贪戏耍[1]，不报冤仇不挣家。窝里财，奴乱抓。

在下是太常寺一个老赞礼，住在神乐观傍，专管庙陵祭享之事。那知天翻地覆，立了这位新爷，把俺南京重新兴旺起来。今岁乙酉[2]，改历建号之年，家家庆贺。我老汉三杯入肚，只唱这个随心令儿[3]。傍人劝我道："各人自扫门前雪，莫管他人屋上霜。"我回言道："大风吹倒梧桐树[4]，也要傍人话短长。"（唤介）孩子们，今日是三月十几日？（内）三月十九日了。（副末）阿呀！三月十九日，乃崇祯皇帝忌辰。奉旨在太平门外设坛祭祀，派着我当执事的，怎么就忘了？快走，快走。（走介）冈冈峦峦，接接连连，

眉批："俗谚用的恰好。"

竹竹松松，密密丛丛。不觉已到坛前，且喜百官未到，待俺趁早铺设起来。（作排案，供香花、烛酒介）

【普天乐】（净扮马士英，末扮杨文骢素服。从人上）旧江山，新图画，暮春烟景人潇洒。出城市，遍野桑麻，哭甚么旧主升遐，告了个游春假。（外扮史可法素服上）这才去野哭江边奠杯斝，挥不尽血泪盈把。年时此日，问苍天，遭的什么花甲？

眉批："各人口头语，是各人脚色，各人供状。"

（相见各揖介。净）今日乃思宗烈皇帝升遐之辰，礼当设坛祭拜。（末）正是。（外问介）文武百官到齐不曾？（副末）俱已到齐了。（净）就此行礼。（副末赞礼，杂扮执事官捧帛、爵介。赞）执事官各司其事，陪祀官就位，代献官就位。（各官俱照班排立介。赞）瘗毛血[5]。迎神。参神。伏俯。兴。伏俯。兴。伏俯。兴。伏俯。兴。平身。（各行礼完，立介。赞）行奠帛礼[6]，升坛。（净秉笏至神位前介。赞）搢笏[7]。献帛。奠帛。（净跪奠帛叩介。赞）平身。出笏。诣读祝位。跪。（净跪介。赞）读祝。（副末跪读介）维岁次乙酉年，三月十九日，皇从弟嗣皇帝由崧，谨昭告于思宗烈皇帝曰：仰惟文德克承，武功载缵[8]，御极十有七年，皇纲不振[9]，大宇中倾，皇帝殉社稷，皇后太子俱死君父之难。弟愚不才，忝颜偷生[10]，俯顺臣民之请，正位南都，权为宗庙神人主。恸一人之升遐，惩百僚之怠傲，努力庙谟，惴惴忧惧，枕戈饮泣，誓复中原。今值宾天忌辰[11]，敬设坛壝[12]，遣官代祭。鉴兹追慕

眉批："老赞礼为全本纲领，故祭仪特详。"

之诚，歆此蘋蘩之献[13]。尚飨[14]。（赞）举哀。（各官哭三声介。赞）哀止。伏俯。兴。复位。（净转下介。赞）行初献礼。升坛。（净至神位前介。赞）搢笏。献爵。奠爵。（净跪奠爵，叩介。赞）平身。出笏。复位。（赞）行亚献、终献礼。同。（赞）彻馔。送神。伏俯。兴。（四拜，同。各官依赞拜完，立介。赞）读祝官捧祝，进帛官捧帛，各诣瘗位[15]。（各官立介。赞）望瘗[16]。（杂焚祝帛介。赞）礼毕。（外独大哭介）

【朝天子】万里黄风吹漠沙，何处招魂魄。想翠华[17]，守枯煤山几枝花，对晚鸦，江南一半残霞。是当年旧家，孤臣哭拜天涯，似村翁岁腊，似村翁岁腊[18]。

眉批："血泪濡墨，写成此曲。"

（副末）老爷们哭的不恸，俺老赞礼忍不住要大哭一场了。（大哭一场下。副净扮阮大铖素服大叫上）我的先帝呀，我的先帝呀！今日是你周年忌辰，俺旧臣阮大铖赶来哭临了。（拭眼问介）祭过不曾？（净）方才礼毕。（副净至坛前，急四拜，哭白介）先帝，先帝！你国破身亡，总吃亏了一伙东林小人。如今都去投了北朝，剩下我们几个忠臣，今日还想着来哭你，你为何至死不悟呀？（又哭介。净拉介）圆老，不必过哀，起来作揖罢。（副净拭眼，各见介。外背介）可笑，可笑。（作别介）请了。烟尘三里路，魑魅一班人[19]。（下。净）我们皆是进城的，就并马同行罢。（作更衣上马行介）

眉批："阮大铖哭得可恨。"

【普天乐】（合）奠琼浆，哭坛下，失声相向谁真假。

千官散，一路喧哗，好趁着景美天佳，闲讲些兴亡话。咏归去[20]，恰似春风浴沂罢，何须问江北戎马？南朝旧例尽风流，只愁春色无价。

眉批："南朝千古伤心事，还唱《后庭花》。"

（杂喝道介。净）已到鸡鹅巷[21]，离小寓不远，请过荒园同看牡丹何如？（末）小弟还要拜客，就此作别了。（末别下。副净）待晚生趋陪罢。（作到，下马介。净）请进。（副净）晚生随行。（净前副净后，入园介。副净）果然好花。（净吩咐介）速摆酒席，我们赏花。（杂摆席介。净、副净更衣坐饮介。净大笑介）今日结了崇祯旧局，明日恭请圣上临御正殿，我们"一朝天子一朝臣"了。（副净）连日在江上，不知朝中有何新政？（净）目下假太子王之明，正在这里商量发放。圆老有何高见？（副净）这事明白易处。（净）怎么易处？（副净）老师相权压中外者，只因拥戴二字。（净）是，是。（副净）既因拥戴二字，

【朝天子】若认储君真不差，把俺迎来主，放那搭[22]？（净）是，是。就着监禁起来，不要惑乱人心。（问介）还有旧妃童氏，哭诉朝门，要求迎为正后。这何以处之？（副净）这益发使不得。自古君王爱馆娃。系臂纱[23]，先须采选来家，替椒房作伐。（净）是，是。俺已采选定了，这个童氏，自然不许进宫的。（又问介）那些东林复社，捕拿到京，如何审问？（副净）

眉批："都是要紧关目。"

这班人天生是我们冤对，岂可容情？切莫剪草留芽，但搜来尽杀，但搜来尽杀。

（净大笑介）有理，有理。老成见到之言，句句合着鄙意。拿大杯来，欢饮三杯。（杂扮班役持本急上，禀介）宁南侯左良玉有本章一道，封投通政司[24]。这是内阁揭帖[25]，送来过目。（净接介）他有什么好本？（看本，怒介）呀，呀！了不得，就是参我们的疏稿。这疏内数出咱七大罪，叫圣上立赐处分，好恨人也。（杂又持文书急上）还有公文一道，差人赍来的。（净接看惊介）又是讨俺的一路檄文，文中骂的着实不堪，还要发兵前来，取咱的首级。这却怎处？（副净惊起，乱抖介）怕人，怕人。别的有法，这却没法了。（净）难道长伸脖颈，等他来割不成？（副净）待俺想来。（想介）没有别法，除是调取黄、刘三镇，早去堵截。（净）倘若北兵渡河，叫谁迎敌？（副净向净耳介）北兵一到，还要迎敌么？（净）不迎敌，更有何法？（副净）只有两法。（净）请教。（副净作捣衣介[26]）跑。（又作跪地介）降。（净）说的也是。大丈夫烈烈轰轰，宁可叩北兵之马[27]，不可试南贼之刀。吾主意已决，即发兵符，调取三镇便了。（想介）且住，调之无名，三镇未必肯去。这却怎处？（副净）只说左兵东来，要立潞王监国，三镇自然着忙的。（净）是，是。就烦圆老亲去一遭。

眉批："怕左兵者，门户、水火也。社稷可更，门户不可破，非但小人，君子亦然，可慨也。"

眉批："私君、私臣、私恩、私仇，南朝无一非私，焉得不亡。"

【普天乐】（合）发兵符，乘飞马，过江速劝黄、刘驾。舟同济，舵同拿，才保得性命身家。非是俺魂惊怕，怎当得百万精兵从空下，顷刻把城阙攻打。全凭铁锁断长江，拉开强弩招架。

（副净）辞过老师相，晚生即刻出城了。（净）且住，还有一句密话。（附耳介）内阁高弘图、姜曰广，左袒逆党[28]，俱已罢职了。那周镳、雷缜祚，留在监中，恐为内应，趁早处决何如？（副净）极该，极该。（净拱介）也不送了。（竟下。副净出。杂禀介）那个传檄之人，还拿在这里，听候发落。（副净）没有甚么发落，拿送刑部，请旨处决便了。（上马欲下介。寻思介）且不要孟浪[29]。我看黄、刘三镇，也非左兵敌手，万一斩了来人，日后难于挽回。（唤介）班役，你速到镇抚司，拜上冯老爷[30]，将此传檄之人，用心监候。（杂应下。副净）几乎误了大事。（上马速行介）

江南江北事如麻，半倚刘家半阮家[31]。
三面和棋休打算，西南一子怕争差。

眉批："补出高、姜罢相，周、雷置法，针线细密。"

出评："前之祭丁，今之祭坛，执事者皆老赞礼也。诸生未打，老赞礼先打。百官不哭，老赞礼大哭。赞礼者，赞天地之化育也。作者深心，须为拈出。""马、阮看花快意之时，雷电自天而下，一时无所措手足，已丧奸人之胆矣。至于成败，则天也。《桃花扇》每折开阖，皆用此法，读者着眼。"

［注释］

[1]"承继个儿郎贪戏耍"二句：指弘光帝荒淫无道，只恋笙歌享乐，不念复仇理政。　[2]"今岁乙酉"二句：乙酉，1645年，为弘光元年，故曰改历建号。　[3]随心令儿：指村坊间流行的不谐格律、随口而歌的小曲。此处指老赞礼上场时唱的【吴小四】曲。　[4]"大风吹倒梧桐树"二句：谚语，指一件事的是非曲直，旁观者自有评论。　[5]瘗（yì）毛血：祭祀仪式。先陈设牲畜的毛血，在仪式中敬告神灵后，将其埋葬到事先挖好的土坑中。瘗，埋葬。　[6]奠帛礼：祭祀时，将帛放在神位前。　[7]揩

(jìn)笏：插笏板于腰带上。 [8] 文德克承，武功载缵：指能够继承先祖的文治武功。克承，与下文“载缵”均意为能够继承。 [9] 皇纲：指朝廷代表皇帝所制定的法律和制度。 [10] 忝颜：厚着脸皮。 [11] 宾天：帝王归天。 [12] 坛壝(wěi)：祭祀之所。坛，祭台。壝，祭坛四周的矮墙。历代坛壝有一定制度和具体规模。 [13] 歆此蘋蘩之献：享用供奉的祭品。歆，享用。蘋，浮萍。蘩，白蒿。两种植物均可食用，古代常作为祭品献于鬼神。 [14] 尚飨：旧时用作祭文的结语，表达希望亡灵来享用祭品的心愿。 [15] 诣瘗位：祭祀仪式，指手捧祝文、帛走到埋葬毛血之处。诣，前往。瘗位，埋葬毛血之地。 [16] 望瘗：祭祀仪式，指看着执事官将祝文、帛、祭品埋于瘗处或焚化。 [17] 翠华：指皇帝的仪仗，其旗帜用翠鸟羽毛作装饰，此处借指崇祯。 [18] 岁腊：旧时年终祭祖仪式。 [19] 魑(chī)魅：传说藏在山里、湖泊里害人的鬼怪，比喻各种坏人。 [20]“咏归去”以下三句：指阮大铖、马士英等人把祭祀当作春游，不问江北铁骑奔突。咏归去，恰似春风浴沂罢，在沂水中洗浴，然后“风乎舞雩，咏而归”，原为曾皙向孔子谈及的个人抱负，后引申为清高淡泊的情操，典出《论语·先进》。 [21] 鸡鹅巷：金陵地名，明代鸡鸭鹅家禽市场所在地，后为巷名，沿用至今。 [22] 那搭：哪里。 [23]“系臂纱”以下三句：指马士英、阮大铖为弘光帝选宫妃。系臂纱，入宫美女被选中后，会以绛纱系臂为标志，典出《晋书·后妃传上·胡贵嫔传》。椒房，皇后、嫔妃居所的雅称，借指皇后。作伐，做媒。 [24] 通政司：明清时期官署名，掌管内外章奏和官民申诉之事。 [25] 内阁揭帖：指内阁进御的密奏。 [26] 捛衣：指提起前襟。 [27] 叩北兵之马：叩拜在北兵马前，指投降。 [28] 左袒：露出左臂，指拥护某一方。《汉纪·高后纪》载，汉高祖去世后，吕后临朝听政，培植同姓势力，引起朝臣不满。她死后，为了粉碎吕氏诸王发动政变，太尉周勃发布命令“为吕氏者右袒，为刘氏者左袒”，趁机诛杀了右袒者，保住了刘家天下。 [29] 孟浪：指言语鲁莽。 [30] 冯老爷：指冯可宗。 [31] 刘家：指驻扎在江北的刘良佐、刘泽清两镇。阮家：指阮大铖。

[点评]

这一出戏的情节不甚复杂，前半部分写马、阮诸人在祭祀时的惺惺作态，表现出毫无节义、只知逢迎的本相；后半部分写马、阮两人的奸邪谋划，足见其自私自利、无心国事。如此两部分，可谓是将马士英、阮大铖之丑态描摹得淋漓尽致，几至于人人得而诛之的地步。

如同前面许多出一样，作者虽是以阮、马之丑恶为该出的务头，但却不直接从马、阮二人写起，而是另伸笔触，从太常寺老赞礼处入手。但老赞礼上场一曲【吴小四】，将弘光朝廷痛骂一番。随着老赞礼前去布置崇祯的祭坛，真正的好戏才拉开帷幕。与众官员相对，孤身一人的史可法是真正的痛心疾首、哀恸不止。阮大铖在祭礼完毕后匆匆赶来，其哭诉之词令人齿冷——其将北京失陷、崇祯殉国统统怪罪到复社文人身上，分明是借祭拜崇祯之名，行倾轧同僚之实。他与马士英二人议事的段落，表现出二人的刻毒用心。他们之所以关心国家事务，并非意在报国，而只是想借国事为自己牟取私利。文臣钩心斗角，武将拥兵自重，全无家国观念可言。如此政权，不消北兵南下打击，也自会在内讧之中土崩瓦解。

第三十三出　会狱（乙酉三月）

【梅花引】（生敝衣愁容上）宫槐古树阅沧田[1]，挂寒烟，倚颓垣。末后春风[2]，才绿到幽院。两个知心常步影，说新恨，向谁借酒钱。

小生侯方域，被逮狱中，已经半月。只因证据无人，暂羁候审。幸亏故人联床，颇不寂寞。你看月色过墙，照的槐影迷离，不免虚庭一步。

【忒忒令】碧澄澄月明满天，凄惨惨哭声一片，墙角新鬼带血来分辩。我与他死同仇，生同冤，黑狱里，半夜作白眼[3]。

眉批："作白眼者，或亦阮生之辈。"

独立多时，忽然毛发直竖，好怕人也。待俺唤醒陈、吴两兄，大家闲话。（唤介）定兄醒来。（又唤介）次兄睡熟了么？（末、小生揉眼出介）

【尹令】（末）这时月高斗转[4]，为何独行空院？闲将露痕踏遍。（小生）愁怀且捐，万语千言望谁怜。

（见介）侯兄怎的还不安歇？（生）我想大家在这黑狱之中，三春莺花[5]，半点不见，只有明月一轮，还来相照，岂可舍之而睡？（末）是，是，同去步月一回。（行介）

眉批："华堂、黑狱，一样月明，可以齐观也。"

【品令】（生）冤声满狱，锄铛夜徽缠[6]。三人步月，身轻若飞仙。闲消自遣，莫说文章贱。从来豪杰，都向此中磨炼。似在棘围琐院[7]，分帘校赋篇。

眉批："作如是观，何境不可。"

（丑扮柳敬亭杻锁上）戎马不知何处避，贤豪半向此中来。我柳敬亭，被拿入狱，破题儿第一夜，便觉难过。（叹介）嗳！方才睡下，又要出恭[8]，这个裙带儿没人解，好苦也。（作蹲地听介）那边有人说话，像是侯相公声音，待我看来。（起看，惊介）竟是侯相公。（唤介）你是侯相公么？（生惊认介）原来是柳敬亭。（末、小生）柳敬亭为何也到此中？（丑认介）陈相公、吴相公怎么都在里边？（举手介）阿弥陀佛，这也算"佛殿奇逢"了[9]。（生）难得，难得。大家坐地谈谈。（同坐介）

眉批："敬亭无语不谑，无地不乐，似见道者。"

【豆叶黄】（合）便他乡遇故，不算奇缘。这墙隔着万重深山，撞见旧时亲眷。浑忘身累，笑看月圆。却也似武陵桃洞，却也似武陵桃洞，有避乱秦人，同话渔船。

（生）且问敬老，你犯了何罪，杻锁连身，如此苦楚？（丑）老汉不曾犯罪。只因相公被逮入狱，苏昆生远赴宁南，恳求解救。那左帅果然大怒，连夜修本参着马、阮，又发了檄文一道，托俺传来，随后要发兵进讨。马、阮害怕，自然放出相公去的。

【玉交枝】宁南兵变，料无人能将檄传。探汤蹈火咱情愿，也只为文士遭谴。白头志高穷更坚，浑身枷锁吾何怨。助将军除暴解冤，助将军除暴解冤。

眉批："英雄。"

（生）竟不知敬亭吃亏，乃小生所累。昆生远去求救，益发难得。可感，可感。（末）虽如此说，只怕左兵一来，我辈倒不能苟全性命。（小生）正是，宁南不学无术，如何收救？（皆长吁介。净扮狱官执手牌，杂扮校尉四人点灯，提绳急上。净）四壁冤魂满，三更狱吏尊。刑部要人，明早处决，快去绑来。（杂）该绑那个？（净）牌上有名。（看介）逆党二名，周镳、雷缜祚。（杂执灯照生、末、小生、丑面介）不是，不是。（净喝介）你们无干的，各自躲开。（净领杂急下。末悄问介）绑那个？（小生）听说要绑周镳、雷缜祚。（生）吓死俺也。（丑）我们等着瞧瞧。（净执牌前行，杂背绑二人，赤身披发，急拉下。生看呆介。末）果然是周仲驭、雷介公他二位。（小生）这是我们的榜样了。

眉批："'不学无术'四字，断倒宁南。"

眉批："黑狱景象，闪绰怕人。"

【江儿水】（生）演着明夷卦[10]，事尽翻，正人惨害天倾陷。片纸飞来无人见，三更缚去加刑典，

眉批："片纸飞来，三更缚去，当日法网，森森漫天。"

教俺心惊胆颤。（合）黑地昏天，这样收场难免。

（生问丑介）我且问你，外边还有甚么新闻？（丑）我来的仓卒，不曾打听，只见校尉纷纷拿人。（末、小生问介）还拿那个？（丑）听说要拿巡按黄澍、督抚袁继咸、大锦衣张薇，还有几个公子秀才，想不起了。（生）你想一想？（丑想介）人多着哩[11]。只记得几个相熟的，有冒襄、方以智、刘城、沈寿民、沈士柱、杨廷枢[12]。（末）有这许多。（小生）俺这里边，将来成一个大文会了。（生）倒也有趣。

眉批："补出被逮姓名，以完四公子、五秀才之案。"

【川拨棹】囹圄里，竟是瀛洲翰苑[13]。画一幅文会图悬，画一幅文会图悬，避红尘一群谪仙[14]。（合）赏春月，同听鹃，感秋风，同咏蝉[15]。

眉批："调舌作态，天花乱缀，总是见道语。"

（丑）三位相公，宿在那一号里？（生）都在"荒"字号里。（末）敬老羁在那里？（丑）在这后面"藏"字号里。（小生）前后相近，倒好早晚谈谈。（生）我们还是软监，敬老竟似重囚了。（丑）阿弥陀佛！免了上枷床[16]，就算好的狠哩。（作势介）

【意不尽】高拱手碍不了礼数周全，曲肱儿枕头稳便[17]。只愁今夜里[18]，少一个长爪麻姑搔背眠。

（丑）相逢真似岛中仙，（末）隔绝风涛路八千。

（小生）地僻偏宜人啸傲，（生）天空不碍月团圆。

出评："前昆生之落水，今敬亭之系狱，皆为侯生也，而皆与侯生遇。所谓奇缘奇事，传奇者传此耳。而周、雷冤案，即于此折补结。折中曲调妍妙，愈忙愈闲，愈苦愈趣，非见道之深不能尔。"

[注释]

[1] 宫槐：原作“官槐”，据暖红室本改。 [2]“末后春风”二句：指监狱里的春天来得最迟。末后春风，最后的春风。幽院，监狱。幽，囚禁。 [3] 作白眼：表示对马士英、阮大铖的厌恶。《晋书·阮籍传》载，阮籍以青白眼示人喜恶，用青眼表示赏识或喜爱对方，用白眼表示厌恶对方。 [4] 月高斗转：表示夜深。 [5] 莺花：莺啼花放，都是春天的景象，故代指春天。 [6] 锒铛夜徽缠：指夜间还用铁链捆绑。锒铛，铁链。徽缠，捆绑罪犯的绳索，引申为捆绑。 [7]“似在棘围琐院”二句：好似考场，荆棘包围，层层加锁，每人帘内作文赋诗。 [8] 出恭：旧时书院规定，学生如需如厕，要领取出恭牌，故称。 [9] 佛殿奇逢：原指《西厢记》中崔莺莺与张生的佛殿奇遇，借指与侯方域监狱奇逢。 [10] 明夷卦：离下坤上之卦。离代表日，坤代表地，离下坤上，日在地下，象征光明受损，比喻君主不明，世道黑暗。此卦之意为，政治昏暗时要韬光养晦。夷，伤害。 [11] 哩：原作“裡”，据暖红室本改。 [12] 冒襄、方以智：与侯方域、陈贞慧称“明末四公子”。参见第四出《侦戏》注。刘城、沈寿民、沈士柱、杨廷枢：与吴应箕同称“复社五秀才”。参见第三出《哄丁》注。 [13] 瀛洲：传说中海上神仙居住的仙山。唐太宗在宫城西建文学馆，选了杜如晦等十八学士入阁，参议政事，选中者称“登瀛洲”。瀛，大海。翰苑：即翰林院，文翰荟萃之处。 [14] 谪仙：指贬谪到人间的仙人，如李白，贺知章曾称他为“谪仙人”。 [15] 咏蝉：以蝉自喻，表达高洁、清白之心。典出骆宾王《在狱咏蝉》。 [16] 柙（xiá）床：刑具，形似木床，犯人在上，手脚被锁，无法动弹，被处以各种重刑。柙，关押犯人的木笼。 [17] 曲肱儿枕头稳便：弯着胳膊权作枕头，便稳当了。肱，胳膊。 [18]“只愁今夜里”二句：柳敬亭调侃之语，说明他在狱中手脚行动不便。麻姑搔背，

葛洪《神仙传·王远》载，传说麻姑的指甲像鸟爪，特别长。蔡经家做寿，邀请麻姑前来，蔡经想，背痒时用麻姑的爪搔痒一定不差。比喻事情恰到好处，心满意足。

［点评］

这一出的内容，是与上一出《拜坛》的后半段紧密连接的，是随着阮大铖、马士英二人的叙述，将视野转向了牢狱——正是在这牢狱里，因传檄而被收押的柳敬亭与之前被捕的侯方域、陈贞慧、吴应箕三人得以相遇。如此的相遇虽然不算奇缘，但是在作者妥帖把握矛盾、调控节奏的精巧手笔之下，从冷僻处下手，予观者以意料之外的精彩。

该出以侯方域作为开场人物，其出场时便已将处变不惊的豁达心境展现出来：身陷囹圄中的他丝毫没有忧愁之态，反而庆幸“故人联床，颇不寂寞”。其发现过墙月色可观，竟然还想要漫步赏月，犹可见其变乱中的豁达。其邀陈贞慧、吴应箕共同赏月之理由，也可见其人放达疏朗的性格。侯方域、陈贞慧、吴应箕三人能在牢狱之中悠然赏月，无不是古来文人士子们苦中作乐、不废风雅的精神品质之持守。

柳敬亭与侯方域三人的相遇，更是对此情境的深化渲染。更值得赞叹的是，众人随后不仅不以牢狱为悲，反以此处为再续缘分的宝地，这犹可见当时文人士子之心态：但有一二好友作陪，便可抵却诸般坎坷。此情此景之下，虽是不见天日的牢狱，亦可作避世的桃源。

最为关键的一笔调整，便是将雷、周二公就义一事插入情节中间，使得众人洋溢的情绪能够被暂时压制，也使得整出戏又波澜曲折。正是借助这一笔调整，众人略显空中楼阁的苦中作乐，才可以被拉回到地面之上，显得切实可感。

第三十四出　截矶（乙酉四月）

（净扮苏昆生上）南北割成三分鼎，江湖挑动两支兵。自家苏昆生，为救侯公子，激的左兵东来，约了巡按黄澍、巡抚何腾蛟，同日起马。今日船泊九江，早已知会督抚袁继咸，齐集湖口，共商入京之计。谁知马、阮闻信，调了黄得功在坂矶截杀。你看狼烟四起[1]，势头不善，少爷左梦庚前去迎敌，俺且随营打探。正是：地覆天翻日，龙争虎斗时。（下。场上设弩台，架炮，铁锁阑江）

【三台令】（末扮黄得功戎装，双鞭，领军卒上）北征南战无休，邻国萧墙尽仇。架炮指江州[2]，打舳舻卷甲倒走[3]。

咱家黄得功，表字虎山，一腔忠愤，盖世威名，要与俺弘光皇帝，收复这万里山河。可恨两刘无肘臂眉批："黄虎山，忠臣也，亦是不学无术。"

之功，一左为腹心之患。今奉江防兵部尚书阮老爷兵牌，调俺驻扎坂矶[4]，堵截左寇，这也不是当要的。（唤介）家将田雄何在？（副净）有。（末）速传大小三军，听俺号令。（军卒排立呐喊介）

【山坡羊】（末）硬邦邦敢要君的渠首[5]，乱纷纷不服王的群寇。软弱弱没气色的至尊，闹喧喧争门户的同朝友。只剩咱一营江山守，正防着战马北来骤，忽报楼船入浦口[6]。貔貅，飞旌旗控上游。戈矛，传烽烟截下流。

眉批："一偏之见，说得有理。"

（黄卒登台介。杂扮左兵白旗、白衣，呐喊驾船上。黄卒截射介。左兵败回介。黄卒赶下。小生扮左良玉戎装、白盔、素甲，坐船上）

【前腔】替奸臣复私仇的桀纣[7]，媚昏君上排场的花丑[8]。投北朝学叩马的夷齐[9]，吠唐尧听使唤的三家狗[10]。拚着俺万年名遗臭，对先帝一片心堪剖，忙把储君冤苦救。不羞，做英雄到尽头。难收，烈轰轰东去舟。

俺左良玉领兵东下，只为剪除奸臣，救取太子。叵耐儿子左梦庚，借此题目，便要攻打城池，妄思进取。俺已严责再三，只怕乱兵引诱，将来做出事来。且待度过坂矶，慢慢劝他。（净急上）报元帅，不好了！黄得功截杀坂矶，前部先锋俱各败回了。（小生惊介）有这等事？黄得功也是一条忠义好汉，怎的受马、阮

眉批："知子者，莫若父。"

指拨，只知拥戴新主，竟不念先帝六尺之孤[11]，岂不可恨！（唤介）左右，快看巡按黄老爷、巡抚何老爷船泊那边，请来计议。（杂应下。末扮黄澍上）将帅随谈麈[12]，风云指义旗。下官黄澍，方才泊船，恰好元帅来请。（作上船介。小生见介）仲霖果然到来，巡抚何公，如何不见？（末）行到半途，又回去了。（小生）为何回去？（末）他原是马士英同乡。（小生）随他罢了。这也怪他不得。（问介）目下黄得功截住坂矶，三军不能前进，如何是好？（末）这倒可虑，且待袁公到船，再作商量。（外扮袁继咸，从人上）孽子含冤天惨淡[13]，孤臣举义日光明。来此是左帅大船，左右通报。（杂禀介）督抚袁老爷到船了。（小生）快请。（外上船见介）适从武昌回署，整顿兵马，愿从鞭弭[14]。（末）目下不能前进了。（外）为何？（小生）黄得功领兵截杀，先锋俱已败回。（外）事已至此，欲罢不能，快快遣人游说便了。（小生）敬亭已去，无人可遣。奈何？（净）晚生与他颇有一面，情愿效力。（末）昆生义气，不亚敬亭，今日正好借重。（小生问介）你如何说他？

【五更转】（净）俺只说鹬蚌持[15]，渔人候，傍观将利收。英雄举动，要看前和后。故主恩深，好爵自受。欺他子，害他妃，全忘旧。杀人只落血双手，何必前来，同室争斗？

眉批："昆生亦有舌辩，可敬。"

（外）说得有理。（小生）还要把俺心事，讲个明白。叫他晓得奸臣当杀，太子当救，完了两桩大事，于

眉批："心事虽明，谁能剖白？"

朝廷一尘不惊，于百姓秋毫无犯。为何不知大义，妄行截杀？（末）正是，那黄得功一介武夫，还知报效，俺们倒肯犯上作乱不成？叫他细想。（净）是，是，俺就如此说去。（杂扮报卒急上）报元帅，九江城内，一片火起。袁老爷本标人马，自破城池了。（外惊介）怎么俺的本标人马自破城池？这了不得！（小生怒介）岂有此理！不用猜疑，这是我儿左梦庚做出此事，陷我为反叛之臣。罢了，罢了！有何面目[16]，再向江东。（拔剑欲自刎介。末抱住介。小生握外手，注目介）临侯，临侯，我负你了！（作呕血倒椅上介。净唤介）元帅苏醒，元帅苏醒。（外）竟叫不应，这怎么处？（末）想是中恶[17]，快取辰砂灌下[18]。（净取碗灌介）牙关闭紧，灌不进了。（众哭介）

【前腔】大将星[19]，落如斗，旗杆摧舵楼[20]。杀场百战精神抖，凛凛堂堂，一身甲胄。平白的牖下亡，全身首。魂归故宫煤山头，同说艰辛，君啼臣吼。

眉批："问宁南，此死泰山耶？鸿毛耶？千古不解。"

（杂抬小生下。外）元帅已死，本镇人马霎时溃散，那左梦庚据住九江，叫俺进退无门。倘若黄兵抢来，如何逃躲？（末）我们原系被逮之官，今又失陷城池，拿到京中，再无解救。不如转回武昌，同着巡抚何腾蛟，另做事业去罢。（外）有理。（外、末急下。净呆介）你看他们竟自散去，单剩我苏昆生一人，守着元帅尸首，好不可怜。不免点起香烛，哭奠一番。（设案点香烛，哭拜介）

【哭相思】气死英雄人尽走，撇下了空船柩。俺是个招魂江边友，没处买一杯酒。

且待他儿子奔丧回船，收殓停当，俺才好辞之而去。如今只得耐性儿守着。正是：

英雄不得过江州，魂恋春波起暮愁。

满眼青山无地葬，斜风细雨打船头。

眉批："昆生笃朋友之义，而不虑强敌，人杰哉！"

出评："摹写左、黄二帅，各人心事，各人身分，各人见解，丝毫不同，而皆无伤人情，不碍天理。是何等笔墨，真可为造化在手矣。""敬亭仗义而去，昆生笃义而守，皆为宁南也，所谓楚两生。""袁临侯、黄仲霖，俱归结于何腾蛟处。繁枝冗叶，渐次芟除，一部《桃花扇》，始终整洁。"

[注释]

[1] 狼烟四起：指边境战事紧急。狼烟，古时边境危急时，借烧狼粪扬起的烟尘来报警。 [2] 江州：今江西九江。 [3] 舳（zhú）舻：原指船头、船尾相衔接的船只，此处指战船。舳，船尾。舻，船头。 [4] 扎：原作"札"，误，改。 [5] 渠首：指盗匪的首领，此处指左良玉。渠，大。 [6] 楼船：指攻防设施齐备、甲板上建楼数层的战船，外观似楼。 [7] 桀纣：指夏桀、商纣，历史上闻名的暴君，此处指弘光帝。 [8] 花丑：戏曲丑角行当里的一种，主要饰演诙谐、滑稽的角色，借指卑鄙、丑恶之人，此处指马士英、阮大铖。 [9] 叩马的夷齐：原指忠言直谏，《史记·伯夷列传》载，伯夷、叔齐叩马谏阻武王伐纣。此处借用了"叩马"义，左良玉讽刺那些投降清兵的文官武臣。 [10] 吠唐尧听使唤的三家狗：指三镇愚忠，为弘光帝卖命。吠唐尧，《史记·鲁仲连邹阳列传》载，桀犬会听从指使去咬唐尧。三家狗，指黄得功、刘良佐、刘泽清三镇。 [11] 先帝六尺之孤：指崇祯帝太子朱慈烺。 [12] 谈麈：清谈时手持麈尾，也称"麈谈"，引申为清谈。参见第十出《修札》注。 [13] 孽子含冤：指崇祯太子疑案。参见第三十一出《草檄》注。 [14] 愿从鞭弭（mǐ）：指愿意服从，带兵前进。鞭弭，偏义复词，偏"鞭"义，驱车前进。鞭，马鞭。弭，弓末的弯曲处，借指弓。 [15]"俺只说鹬（yù）蚌持"以下三句：指两方征

战，清军得利。刘向《战国策·燕策二》叙述鹬蚌相争、渔翁得利的故事。 [16]“有何面目”二句：指左良玉无面目再次进军江东。《史记·项羽本纪》载，项羽兵败乌江，不愿一人坐船回江东，并说：“纵江东父兄怜而王我，我何面目见之？” [17]中恶：中恶毒之气，中邪。 [18]辰砂：指朱砂、丹砂，因湖南辰州（今沅陵县）所产为佳，故称，相传可祛除恶邪。 [19]“大将星”二句：指左良玉之死。传说一个人对应天上一颗星星，人亡星落。大将星，指左良玉。落如斗，指左良玉病亡时星落如斗。 [20]旗杆摧舵楼：指舵楼上的旗杆摧折，预示着主帅的死亡。

[点评]

该出是对左良玉与黄得功军事冲突的直接描写，其对江上两军刀兵相见的场面描绘紧张激烈，对左良玉后院失火的反转设置更是慷慨凄凉。整出戏的演进可谓是大开大合、气势磅礴，将这场导致南朝生存根基毁败的战争，描绘得沉痛悲壮。

不过根据历史记载，这样的冲突并没有真实发生：左良玉在与黄得功接触之前，便已经病死，其后率兵东进的乃是其子左梦庚。左梦庚在铜陵遭遇黄得功的阻击而败退，随后便反身依附清军，成为降将。而且左良玉、袁继咸、黄澍等人在引兵东进一事上，各人态度也与剧中写的有所区别。作者之所以在此使左、袁、黄三人同心并进且毫无邪念，当是为了统一情节、减省头绪，从而将这一场原因复杂的战争归并到忠奸对立的矛盾上，确保全剧脉络的整齐划一。

第三十五出　誓师（乙酉四月）

【贺圣朝】（外扮史可法白毡、大帽、便服上）两年吹角列营，每日调马催征。军逃客散鬓星星[1]，恨压广陵城。

眉批："秋风五丈原，千古同恨。"

下官史可法，日日经略中原[2]，究竟一筹莫展[3]。那黄、刘三镇，皆听马、阮指使，移镇上江堵截左兵，丢下黄河一带，千里空营。忽接塘报，本月二十一日北兵已入淮境，本标食粮之人，不足三千，那能抵当得住？这淮、扬一失，眼见京师难保，岂不完了明朝一座江山也。可恼，可恼。俺且私步城头，察看情形，再作商量。（丑扮家丁，提小灯随行上城介）

【二犯江儿水】（外）悄上城头危径，更深人睡醒。栖鸟频叫，击柝连声[4]，女墙边[5]，侧耳听。（听介。内作怨介）北兵已到淮安，没个瞎鬼儿问他一声，只舍俺几个残兵，死守这座扬州，如何守得住？元帅好没分晓也。（外点头自语介）你们那里晓得，万里倚长城[6]，扬州父子兵。（又听介。内作恨介）罢了，罢了。元帅不疼我们，早早投了北朝，各人快活去，为何尽着等死？（外惊介）阿呀！竟想投降了，这怎么处？他降字儿横胸[7]，守字儿难成，这扬州剩了一分景。（又听介。内作怒介）我们降不降，还是第二着，自家杀抢杀抢，跑他娘的。只顾守到几时呀！（外）咳！竟不料情形如此。听说猛惊，热心冰冷。疾忙归，夜点兵，不待明。

眉批："一怨，二恨，三怒，声息宛然，闻之者，灰心丧气矣。"

（忙下。内掌号放炮，作传操介。杂扮小卒四人上）今乃四月二十四日，不是下操的日期，为何半夜三更，梅花岭放炮[8]？快去看来。（急走介。末扮中军，持令箭提灯上）隔江云阵列，连夜羽书飞[9]。（呼介）元帅有令，大小三军，速赴梅岭，听候点卯。（众排列介。外戎装，旗引登坛介）月升鸱尾城吹角[10]，星散旄头帐点兵。中军何在？（末跪介）有！（外）目下北信紧急[11]，淮城失守，这扬州乃江北要地，倘有疏虞，京师难保。快传五营四哨[12]，点齐人马，各照汛地，昼夜严防。敢有倡言惑众者，军法从事。（末）得令！（传令向内介）元帅有令，三军听者：各照汛地，昼夜严防。敢有倡言惑众者，军法从事。（内不应。外）怎么寂然无声？（吩咐中军介）再传军令，叫他高声答应。

眉批："写出半夜惊慌之状。"

（末又高声传介。内不应。外）仍然不应，着击鼓传令。（末击鼓又传，又不应介。外）分明都有离畔之心了。（顿足介）不料天意人心，到如此田地。（哭介）

【前腔】皇天列圣，高高呼不省。阑珊残局，剩俺支撑，奈人心俱瓦崩。俺史可法好苦命也。（哭介）协力少良朋，同心无弟兄。只靠你们三千子弟，谁料今日呵，都想逃生，漫不关情。让江山倒像设着筵席请。（拍胸介）史可法，史可法，平生枉读诗书，空谈忠孝，到今日其实没法了。（哭介）哭声祖宗，哭声百姓。（大哭介。末劝介）元帅保重，军国事大，徒哭无益也。（前扶介）你看泪点淋漓，把战袍都湿透了。（惊介）咦，怎么一阵血腥，快掌灯来。（杂点灯照介）阿呀！浑身血点，是那里来的？（外拭目介）都是俺眼中流出来。哭的俺一腔血作泪零。

（末叫介）大小三军，上前看来，咱们元帅哭出血泪来了。（净、副净、丑扮众将上，看介）果然都是血泪。（俱跪介。净）尝言："养军千日，用军一时"。俺们不替朝廷出力，竟是一伙禽兽了。（副净）俺们贪生怕死，叫元帅如此难为，那皇天也不祐的。（丑）百岁无常，谁能免的一死，只要死到一个是处。罢，罢，罢！今日舍着狗命，要替元帅守住这座扬州城。（末）好，好！谁敢再有二心，俺便拿送辕门，听元帅千杀万

眉批："左兵传令，三传，三鼓噪。史兵传令，三传，三不应。人心、天意，无可如何矣。"

眉批："恨煞人，哭煞人。"

眉批："血泪真耶？假耶？理或有之。"

暖红室本眉批："美人血染扇，将军血染袍，正好作对。"

眉批："兵士三次自悔自骂，应前三令不应，针线细密。"

眉批："忽哭，忽笑，是何等情事。"

剐[13]。（外大笑介）果然如此，本帅便要拜谢了。（拜介。众扶住介）不敢，不敢。（外）众位请起，听俺号令。（众起介。外吩咐介）你们三千人马，一千迎敌，一千内守，一千外巡。（众）是。（外）上阵不利，守城。（众）是。（外）守城不利，巷战。（众）是。（外）巷战不利，短接[14]。（众）是。（外）短接不利，自尽。（众）是。（外）你们知道，从来降将无伸膝之日，逃兵无回颈之时。（指介）那不良之念，再莫横胸，无耻之言，再休挂口，才是俺史阁部结识的好汉哩！（众）是！（外）既然应允，本帅也不消再嘱。（指介）大家欢呼三声，各回汛地去罢。（众呐喊三声下。外鼓掌三笑）妙，妙。守住这座扬州城，便是北门锁钥了[15]。

眉批："三千子弟，究竟守城而死，史公一激之力也。"

不怕烟尘四面生，江头尚有亚夫营[16]。
模糊老眼深更泪，赚出淮南十万兵。

出评："写史公忠义激发，神气宛然，写扬兵慷慨踊跃，声响毕肖，一时飞山倒海，流电奔雷，雄畅之文也。三私听三怨恨，三传令三不应，三哭劝三悔骂，三欢呼三大笑，俱以三次照应成文，笔墨愈整齐，情事愈错落。"

［注释］

[1] 星星：指两鬓星星点点的白发。 [2] 经略中原：原指经营治理中原，此处指计划收复中原失地。 [3] 一筹莫展：指一点儿计策也施展不出来。《宋史·蔡幼学传》载，宋宁宗时，征求朝臣意见，要求他们直言不讳。蔡幼学上书，言大臣们意欲有所作为却担心多事，忠心之人想做事却担心违背圣旨而遭不幸。"九重深拱而群臣尽废，多士盈庭而一筹不吐"，如此，君王一人孤立在上，却废弃群臣。有志之士聚满朝廷，而朝廷却一点儿办法都没有。筹，指计数工具，筹码，引申为谋划。展，展开，引申为施展。 [4] 柝：巡夜打更所用的梆子。 [5] 女墙：指城上的

小墙或民居平房楼台顶部的矮墙，又名“埤堄”，主要保护主人，便于防守。 [6]“万里倚长城”二句：指扬州军队上下齐心协力，筑成保家卫国的万里长城。父子兵，指军队上下团结一致，众志成城。 [7] 降字儿横胸：指心有投降之意。 [8] 梅花岭：地名，在江苏扬州广储门外，因山上遍植梅树而得名，岭右有史可法衣冠冢。 [9] 羽书：也称“羽檄”，指插着鸟羽传递军情的紧急文书。 [10]“月升鸱（chī）尾城吹角”二句：夜深之际，史可法在扬州城头吹角、点兵。鸱尾，古代宫殿屋脊正脊两端的装饰件，因形似鸱尾，故称。角，军号。旄头，即昴宿，旧时称旄头星特别光亮时预示着战争即将爆发。 [11] 目：原作“日”，据兰雪堂本改。 [12] 五营四哨：指史可法军队驻扎在扬州城里，部队分前、后、左、右、中五营，卫戍兵分前、后、左、右四哨。 [13] 剐：酷刑名，凌迟。 [14] 短接：短兵相接之肉搏。 [15] 北门锁钥：扬州在金陵之北，是江北南下的咽喉要道，为军事重镇，故曰。 [16] 亚夫营：指细柳营，汉将周亚夫曾驻军细柳。参看第九出《抚兵》注。

[点评]

此出写史可法组织城内微薄的兵力，带领众人以必死之心坚守扬州。其文辞之跌宕、气势之紧迫、情绪之慷慨，颇足以感动人心。该出可以说是史可法的独角戏，其忠贞毅勇的人物形象，也在这一出中被刻画得淋漓尽致。

作者对于这一段场面的勾画可谓精心，并不让史可法直接传令手下，而是安排一个中军的角色上场，作为史可法传令的中介。这样一者可以使得中军的服从命令与门下军士的人心涣散作对比，二者也可以将传令这一动作从史可法身上分离出来，让其专门注重于情绪的表现，而避免了演员因来回转换而应接不暇。如此的设计，犹可见孔尚任于情节设计之外，更多出一重场上搬演的考虑。

前面临城倾听，发现军心动摇；现在连夜点兵，得知军心涣散。面对如此场景，史可法除了一哭，也是无可奈何了。

在《桃花扇》中，左良玉哭主与史可法哭军甚为动人。在《哭主》出中，左良玉以手拍地大哭，显示出其忠国武将之形象。在该出中，作者用“泣血”来表现史可法之哭。自古而来，泣血即是一种表现人悲哀至极的手段。此出史可法为国事而泣血，正是其“先天下之忧而忧”的忠正形象之表现。同时，这也使得史可法之哭与左良玉之哭，各有其特色所在。正因为史可法之一哭，全军得以被感动，从而愿意为扬州做孤注一掷之战。这一番誓师，堪称《桃花扇》一剧中最为悲壮的情节。

第三十六出　逃难（乙酉五月）

【香柳娘】（小生扮弘光帝便服骑马，杂扮二监、二宫女挑灯引上）听三更漏催，听三更漏催，马蹄轻快，风吹蜡泪宫门外。咱家弘光皇帝，只因左兵东犯，移镇堵截。谁知河北人马，乘虚渡淮。目下围住扬州，史可法连夜告急，人心皇皇，都无守志，那马士英、阮大铖躲的有影无踪。看来这中兴宝位也坐不稳了。千计万计，走为上计。方才骑马出宫，即发兵符一道，赚开城门，但能走出南京，便有藏身之所了。趁天街寂静[1]，趁天街寂静，飞下凤凰台，难撇鸳鸯债。（唤介）嫔妃们，走动着，不要失散了。似明驼出塞[2]，似明驼出塞，琵琶在怀，珍珠偷洒。

（急下。净扮马士英骑马急上）

【前腔】报长江锁开，报长江锁开，石头将坏[3]，高官贱卖没人买。下官马士英，五更进朝，才知圣上潜逃，俺为臣的，也只得偷溜了。快微服蚤度[4]，快微服蚤度，走出鸡鹅街，提防仇人害。（倒指介）那一队娇娆，十车细软[5]，便是俺的薄薄宦囊，不要叫仇家抢夺了去。（唤介）快些走动！（老旦、小旦扮姬妾骑马，杂扮夫役推车数辆上）来了，来了。（净）好，好。要随身紧带，要随身紧带，殉棺货财，贴皮恩爱[6]。

眉批："二曲自马、阮心窝挖出，无非欺君误国，贪生怕死，好货恋色，树党结仇，死而不悔也。"

（绕场行介。杂扮乱民数人持棒上，喝介）你是奸臣马士英，弄的民穷财尽。今日驮着妇女，装着财帛，要往那里跑？早早留下。（打净倒地，剥衣，抢妇女、财帛下。副净扮阮大铖骑马上）

眉批："打马是一样笔法。"

【前腔】恋防江美差[7]，恋防江美差，杀来谁代，兵符掷向空江濑。今日可用着俺的跑了，但不知贵阳相公，还是跑，还是降？（作遇净绊马足介）阿呀！你是贵阳老师相，为何卧倒在地？（净哼介）跑不得了，家眷、行囊，俱被乱民抢去，还把学生打倒在地。（副净）正是，晚生的家眷、行囊，都在后面，不要也被抢去。受千人笑骂，受千人笑骂，积得些金帛，娶了些娇艾[8]。待俺回去迎迎。（杂扮乱民持棒，拥妇女，抬行囊上）这是阮大铖家的家私，方才抢来，大家分开罢。（副净喝介）好大胆的奴才，怎敢抢截我阮老爷的家私？（杂）你就是阮大铖么？来的正好。（一棒打倒，剥衣介）饶他狗命，且到鸡鹅巷裤子裆，烧他房子去。（俱下。净）腰都打坏，爬不起来了。（副净）晚生的臂膊捶伤，也奉陪在此。（合）叹十分狼狈，叹十分狼狈，村拳共挨，鸡肋同坏。

眉批："此皆目击实事。"

（末扮杨文骢冠带骑马，从人挑行李上）下官杨文骢，新升苏淞巡抚。今日五月初十出行吉日，束装起马，一应书画古玩，暂寄媚香楼，托了蓝田叔随后带来。俺这一肩行李，倒也爽快。（杂禀介）请老爷趱行一步。（末）为何？（杂）街上纷纷传说，北信紧急，皇帝、宰相，今夜都走了。（末）有这等事？快快出城。（急走介。马惊不前介）这也奇了，为何马惊不走？（唤介）左右看来。（杂看介）地下两个死人。（副净、净呻吟介）哎哟，哎哟。救人，救人。（末）还不曾死，看是何人？（杂细认介）好像马、阮二位老爷。（末喝介）胡说，那有此事。（勒马看，惊介）阿呀！竟是他二位。（下马拉介）了不得，怎么到这般田地？（净）被些乱民抢劫一空，仅留性命。（副净）我来救取，不料也遭此难。（末）护送的家丁都在何处？（净）想也乘机拐骗，四散逃走了。（末唤介）左右快来扶起，取出衣服，与二位老爷穿好。（杂与副净、净穿衣介。末）幸有闲马

眉批："当日未必遇得恰好，不得不借此，以暴其丑也。"

一匹，二位叠骑[9]，连忙出城罢。（杂扶净、副净上马，搂腰行介）请了，无衣共冻真师友，有马同骑好弟兄。（下。杂）老爷不可与他同行，怕遇着仇人，累及我们。（末）是，是。（望介）你看一伙乱民，远远赶来，我们早些躲过。（作避路傍介。小旦扮寇白门，丑扮郑妥娘披发走上）

眉批：“两奸抱腰骑马，丑态如画。”

【前腔】正清歌满台，正清歌满台，水裙风带[10]，三更未歇轻盈态。（见末介）你是杨老爷，为何在此？（末认介）原来是寇白门、郑妥娘。你姊妹二人怎的出来了？（小旦）正在歌台舞殿，忽然酒罢灯昏，内监宫妃纷纷乱跑，我们不出来，还等什么哩？（末）为何不见李香君？（丑）俺三个一同出来的，他脚小走不动，雇了个轿子，抬他先走了。（末问介）果然朝廷出去了么[11]？（小旦）沈公宪、张燕筑都在后边，他们晓的真信。（外扮沈公宪披衣抱鼓板，净扮张燕筑科头提纱帽、须髯跑上[12]）笑临春结绮，笑临春结绮[13]，擒虎马嘶来，排着管弦待。（见末介）久违杨老爷了。（末问介）为何这般慌张？（外）老爷还不知么？北兵杀过江来，皇帝夜间偷走了。（末）你们要向那里去？（净）各人回家瞧瞧，趁早逃生。（丑）俺们是不怕的，回到院中，预备接客。（末）此等时候，还想接客？（丑）老爷不晓

眉批：“香君雅人，不可露奔逃出宫之状，故以数语脱之。”

的，兵马营里，才好挣钱哩。这笙歌另卖，这笙歌另卖，隋宫柳衰，吴宫花败。

（外、净、小旦、丑俱下。末）他们亲眼看见圣上出宫，这光景不妥了。快到媚香楼收拾行李，趁早还乡罢。（行介）

【前腔】看逃亡满街，看逃亡满街，失迷君宰，百忙难出江关外。（作到介）这是李家院门。（下马，急敲门介）开门，开门。（小生扮蓝瑛急上）又是那个叫门？（开门见介）杨老爷为何转来？（末）北信紧急，君臣逃散，那苏淞巡抚也做不成了。整琴书襆被[14]，整琴书襆被，换布袜青鞋，一只扁舟载。（小生）原来如此。方才香君回家，也说朝廷偷走。（唤介）香君快来。（旦上见介）杨老爷万福。（末）多日不见，今朝匆匆一叙，就要远别了。（旦）要向那厢去？（末）竟回敝乡贵阳去也。（旦掩泪介）侯郎狱中未出，老爷又要还乡，撇奴孤身，谁人照看？（末）如此大乱，父子亦不相顾的。这情形紧迫，这情形紧迫，各人自裁，谁能携带？

眉批："龙友心中打点还乡，究竟作苏淞巡抚去。"

（净扮苏昆生急上）将军不惜命，皇帝已无家。我苏昆生自湖广回京[15]，谁知遇此大乱。且到院中打听侯公子信息，再作商量。

【前腔】俺匆忙转来，俺匆忙转来，故人何在，旌旗满眼乾坤改。来此已是，不免竟入。（见介）好呀！杨老爷在此，香君也出来了。侯相公怎的不见？（末）侯兄不曾出狱来。（旦）师父从何处来的？（净）俺为救侯郎，远赴武昌。不料宁南暴卒，俺连夜回京。忽闻乱信，急忙寻到狱门，只见封锁俱开，众囚徒四散，众囚徒四散，三面网全开[16]，谁将秀才害。（旦哭介）师父，快快替俺寻来。（末指介）望烟尘一派，望烟尘一派，抛妻弃孩，团圆难再。

（末向旦介）好，好，好！有你师父作伴，下官便要出京了。（唤介）蓝田老收拾行李，同俺一路去罢。（小生）小弟家在杭州，怎能陪你远去？（末）既是这等，待俺换上行衣，就此作别便了。（换衣作别介）万里如魂返，三年似梦游。（作骑马，杂挑行李随下。旦哭介）杨老爷竟自去了，只有师父知俺心事。前日累你千山万水，寻到侯郎，不想奴家进宫，侯郎入狱，两不见面。今日奴家离宫，侯郎出狱，又不见面。还求师父可怜，领着奴家各处找寻则个。（净）侯郎不到院中，自然出城去了，那里找寻？（旦）定要找寻的。

眉批："进宫入狱，不见面，宜也。离宫出狱，又不见面，实天缘之浅耳，奈何。"

【前腔】（旦）便天涯海崖，便天涯海崖[17]，十洲方外，铁鞋踏破三千界。只要寻着侯郎，俺才住脚也。（小生）西北一带俱是兵马，料他不能渡江，若要

眉批："《牡丹亭》，死者可以复生。《桃花扇》，离者可以复合，皆是如定情根。"

找寻，除非东南山路。（旦）就去何妨。望荒山野道，望荒山野道，仙境似天台，三生旧缘在[18]。（净）你既一心要寻侯郎，我老汉也要避乱，索性领你前往，只不知路向那走？（小生指介）那城东栖霞山中，人迹罕到，大锦衣张瑶星先生，弃职修仙，俺正要拜访为师。何不作伴同行？或者姻缘凑巧，亦未可知。（净）妙，妙！大家收拾包裹，一齐出城便了。（各背包裹行介。旦）舍烟花旧寨，舍烟花旧寨，情根爱胎[19]，何时消败？

眉批："蓝田叔归山，是南朝第五作者。"

（净）前面是城门了，怕有人盘诘。（小生）快快趁空走出去罢。（旦）奴家脚痛，也说不得也。

（旦）行路难时泪满腮，（净）飘蓬断梗出城来。

（小生）桃源洞里无征战，（旦）可有莲华并蒂开[20]。

出评："七只【香柳娘】离奇变化，写尽亡国乱离之状。""君相奔亡，官民逃散，或离城，或出宫，或自楚来，或入山去，纷纷攘攘，交臂踵足，却能分疆别界，接线联丝，文章精细，非人力可造也。"

［注释］

[1] 天街：指旧时京城里的街道。 [2]"似明驼出塞"以下四句：借用昭君出塞的凄凉故事，形容众嫔妃出逃时的仓皇、无奈、悲凉和凄绝。明驼，指能行远路的骆驼。它们卧下时，腹不贴地，屈足漏明，故称。珍珠，指眼泪。 [3] 长江锁开，石头将坏：指长江防线崩溃，金陵即将沦陷。石头，即石头城，指金陵。 [4] 微服：改换着装以避人耳目，一般指帝王或官吏私

访时，为隐藏身份而换穿便服。微，微小，卑微。蚤，通“早”，下同。 [5] 细软：精细、柔软，借指首饰、珠宝等轻便而易于携带的贵重物品。 [6] 贴皮恩爱：指马士英的妻妾。 [7] 防江美差：防江一职，以兵部尚书之位掌管江防，位高权重，被朝臣们视为美差。此处讽刺阮大铖自私自利，只以职位之美为重。 [8] 娇艾：指娇美的女子。艾，形容美好。《孟子·万章上》：“知好色，则慕少艾。”少艾，借指年轻美好的女子。 [9] 叠骑：两个人同骑一匹马。 [10] 水裙风带：指舞裙像流水般旋转，衣带随风飘扬，形容舞姿曼妙。 [11] 朝廷：借指皇帝。 [12] 科头：有两种意思。一为结发，不戴帽子；二为不戴帽子，也不梳理头发。后文提到张燕筑慌张逃生，故采用第二种意思较为恰当。 [13] “笑临春结绮”以下三句：指弘光帝只顾纵情享乐，任凭清兵南下。临春、结绮，指临春阁、结绮阁，南朝陈后主建造的楼阁，他不理朝政，与嫔妃们过着荒淫糜烂的生活。擒虎，即韩擒虎，隋朝将领，曾率军讨陈，攻入建康（今江苏南京），俘虏陈后主。 [14] 襆被：包头巾和衣被。 [15] 湖广：指湖北、湖南一带。 [16] 三面网全开：完全打开监狱，比喻宽刑赦罪。《吕氏春秋·异用》载，商汤曾令捕猎者将四面网放开三面，只留一面，以示仁慈。 [17] “便天涯海崖”以下三句：指李香君决心走遍天涯海角，寻找侯方域。天涯海崖，指极远之地。十洲，传说神仙居住在大海的祖洲、瀛洲、玄洲、炎洲、长洲、元洲、流洲、生洲、凤麟洲和聚窟洲等十个岛上，这些地方人迹罕至。方外，世俗之外。铁鞋踏破，化用“踏破铁鞋无觅处”之句，形容寻找之执着。三千界，佛家语，三千世界的简称，指全世界。古印度有一个传说，以须弥山为中心，铁围山为外郭，是一个小世界；合一千个小世界为中千世界；合一千个中千世界为大千世界，总称三千世界。 [18] 三生旧缘在：指缘分前生注定。三生，指佛教轮回说中的前生、今生与来生。 [19] 情根爱胎：指钟情之深，相爱之至。 [20] 莲华并蒂：指李香君期待与侯方域重逢，再续情缘。

[点评]

该出是由前一出《誓师》所导源而来的，讲述扬州告急之后，金陵变乱的景象。在如此的景象中，弘光帝、马士英、阮大铖、杨文骢、卞玉京、寇白门、沈公宪、张燕筑、蓝瑛等逃难的不同面貌，都被作者以生动的笔触表现出来，俨然复现了当年金陵变乱的实情实景。同时，作者也借着杨文骢前后的行径，将情节从家国崩溃拉回到侯方域、李香君的情缘上，为侯、李的最终相遇做了充分的铺垫。

第三十七出　劫宝（乙酉五月）

【西地锦】（末扮黄得功戎装，副净扮田雄随上）目断长江奔放，英雄万里愁长。何时欢饮中军帐，把弓矢付儿郎。

俺黄得功，坂矶一战，吓的左良玉胆丧身亡，剩他儿子左梦庚，据住九江，乌合未散[1]。俺且驻扎芜湖[2]，防其北犯。（杂扮报卒上）报，报，报。北兵连夜渡淮，围住扬州，南京震恐，万姓奔逃了。（末）那凤、淮两镇[3]，现在江北，怎不迎敌？（杂）闻得两位刘将军，也到上江堵截左兵，凤、淮一带，千里空营。（末惊介）这怎么处？（唤介）田雄，你是俺心腹之将，快领人马[4]，去保南京。

眉批："局势如斯，必无处法矣。"

【降黄龙】司马威权[5]，夜发兵符，调镇移防。谁知他拆东补西，露肘捉襟[6]，明弃淮扬。金

眉批："此时稍知阮胡之错矣。"

汤[7]，九曲天险[8]，只用莲舟荡漾。起烟尘，金陵气暗，怎救宫墙？

（下。小生扮弘光帝骑马，丑扮太监随上）

【前腔】（小生）堪伤，寂寞鱼龙[9]，潜泣江头，乞食村庄。寡人逃出南京，昼夜奔走，宫监嫔妃，渐渐失散，只有太监韩赞周，跟俺前来。这炎天赤日，瘦马独行，何处纳凉？昨日寻着魏国公徐宏基[10]，他佯为不识，逐俺出府。今日又早来到芜湖。（指介）那前面军营，乃黄得功驻防之所，不知他肯容留寡人否？奔忙，寄人廊庑，只望他容留收养。（作下马介）此是黄得功辕门。（唤介）韩赞周，快快传他知道。（丑叫门介）门上有人么？（杂扮军卒上）是那里来的？（丑）南京来的。（拉一边悄说介）万岁爷驾到了，传你将军速出迎接。（杂）啐！万岁爷怎能到的这里？不要走来吓俺罢。（小生）你唤出黄得功来，便知真假。浦江边[11]，迎銮护驾，旧将中郎。

眉批："可怜，可耻，可恨。"

（杂咬指介）人物不同，口气又大，是不是，替他传一声。（忙入传介。末慌上）那有这事？待俺认来。（见介。小生）黄将军一向好么？（末认，忙跪介）万岁，万万岁。请入帐中，容臣朝见。（丑扶小生升帐坐。末拜介）

【衮遍】戎衣拜吾皇，戎衣拜吾皇，又把天颜仰[12]。为甚私巡[13]，萧条鞍马蒙尘状[14]。失水神龙[15]，风云飘荡。这都是臣等之罪，负国恩，一班相，一班将。

（小生）事到今日，后悔无及，只望你保护朕躬。（末拍地哭奏介）皇上深居宫中，臣好戮力效命。今日下殿而走，大权已失，叫臣进不能战，退无可守，十分事业已去九分矣。（小生）不必着急，寡人只要苟全性命，那皇帝一席，也不愿再做了。（末）阿呀！天下者，祖宗之天下，圣上如何弃的？（小生）弃与不弃，只在将军了。（末）微臣鞠躬尽瘁，死而后已。（小生掩泪介）不料将军倒是一个忠臣。（末跪奏介）圣上鞍马劳顿，早到后帐安歇。军国大事，明日请旨罢。（丑引小生入介。末）了不得，了不得。明朝三百年国运，争此一时，十五省皇图，归此片土。这是天大的干系[16]，叫俺如何担承。（吩咐介）大小三军，马休解辔，人休解甲，摇铃击梆，在意小心着。（众应介。末唤介）田雄，我与你是宿卫之官[17]，就在这行宫门外[18]，同卧支更罢[19]。（末枕副净股，执双鞭卧介。杂摇铃击梆，报更介。副净悄语介）元帅，俺看这位皇帝不像享福之器。况北兵过江，人人投顺，元帅也要看风行船才好[20]。（末）说那里话？常言“孝当竭力，忠则尽命”[21]，为人臣子，岂可怀揣二心？（内传鼓介。末惊介）为何传鼓？（俱起坐介。杂上报介）报元帅，有一队人马，从东北下来，说是两镇刘老爷，要会元帅商议军情。（末起介）好，好，好。三镇会

眉批：“田雄数语真可杀，天下之为此语者，皆是也，诛之不胜诛矣。”

齐，可以保驾无虞了。待俺看来。（望介。净扮刘良佐，丑扮刘泽清，骑马领众上。叫介）黄大哥在那里？（末喜介）果然是他二人。（应介）愚兄在此拱候多时了。（净、丑下马介。净）哥哥得了宝贝，竟瞒着两个兄弟么？（末）什么宝贝？（丑）弘光呀。（末摇手介）不要高声，圣上安歇了。（净悄问介）今日还不献宝，等到几时哩？（末）献什么宝？（丑）把弘光送与北朝，赏咱们个大大王爵，岂不是献宝么？（末喝介）哇！你们两个要来干这勾当，我黄闯子怎么容得。（持双鞭打介。净、丑招架介。末喊介）好反贼，好反贼。

眉批："痴心人语，负心人语，矛盾相对，历历如闻。"

【前腔】望风便生降，望风便生降，好似波斯样[22]。职贡朝天，思将奇货擎双掌。倒戈劫君，争功邀赏。顿丧心，全反面，真贼党。

眉批："黄闯子不容，即天地鬼神不容也。"

眉批："堂堂而打，正正而骂，为天地鬼神吐气。"

（净）不要破口，好好弟兄，为何厮闹？（末）啐！你这狗彘，连君父不识，我和你认什么弟兄？（又战介。副净在后指介）好个笨牛，到这时候还不见机。（拉弓搭箭介）俺田雄替您解围罢。（放箭射末腿，末倒地介。净、丑大笑介。副净入内，急背出小生介。小生叫介）韩赞周，快快跟来。（内不应介。小生）这奴才竟舍我而去。（手打副净脸介）你背俺到何处去？（副净）到北京去。（小生狠咬副净肩介。副净忍痛介）哎哟，咬杀我也。（丢小生于地，向净、丑拱介）皇帝一枚奉送。（净、丑拱介）领谢，领谢。（齐拉小生袖急走介。末抱住小生腿叫介）田雄，田雄。快来夺驾。（副净佯拉，放手介。净、丑竟拉

眉批："田雄被咬，背疮见骨而死，颇快人意。"

眉批："壮哉！将军不死，何为哀哉？将军虽死，何益？"

出评："此折独无下场诗，将军已死，谁发咽呜之歌耶？南朝四镇，高杰庸将也，二刘叛将也，黄得功名将也，此折乃其尽节之日。看其闻报时，如此忠，见帝时如此敬，夺驾时如此勇，毕命时如此烈，写尽名将气概。""明朝亡国争此一时，所倚者，四镇也。高已自取杀戮，二刘今为叛贼，黄则养贼在家，贩帝而去，《春秋》之责，黄能免乎？""南朝三忠，史阁部心在明朝，左宁南心在崇祯，黄靖南心在弘光。心不相同，故力不相协。明朝之亡，亡于流寇也，实亡于四镇也。四镇之中，责尤在黄。何也？黄心在弘光，故党马、阮。党马、阮，故与崇祯为敌。与崇祯为敌，故置明朝于度外。末云：'明朝天下，送在黄得功之手'，诛心之论也。""桃花扇，乃李香君面血所染。香君之面血，香君之心血也。因香君之心血，而传左宁南之胸血，史阁部之眼血，黄靖南之颈血，所谓血性男子，为明朝出血汗之力者，而无如元气久弱，止成一失血之病，奈何？"

小生下。末作爬不起介）怎么起不来的？（副净）元帅中箭了。（末）那个射俺的？（副净）是我们放箭射贼，误伤了元帅。（末）瞎眼的狗才。我且问你，为何背出圣驾来？（副净）俺要护驾逃走的，不料被他抢去。（末）你与我快快赶上。（副净笑介）不劳元帅吩咐，俺是一名长解子[23]，收拾包裹，自然护送到京的。（背包裹、雨伞，急赶下。末怒介）阿呸！这伙没良心的反贼，俺也不及杀你了。（哭介）苍天，苍天！怎知明朝天下，送在俺黄得功之手？

【尾声】平生骁勇无人挡，拉不住黄袍北上[24]，笑断江东父老肠。

罢，罢，罢。除却一死，无可报国。（拔剑大叫介）大小三军，都来看断头将军呀！（一剑刎死介）

［注释］

[1]乌合：指乌鸦临时结群，比喻仓促、无组织的集聚。 [2]扎：原作"札"，误，改。 [3]凤、淮：指安徽凤阳与江苏淮安两镇，当时由刘良佐和刘泽清分别镇守。 [4]快：原漫漶不清，据兰雪堂本补。 [5]司马：官名。明清时期，兵部尚书的别称，此处指阮大铖。 [6]露肘捉襟：指衣服陈旧、短小，一抻领口，就露出肘部，形容生活贫困，此处比喻兵力不足，顾此失彼。《庄子·让王》载，曾子在卫国居住，生活极为贫困，"三日不举火，十年不制衣，正冠而缨绝，捉衿而肘见，纳履而踵决"。 [7]金汤：即固若金汤，指凤、淮二镇防守无比坚固，不易攻破。班固《汉书·蒯通传》："必将婴城固守，皆为金城汤池，不可攻也。"金，

金城。汤，汤池。金属造的城，热水围绕的护城河。 [8]“九曲天险”二句：指南明朝廷轻视河防，使清兵轻易渡江。九曲天险，指黄河河道曲折，地势险峻，形成天然屏障。高适《九曲词序》引《河图》曰：“河水九曲，长九千里，入于渤海。”莲舟，采莲的小船。 [9]寂寞鱼龙：弘光帝自比为深潜海底的寂寞鱼龙，遭遇危难，无能为力。化用杜甫《秋兴八首》其四“鱼龙寂寞秋江冷，故国平居有所思”句。 [10]宏：原作“弘”，据兰雪堂本改。 [11]“浦江边”以下三句：指黄得功是曾经迎立南明王的将领，应当认得弘光帝。中郎，官名，掌管宫中护卫、侍从。 [12]天颜：指帝王的容颜。 [13]私巡：指皇帝私自出宫巡游。 [14]蒙尘：指皇帝流落在宫外，蒙受灰尘。 [15]失水神龙：比喻失势的帝王，此处指弘光帝，化用贾谊《惜誓》“神龙失水而陆居兮，为蝼蚁之所裁”句。 [16]干系：关系。 [17]宿卫之官：指在皇宫中担任保护皇帝安全的侍卫。 [18]行宫：旧时京城以外供皇帝出行时居住的宫舍。 [19]支更：打更，守夜。 [20]看风行船：比喻随着势头的变化而见机行事，此处指劝黄得功见机投降。 [21]孝当竭力，忠则尽命：对父母孝顺，要尽心竭力；为国尽忠，可以不惜生命，源于《千字文》。 [22]波斯：指识宝的外国商人。 [23]长解子：长途押解犯人的差役，田雄自喻。 [24]黄袍：借指皇帝。

[点评]

本出将刘泽清、刘良佐二将丑恶的形象，描写得淋漓尽致。从上一出中看，弘光朝廷的众多文官已是逃散殆尽。从本出中看，弘光朝廷的一干武将也是闻风投降。可见在家国冲突之中，这一干凭借迎立、党争起家的文臣武将，毫无责任、气节可言。整个弘光朝廷，也都荒唐到不可理喻的程度。

黄得功是本出的开场人物，沉醉在自己成功阻截左良玉部队的喜悦中。而扬州被困、金陵危急的消息传来，一下子就将其从喜悦中拉回来。如此消息对于黄得功而言甚为意外，因为淮扬一带本该是刘良佐、刘泽清二人的汛地。但是两人却为了堵截左良玉的部队而向西移防，空出了淮扬地界，使得北兵能够大举南下。

面对危急情形，黄得功的举动还是尽职尽责的。他要求田雄带兵保卫南京，体现出一个尽责武将所必备的素养。但弘光帝的到来，让黄得功的效忠全然变成了无谓乃至略显荒唐的牺牲。刘良佐、刘泽清二人的到来，更是将人心涣散演绎到了极致。黄得功听闻二刘前来，还以为是要共商防务。但是出乎黄得功的意料，二刘不仅背叛了弘光帝，而且还将其视作呈献北兵的首功。这已经不是毫无廉耻可以形容的了，而足称贪婪无度。黄得功疾恶如仇，执鞭就打。但他未能预料到田雄的背后袭击，以致中箭倒地，眼看着弘光帝被田雄、二刘合力劫走，最终不得不自杀，以身殉国。

第三十八出　沉江（乙酉五月）

写史可法沉江，并非历史真实，熔铸着孔尚任的理想，将他比作屈原，体现史可法精忠报国的思想。

【锦缠道】（外扮史可法毡笠急上，回头望介）望烽烟，杀气重，扬州沸喧，生灵尽席卷[1]，这屠戮皆因我愚忠不转。兵和将，力竭气喘，只落了一堆尸软。俺史可法率三千子弟，死守扬州，那知力尽粮绝，外援不至。北兵今夜攻破北城，俺已满拚自尽。忽然想起明朝三百年社稷，只靠俺一身撑持，岂可效无益之死，舍孤立之君？故此缒下南城[2]，直奔仪真[3]。幸遇一只报船，渡过江来。（指介）那城阙隐隐，便是南京了。可恨老腿酸软，不能走动，如何是好？（惊介）呀！何处走来这匹白骡，待俺骑上，沿江跑去便了。（骑骡，折柳作鞭介）跨上白骡鞯，空江野路，哭声动九

眉批：“社稷之臣，见解不同。”

眉批：“白骡者，白龙也，来迎先生入水晶宫耳。”

原[4]。日近长安远[5]，加鞭，云里指宫殿。

（副末扮老赞礼背包裹跑上）残年还避乱，落日更思家。（外撞倒副末介。副末）阿哟哟，几乎滚下江去。（看外介）你这位老将爷好没眼色。（外下骡，扶起介）得罪，得罪。俺且问你，从那里来的？（副末）南京来的。（外）南京光景如何？（副末）你还不知么？皇帝老子逃去两三日了。目下北兵过江，满城大乱，城门都关的。（外惊介）阿呀！这等去也无益矣。（大哭介）皇天后土，二祖列宗，怎的半边江山也不能保住呀。（副末惊介）听他哭声，倒像是史阁部。（问介）你是史老爷么？（外）下官便是。你如何认得？（副末）小人是太常寺一个老赞礼，曾在太平门外伺候过老爷的。（外认介）是呀。那日恸哭先帝，便是老兄了。（副末）不敢。请问老爷，为何这般狼狈？（外）今夜扬州失陷，才从城头缒下来的。（副末）要向那里去？（外）原要南京保驾，不想圣上也走了。（顿足哭介）

【普天乐】撇下俺断篷船[6]，丢下俺无家犬。叫天呼地千百遍，归无路，进又难前。（登高望介）那滚滚雪浪拍天，流不尽湘累怨[7]。（指介）有了，有了。那便是俺葬身之地。胜黄土，一丈江鱼腹宽展。（看身介）俺史可法亡国罪臣，那容的冠裳而去？（摘帽，脱袍、靴介）摘脱下袍靴冠冕。（副末）我看老爷竟像要寻死的模样。（拉住介）老爷三思，不可短见呀。（外）

指投江而死，葬身宽敞的鱼腹，胜过黄土掩埋。

你看茫茫世界，留着俺史可法何处安放？累死英雄，到此日看江山换主，无可留恋。

（跳入江翻滚下介。副末呆望良久，抱靴、帽、袍服哭叫介）史老爷呀，史老爷呀，好一个尽节忠臣，若不遇着小人，谁知你投江而死呀。（大哭介。丑扮柳敬亭，携生忙上）偷生辞狱吏，避乱走天涯。（末扮陈贞慧，小生扮吴应箕，携手忙上）日日争门户，今年傍那家？（生呼介）定兄、次兄，日色将晚，快些走动。（末、小生）来哉。（丑）我们出狱，不觉数日，东藏西躲，终无栖身之地。前面是龙潭江岸[8]，大家商量，分路逃生罢。（末）是，是。（见副末介）你这位老兄，为何在此恸哭？（副末）俺也是走路的，适才撞见史阁部老爷投江而死，由不的伤心哭他几声。（生）史阁部怎得到此？（副末）今夜扬州城陷，逃到此间，闻的皇帝已走，跺了跺脚，跳下江去了。（生）那有此事？（副末指介）这不是脱下的衣服、靴帽么？（丑看介）你看衣裳里面，浑身朱印。（生）待俺认来。（读介）"钦命总督江北等处兵马内阁大学士兼兵部尚书印。"（生惊哭介）果然是史老先生。（末）设上衣冠，大家哭拜一番。（副末设衣冠介。众拜哭介）

眉批："四人出狱，至此始露。"

【古轮台】（合）走江边，满腔愤恨向谁言。老泪风吹面，孤城一片。望救目穿，使尽残兵血战，跳出重围，故国苦恋，谁知歌罢剩空筵。长江一线，吴头楚尾路三千，尽归别姓，雨翻云变。

眉批："哭得尽情，不忍再读。"

寒涛东卷，万事付空烟。精魂显[9]，《大招》声逐海天远。

（生拍衣冠大哭介。丑）阁部尽节，成了一代忠臣，相公不必过哀，大家分手罢。（生指介）你看一望烟尘，叫小生从那里归去？（末）我两人绕道前来，只为送兄过江。今既不能北上，何不随俺南行？（生）这纷纷乱世，怎能终始相依？倒是各人自便罢。（小生）侯兄主意若何？（生）我和敬亭商议，要寻一深山古寺，暂避数日，再图归计。（副末）我老汉正要向栖霞山去，那边地方幽僻，尽可避兵，何不同往？（生）这等极妙了。（末、小生）侯兄既有栖身之所，我们就此作别罢。（拜别介）伤心当此日，会面是何年？（末、小生掩泪下。生问副末介）你到栖霞山中，有何公干？（副末）不瞒相公说，俺是太常寺一个老赞礼，只因太平门外哭奠先帝之日，那些文武百官，虚应故事，我老汉动了一番气恼，当时约些村中父老，捐施钱粮，趁着这七月十五日，要替崇祯皇帝建一个水陆道场。不料南京大乱，好事难行，因此携着钱粮，要到栖霞山上，虔请高僧[10]，了此心愿。（丑）好事，好事。（生）就求携带同行便了。（副末）待我收拾起这衣服、靴帽着。（丑）这衣服、靴帽，你要送到何处去？（副末）我想扬州梅花岭，是他老人家点兵之所。待大兵退后，俺去招魂埋葬，便有史阁部千秋佳城了[11]。（生）如此义举，更为难得。（副末背袍、靴等，生、丑随行介）

眉批：“老赞礼与张道士心事相同，所谓经纬二星也。”

眉批：“梅花岭有史公衣冠墓。”

【余文】山云变，江岸迁，一霎时忠魂不见，寒食何人知墓田[12]？

（副末）千古南朝作话传，（丑）伤心血泪洒山川。

（生）仰天读罢《招魂》赋[13]，（副末）杨子江头乱暝烟。

出评："传阁部之死，笔墨如此灵活恰好。赞礼相值前，在坛前哭死难之君，今在江边哭死节之臣，皆值得一哭也。""左宁南死于气，自气也。黄将军死于刃，自刃也。史阁部死于溺，自溺也。三忠之死，皆非临敌不屈之义，而写其烈烈铮铮，如国殇阵殁者，岂非班、马之笔乎。""侯生在阁部之幕，阁部尽节，侯生哭拜亦是奇逢。而四人出狱情事即于此折带出，既归结陈、吴，而侯、柳入山之路历历分明，奇极巧极。"

［注释］

[1] 生灵尽席卷：老百姓全被杀光。指清兵攻入扬州城后屠戮十日。 [2] 缒（zhuì）下：顺着绳子从高处落下。 [3] 仪真：今江苏仪征，在长江北岸，地处扬州、南京间。 [4] 九原：九泉。 [5] 日近长安远：太阳近，因为仰头可以望到太阳，却望不见长安，指向往帝都却不能到达。此处指史可法恨不得立刻赶到南京。刘义庆《世说新语・夙惠》载，晋明帝司马绍幼年时回答父亲司马睿的问题："长安何如日远？"即太阳和长安哪个离这里远？长安，泛指京城，此处指南京。 [6] 断篷船：指孤舟。 [7] 湘累：指屈原投湘水自杀，史可法自比屈原。累，不以罪死。 [8] 龙潭：港口名，在南京城东。 [9]"精魂显"二句：老百姓悼念史可法，为他招魂之声随着海水远播天际。指史可法虽死，但精神永存。《大招》，是《楚辞》中的一篇，为死者招魂之作。 [10] 虔：诚心。 [11] 千秋佳城：指坟墓。 [12] 寒食：节名，清明节前一两日。据传为纪念春秋时期介子推焚死于绵山而形成的一种风俗，这天禁烟火、吃冷食、祭扫、踏青等。 [13]《招魂》：《楚辞》中的一篇，为悼念亡魂之作。

［点评］

该出讲述史可法因不堪国破家亡之局面沉江自谢一事，同时又铺叙了侯方域在老赞礼的指引下，去栖霞山的经过。至此，繁盛一时的弘光朝廷，可谓是彻底终结。而随着国家兴亡诸事的平复，侯、李情缘的一段花月之案，也渐次向着结局迈进。

孔尚任安排史可法自沉江中，与史籍中的记载出入颇大。按《明史》，史公自刎不成，被清军抓住后不屈被杀。但是作者这样写作，有其不得已而为之的原因。如果孔尚任遵照史实设置史可法为不屈被杀，那么必定要涉及清军攻占扬州城的相关事宜，也就不可避免地要将清军屠戮扬州的罪行表露出来。而对于这一罪行的表露，无疑将会为作者引来祸端。史可法之死与黄得功之死相对举，表明弘光朝廷忠臣离散、气数将尽的局面。史可法的报国门路已被弘光帝、阮马、二刘等人尽数封堵，除一死而外，史可法再无别的出路了。

第三十九出　栖真[1]（乙酉六月）

【醉扶归】（净扮苏昆生同旦上。旦）一丝幽恨嵌心缝，山高水远会相逢。拿住情根死不松，赚他也做游仙梦[2]。看这万叠云白罩青松，原是俺天台洞。

（唤介）师父，我们幸亏蓝田叔领到栖霞山来，无意之中，敲门寻宿，偏撞着卞玉京，做了这葆真庵主，留俺暂住。这也是天缘奇遇。只是侯郎不见，妾身无归，还求师父上心寻觅[3]。（净）不要性急，你看烟尘满地，何处寻觅？且待庵主出来，商量个常住之法。（老旦扮卞玉京道妆上）

眉批："补出玉京留宿，着眼勿忽。"

【皂罗袍】何处瑶天笙弄[4]，听云鹤缥缈，玉佩玎玲。花月姻缘半生空，几乎又把桃花种[5]。（见介）草庵淡薄，屈尊二位了。（旦）多谢收留，感激不尽。（净）正有一言奉告，江北兵荒马乱，急切不敢前行。

眉批："玉京悟道矣。"

我老汉的吹歌，山中又无用处，连日搅扰，甚觉不安。（老旦）说那里话？旧人重到，蓬山路通。前缘不断，巫峡恨浓，连床且话襄王梦。

（净）我苏昆生有个活计在此。（换鞋、笠，取斧、担、绳索介）趁这天晴，俺要到岭头涧底，取些松柴，供早晚炊饭之用。不强如坐吃山空么？（老旦）这倒不敢动劳。（净）大家度日，怎好偷闲。（挑担介）脚下山云冷，肩头野草香。（下。老旦闭门介。旦）奴家闲坐无聊，何不寻些旧衣残裳，付俺缝补，以消长夏？（老旦）正有一事借重。这中元节，村中男女，许到白云庵，与皇后周娘娘悬挂宝幡[6]，就求妙手，替他成造，也是十分功德哩。（旦）这样好事，情愿助力。（老旦取出幡料介。旦）待奴薰香洗手，虔诚缝制起来。（作洗手缝幡介）

眉批："昆生作樵，此处安根。"

眉批："中元建醮，为崇祯先帝也。女冠悬幡，为周皇后。结构细密，毫发无憾。"

【好姐姐】念奴前身业重[7]，绑十指筝弦箫孔[8]，慵线懒针，几曾作女红[9]？（老旦）香姐心灵手巧，一捻针线，就是不同的。（旦）奴家那晓针线？凭着一点虔心罢了。仙幡捧，忏悔尽教指头肿[10]，绣出鸳鸯别样工。

（共绣介。副末扮老赞礼，丑扮柳敬亭，背行李领生上）

【皂罗袍】（生）避了干戈纵横，听飕飕一路，涧水松风。云锁栖霞两三峰，江深五月寒风送。（副末）这是栖霞山了。你们寻所道院，趁早安歇罢。（生

眉批："画出栖霞胜境。"

看介）这是一座葆真庵，何不敲门一问？石墙萝户[11]，忙寻炼翁[12]，鹿柴鹤径[13]，急呼道童，仙家那晓浮生恸[14]？

（副末敲门介。老旦起问介）那个敲门？（副末）俺是南京来的，要借贵庵暂安行李。（老旦）这里是女道住持[15]，从不留客的。

【好姐姐】你看石墙四耸，昼掩了重门无缝。修真女冠[16]，怕遭俗客哄。（丑）我们不比游方僧道，暂住何妨？（老旦）真经讽[17]，谨把祖师清规奉，处女闺阁一样同。

（旦）说的有理，比不的在青楼之日了。（老旦）这是俺修行本等，不必睬他，且去香厨用斋罢[18]。（同下。副末又敲门介。生）他既谨守清规，我们也不必苦缠了。（副末）前面庵观尚多，待我再去访问。（行介。副净扮丁继之道装，提药篮上）

眉批："千山万水，觅之又觅，咫门尺壁，遇而不遇。人生缘分，往往如斯。"

【皂罗袍】采药深山古洞，任芒鞋竹杖，踏遍芳丛。落照苍凉树玲珑，林中笋蕨充清供[19]。（副末喜介）那边一位道人来了，待我上前问他。（拱介）老仙长，我们上山来做好事的，要借道院暂安行李，敢求方便一二！（副净认介）这位相公，好像河南侯公子。（丑）不是侯公子是那个？（副净又认介）老兄，你可是柳敬亭么？（丑）便是。（生认介）阿呀！丁继老，你为何出了家也？（副净）侯相公，你不知么？俺善才迟暮[20]，羞入旧宫。龟年疏懒[21]，难随妙工，辞家竟把仙箓诵[22]。

眉批："逢玉京是一种笔法，逢继之又是一种笔法。"

（生）原来因此出家。（丑）请问住持何山？（副净）前面不远，有一座采真观，便是俺修炼之所。不嫌荒僻，就请暂住何如？（生）甚好。（副末）二位遇着故人，已有栖身之地。俺要上白云庵，商量醮事去了。（生）多谢携带。（副末）彼此。（别介）人间消孽海，天上礼仙坛。（下。副净携生、丑行介）跨过白泉，又登紫阁，雪洞风来，云堂雨落。（生惊介）面前一道溪水，隔断南山，如何过去？（副净）不妨，靠岸有只渔船，俺且坐船闲话，等个渔翁到来，央他撑去。不上半里，便是采真观了。（同上船坐介。丑）我老柳少时在泰州北湾，专以捕鱼为业。这渔船是弄惯了的，待我撑去罢。（生）妙，妙。（丑撑船介。生向副净介）自从梳栊香君，借重光陪，不觉别来便是三载。（副净）正是。且问香君入宫之后，可有消息么？（生）那得消息来？（取扇指介）这柄桃花扇，还是我们订盟之物，小生时刻在手。

眉批："桃花扇时刻在手，着眼勿忽。"

【好姐姐】把他桃花扇拥，又想起青楼旧梦。天老地荒，此情无尽穷。分飞猛[23]，杳杳万山隔鸾凤[24]，美满良缘半月同[25]。

（丑）前日皇帝私走，嫔妃逃散，料想香君也出宫门。且待南京平定，再去寻访罢。（生）只怕兵马赶散，未必重逢了。（掩泪介。副净指介）那一带竹篱，便是俺的采真观，就请拢船上岸罢。（丑挽船，同上岸介。副净唤介）道僮，有远客到门，快搬行李。（内应介。副净）请进。（让入介）

眉批："敬亭之劝侯郎，如昆生之劝香君也。"

（生）门里丹台更不同[26]，（副净）寂寥松下养衰翁，

（丑）一湾溪水舟千转，（生）跳入蓬壶似梦中[27]。

出评："香君投玉京，不必做出。侯郎投继之，细细做出，皆笔墨变化法。""此折侯郎与香君觌面千山，用险笔也。后折侯郎与香君转头万里，用幻笔也。险则攀跻无从，幻则捉摸难定，所谓智譬则巧也。"

［注释］

[1] 栖真：指寄居在道观。真，原指道家修身得道的人，借指道观。　[2] 游仙梦：指梦游仙境，此处指与恋人一起梦中神游。[3] 上心：留心，用心。　[4]"何处瑶天笙弄"以下三句：写神仙在仙境中飘游之景象。瑶天，天上仙境。笙弄，用笙吹奏音乐。云鹤缥缈，玉佩玎珰，指仙人乘鹤云游，玉佩叮咚作响。　[5] 几乎又把桃花种：指李香君在道观中，差不多又滋生儿女私情。桃花，男女之情，化用唐代崔护的人面桃花故事。　[6] 与皇后周娘娘悬挂宝幡：指明崇祯的周皇后，李自成等农民军攻陷京城时，她随崇祯自杀身亡。宝幡，指幡幢，参见第闰二十出《闲话》注。　[7] 业重：佛教语，指罪孽深重。业，佛教里指一切行为、言语、思想，分别称作身业、口业、意业。　[8] 绑十指筝弦箫孔：指善于弹筝吹箫。　[9] 作：原作"并"，据暖红室本改。女红（gōng）：指女子从事的刺绣、缝纫、纺织类工作。　[10] 忏悔尽教指头肿：为

了忏悔罪业，任由指头红肿。 [11] 萝户：指门上爬满松萝。萝，地衣类植物。 [12] 炼翁：道士的尊称，指德高思精的道士，因道士炼丹，故称。 [13] 鹿柴（zhài）：原指鹿住的地方，借指有栅栏的村落，比喻隐居的地方。柴，本作“砦”，同“寨”，栅栏。 [14] 浮生：佛教语，指人生虚浮、短促。 [15] 女道住持：指女道士主管道院。住持，原指久住，护持佛法，后指寺院的主管。 [16] 修真女冠：指修仙学道的女道士。女冠，指女道士，男女道士皆戴黄冠，故称。 [17] 真经讽：诵念道家经典。真经，道家经籍。讽，讽诵。 [18] 香厨：即香积厨，指佛教寺庙的厨房，借指道院厨房。 [19] 清供：指清素的供养。 [20] 善才迟暮：丁继之自喻，年高意倦。善才，唐时，曹善才擅长琵琶，后泛称琵琶师。迟暮，晚年，暮年。 [21] 龟年：指李龟年，唐玄宗时的著名宫廷乐师，善歌、善奏，作《渭川》曲。 [22] 仙箓：道家典籍。 [23] 分飞猛：突然分离。 [24] 鸾凤：指情缘。 [25] 美满良缘半月同：一起美满生活了半个月。 [26] 丹台：本义指一种用泥土、石头砌成的台阶，用于放置炼丹器具，借指神仙居住之所。 [27] 蓬壶：传说海中有三山，山形如壶器，为仙人居所。东晋王嘉《拾遗记·高辛》称，一曰方壶，二曰蓬壶，三曰瀛壶。蓬壶，即蓬莱，后泛指仙境。

［点评］

本出之设计将侯方域、李香君、苏昆生、柳敬亭汇集到了一处，也是将前面为侯方域与李香君两方面铺设的全部线索都汇集到了一处。然而在十字路口般的枢纽处，作者偏偏逆观者之所愿，使得仅有一门之隔的侯方域、李香君再次错过，使得本该解决的矛盾又多一重波折，从而织造出足以挂置观者一切期待的最终悬念。

卞玉京出家之事确为史上实有，吴伟业曾有过《听女道士卞玉京弹琴歌》之诗，可谓是证据。但是卞玉京出家地点当在苏州，而非栖霞山，此当是孔尚任的移植笔墨。

随后苏昆生、李香君二人为了长待庵中，愿以劳作协助：苏昆生出门担柴，而李香君则缝制旧衣。如此安排，并非无意义的赘笔，而是该出情节的一个重要铺垫。后面侯方域、柳敬亭二人之所以未能和李香君见面，就是因为苏昆生不在庵中，卞玉京、李香君两个女客不便为侯、柳二人开门，最终导致侯、李未能相遇。

同时，受老赞礼指引的侯方域、柳敬亭二人携行李前来寻找住处。恐怕李香君、侯方域二人无论如何也想象不到，最终阻止他们相见的竟然是他们自己，以至于近如咫尺的二人，竟然就这样互相错过了。此事件虽然渺小不足道，但是放置于侯方域、李香君二人长久未得相见的情节脉络中看，这一波折则是对二人隔绝的一再往复——虽小，但却如同百尺竿头上更进的一步，亦足以扣动观者的心弦。随后丁继之出现，他将侯方域、柳敬亭二人引向了自己的处所，使得侯方域、李香君在如此接近之后又分开了，这不得不令观者兴叹。

第四十出　入道（乙酉七月）

【南点绛唇】（外扮张薇瓢冠衲衣[1]，持拂上[2]）世态纷纭，半生尘里朱颜老。拂衣不早[3]，看罢傀儡闹。恸哭穷途[4]，又发哄堂笑。都休了，玉壶琼岛[5]，万古愁人少。

眉批："一哭一笑，恐愁根不能拔也。"

贫道张瑶星，挂冠归山[6]，便住这白云庵里。修仙有分，涉世无缘。且喜书客蔡益所随俺出家，又载来五车经史。那山人蓝田叔也来皈依[7]，替我画了四壁蓬瀛[8]。这荒山之上，既可读书，又可卧游，从此飞升尸解[9]，亦不算懵懂神仙矣。只有崇祯先帝，深恩未报，还是平生一件缺事。今乃乙酉年七月十五日，广延道众，大建经坛，要与先帝修斋追荐[10]。恰好南京一个老赞礼，约些村中父老，也来搭醮。不免唤出弟子，趁早铺设。（唤介）徒弟何在？

（丑扮蔡益所，小生扮蓝田叔道装上）尘中辞俗客，云里会仙官。（见介）弟子蔡益所、蓝田叔，稽首了。（拜介。外）尔等率领道众，照依黄箓科仪[11]，早铺坛场，待俺沐浴更衣，虔心拜请。正是：清斋朝帝座，直道在人心。（下。丑、小生铺设三坛[12]，供香花茶果[13]，立幡挂榜介）

眉批："看他科仪次序，节节不少，关目好看。"

【北醉花阴】高筑仙坛海日晓，诸天群灵俱到，列星众宿来朝[14]。幡影飘飖，七月中元建醮。

（丑）经坛斋供，俱已铺设整齐了。（小生指介）你看山下父老，捧酒顶香，纷纷来也。（副末扮老赞礼，领村民男女，顶香捧酒，挑纸钱、锭锞、绣幡上[15]）

【南画眉序】携村醪，紫降黄檀绣帕包[16]。（指介）望虚无玉殿，帝座非遥。问谁是皇子王孙，撇下俺村翁乡老。（掩泪介）万山深处中元节，擎着纸钱来吊。

（见介）众位道长，我们社友俱已齐集了，就请法师老爷出来巡坛罢。（丑、小生向内介）铺设已毕，请法师更衣巡坛，行洒扫之仪。（内三鼓介。杂扮四道士奏仙乐，丑、小生换法衣，捧香炉，外金道冠、法衣，擎净盏，执松枝，巡坛洒扫介）

【北喜迁莺】（合）净手洒松梢[17]，清凉露千滴万点抛。三转九回坛边绕，浮尘热恼全浇。香烧，云盖飘[18]，玉座层层百尺高。响云璈[19]，建极宝殿[20]，改作团瓢。

（外下。丑、小生向内介）洒扫已毕，请法师更衣拜坛，行朝请大礼。（丑、小生设牌位。正坛设故明思宗烈皇帝之位，左坛设故明甲申殉难文臣之位，右坛设故明甲申殉难武臣之位。内奏细乐介。外九梁朝冠、鹤补朝服、金带、朝鞋、牙笏上[21]。跪祝介）伏以星斗增辉，快睹蓬莱之现。风雷布令，遥瞻阊阖之开[22]。恭请故明思宗烈皇帝九天法驾，及甲申殉难文臣：东阁大学士范景文、户部尚书倪元璐、刑部侍郎孟兆祥、协理京营兵部侍郎王家彦、左都御史李邦华、右副都御史施邦耀、大理寺卿凌义渠、太常寺少卿吴麟徵、太仆寺丞申佳胤、詹事府庶子周凤翔、谕德马世奇、中允刘理顺、翰林院检讨汪伟、兵科都给事中吴甘来、巡视京营御史王章、河南道御史陈良谟、提学御史陈纯德、兵部郎中成德、吏部员外郎许直、兵部主事金铉、武臣新乐侯刘文炳、襄城伯李国桢、驸马都尉巩永固、协理京营内监王承恩等[23]，伏愿彩仗随车，素旗拥驾，君臣穆穆[24]，指青鸟以来临。文武皇皇，乘白云而至止。共听灵籁[25]，同饮仙浆。（内奏乐，外三献酒，四拜介。副末、村民随拜介）

暖红室本眉批："招崇祯殉节诸臣，位次井然，真好功德。"

眉批："宣毕奏乐，如闻其声。"

【南画眉序】（外）列仙曹，叩请烈皇下碧霄。舍煤山古树，解却宫绦[26]。且享这椒酒松香，莫恨那流贼闯盗。古来谁保千年业，精灵永留山庙。

（外下。丑、小生左右献酒，拜介。副末、村民随拜介）

【北出队子】（丑、小生）虔诚祝祷，甲申殉节群僚。绝粒刎颈恨难消，坠井投缳志不挠[27]，此日君臣同醉饱。

（丑、小生）奠酒化财，送神归天。（众烧纸牌钱锞[28]，奠酒举哀介。副末）今日才哭了个尽情。（众）我们愿心已了，大家吃斋去。（暂下。丑、小生向内介）朝请已毕，请法师更衣登坛，做施食功德。（设焰口[29]，结高坛介。内作细乐介。外更华阳巾、鹤氅[30]，执拂子上。拜坛毕，登坛介。丑、小生侍立介。外拍案介）窃惟浩浩沙场，举目见空中之楼阁。茫茫苦海，回头登岸上之瀛洲。念尔无数国殇，有名敌忾，或战畿辅[31]，或战中州，或战湖南，或战陕右。死于水，死于火，死于刃，死于镞[32]，死于跌扑踏践，死于疠疫饥寒。咸望滚榛莽之髑髅[33]，飞风烟之磷火，远投法座，遥赴宝山。吸一滴之甘泉[34]，津含万劫；吞盈掬之玉粒，腹果千春。（撒米，浇浆，焚纸，鬼抢介）

眉批："还超度阵亡之愿，皆照应《闲话》一出也。"

【南滴溜子】沙场里，沙场里，尸横蔓草。殷血腥[35]，殷血腥，白骨渐槁。可怜风旋雨啸，望故乡无人拜扫，饿魄馋魂，来饱这遭。

（丑、小生）施食已毕，请法师普放神光，洞照三界[36]，将君臣位业，指示群迷。（外）这甲申殉难君臣，久已超升天界了。（丑、小生）还有今年北去君臣，未知如何结果？恳求指示。（外）你们两廊道众，斋心肃立[37]，待我焚香打坐[38]，闭目静观。（丑、小生执香，

眉批："又结南朝君臣死生之案。"

低头侍立介。外闭目良久介。醒向众介）那北去弘光皇帝，及刘良佐、刘泽清、田雄等，阳数未终，皆无显验。（丑、小生前禀介）还有史阁部、左宁南、黄靖南，这三位死难之臣，未知如何报应？（外）待我看来。（闭目介。杂白须、幞头、朱袍，黄纱蒙面，幢幡细乐引上）吾乃督师内阁大学士兵部尚书史可法，今奉上帝之命，册为太清宫紫虚真人，走马到任去也。（骑马下。杂金盔甲、红纱蒙面，旗帜鼓吹引上）俺乃宁南侯左良玉，今奉上帝之命，封为飞天使者，走马到任去也。（骑马下。杂银盔甲、黑纱蒙面，旗帜鼓吹引上）俺乃靖南侯黄得功，今奉上帝之命，封为游天使者，走马到任去也。（骑马下。外开目介）善哉，善哉。方才梦见阁部史道邻先生，册为太清宫紫虚真人。宁南侯左昆山、靖南侯黄虎山，封为飞天、游天二使者。一个个走马到任，好荣耀也。

眉批："三忠三样装束，好看。"

眉批："'梦见'二字，有身分，不同师巫搗鬼。"

【北刮地风】则见他云中天马骄，才认得一路英豪。咭叮当奏着钧天乐[39]，又摆些羽葆干旄[40]。将军刀，丞相袍，挂符牌，都是九天名号[41]。好尊荣，好逍遥，只有皇天不昧功劳。

（丑、小生拱手介）南无天尊，南无天尊。果然善有善报，天理昭彰。（前禀介）还有奸臣马士英、阮大铖，这两个如何报应？（外）待俺看来。（闭目介。净散发披衣跑上）我马士英做了一生歹事，那知结果这台州山中[42]。（杂扮霹雳雷神，赶净绕场介。净抱头跪介）饶命，饶命。（杂劈死净，剥衣去介。副净冠带上）好了，好了。我阮大铖走过这仙霞岭，便算第一功了。（登高介。杂扮山神、夜叉，刺副净下，跌死介。外开目介）苦哉，苦哉。方才梦见马士英击死台州山中，阮大铖跌死仙霞岭上[43]。一个个皮开脑裂，好苦恼也。

【南滴滴金】明明业镜忽来照[44]，天网恢恢飞不了。抱头颅由你千山跑，快雷车偏会找，钢叉又到。问年来吃人多少脑，这顶浆两包，不彀犬饕。

（丑、小生拱手介）南无天尊，南无天尊。果然恶有恶报，天理昭彰。（前禀介）这两廊道众，不曾听得明白，还求法师高声宣扬一番。（外举拂高唱介。副末、众村民执香上，立听介）

【北四门子】（外）众愚民暗室亏心小，到头来几曾饶。微功德也有吉祥报，大巡环睁眼瞧。前一番，后一遭，正人邪党，南朝接北朝。福有因，祸怎逃，只争些来迟到早。

（副末、众叩头下。老旦扮卞玉京，领旦上）天上人间，为善最乐。方才同些女道，在周皇后坛前挂了宝幡，再到讲堂参见法师。（旦）奴家也好闲游么？（老旦指介）你看两廊道俗，不计其数，瞧瞧何妨？（老旦拜坛介）弟子卞玉京稽首了。（起同旦一边立介。副净扮丁继之上）人身难得，大道难闻。（拜坛介）弟子丁继之稽首了。（起唤介）侯相公，这是讲堂，过来随喜。

（生急上）来了。久厌尘中多苦趣，才知世外有仙缘。（同立一边介。外拍案介）你们两廊善众，要把尘心抛尽，才求得向上机缘。若带一点俗情，免不了轮回千遍[45]。（生遮扇看旦，惊介）那边跕的是俺香君，如何来到此处？（急上前拉介。旦惊见介）你是侯郎，想杀奴也。

眉批："五百年风流孽冤，恰好遇着，令人吃惊。"

【南鲍老催】想当日猛然舍抛，银河渺渺谁架桥？墙高更比天际高。书难捎[46]，梦空劳，情无了，出来路儿越迢遥。（生指扇介）看这扇上桃花，叫小生如何报你？看鲜血满扇开红桃，正说法天花落[47]。

眉批："两人心急，口急，眼急，千忙百乱。"

（生、旦同取扇看介。副净拉生，老旦拉旦介）法师在坛，不可只顾诉情了。（生、旦不理介。外怒拍案介）唗！何物儿女，敢到此处调情？（忙下坛，向生、旦手中裂扇掷地介）我这边清净道场，那容的狡童游女[48]，戏谑混杂？（丑认介）阿呀！这是河南侯朝宗相公，法师原认得的。（外）这女子是那个？（小生）弟子认的他，是旧院李香君，原是侯兄聘妾。（外）一向都在何处来？（副净）侯相公住在弟子采真观中。（老旦）李香君住在弟子葆真庵中。（生向外揖介）这是张瑶星先生，前日多承超豁。（外）你是侯世兄，幸喜出狱了。俺原为你出家，你可知道么？（生）小生那里晓得？（丑）贫道蔡益所，也是为你出家。这些缘由，待俺从容告你罢。（小生）贫道是蓝田叔，特领香君来此寻你，不想果然遇着。（生）丁、卞二师收留之

眉批："结桃花扇，有法有势。"

恩，蔡、田二师接引之情，俺与香君世世图报。（旦）还有那苏昆生，也随奴到此。（生）柳敬亭也陪我前来。（旦）这柳、苏两位，不避患难，终始相依，更为可感。（生）待咱夫妻还乡，都要报答的。（外）你们絮絮叨叨，说的俱是那里话？当此地覆天翻，还恋情根欲种，岂不可笑。（生）此言差矣。从来男女室家，人之大伦，离合悲欢，情有所钟，先生如何管得？（外怒介）阿呸！两个痴虫，你看国在那里？家在那里？君在那里？父在那里？偏是这点花月情根，割他不断么？

眉批："一刀割断，何等力量？侯生尚能辩乎？"

【北水仙子】堪叹你儿女娇，不管那桑海变，艳语淫词太絮叨，将锦片前程，牵衣握手神前告。怎知道姻缘簿久已勾销，翅楞楞鸳鸯梦醒好开交，碎纷纷团圆宝镜不坚牢，羞答答当场弄丑惹的旁人笑，明汤汤大路劝你早奔逃。

（生揖介）几句话，说的小生冷汗淋漓，如梦忽醒。（外）你可晓得了么？（生）弟子晓得了。（外）既然晓得，就此拜丁继之为师罢。（生拜副净介。旦）弟子也晓得了。（外）既然也晓得，就此拜卞玉京为师罢。（旦拜老旦介。外吩咐副净、老旦介）与他换了道扮。（生、旦换衣介。副净、老旦）请法师升座，待弟子引见。（外升座介。副净领生，老旦领旦，拜外介）

眉批："悟道语，非悟道也，亡国之恨也。"

【南双声子】芟情苗[49]，芟情苗，看玉叶金枝凋。割爱胞，割爱胞，听凤子龙孙号。水沤漂，水沤漂[50]，石火敲，石火敲，剩浮生一半，才受师教。

眉批："张道士大笑三声，从此乾坤寂然矣。妙，妙，不笑不足以为道也。"

（外指介）男有男境，上应离方[51]，快向南山之南修真学道去。（生）是，大道才知是，浓情悔认真。（副净领生从左下。外指介）女有女界，下合坎道[52]，快向北山之北修真学道去。（旦）是，回头皆幻景，对面是何人？（老旦领旦从右下。外下座大笑三声介）

【北尾声】你看他两分襟[53]，不把临去秋波掉。亏了俺桃花扇扯碎一条条，再不许痴虫儿自吐柔丝缚万遭。

白骨青灰长艾萧，桃花扇底送南朝。

不因重做兴亡梦，儿女浓情何处消？

出评："离合之情，兴亡之感，融洽一处，细细归结。最散，最整，最幻，最实，最曲迂，最直截。此灵山一会，是人天大道场。而观者必使生、旦同堂拜舞，乃为团圆，何其小家子样也。""全本《桃花扇》，不用良家妇女出场，亦忠厚之旨。"

［注释］

[1]瓢冠：瓜瓢形的帽子。衲衣：僧衣，也可指道袍。 [2]拂：道具，拂尘。 [3]"拂衣不早"二句：指张瑶星看清纷扰的官场，归隐恨晚。拂衣，振衣而去，指归隐。傀儡，原指木偶，此处指被操纵的弘光帝。 [4]"恸哭穷途"二句：一会儿末路痛哭，一会儿又哄堂大笑，指政坛反复无常。恸哭穷途，典出阮籍的故事，参看第十四出《阻奸》注。哄堂笑，即哄堂大笑，指人多的地方，有人发端引起众笑。典出欧阳修《归田录》。 [5]玉壶琼岛：指神仙居所，泛指仙境、仙宫。玉壶，即蓬壶，参看第三十九出《栖真》注。琼岛，岛的美称，指仙岛。 [6]挂冠：指辞官、弃官。《后汉书·逢萌传》载，汉代王莽执政时逢萌儿子被杀，他谓友

人："三纲绝矣。不去，祸将及人。"解冠挂于东都城门上，归家后携带家属渡海而去。 [7] 皈依：佛教语，指信奉佛教。 [8] 蓬瀛：指蓬莱、瀛洲，传说中的仙山。 [9] 飞升尸解：指成仙。飞升，指通过修炼和服用丹药，功德圆满后，肉身和元神共同成仙，可以飞升天界。尸解，指元神出窍，羽化升天。遗体或留存原地，或移形他处，或遗留"只履"。 [10] 追荐：指举行诵经、写经、施财、做法事等活动，为死者超度，祈求冥福。荐，祭奠，为死者念经做法事。 [11] 黄箓科仪：指设坛祭祀的各种仪式。黄箓，原指道士设坛祈祷的一种醮名，据《隋书·经籍志》，道家洁斋之法有黄箓、玉箓、金箓、涂炭等，后泛指道书。科仪，指道场法事的规矩、程序。 [12] 三：原作"二"，据暖红室本改。 [13] 茶：原作"看"，据兰雪堂本改。 [14] 列星众宿：指天上众多星宿，特指二十八宿。宿，星官名，二十八宿之一。 [15] 锭锞：原作"锭颗"，据暖红室本改，指祭奠、祭神时烧的金银纸锭。银锭有元宝、锭、锞、福珠四种形式。 [16] 紫降黄檀：指祭祀时燃用之香。檀香依皮色不同分为白檀、黄檀、紫檀等，紫降，即紫檀。另有一说，紫降，指降香，香木出自贵州等地，根实色润，拌和诸香，焚烧后可以降神。 [17] 净手洒松梢：道家法事程序之一，指洗净手，用松枝梢蘸净水四处扬洒。 [18] 云盖飘：指香烟密聚、升腾，像云盖一样飘动。 [19] 响云璈（áo）：奏响云锣。云璈，金属制乐器名，即云锣，清制云锣从云璈改制而成，参看第五出《访翠》注。 [20] "建极宝殿"二句：指帝王临宇的宝殿，改作圆坛。建极，指帝王立法治国。团瓢，也作"团焦"，一种圆形草屋。 [21] 九梁朝冠：指最高官员朝会时所戴的冠帽。梁，官帽上的横梁，官品越高，梁数越多，九梁为最高官员。鹤补朝服：指一品文官朝会时所穿的朝衣。鹤补，明代官员制度规定，一品文官绣仙鹤。补，在官服前胸及后背，用金线绣成图案，以示官品高下。 [22] 阊阖：指传说中的天门。 [23] 右副都御史：原作“左副都御史”，据兰雪堂本改。 [24]“君臣穆穆”以下四句：指殉难诸臣前来参与祭礼。穆穆，指端庄恭敬、庄严肃穆的样子。皇皇，指显赫、盛大的样子。 [25] 灵籁：为迎接神灵奏响的乐曲。籁，古代管乐器，三孔。 [26] 宫绦：也称“丝绦”，用丝线编成的长绳系在腰带上，在垂下的绦头上打结或挂珮。 [27] 投缳：自缢。 [28] 锞：原作“颗”，据暖红室本改。 [29] 设焰口：也称“放焰口”，请僧人做法场，施舍饿鬼，念经文追荐亡者。焰口，佛教中饿鬼的名字。 [30] 华阳巾：泛指道士所戴的头巾。 [31] 畿辅：指京城附近地区。清代称直隶省为畿辅。畿，古代天子所领的千里之地。辅，王都附近的地区。 [32] 镞（zú）：箭头。 [33]“咸望滚榛莽之髑髅”以下四句：都希望那些在杂草中滚动的髑髅、随风烟飞扬的磷火，能远远投到新设的法座，遥遥奔赴新筑的宝山。榛莽，丛生的草木。髑髅，人头骨。磷火，鬼火。 [34]“吸一滴之甘泉”以下四句：希望他们来吸吮一滴甘泉，便长久含津而不渴；吞下满满一把如玉之米粒，便千年饱腹而不饥。劫，古印度的时间名词，指极为久远的时间。盈掬，满满一捧。 [35] 殷（yān）血腥：黑红色的血，腥味重。殷，黑红色。 [36] 三界：佛教术语，指世俗世界分为欲界、色界、无色界。 [37] 斋心：指祛除杂念，清心寡欲。 [38] 打坐：指静坐入定。 [39] 钧天乐：指天宫仙乐。钧天，上帝所居之所。 [40] 羽葆干旄：以鸟羽装饰仪仗的华盖，以牦牛尾装饰旗杆，形容仪仗队伍华丽、威严。羽，用鸟羽装饰。葆，华盖。干，旗干。旄，用牦牛尾装饰。 [41] 九天名号：天上受封仙官的名位，指史可法、左良玉、黄得功等被册封为仙官。 [42] 结果这台州山中：据《明史·马士英传》，马士英逃到浙江台州做了寺僧，后被清兵搜获杀死。下文里的雷神劈死马士英，是作者的附会。 [43] 阮大铖跌死仙霞岭上：据《明史·马士英传》附，阮大铖投降清兵后，经过仙霞岭时触石而亡。 [44] 业镜：佛教语，指冥界照见众生善恶的镜子，一般指照出恶迹。 [45] 轮回：即六道轮回，指众生生死在六道里辗转、轮回。六道，即天道、人道、阿修罗道、鬼道、畜生道、地狱道。前三道为三善道，后三道为三恶道。或善途，或恶途，视昔时造业善恶而定。 [46] 捎：原作"稍"，据暖红室本改。 [47] 说法天花落：指说法精微，感动天神，香花缤纷坠落。传说梁武帝时，云光法师在雨花台筑坛讲经，出神入化，天花坠落如雨。 [48] 狡童游女：指追求浪漫爱情的少男少女。狡童，狡猾、精明的男孩。《诗经》中有《狡童》诗。游女，指好游的女子，《诗经·周南·汉广》有"汉有游女，不可求思"句。 [49] 芟情苗：指斩断情根。芟，刈，割。 [50]"水沤漂"二句：指爱情、人生、世事等如水中漂浮的泡沫、击石撞出的火花般短暂。沤，水中浮起的水泡。 [51] 离：八卦之一，代表火，位在正南方。 [52] 坎：八卦之一，代表水，位在正北方。 [53] 分襟：分别。襟，衣襟。

［点评］

本出是大结局，对于前面的国家兴亡，做出了全面的概括总结，也为侯方域、李香君的情缘画上了句点。但该出的决断方式颇为奇特，以至从其写就至今的三百多年间，一直饱受人们的争议。

《桃花扇》一剧以弘光朝廷的兴起、败亡为主要线索，涉及事件复杂、牵扯人物众多，再加上贯穿其间的侯方域、李香君的离合，可谓是将国恨家仇融于一体。想要将如此复杂的内容在有限的体制内总结收束，诚非易事。

然而这一出《入道》，却巧妙地以一场追念先帝与忠臣的祭奠仪式，将体量如此庞大的内容都融会其中。

张瑶星所做的一场祭奠仪式，便是对于前朝兴亡的一番总结。其对于甲申年间殒命的崇祯皇帝以及随崇祯皇帝一同殉难的诸多大臣一一进行超度，亦是对于亡故明朝的超度。在随后的讲堂中，久别的李香君、侯方域二人也终于得以重逢。侯方域与李香君的行为引起张瑶星的不满，他以国家、君父的不复存在，指斥侯、李二人执迷花月情根的荒谬，扯毁了作为侯、李二人定情信物的桃花扇，侯、李双双拜师入道。

后世有人改作《南桃花扇》一剧，将最终生、旦入道的结局改为生、旦团圆。如此虽然符合传统的“大团圆”模式，但却与国破家亡的历史情境格格不入，亦为人所不喜。就历史实情而言，侯方域、李香君并未再次相见，而且侯方域日后拒为清官，潜心归隐，远离秦淮，与《桃花扇》描写他遁入佛门的结局相似。所以，分离侯、李二人固然违背了众人的意愿，但强使侯、李二人团圆于情境、于历史而言，则更为不佳。

桃花扇是侯、李二人的定情信物，也是弘光兴亡的历史见证，即所谓“南朝兴亡，遂系之桃花扇底”。而现在南朝已然败亡，桃花扇于历史兴亡一面的意义也就随之消泯了。张瑶星以家国不存扯碎桃花扇，意义正在于此。

侯方域、李香君二人为求相见，身经烽火变乱之考验，几至于殒命。待到二人终于得以相见，得以再续前缘，却因为家国残破之局面，失却了人伦延续之基础，只得一南一北，各自入道归真。由此，桃花扇底所系的情缘、兴亡悉数覆灭，诸般因果缘分也随之一笔勾销。想来诸多兴亡变乱，最终也只能归于“古今多少事，都付笑谈中”的寂然，斩去尘缘、解脱于世才是侯方域、李香君破解迷执的最终出路，这也当是作者于《桃花扇》一剧之寄意所在。

续四十出　余韵（戊子九月[1]）

眉批："苏昆生为山中樵夫，柳敬亭为江上渔翁，是南朝第六、第七作者。"

【西江月】（净扮樵子挑担上）放目苍崖万丈，拂头红树千枝。云深猛虎出无时，也避人间弓矢。建业城啼夜鬼[2]，维扬井贮秋尸，樵夫剩得命如丝，满肚南朝野史。在下苏昆生，自从乙酉年同香君到山，一住三载，俺就不曾回家，往来牛首、栖霞[3]，采樵度日。谁想柳敬亭与俺同志，买只小船，也在此捕鱼为业。且喜山深树老，江阔人稀，每日相逢，便把斧头敲着船头，浩浩落落，尽俺歌唱，好不快活。今日柴担早歇，专等他来促膝闲话，怎的还不见到？（歇担盹睡介。丑扮渔翁摇船上）年年垂钓鬓如银，爱此江山胜富春[4]。歌舞丛中征战里，渔翁都是过来人。俺柳敬亭，送侯朝宗修道之后，就在这龙潭江畔，捕鱼三载，把些兴亡旧事，付之风月闲谈。今值秋雨新晴，江光似练，正好寻苏昆生饮酒谈心。

（指介）你看，他早已醉倒在地，待我上岸，唤他醒来。（作上岸介。呼介）苏昆生。（净醒介）大哥果然来了。（丑问介）贤弟偏杯呀[5]。（净）柴不曾卖，那得酒来？（丑）愚兄也没卖鱼，都是空囊，怎么处？（净）有了，有了。你输水，我输柴，大家煮茗清谈罢。（副末扮老赞礼，提弦携壶上）江山江山，一忙一闲，谁赢谁输，两鬓皆斑。（见介）原来是柳、苏两位老哥。（净、丑拱介）老相公怎得到此？（副末）老夫住在燕子矶边，今乃戊子年九月十七日，是福德星君降生之辰[6]。我同些山中社友，到福德神祠，祭赛已毕，路过此间。（净）为何挟着弦子，提着酒壶？（副末）见笑，见笑。老夫编了几句神弦歌[7]，名曰“问苍天”。今日弹唱乐神，社散之时，分得这瓶福酒，恰好遇着二位，就同饮三杯罢。（丑）怎好取扰？（副末）这就叫“有福同享”[8]。（净、丑）好，好。（同坐饮介。净）何不把神弦歌领略一回？（副末）使得。老夫的心事，正要请教二位哩。（弹弦唱巫腔。净、丑拍手衬介）

眉批：“南朝作者七人：一武弁、一书贾、一画士、一妓女、一串客、一说书人、一唱曲人，全不见一士大夫。表此七人者，愧天下之士大夫也。”

眉批：“偏有老赞礼来凑趣。老赞礼者，一部传奇之起结也。赞礼为谁，山人自谓也。”

【问苍天】新历数，顺治朝，五年戊子。九月秋，十七日，嘉会良时。击神鼓，扬灵旗，乡邻赛社[9]。老逸民，剃白发，也到丛祠。椒作栋，桂为楣，唐修晋建。碧和金，丹间粉，画壁精奇。貌赫赫，气扬扬，福德名位。山之珍，海之宝，总掌无遗。超祖祢[10]，迈君师，千人上寿。焚郁兰，奠清酯[11]，夺户争墀[12]。草笠底，有一

眉批：“此歌名《问苍天》，用十字句，俗巫所唱者，皆此体。原于古，而通于俗，真奇文也。”

人，掀须长叹。贫者贫，富者富，造命奚为？我与尔，较生辰，同月同日。囊无钱，灶断火，不啻乞儿。六十岁，花甲周，桑榆暮矣。乱离人[13]，太平犬，未有亨期。称玉斝[14]，坐琼筵，尔餐我看。谁为灵？谁为蠢？贵贱失宜。臣稽首，叫九阍[15]，开聋启聩。宣命司[16]，检禄籍，何故差池？金阙远[17]，紫宸高，苍天梦梦。迎神来，送神去，舆马风驰。歌舞罢，鸡豚收，须臾社散。倚枯槐，对斜日，独自凝思。浊享富，清享名，或分两例。内才多，外财少，应不同规。热似火，福德君，庸人父母。冷如冰，文昌帝[18]，秀士宗师。神有短，圣有亏，谁能足愿？地难填，天难补，造化如斯[19]。释尽了，胸中愁，欣欣微笑。江自流，云自卷，我又何疑。

眉批："自问自解，虽见道语，实无可奈何语也。"

（唱完放弦介）丢丑之极。（净）妙绝。逼真《离骚》《九歌》了[20]。（丑）失敬，失敬。不知老相公竟是财神一转哩。（副末让介）请干此酒。（净咂舌介）这寡酒好难吃也[21]。（丑）愚兄倒有些下酒之物。（净）是什么东西？（丑）请猜一猜。（净）你的东西，不过是些鱼鳖虾蟹。（丑摇头介）猜不着，猜不着。（净）还有什么异味？（丑指口介）是我的舌头。（副末）你的舌头，你自下酒，如何让客？（丑笑介）你不晓得，古人以《汉书》下酒，这舌头会说《汉书》，岂非下酒之物？（净取酒斟介）我替老哥斟酒，老哥就把《汉书》说来。（副末）妙，妙。只恐菜多酒少了。（丑）既然《汉书》太长，有我新编的一首弹词，叫做《秣陵秋》，唱来下酒罢。（副末）就是俺南京的近事么？（丑）便是。（净）这都是俺们耳闻眼见的，你若说差了，我要罚的。（丑）包管你不差。（丑弹弦介）六代兴亡，几点清弹千古慨。半生湖海，一声高唱万山惊。（照盲女弹词唱介）

【秣陵秋】陈隋烟月恨茫茫，井带胭脂土带香[22]。骀荡柳绵沾客鬓[23]，叮咛莺舌恼人肠。中兴朝市繁华续[24]，遗孽儿孙气焰张[25]。只劝楼台追后主[26]，不愁弓矢下残唐。蛾眉越女才承选，燕子吴歈早擅场[27]。力士佥名搜笛步，龟年协律奉椒房。西昆词赋新温李[28]，乌巷冠裳旧谢王。院院宫妆金翠镜，朝朝楚梦雨云床。五侯阃外空狼燧[29]，二水洲边自雀舫。指马谁攻秦相诈[30]，入林都畏阮生狂。春灯已错从头认[31]，社党重钩无缝藏。借手杀仇长乐老[32]，胁肩媚贵半闲堂。龙钟阁部啼梅岭[33]，跋扈将军噪武昌。九曲河流晴唤渡[34]，千寻江岸夜移防。琼

眉批：“首折说鼓词，通俗之语。此折唱弹词，典雅之语，以见柳老学问高深。”

花劫到雕栏损[35]，《玉树》歌终画殿凉。沧海迷家龙寂寞，风尘失伴凤徬徨。青衣衔璧何年返[36]？碧血溅沙此地亡。南内汤池仍蔓草[37]，东陵辇路又斜阳。全开锁钥淮、扬、泗[38]，难整乾坤左、史、黄[39]。建帝飘零烈帝惨[40]，英宗困顿武宗荒。那知还有福王一，临去秋波泪数行。

眉批："一首弹词，隐括南都兴废，萃六朝之骈俪，收三唐之英华。付之说书人口中，风流雅驯，所以遨游荐绅间，与学士大夫抗礼也。"

（净）妙，妙，果然一些不差。（副末）虽是几句弹词，竟似吴梅村一首长歌[41]。（净）老哥学问大进，该敬一杯。（斟酒介。丑）倒叫我吃寡酒了。（净）愚弟也有些须下酒之物。（丑）你的东西，一定是山殽野蔌了。（净）不是，不是。昨日南京卖柴，特地带来的。（丑）取来共享罢。（净指口介）也是舌头。（副末）怎的也是舌头？（净）不瞒二位说，我三年没到南京，忽然高兴，进城卖柴。路过孝陵，见那宝城享殿，成了蒭牧之场。（丑）阿呀呀，那皇城如何？（净）那皇城墙倒宫塌，满地蒿莱了。（副末掩泪介）不料光景至此。（净）俺又一直走到秦淮，立了半晌，竟没一个人影儿。（丑）那长桥旧院，是咱们熟游之地，你也该去瞧瞧。（净）怎的没瞧，长桥已无片板，旧院剩了一堆瓦砾。（丑捶胸介）咳，恸死俺也。（净）那时疾忙回首，一路伤心，编成一套北曲，名为《哀江南》。待我唱来。（敲板唱弋阳腔介[42]）俺樵夫呵，

眉批："全词四十二句，如七言排律，无一复字，可为工矣。"

眉批："此一段白是问答，问答完，然后唱整套曲子。今梨园改此说白，参入曲子，一问一答，可笑之极。苏老有如此敏才，信口成一套北曲乎？"

【哀江南】[43]【北新水令】山松野草带花挑，猛

抬头秣陵重到。残军留废垒，瘦马卧空壕。村郭萧条，城对着夕阳道。【驻马听】野火频烧，护墓长楸多半焦。山羊群跑，守陵阿监几时逃？鸽翎蝠粪满堂抛，枯枝败叶当阶罩。谁祭扫？牧儿打碎龙碑帽。【沉醉东风】横白玉八根柱倒，堕红泥半堵墙高。碎琉璃瓦片多，烂翡翠窗棂少，舞丹墀燕雀常朝。直入宫门一路蒿，住几个乞儿饿殍。【折桂令】问秦淮旧日窗寮，破纸迎风，坏槛当潮，目断魂消。当年粉黛，何处笙箫？罢灯船端阳不闹，收酒旗重九无聊。白鸟飘飘，绿水滔滔，嫩黄花有些蝶飞，新红叶无个人瞧。【沽美酒】你记得跨青溪半里桥，旧红板没一条。秋水长天人过少，冷清清的落照，剩一树柳弯腰。【太平令】行到那旧院门，何用轻敲？也不怕小犬哰哰。无非是枯井颓巢，不过些砖苔砌草。手种的花条柳梢，尽意儿采樵，这黑灰是谁家厨灶？【离亭宴带歇指煞】[44] 俺曾见金陵玉殿莺啼晓，秦淮水榭花开早，谁知道容易冰消。眼看他起朱楼，眼看他宴宾客，眼看他楼塌了。这青苔碧瓦堆，俺曾睡风流觉，将五十年兴亡看饱。

那乌衣巷不姓王，莫愁湖鬼夜哭，凤凰台栖枭鸟。残山梦最真，旧境丢难掉，不信这舆图换稿。诌一套《哀江南》，放悲声唱到老。

眉批："总吊金陵也，读之而不堕泪者，其人必不情，不情之人，忠孝无问矣。"

（副末掩泪介）妙是绝妙，惹出我多少眼泪。（丑）这酒也不忍入唇了，大家谈谈罢。（副净时服，扮皂隶暗上）朝陪天子辇[45]，暮把县官门。皂隶原无种，通侯岂有根？自家魏国公嫡亲公子徐青君的便是，生来富贵，享尽繁华。不料国破家亡，剩了区区一口。没奈何在上元县当了一名皂隶[46]，将就度日。今奉本官签票，访拿山林隐逸，只得下乡走走。（望介）那江岸之上，有几个老儿闲坐，不免上前讨火，就便访问。正是：开国元勋留狗尾[47]，换朝逸老缩龟头。（前行见介）老哥们，有火借一个？（丑）请。（副净坐介。副末问介）看你打扮，像一位公差大哥。（副净）便是。（净问介）要火吃烟么？小弟带有高烟[48]，取出奉敬罢。（敲火吸烟奉副净介。副净吃烟介）好高烟，好高烟。（作晕醉卧倒介。净扶介。副净）不要拉我，让我歇一歇，就好了。（闭目卧介。丑问副末介）记得三年之前，老相公捧着史阁部衣冠，要葬在梅花岭下，后来怎样？（副末）后来约了许多忠义之士，齐集梅花岭，招魂埋葬，倒也算千秋盛事，但不曾立得碑碣。（净）好事，好事。只可惜黄将军刎颈报主，抛尸路傍，竟无人埋葬。（副末）如今好了，也是我老汉同些村中父老，检骨殡殓，起了一座大大的坟茔，好不体面。（丑）你这两件功德，却也不小哩。（净）二位不知，那左宁南气死战船时，亲朋尽散，却是我老苏殡殓了他。（副末）难得，难得。闻他儿子左梦庚袭了前程，昨日搬柩回去了。（丑掩泪介）左宁南是我老柳知己，我曾托蓝田叔画他一幅影像，又求钱牧斋题赞了几句[49]，逢时遇节，展开祭拜，也尽俺一点报答之意。（副净醒，作悄语介）听他说话，像几个山林隐逸。（起身问介）三位是山林隐逸么？（众起拱介）不敢，不敢。为何问及山林隐逸？（副净）三位不知么？现今礼部上本，搜寻山林隐逸。抚按大老爷张挂告示，布政司行文已经月余，并不见一人报名。府县着忙，差俺们各处访拿。三位一定是了，快快跟我回话去。（副末）老哥差矣。山林隐逸乃文人名士，不肯出山的。老夫原是假斯文的一个老赞礼，那里去得？（丑、净）我两个是说书、唱曲的朋友，而今做了渔翁、樵子，益发不中了。（副净）你们不晓得，那些文人名士，都是识时务的俊杰，从三年前俱已出山了。目下正要访拿你辈哩。（副末）啐！征求隐逸，乃朝廷盛典，公祖父母[50]，俱当以礼相聘，怎么要拿起来？定是你这衙役们，奉行不善。（副净）不干我事，有本县签票在此，取出你看。（取看签票，欲拿介。净）果有这事哩。（丑）我们竟走开，何如？（副末）有理。避祸今何晚，入山昔未深。（各分走下。副净赶不上介）你看他登崖涉涧，竟各逃走无踪。

【清江引】大泽深山随处找，预备官家要。抽出绿头签[51]，取开红圈票[52]，把几个白衣山人唬走了。

（立听介）远远闻得吟诗之声，不在水边，定在林下，待我信步找去便了。（急下。内吟诗曰）

渔樵同话旧繁华，短梦寥寥记不差。
曾恨红笺衔燕子，偏怜素扇染桃花。
笙歌西第留何客，烟雨南朝换几家。
传得伤心临去语，年年寒食哭天涯。

出评："水外有水，山外有山，《桃花扇》曲完矣，《桃花扇》意不尽也。思其意者，一日以至千万年，不能仿佛其妙。曲云曲云，笙歌云乎哉？科白云乎哉？""老赞礼乃开场之人，仍用以收场。柳在第一出登场，苏在第二出登场，今皆收于续出。徐皂隶即首出之徐公子也，先著其名，末露其面。一起一结，万层深心，索解人不易得也。""赞礼渔樵，或巫歌，或弹词，或弋腔，天空地阔，放意喊唱，以结全本《桃花扇》。《关雎》之乱，洋洋乎，盈耳哉。""续四十出三唱收煞，即《中庸》末节，三引《诗》云以咏叹之意也。兴于诗，立于礼，成于乐，岂非近代一大著作。""天空地阔，放意喊唱，偏有红帽皂隶吓之而逃。谱《桃花扇》之笔，即记桃花源之笔也，可胜慨叹。"

［注释］

[1] 戊子：清顺治五年，公元 1648 年。 [2]"建业城啼夜鬼"二句：指清兵南下时，金陵、扬州两城百姓被屠戮。建业，指南京，三国时改名为建业，晋代时又改作建康。维扬，指扬州。《史记·夏本纪》有"淮海维扬州"句。 [3] 牛首：牛首山，一名牛头山，在金陵城南。 [4] 爱此江山胜富春：指柳敬亭喜欢龙潭江风光更甚于富春山。富春，指浙江桐庐的富春山。严光字子陵，是刘秀的同窗，刘秀称帝后他无意仕途，隐姓埋名于山中，垂钓于富春江畔，其钓鱼处被后人称为"严子陵钓台"。 [5] 偏杯：指背着人独自饮酒享乐。 [6] 福德星君：传说中的财神。 [7] 神弦歌：原指古乐府《清商曲》中祀神的乐曲。据《乐府诗集》引《古今乐录》，《神弦歌》有 11 曲，多为民间祭祀神灵的内容。后李贺作有祭神、送神的《神弦曲》《神弦别曲》。此处泛指祭神音乐。 [8] 就叫：原作"叫就"，据暖红室本改。 [9] 赛社：指古代乡间祭祀社神的活动。赛，祭祀以酬报神恩。社，春、秋两季祭祀土地神。 [10] 祢：指奉祀亡父的宗庙。 [11] 醑：指美酒，用以祭神。 [12] 墀（chí）：台阶。 [13]"乱离人"以下

三句：指离乱中人，没有通达、亨通时光可以期待，乱离人，太平犬，化用俗语“宁作太平犬，莫作乱离人”。 [14] 称玉斝（jiǎ）：高举玉制的酒杯。 [15] 九阍：原指宫殿之门，此处指天庭大门。 [16]“宣命司”以下三句：指老赞礼责问天庭宣命司，何故让自己的命运如此多舛。命司，掌管人命运的机构。禄籍，登记品秩禄位的册籍。差池，有差错。 [17]“金阙远”以下三句：指天庭离人间太高太远，不了解老百姓的疾苦。金阙、紫宸，指天庭宫殿。梦梦，指糊涂、昏乱不明。 [18] 文昌帝：掌管人间功名、禄位之神。 [19] 造化：指大自然的创造化育。 [20]《离骚》《九歌》：屈原所作诗歌，收在《楚辞》中。 [21] 寡酒：指无果品菜肴相佐而饮的酒。 [22] 井带胭脂：指“胭脂井”，隋兵攻打南京时，陈后主携着张丽华皇后、孔贵嫔匆匆躲避在景阳宫此井中，后被俘虏。 [23] 骀（dài）荡：指摇曳、荡漾之状。 [24] 中兴朝市：指弘光朝廷。 [25] 遗孽儿孙：指弘光帝、马士英、阮大铖等昏君庸臣。 [26]“只劝楼台追后主”二句：反讽，借陈后主、李后主亡国事，讽刺弘光帝只知沉湎娱乐，不顾清兵南下之风险。后主，指陈后主。残唐，指南唐李后主。 [27] 燕子：指阮大铖的《燕子笺》。吴歈：指昆腔。 [28] 西昆词赋新温李：北宋初年，杨亿、刘筠、钱惟演仿照李商隐、温庭筠之文风创造了西昆体。西昆词赋，指西昆体，追求华丽辞藻，堆砌典故。 [29]“五侯阃外空狼燧”二句：指边防紧急，金陵城里君臣们却只顾个人淫乐游荡。五侯，指宦官近臣。汉成帝时，重用外戚，封了五位舅舅为侯。此处指四镇总兵及史可法。阃外，指京城以外的地域，此处指将官驻守的军事防区。空狼燧，指空有狼烟报警，无人响应。二水洲，指南京白鹭洲。自，任意。雀舫，朱雀舫，一种游船。 [30]“指马谁攻秦相诈”二句：指马士英、阮大铖之乱政。指马谁攻，化用秦国赵高指鹿为马之故事。秦相，借指马士英。入林，归隐。阮生，原指阮籍，此处指阮大铖诋诬复社文人，以报私仇。 [31]“春灯已错从头认”二句：指阮大铖曾有改过之心，但得势之后又反悔，复社文人重被报复、牵连，无处可藏。春灯已错从头认，指阮大铖在《春灯谜》里用《十错认》来表达自己的悔过。钩，牵连。 [32]“借手杀仇长乐老”二句：借长乐老和贾似道，讽刺阮大铖、马士英奸政。长乐老，五代时名相冯道，精于权谋，借手杀仇，自号“长乐老”。半闲堂，指宋代权相贾似道，参看第二十一出《媚座》注。 [33]“龙钟阁部啼梅岭”二句：年老龙钟的史可法在梅花岭落泪，跋扈将军左良玉嚷着要离开武昌东下。龙钟阁部，指史可法。跋扈将军，指左良玉。 [34]“九曲河流晴唤渡”二句：九曲黄河旁，白天清兵相互呼唤渡河；千里长江岸边，黑夜驻守部队悄悄移防。指三镇只知堵截左良玉，却疏忽于防守清军，使其轻易渡江。 [35]“琼花劫到雕栏损”以下四句：指扬州、金陵失守，帝王家眷都如丧家犬般不知何去何从。琼花劫到，指扬州失守，清兵屠城事。琼花，指琼花观，在扬州。《玉树》歌终，指南明王朝的灭亡。《玉树》，指陈后主的《玉树后庭花》。歌终，指陈后主亡国，借指弘光朝的灭亡。 [36]“青衣衔璧何年返”二句：弘光帝被俘降清，不知何年返回。忠臣们血溅沙场，就地赴难。青衣衔璧，指弘光帝。典出晋怀帝被匈奴俘去后，被迫穿着青衣斟酒受辱的故事。衔璧，古代帝王投降时，往往背绑双手，口衔玉璧去见敌人。碧血溅沙，指大将黄得功为国自刎。 [37]“南内汤池仍蔓草”二句：指南京城里颓废、苍凉的景象。故宫护城河边长满荒草，孝陵里的辇道日日映衬着落日余晖。南内，指金陵城内的旧皇城。汤池，指护城河。东陵，指南京城东的明孝陵。辇路，指天子车驾专用道。 [38]全开锁钥淮、扬、泗：指淮阴、扬州、泗阳诸多战略要地失守。 [39]左、史、黄：指左良玉、史可法、黄得功。 [40]“建帝飘零烈帝惨”以下四句：历数明朝帝王的不幸与昏庸，批判弘光帝的荒唐结局。建帝，指建文帝，朱棣攻破南京后失踪，相传他云游在外。烈帝，指崇祯帝，自缢身亡。英宗，瓦刺入侵，他带兵征讨，被俘。武宗，宠用刘瑾，荒淫无道。福王一，指弘光帝，在位只有一年。 [41] 吴梅村：名伟业，字骏公，号梅村，明末清初文学家、剧作家、诗人，明崇祯四年（1631）进士，任南京国子监司业等职。著有咏史长诗如《圆圆曲》《永和宫词》、传奇《秣陵春》等。 [42] 弋阳腔：戏曲声腔之一，产生于江西弋阳一带，对青阳腔、潮剧及高腔系统的地方剧种曾产生一定的影响。 [43] 哀江南：取自贾凫西《木皮散人鼓词》中《历代史略鼓词·哀江南》，字句微有不同。 [44] 指：原作“拍”，据暖红室本改。 [45]“朝陪天子辇”二句：早上陪在帝王车辇边，晚上给县官看门，指人生境遇变化、跌转之快。 [46] 上元县：县名，清代将南京分为江宁与上元二县。 [47] 开国元勋留狗尾：徐青君是明代开国名将徐达的后代，现在做了新朝的差役，他自嘲为狗尾续貂。 [48] 高烟：价高、质量好的烟草。 [49] 钱牧斋题赞：钱谦益作有《左宁南画像歌为柳敬亭作》。 [50] 公祖父母：明清时期对地方官的尊称。 [51] 绿头签：清代官府用以逮人或赦免罪人的木牌，在牌头漆上绿色。 [52] 红圈票：清代官府捕人的拘票，上有犯人姓名，涂有红圈。

[点评]

本出已超乎全剧情节之外，并不关事件本末了，但是结构却使得全剧余味非常，显出文尽意远之态。以悠远宁静之气氛，照见兴亡变迁之历史，以静制动，远胜于生、旦团圆式的俗套，也可以将整剧的立意从生、旦情缘的狭隘视野中拉出来，而放眼于整个历史波劫的变幻。

该出的开场，是苏昆生、柳敬亭二人的相约长谈。随后，老赞礼赛社归来与柳敬亭、苏昆生相遇，正式拉开几人谈论往昔的序幕。一曲【问苍天】，将世人熙攘昏聩的状态描写得如在眼前一般，同时又表现出老赞礼孤高耿直的独特性格。正因如此，苏昆生才将此歌与《离骚》《九歌》并举，也无怪后人多以为老赞礼是孔尚任自况，认为歌中包藏了诸多情感话语、人生况味。

老赞礼歌毕，话头转换之间，便到了柳敬亭表现的段落，这里充分发挥了作为说书人的特色，也发挥了孔尚任所谓传奇“无体不备”的创作思想，将头绪万端的各种情节矛盾，以格律整饬的弹词形式表现出来，从起兴到表意，从述史到论人，颇有江河直下之势，足令人感慨万千。而且如此词体，正与柳敬亭之个性相般配，也正说明了孔尚任对于逞才纵笔空间把握的灵巧。

收场之诗，明写渔樵生活，实以留白之方式暗绘出全剧之情节波荡，在隐逸闲适的气氛之外，再一次扬出全剧的主旨。

附　录

桃花扇序

梁溪梦鹤居士撰

尝怪百子山樵所作传奇四种，其人率皆更名易姓，不欲以真面目示人；而《春灯谜》一剧，尤致意于一错二错，至十错而未已。盖心有所歉，词辄因之。乃知此公未尝不知其生平之谬误，而欲改头易面，以示悔过。然而清流诸君子，持之过急，绝之过严；使之流芳路塞，遗臭心甘。城门所殃，洊至荆棘铜驼而不顾；祸虽不始于夷门，夷门亦有不得谢其责者。呜呼！气节伸而东汉亡，理学炽而南宋灭。胜国晚年，虽妇人女子，亦知向往东林，究于天下事奚补也。当其时，伟人欲扶世祚，而权不在己；宵人能覆鼎竦，而溺于宴安；扼腕时艰者，徒属之席帽青鞋之士；时露热血者，或反在优伶口技之中，斯乾坤何等时耶。既无龙门、昌黎之文，以淋漓而发挥之；又无少陵、太白之诗，以长歌而痛哭之。何意六十载后，云亭山人以承平圣裔、京国闲曹，忽然兴会所至，撰出《桃花扇》一书。上不悖于清议之是非，下可以供儿女之笑噱。吁！异乎哉！当日皖城自命以填词擅天下，讵意今人即以其技，还夺其席，而且不能匿其瑕，而且几欲褫其魄哉。虽然，作者上下千古，非不鉴于当日之局，而欲铺东林之余糟也；亦非有甚慨于青盖黄旗之事，而为狡童离黍之悲也。徒以署冷官闲，窗明几净，胸有勃勃欲发之文章，而偶然借奇立传云尔。斯时也，适然而有却奁之义姬，适然而有掉舌之二客，适然而事在兴亡之际，皆所谓奇可以传者也。

彼既奔赴于腕下，吾亦发抒其胸中。可以当长歌，可以代痛哭，可以吊零香断粉，可以悲华屋丘山。虽人其人而事其事，若一无所避忌者，然不必目为词史也。犹记岁在甲戌，先生指署斋所悬唐朝乐器小忽雷，令余谱之。一时刻烛分笺，叠鼓竞吹，觉浩浩落落，如午夜之联诗，而性情加鬯。翌日而歌儿持板待韵，又翌日而旗亭已树赤帜矣。斯剧之作，亦犹是焉。为有所谓乎，无所谓乎？然读至卒章，见板桥残照、杨柳湾腰之语，虽使柳七复生，犹将下拜；而谓千古以上、千古以下，有不拍案叫绝、慷慨起舞者哉。妙矣！至矣！蔑以加矣！若夫夷门复出应试，似未足当高蹈之目；而桃叶却聘一事，仅见之《与中丞》一书，事有不必尽实录者。作者虽有轩轾之文，余则仍视为太虚浮云、空中楼阁云尔。

题　辞

一例降旗出石头，乌啼枫落秣陵秋。南朝剩有伤心泪，更向胭脂井畔流。

白马青丝动地哀，教坊初赐柳圈回。春灯燕子桃花笑，笺奏新词狎客来。

江湖无赖弄潺湲，一载春风化杜鹃。却怪齐梁痴帝子，莫愁湖上住年年。

商丘公子多情甚，水调词头吊六朝。眼底忽成千载恨，酒钩歌扇总无聊。

零落桃花咽水流，垂杨憔悴暮蝉愁。香娥不比圆圆妓，门闭秦淮古渡头。

锦瑟销沉怨夕阳，低回旧院断人肠。寇家姊

妹知何处，更惜风流郑妥娘。

山姜子田雯题

仙郎花下按宫韶，乐府新编慰寂寥。消得东林多少恨，梨园吹断白牙箫。

玉树歌残迹已陈，南朝宫殿柳条新。福王少小风流惯，不爱江山爱美人。

江流滚滚抱金陵，雪鹭霜鸥讵可凭。不见满城飞炮火，深宫犹自赏春灯。

青楼侠气触公卿，珠翠全抛党祸成。门外乌啼乌柏树，桃花扇底送侯生。

鸳愁凤恨小楼深，懒向寒窗理玉琴。豪贵又将阿母夺，春光牢锁看花心。

翠馆珍楼月正圆，中涓夜半选婵娟。可怜建业良家子，宿粉残妆杂管弦。

书生误国只空谈，汉水楼船战欲酣。两岸芦花啼杜宇，千秋遗恨左宁南。

兵散浔阳草不青，血流殷处楚江腥。军中文武如蜂聚，排难须寻柳敬亭。

公子豪华尽妙才，秦淮灯舫一时开。千金置

酒浑闲事，不许奄儿入社来。

曲中哀怨向谁论，别馆春风早杜门。闻道兰台声伎好，一回歌罢一消魂。

千仞冈樵人宛平陈于王题

水天闲话付渔樵，一载南都抵六朝。羌笛檀槽收不尽，蒙蒙柳色白门桥。

骂坐河房记党人，陪京防乱落前尘。山残百子穷奇骨，只有《春灯》曲调新。

跋扈宁南风鹤中，东林曾许出群雄。那知不是张韩辈，辜负当时数巨公。

清制排成毴毸余，马伶小传石巢书。描摹若辈声容处，一任文园赋子虚。

清溪野馆明春水，北里颓垣出菜花。都入云亭新乐府，胜听白傅旧琵琶。

玉茗青藤欲比肩，石渠俎豆在临川。浓香绝艳知多少，不及兴亡扇底传。

齐州王苹题

长板桥头惹恨多，黄金难买玉郎歌。无端社

散龙舟歇，翻出新声付绿波。

金粉南朝重有情，人人知爱听雏莺。东林未许花枝好，一阵游蜂叶底争。

怨人不解《春灯谜》，拚使长江铁锁开。供奉正忙烽火报，胭脂零落女墙隈。

渔樵二老说兴亡，燕子呢喃趁夕阳。眼见九江沉断戟，烟笼春树水茫茫。

栖霞山色白云空，梅岭春残乱落红。六十年来啼杜宇，桃花血点化春风。

寂寞香灯写怨词，秦淮垂柳旧丝丝。春潮夜涨天坛下，漏尽宫门月坠时。

岸堂从学人唐肇拜题

茸茸芳草一江新，桃李无言照水滨。长板桥头人怅望，秦淮烟雨旧时春。

青溪杨柳两行秋，粉冷脂残箫管收。不是石巢歌舞处，凄凄风雨媚香楼。

羽扇新张天宝登，龙墀扶醉贺中兴。薰风殿里开南部，一岁烟花说秣陵。

元宵灯火夜迷离，燕子新教数段词。羯鼓冬

冬催玉树，花开花落后庭知。

楼船骹矢射江鸣，朝野谁人不避兵。肝胆惟存苏柳辈，烟尘满地一身行。

铁锁长江昨夜开，歌声咽断马嘶来。迷楼辱井无人问，笑指梅花一将台。

一声歌罢海天空，剩水残山夕照中。多少兴亡多少泪，樵夫携酒话渔翁。

曲终江上数峰青，金粉南朝战血腥。野草闲花愁满地，一时都付老云亭。

琴台朱永龄题

中原公子说侯生，文笔曾高复社名。今日梨园谱遗事，何妨儿女有深情。

南渡真成傀儡场，一时党祸剧披猖。翩翩高致堪摹写，侥幸千秋是李香。

气压宁南惟倜傥，书投光禄杂诙谐。凭空撰出《桃花扇》，一段风流也自佳。

血作桃花寄怨孤，天涯把扇几长吁。不知壮悔高堂下，入骨相思悔得无。

陈吴名士镇周旋，狎客追欢向酒边。何意尘

扬东海日，江南留得李龟年。

新词不让《长生殿》，幽韵全分玉茗堂。泉下故人呼欲出，旗亭樽酒一沾裳。

商丘宋荦题

往事南朝一梦中，兴亡转瞬闹秋虫。多情最是侯公子，消受桃花扇底风。

飘零金粉雨萧萧，旧院依稀长板桥。莫怪秦淮水呜咽，六朝流尽又南朝。

名士倾城气味投，何来豪贵起戈矛。却奁更避田家聘，仿佛徐州燕子楼。

代费缠头用意深，奄儿强欲附东林。绝交书别金陵去，肯负香君一片心。

狎客无端制艳词，何人妙楷写乌丝。家家燕子闻长叹，衔得红笺寄阿谁。

满城兵甲少宁居，行乐深宫尚晏如。小技翻能溷游侠，昆生曲子敬亭书。

寇郑歌喉百啭莺，禁中传点早知名。官家安用倡家选，输与潜身下玉京。

汉中骄帅筑高坛，庚癸频呼就食难。公子移

书疑内应，残棋一局等闲看。

遥忆吾乡老画师，借居香阁墨淋漓。残山剩水何堪写，枉写桃源避世时。

烟花断送秣陵春，颠倒朝常尽弄臣。龙友不为瑶草卖，可知贵筑有奇人[1]。

虞山倡议采宫娥，自是诗人好事多。明月当头杯在手，孟津联语更如何。

冰纨溅血不须嗟，染出天台洞口花。人面依稀筵上见，不知真迹落谁家。

流分清浊辨来真，复社文人目党人。何减苏黄元祐籍，鸡林中亦有安民。

田妃抔土改思陵，内监孤忠愁不胜。野乘漫劳增乐府，也如漆室照残灯。

胜绝河房丁继之，灯船吹竹又弹丝。谁知老去情根断，却与才人作导师。

半壁江山剧可怜，铜驼荆棘故依然。闲情付与渔樵话，不学长生便学禅。

蔓草王风叹式微，狡童荒诞事全非。阁高一枕松风梦，独羡逍遥旧锦衣。

养士恩深三百年，国殇能得几人贤。伤心阁

部梅花岭，夜夜冬青哭杜鹃。

侯生仙去宋公存，同是梁园社里人。使院每闻歌一阕，红颜白发暗伤神。

阙里文孙正乐年，新声古调总清妍。谱成抵得南朝史，休与春灯一例传。

钱塘吴陈琰题

夜半兵来促管弦，燕巢飞幙各纷然。南朝剩有福王一，纵不风流亦可怜。

板荡维持见几人，只身阁部泣江滨。却教世俗思忠毅，曾许他年社稷臣。

阉门马口气如菸，百子山樵作好仇。余毒东林连复社，十分错误一生休。

玉树后庭一曲哀，宫纱歌扇赐新裁。桃花自向东风笑，争似佳人面上来。

鼍鼓冬冬夕照微，耳剽旧事演新机。仲连去后谁排难，长揖军门柳布衣。

由来贾祸是文章，公子才人总擅场。一片痴情敲两断，还从扇底觅余香。

古滕王特选题

青盖黄旗事可哀，钟山王气水东流。碧桑眼底伤心泪，付与词场菊部头。

胭脂井畔事如何，扇底桃花溅血多。长板桥头寻旧迹，零香断雨满青莎。

嘉定侯铨[2]

潭水深深柳乍垂，香君楼上好风吹。须知当日张郎笔，染就桃花才画眉。

两家乐府盛康熙，进御均叨天子知。纵使元人多院本，勾栏争唱孔洪词。

会稽壑门金埴题

东鲁春日展《桃花扇》传奇悼岸堂先生作

南朝轶事断人魂，重展香君便面痕。不见满天红雨落，老伶泣过鲁西门。

桃花忍见鲁门西，正乐人亡咽鸟啼。一代风徽今坠也，云亭山色转凄迷。

金埴小郑氏再题

［注释］

[1] 贵筑：原作“贵竹”，据暖红室本改。 [2] 此二首诗，原无，据兰雪堂本补。

小引

传奇虽小道，凡诗赋、词曲、四六、小说家，无体不备。至于摹写须眉，点染景物，乃兼画苑矣。其旨趣实本于三百篇，而义则春秋，用笔行文，又《左》、《国》、太史公也。于以警世易俗，赞圣道而辅王化，最近且切。今之乐，犹古之乐，岂不信哉。《桃花扇》一剧，皆南朝新事，父老犹有存者。场上歌舞，局外指点，知三百年之基业，隳于何人，败于何事，消于何年，歇于何地，不独令观者感慨涕零，亦可惩创人心，为末世之一救矣。盖予未仕时，山居多暇，博采遗闻，入之声律，一句一字，抉心呕成。今携游长安，借读者虽多，竟无一句一字着眼看毕之人。每抚胸浩叹，几欲付之一火。转思天下大矣，后世远矣，特识焦桐者，岂无中郎乎？予姑俟之。

康熙己卯三月云亭山人偶笔

凡　例

一、剧名《桃花扇》，则桃花扇譬则珠也，作《桃花扇》之笔譬则龙也。穿云入雾，或正或侧，而龙睛龙爪，总不离乎珠，观者当用巨眼。

一、朝政得失，文人聚散，皆确考时地，全无假借。至于儿女钟情，宾客解嘲，虽稍有点染，亦非乌有子虚之比。

一、排场有起伏转折，俱独辟境界，突如而来，倏然而去，令观者不能预拟其局面。凡局面可拟者，即厌套也。

一、每出脉络联贯，不可更移，不可减少。非如旧剧，东拽西牵，便凑一出。

一、各本填词，每一长折，例用十曲，短折例用八曲。优人删繁就简，只歌五六曲，往往去留弗当，辜作者之苦心。今于长折止填八曲，短折或六或四，不令再删故也。

一、曲名不取新奇，其套数皆时流谙习者，无烦探讨，入口成歌。而词必新警，不袭人牙后一字。

一、词曲皆非浪填，凡胸中情不可说，眼前景不能见者，则借词曲以咏之。又一事再述，前已有说白者，此则以词曲代之。若应作说白者，但入词曲，听者不解，而前后间断矣。其已有说白者，又奚必重入词曲哉！

一、制曲必有旨趣，一首成一首之文章，一句成一句之文章。列之案头，歌之场上，可感可兴，令人击节叹赏，所谓歌而善也。若勉强敷衍，全无意味，则唱者听者，皆苦事矣。

一、词曲入宫调，叶平仄，全以词意明亮为主。每见南曲艰涩扭挪，令人不解，虽强合丝竹，止可作工尺字谱，何以谓之填词耶？

一、词中所用典故，信手拈来，不露饾饤堆

砌之痕。化腐为新，易板为活；点鬼垛尸，必不取也。

一、说白则抑扬铿锵，语句整练，设科打诨，俱有别趣。宁不通俗，不肯伤雅，颇得风人之旨。

一、旧本说白，止作三分，优人登场，自增七分。俗态恶谑，往往点金成铁，为文笔之累。今说白详备，不容再添一字，篇幅稍长者，职是故耳。

一、设科之嬉笑怒骂，如白描人物，须眉毕现。引人入胜者，全借乎此。今俱细为界出，其面目精神，跳跃纸上，勃勃欲生，况加以优孟摹拟乎？

一、脚色所以分别君子小人，亦有时正色不足，借用丑净者。洁面花面，若人之妍媸然，当赏识于牝牡骊黄之外耳。

一、上下场诗，乃一出之始终条理，倘用旧句、俗句，草草塞责，全出削色矣。时本多尚集唐，亦属滥套。今俱创为新诗，起则有端，收则有绪，著往饰归之义，仿佛可追也。

一、全本四十出，其上本首试一出，末闰一

出，下本首加一出，末续一出，又全本四十出之始终条理也。有始有卒，气足神完，且脱去离合悲欢之熟径，谓之戏文，不亦可乎？

云亭山人偶拈

本末

族兄方训公，崇祯末为南部曹。予舅翁秦光仪先生，其姻娅也。避乱依之，羁留三载，得弘光遗事甚悉。旋里后，数数为予言之。证以诸家稗记，无弗同者，盖实录也。独香姬面血溅扇，杨龙友以画笔点之，此则龙友小史言于方训公者。虽不见诸别籍，其事则新奇可传，《桃花扇》一剧感此而作也。南朝兴亡，遂系之桃花扇底。

予未仕时，每拟作此传奇，恐闻见未广，有乖信史，寤歌之余，仅画其轮廓，实未饰其藻采也。然独好夸于密友曰："吾有《桃花扇》

传奇，尚秘之枕中。”及索米长安，与僚辈饮宴，亦往往及之。又十余年，兴已阑矣。少司农田纶霞先生来京，每见必握手索览。予不得已，乃挑灯填词，以塞其求，凡三易稿而书成，盖己卯之六月也。

前有《小忽雷》传奇一种，皆顾子天石，代予填词。予虽稍谙宫调，恐不谐于歌者之口。及作《桃花扇》时，天石已出都矣。适吴人王寿熙者，丁继之友也，赴红兰主人招，留滞京邸，朝夕过从，示予以曲本套数、时优熟解者，遂依谱填之。每一曲成，必按节而歌，稍有拗字，即为改制，故通本无聱牙之病。

《桃花扇》本成，王公荐绅，莫不借抄[1]，时有纸贵之誉。己卯秋夕，内侍索《桃花扇》本甚急，予之缮本，莫知流传何所，乃于张平州中丞家，觅得一本，午夜进之直邸，遂入内府。

己卯除夜，李木庵总宪，遣使送岁金，即索《桃花扇》为围炉下酒之物。开岁灯节，已买优扮演矣。其班名“金斗”，出之李相国湘北先生宅，名噪时流，唱《题画》一折，尤得神解也。

庚辰四月，予已解组，木庵先生招观《桃花扇》。一时翰部台垣，群公咸集，让予独居上座，命诸伶更番进觞，邀予品题。座客啧啧指顾，颇有凌云之气。

长安之演《桃花扇》者，岁无虚日[2]，独寄园一席，最为繁盛。名公巨卿，墨客骚人，骈集者座不容膝。张施则锦天绣地，胪列则珠海珍山。选优两部，秀者以充正色，蠢者以供杂脚。凡砌抹诸物，莫不应手裕如。优人感其厚赐，亦极力描写，声情俱妙。盖园主人乃高阳相公之文孙，诗酒风流，今时王谢也。故不吝物力，为此豪举。然笙歌靡丽之中，或有掩袂独坐者，则故臣遗老也。灯炧酒阑，唏嘘而散。

楚地之容美，在万山中，阻绝人境，即古桃源也。其洞主田舜年，颇嗜诗书。予友顾天石有刘子骥之愿，竟入洞访之，盘桓数月，甚被崇礼。每宴必命家姬奏《桃花扇》，亦复旖旎可赏。盖不知何人传入，或有鸡林之贾耶？

岁丙戌，予驱车恒山，遇旧寅长刘雨峰，为

郡太守。时群僚高宴，留予居宾座，观演《桃花扇》，凡两日，缠绵尽致。僚友知出予手也，争以杯酒为寿。予意有未惬者，呼其部头，即席指点焉。

顾子天石，读予《桃花扇》，引而申之，改为《南桃花扇》，令生旦当场团圞，以快观者之目。其词华精警，追步临川。虽补予之不逮，未免形予伧父，予敢不避席乎。

读《桃花扇》者，有题辞，有跋语，今已录于前后。又有批评，有诗歌，其每折之句批在顶，总批在尾。忖度予心，百不失一，皆借读者信笔书之，纵横满纸，已不记出自谁手。今皆存之，以重知己之爱。至于投诗赠歌，充盈箧笥，美且不胜收矣，俟录专集。

《桃花扇》抄本久而漫灭，几不可识[3]。津门佟蔗村者，诗人也，与粤东屈翁山善。翁山之遗孤，育于其家，佟为谋婚产，无异己子，世多义之。薄游东鲁，过予舍，索抄本读之，才数行，击节叫绝，倾囊橐五十金，付之梓人。计其竣工也，尚难千百里之半，灾梨真非易事也！

云亭山人漫述

[注释]

[1] 抄：底本残缺，据兰雪堂本补。 [2] 虚：底本残缺，据兰雪堂本补。 [3] 识：底本残缺，据兰雪堂本补。

小　识

传奇者，传其事之奇焉者也，事不奇则不传。桃花扇何奇乎？妓女之扇也，荡子之题也，游客之画也，皆事之鄙焉者也。为悦己容，甘剺面以誓志，亦事之细焉者也。宜其相谑，借血点而染花，亦事之轻焉者也。私物表情，密痕寄信，又事之猥亵而不足道者也。桃花扇何奇乎？其不奇而奇者，扇面之桃花也。桃花者，美人之血痕也。血痕者，守贞待字，碎首淋漓，不肯辱于权奸者也。权奸者，魏阉之余孽也。余孽者，进声色，罗货利，结党复仇，隳三百年之帝基者也。帝基不存，权奸安在？惟美人之血痕，扇面之桃花，啧啧在口，历历在目，此则事之不奇而奇，不必传而可传者也。人面耶？桃花耶？虽历千百春，艳红相映，问种桃之道士，且不知归何处矣。

康熙戊子三月云亭山人漫书

跋　语

有明三百年结局，君臣将相，奸佞忠良[1]，其间可褒、可诛、可歌、可泣者，虽百千万言，亦不能尽。兹独借管弦拍板，写其悲感缠绵之致，又从最不要紧几辈老名士、老白相、老青楼饮啸谈谐，祸患离合终始之迹，而寄国家兴亡，君子小人成败死生之大故。贯穿往覆，挥洒淋漓。大旨要归，眼如注矢。凄音楚调，声似回澜。纪事处，忽尔钟情；情尽处，忽尔见道。战争付之流水，儿女归诸空花。作史传观可，作内典观亦可。宁徒慷慨悲歌，听者堕泪而已乎。

桃源逸叟黄元治跋

一部传奇，描写五十年前遗事，君臣将相、儿女友朋，无不人人活现，遂成天地间最有关系文章。往昔之汤临川、近今之李笠翁，皆非敌手。

料错道人刘中柱跋

先生胸中眼中，光明洞达，其是非褒贬，虽自成一家言，实天下后世之公言，所谓游夏不能赞一辞也。列国贤士大夫，谁无意见，若听其笔削[2]，《春秋》一书，今已粉碎矣。观《桃花扇》者，如睹祥麟瑞凤，当平恕其心，欢喜赞叹，即感慨亦多事，况议论乎[3]？

淮南李柟跋

纨扇而曰桃花，其名艳；桃花而血色染，其情惨。以《桃花扇》而写梨溶杏冶，以桃花扇而发嬉笑怒骂，以《桃花扇》而诛乱臣贼子，以《桃花扇》而正世道人心[4]。至于出下之编年纪月，出末之搜才系士，不书隐公即位之笔，得再见矣。

噫！《桃花扇》之义大矣哉。

关中陈四如跋

奇而真，趣而正，谐而雅，丽而清，密而淡，词家能事毕矣。前后作者，未有盛于此本，可为名世一宝。

颍上刘凡跋

慷慨悲歌，凄凉苦语，是何种文章。读之而不堕泪者，其心必石，其眼必肉。

娄东叶藩跋

［**注释**］

[1] 佞：底本残缺，据兰雪堂本补。 [2] 听：底本残缺，据兰雪堂本补。 [3] 况：底本残缺，据兰雪堂本补。 [4] 以：底本残缺，据兰雪堂本补。

桃花扇后序

过客衣冠，依稀优孟；邮亭宫阙，仿佛梨园。览南渡之兴亡，莺花一岁；笑东迁之聚散，萍水三朝。为古耽忧，有意挝骂曹之鼓；因人抱忿，无方击兓贾之锤。往事虽陈，情焉能已；旧人犹在，吾末如何。于是谱叙儿女私恩，表一段温柔佳话；纪述君臣公案，发千秋成败奇闻。盖以马史、班书，赏雅而弗能赏俗；《搜神》《博异》，信耳而未必信心。所以许劭之评，托彼吴歈越调；董狐之笔，付诸桓笛嬴箫。此《桃花扇》传奇之所由作也。

嗟乎！烈皇殉国，历在申年；闯逆攻都，春

当辰月。海飞山走，跳出十八孩儿；轴覆枢翻，逼死九重天子。鼎湖龙去，弓堕乌号；铁胫鸱张，刀挥素质。凤阙鸾台之火，赤焰彤天；螭阶麟阁之尸，红流赭地。蓟门兵燹，绝无原庙残砖；建业人烟，幸保陪京剩土。噫嘻！汉家之厄十世，唯光武之中兴；献公之子九人，仅重耳之尚在。以故奸顽乘衅，窥神器而包祸心；诡谲同谋，立新君而居奇货。珪桐剪叶，封神庙之亲孙，璚树生枝[1]，迎福藩之嫡子。千官拥戴，气象南阳；万姓欢呼，风流东晋。讵意黄袍加于身上，天子无愁；碧玺列于几前，寡人好色。仇如勾践，未奋志于尝胆卧薪；荒比东昏，只留意于征歌选舞。小怜大舍，艳丛白玉床前；花蕊梅精，娇簇黄金屋里。月姊进长生之药[2]，枕上飞仙；麻姑贡不老之丹，杯中乐圣。以致六千君子，缩项逡巡；八百诸侯，抽身退避。胭脂古井，仍投珠翠之妃；结绮高楼，又上戈矛之士。奇可传者，斯其一也。

至于帝业维新，沙堤任重；皇图再造，画省权尊。只手擎天，须体认安刘周勃；孤衷捧日，务摹仿复楚包胥。孰不思江左夷吾，经纶岳岳；

人皆望禁中李牧，功烈铮铮。尔乃元改靖康，政全归桧；位登灵武，众未诛杨。玉帛金缯，宰嚭则苞苴弗却；刖黥汤镬，广汉则钩钜偏多。指鹿随心，元老合称为长乐；斗蛩得意，华堂应号以半闲。孙武子之兵书，用在《春灯谜》里；李药师之阵法，藏诸裤子裆中。截狗续貂，市井屠酤而滥贵；燔羊烂胃，庖厨奴隶而升郎。天下童谣，王与马共；人间仙路，阮挈刘行。以致王气全销，无烦金厌；国风尽变，但有民讹。野日荒荒，不见旌旗战鼓；江流泯泯，唯闻芦荻渔歌。奇可传者，又其一也。

若夫戡乱勤王，将须一德；奋威扬武，兵始捐忠。晋剪苏氛，温峤连士行并讨；唐清史孽，子仪协光弼偕征。贾寇同载而言欢，汉方复盛；廉蔺负荆而任咎，赵乃称强。岂期北镇跳梁，鲜内靖外宁之志；南藩跋扈，多上胁下令之心。裴中立之久亡[3]，谁平淮蔡；孙安国之不作，孰贬桓温。座位闲争，年庚恃长；客兵弗让，流寇偏容。铃阁督师，懦似慈悲佛子；辕门魁帅，劝如和事先生。不图扫穴捣巢，疾趋于子午谷去；只能纵剽肆掠，转骚向丁卯桥来。眼看豺虎纵横，中原怕救；坐拥貔貅护卫，雄镇偷安。以致白露荒洲，鱼潜水静；乌衣旧巷，燕去堂空。江草凄凄，人作扬州之梦；山云黯黯，天消蒋阜之魂。奇可传者，又其一也。

维是君王游豫，亲问蛙鸣；宰相闲嬉，官能犬吠。出师上表，内无蜀国之卧龙；拜将登坛，外少隋家之擒虎。乃不图三公子作东林后劲，五秀才为复社前驱。学论秉公，竟蹈覆巢之李燮；儒林抗节，敢追奏疏之陈东。杨、左幽冤，重兴旧案；荆、襄积愤，特举新旗。柳敬亭评话微丁，投清恶除奸之檄；苏昆生歌讴贱士，葬乱军死帅之骸。狎客归山，丁继之抱雷海青之恸[4]；书商破产，蔡益所担孔文举之辜。蓝田叔身隐画师，引领蛾眉而学道；卞玉京名逃乐部，掉转螓首而修真。之数人者，境实卑微，志坚岳渎；品虽高迈，位陋泥沙。挹彼丰标，似听足音于空谷；揭斯气节，允当砥柱于颓波。奇可传者，又其一也。

呜呼！当是时也，临倾厦宇，一木何支；待毙膏肓，九还莫救。世事如此，对风景以奚堪；

天运可知，望川原而欲涕。爰有夷门望族，梁苑畸人，慨琴剑之萍飘，孤踪白下；感乡关之梗塞，满地黄巾。恨晋愁梁，暂拭南冠之泣；嘲风啸月，聊追北里之欢。恰遇香君，实为尤物；遂尔握巫峰之暮雨，携洛浦之晴云。三四千里之星娥，朱丝系足；二十八字之月老，素笺盟心。百宝箱中，珍藏摄面；双钩帘下，鉴赏聚头。所谓折叠虽轻，才子投一时之赠；咏题甚重，丽人定百岁之情焉。

其奈文章憎达，既落第于吴宫；适值兵牒求援，则从戎于洛水。远入莲花之幕，郎是参军；独登杨柳之楼，妾为思妇。感时抚景，惨淡吟诗；睹物怀人，凄凉玩扇。笼随袖口，弗舍扑蝴蝶之风；系近裙腰，留待殉鸳鸯之冢。红粉于房中计日，正自含愁；青衣于楼下催妆，忽令改志。缘以中堂荐美，驱象而送向蛇吞；亦因开府觅姬，钓鲤而敺由獭祭。香君则冰凝作骨，日出当心；不乐求凰，宁甘打鸭。掷去香囊之聘，弗爱彼瑟瑟珠衫；骂回油壁之迎，徒驾到辚辚绣毂。而且妆崩堕马，金投约指于楼窗；髻坏盘龙，玉触搔头于柱础。舞非如意，孙夫人血滴眉尖；伤岂飞刀，韦娘子红淋额角。遂致扇似团圆明月，洒来几滴流星；诗如李杜文章，迸起一层光焰矣。

时则豪权难忤，猿亡而必致鱼殃；委曲求全，桃僵而何妨李代。丽娘惜女，竟以身充；香女离娘，唯余影对。梨花云里，倦魂只梦以怀人；燕子楼中，啼眼更谁愁似我。乃有石城旧令，粉署闲曹，窃将点口之脂，分来染扇；借用画眉之笔，暂以描花。赵合德裾上津华，变作玄都嫩蕊；薛灵芸壶中唾色，化成度索蟠根。扇唤桃花，歌场曾有；红叨人面，画苑所稀矣。讵知节届灵辰，贵介赏钟山雪景；渡名桃叶，群姬奏玉树新声。锦席既张，香君与侍，命如斯薄，谁不畏丞相天威；情有所钟，侬已作使君新妇。不觉颊潮红晕，忿忿而言；眉蹙青颦，申申以詈。热虽炙手，危如燕雀之堂；焰纵熏天，丑是麒麟之楦。雌正平唇枪大动，满座俱惊；活林甫腹剑阴藏[5]，当场反恕。休休相度，不居杀歌妓之名；隐隐奸谋，但唆入乐伶之选。嗣后虬壶听漏，寂寂长门；蝉鬓惊秋，凄凄永巷。昭阳日影，树头空盼尽寒鸦；御苑沟流，叶上又难通锦字。悬忆天涯夫婿，雨栉风餐；自怜殿角婵娟，花癯月损。

无何洪河失险，记室从间道潜归；文社重联，钩党陷圜扉禁锢。罚以驴之拔橛，光禄则快意私仇；叹其麟也伤锄，廷尉则酸心清议。乃若张金吾者，受诏捕囚，下吴导伏床之泪；弃官避罪，识通明解组之机。遁迹栖霞，学仙辟谷；置是非于弗问，付荣辱于罔闻矣。哀哉！庙堂错乱，扰扰如棋；将相颠狂，纷纷似疟。幽拘太子，谁为世上江充；轞轹元妃，忍作朝中孟德。独有一藩恚恨，欲来内靖于苗刘；其如三镇糊涂，转去外防于韩岳。壁垒之长枪大剑，未分谁弱谁强；坂矶之快马轻刀，总属自屠自戮。江南撤守，人叹城空；淮北乘虚，兵从天降。灰钉乞命，公辅则犬急亡家；舆榇蒙尘，帝主则鱼忙漏网。青衣变服，不用降书；白马随营，何须衔璧。以致猛将自裁于虎帐，辙乱旗靡；大星先落于楼船，戈抛甲弃。围城掘鼠，广陵莫比睢阳；投水葬鱼，汨罗即同胥浦。景华萤火，绝不见腐草之光；芳乐香尘，那复有金莲之步。三百年丰功盛德，蚁梦槐柯；十五陵剩水残山，蜃消海市。乾坤板荡，无一个社稷之臣；风雨漂摇，余几许林泉之客。如此而已，岂不哀哉！

更赖有白发礼生，失其姓氏；黄冠道士，曾现宰官。见陌上之铜驼，鼻酸旧国；闻山中之谢豹，肠断先王。于以村户醵钱，追荐中元之节；仙坛酹酒，仰招上界之灵。麦饭一盂，权抵作当年鼎鼐；菜羹半钵，聊充为今夕牺牲。迨及殉难忠魂，死绥厉鬼，光昭四表，趋跄黼座于青冥；箓陟三清，扈从銮舆于碧落。是日也，云迷谷暗，钟鼓伐而声凄；沙走江喧，铙磬敲而音惨。神威赫奕，显剑佩于云衢；奸魄骇奔，碎头颅于瘴岭。观者如堵，伊谁无警戒之心；拜者若痴，彼皆有皈依之志。岂料群鸡立鹤，来逃狱之青衿；飞鸟依人，识出宫之红袖。士曰岳槐抱痛，命在如丝；女曰宫柳牵心，骨几化石。喁喁私语，诉别后之参商；刺刺长言，遇当前之牛女。张道士则厉声叱咤，正色申明：国破家亡，试问君亲安在；才贪色恋，仍谐夫妇何为。苦海茫茫，放下屠刀而证佛；爱河滚滚，抛开蝉壳以登仙。香君乃毁短命之花，碎宫纨于落地；侯生则登回头之岸，悟世网于俄时。从兹石榻翻经，花香绕磬；�采药，岚气侵衣。洵足奇焉，故可传也。

悲夫！卦爻当剥，万物乖张；劫火成灰，群伦纬缅。纲常正气，泯灭于台阁簪缨；侠义高风，培养于渔樵脂粉。不分褒贬，谁复知笔墨森严；略别旌惩，世还有心肝戒慎。乱曰：君原圣裔，借此寓德言文政之科；仆本侯家，能不动隆替升沉之感。

《桃花扇》者，孔稼部东塘先生所编之传奇也，乃故明弘光朝君臣将相之实事。其中以东京才子侯朝宗、南京名妓李香君，作一部针线。他如画师、书贾、狎客、娼家诸卑贱人，翻有义侠贞固，正为显达之马阮下对症针砭耳。

北平吴穆镜庵氏识

［注释］

[1] 枝：底本残缺，据兰雪堂本补。 [2] 药：底本残缺，据兰雪堂本补。 [3] 裴：底本残缺，据兰雪堂本补。 [4] 恸：底本残缺，据兰雪堂本补。 [5] 阴：底本残缺，据兰雪堂本补。

主要参考文献

桃花扇　（清）云亭山人编　清康熙四十七年介安堂刻本　《古本戏曲丛刊》五集本　上海古籍出版社 1986 年版

桃花扇　（清）孔尚任原著　吴梅、李详校正　清末民初《暖红室汇刻传奇》本　江苏广陵古籍刻印社 1979 年版

桃花扇传奇　（清）云亭山人编　清光绪二十一年合肥李氏兰雪堂刻本　中国艺术研究院艺术与文献馆藏

桃花扇　（清）孔尚任撰　梁启超注　《梁启超全集》本　北京出版社 1999 年版

桃花扇　（清）孔尚任著　王季思、苏寰中、杨德平合注　人民文学出版社 1959 年版

孔尚任诗和桃花扇　刘叶秋注释　中州书画社 1982 年版

桃花扇　（清）孔尚任撰　吴书荫校点　辽宁教育出版社 1997 年版

桃花扇　（清）孔尚任著　谢雍君、朱方遒评注　中华书局 2016 年版

桃花扇 （清）孔尚任著 翁敏华评点 华东师范大学出版社 2006年版

孔尚任年谱 袁世硕著 齐鲁书社 1987 年版

孔尚任与桃花扇 洪柏昭著 广东人民出版社 1988 年版

孔尚任评传 徐振贵著 山东大学出版社 1991 年版

孔尚任传 曲春礼著 山东友谊出版社 1994 年版

孔尚任志 张玉芹著 山东人民出版社 2006 年版

孔尚任与《桃花扇》 黄天骥 《文学评论》1980 年第 1 期

侯方域的艺术形象和《桃花扇》的结尾 王毅 《江汉论坛》1982年第 12 期

孔尚任和《桃花扇》研究的世纪回顾 吴新雷 《南京大学学报（哲学·人文科学·社会科学版）》1999 年第 2 期

《桃花扇》的影印本和整理本 吴书荫 《中国文化研究》2002 年第2 期

《桃花扇》接受史研究 陈仕国 山西师范大学 2015 年博士论文

《中华传统文化百部经典》已出版图书

书　名	解读人	出版时间
周易	余敦康	2017 年 9 月
尚书	钱宗武	2017 年 9 月
诗经（节选）	李　山	2017 年 9 月
论语	钱　逊	2017 年 9 月
孟子	梁　涛	2017 年 9 月
老子	王中江	2017 年 9 月
庄子	陈鼓应	2017 年 9 月
管子（节选）	孙中原	2017 年 9 月
孙子兵法	黄朴民	2017 年 9 月
史记（节选）	张大可	2017 年 9 月
传习录	吴　震	2018年11月
墨子（节选）	姜宝昌	2018年12月
韩非子（节选）	张　觉	2018年12月
左传（节选）	郭　丹	2018年12月
吕氏春秋（节选）	张双棣	2018年12月
荀子（节选）	廖名春	2019 年 6 月
楚辞	赵逵夫	2019 年 6 月
论衡（节选）	邵毅平	2019 年 6 月
史通（节选）	王嘉川	2019 年 6 月
贞观政要	谢保成	2019 年 6 月
战国策（节选）	何　晋	2019年12月
黄帝内经（节选）	柳长华	2019年12月
春秋繁露（节选）	周桂钿	2019年12月
九章算术	郭书春	2019年12月
齐民要术（节选）	惠富平	2019年12月
杜甫集（节选）	张忠纲	2019年12月
韩愈集（节选）	孙昌武	2019年12月
王安石集（节选）	刘成国	2019年12月
西厢记	张燕瑾	2019年12月

书　名	解读人	出版时间
聊斋志异（节选）	马瑞芳	2019 年 12 月
礼记（节选）	郭齐勇	2020 年 12 月
国语（节选）	沈长云	2020 年 12 月
抱朴子（节选）	张松辉	2020 年 12 月
陶渊明集	袁行霈	2020 年 12 月
坛经	洪修平	2020 年 12 月
李白集（节选）	郁贤皓	2020 年 12 月
柳宗元集（节选）	尹占华	2020 年 12 月
辛弃疾集（节选）	王兆鹏	2020 年 12 月
本草纲目（节选）	张瑞贤	2020 年 12 月
曲律	叶长海	2020 年 12 月
孝经	汪受宽	2021 年 6 月
淮南子（节选）	陈　静	2021 年 6 月
太平经（节选）	罗　炽	2021 年 6 月
曹操集	刘运好	2021 年 6 月
世说新语（节选）	王能宪	2021 年 6 月
欧阳修集（节选）	洪本健	2021 年 6 月
梦溪笔谈（节选）	张富祥	2021 年 6 月
牡丹亭	周育德	2021 年 6 月
日知录（节选）	黄　珅	2021 年 6 月
儒林外史（节选）	李汉秋	2021 年 6 月
商君书	蒋重跃	2022 年 6 月
新书	方向东	2022 年 6 月
伤寒论	刘力红	2022 年 6 月
水经注（节选）	李晓杰	2022 年 6 月
王维集（节选）	陈铁民	2022 年 6 月
元好问集（节选）	狄宝心	2022 年 6 月
赵氏孤儿	董上德	2022 年 6 月
王祯农书（节选）	孙显斌	2022 年 6 月
三国演义（节选）	关四平	2022 年 6 月
文史通义（节选）	陈其泰	2022 年 6 月

书　　名	解读人	出版时间
汉书（节选）	许殿才	2022 年 12 月
周易略例	王锦民	2022 年 12 月
后汉书（节选）	王承略	2022 年 12 月
通典（节选）	杜文玉	2022 年 12 月
资治通鉴（节选）	张国刚	2022 年 12 月
张载集（节选）	林乐昌	2022 年 12 月
苏轼集（节选）	周裕锴	2022 年 12 月
陆游集（节选）	欧明俊	2022 年 12 月
徐霞客游记（节选）	赵伯陶	2022 年 12 月
桃花扇	谢雍君	2022 年 12 月
法言	韩敬、梁涛	2023 年 12 月
颜氏家训	杨世文	2023 年 12 月
大唐西域记（节选）	王邦维	2023 年 12 月
法书要录（节选） 历代名画记	祝　帅	2023 年 12 月
耶律楚材集（节选）	刘　晓	2023 年 12 月
水浒传（节选）	黄　霖	2023 年 12 月
西游记（节选）	刘勇强	2023 年 12 月
乐律全书（节选）	李　玫	2023 年 12 月
读通鉴论（节选）	向燕南	2023 年 12 月
孟子字义疏证	徐道彬	2023 年 12 月
嵇康集	崔富章	2024 年 12 月
白居易集（节选）	陈才智	2024 年 12 月
李清照集（节选）	诸葛忆兵	2024 年 12 月
近思录	查洪德	2024 年 12 月
林则徐集	杨国桢	2024 年 12 月